영 월드

SEOUL, 2022

머서디스와 세바스천, 파올로에게
이 책을 바친다

영 월드 #1

영 월드

초판 1쇄 인쇄일 2022년 6월 25일
초판 1쇄 발행일 2022년 6월 30일

지은이 크리스 웨이츠 **옮긴이** 조동섭

발행인 윤호권
사업총괄 정유한
편집 장혜란(최지혜) **디자인** 김나영 **마케팅** 노영혜
발행처 (주)시공사 **주소** 서울시 성동구 상원1길 22, 6-8층 (우편번호 04779)
대표전화 02-3486-6877 **팩스(주문)** 02-585-1247
홈페이지 www.sigongsa.com / www.sigongjunior.com

The Young World series - Book #1
Copyright ⓒ 2014 by Chris Weitz
Published by arrangement with William Morris Endeavor Entertainment, LLC
All rights reserved.
Korean Translation Copyright ⓒ 2022 by Sigongsa Co., Ltd.
Korean edition is published by arrangement with William Morris Endeavor
Entertainment, LLC through Imprima Korea Agency.

이 책의 한국어판 저작권은 Imprima Korea Agency를 통해 William Morris Endeavor
Entertainment, LLC와 독점 계약한 (주)시공사에 있습니다. 저작권법에 의해 한국 내에서
보호받는 저작물이므로 무단 전재와 무단 복제를 금합니다.

ISBN 979-11-6925-057-3 44840
ISBN 979-11-6925-056-6(세트)

*시공사는 시공간을 넘는 무한한 콘텐츠 세상을 만듭니다.
*시공사는 더 나은 내일을 함께 만들 여러분의 소중한 의견을 기다립니다.
*잘못 만들어진 책은 구입하신 곳에서 바꾸어 드립니다.

크리스 웨이츠 지음
조동섭 옮김

시공사

늙기 전에 죽고 싶어요

- 옛날 노래 중에서

제퍼슨

문명 몰락 이후 또 맞는 멋진 봄날이다. 나는 워싱턴스퀘어 공원의 찌그러진 무한대 기호 같은 길을 따라 늘 하는 순찰을 돌고 있다. 예전에는 노인들이 체스를 두던 곳이지만 이제 브레인박스의 야외 작업장이 된 탁자들을 지나간다. 첫 데이트, 주고받는 마리화나, 물장난하며 까르르 까르르 소리치는 아이들을 수없이 목격한 분수를 지난다. 이제 분수는 방수포로 덮여 있다. 우리 부족의 저수지에 비둘기 똥이 들어가거나 이끼를 만드는 햇볕에 노출되면 안 된다.

우리가 '가리 대머리'라고 부르는 가리발디 동상이 플라스틱 화환, 축제 의상 비즈, 번쩍거리는 래퍼 액세서리로 장식되어 있다. 이 장식품들은 원정대가 가져온 전리품이다. 원정대는 물건을 집어 오려고 담 너머 황무지로 나간다. 저주받은 지역들. 웨스트빌리지의 사격장들, 브로드웨이, 휴스턴. 동상 받침에 테이프로 붙인 유품들. 엄마, 아빠, 동생, 잃어버린 애완동물의 사진들. 우리 엄마는 그 사진들을 디지털 파일과 구분해서 '진짜 사진'이라고 불렀다. 수억 가지 추억이 구름 속으로 사라졌지만, 하드 카피들은 지금 여기 이렇게 붙어 있다. 0과 1의 바다는 아무 것도 보여주지 못한다.

말 탄 워싱턴(우리 형 워싱턴이 아니라, 이 나라를 세운 워싱턴)이 새 겨진 석조 아치를 지나면, 엠파이어스테이트빌딩까지 이어진 5번가가 내다보인다. 빌딩의 높은 층들에서는 아직도 연기가 난다. 그곳에 '올드 맨'이 살고 있다고 아이들은 말한다. 그날 이후 살아남은 단 하나의 어 른. 아이들은 헛소리를 아주 많이 한다.

잔디와 꽃, 그네와 개 산책로가 있던 곳은 이제 채소밭이다. 프랭크가 일꾼들에게 잔소리하고 있다. 일꾼들은 군말 없이 듣는다. 어제의 시골 쥐가 오늘의 구세주다. 프랭크는 농장에서 자랐고, 우리 중에 농사를 아 는 유일한 사람이다. 프랭크가 없었다면 우리는 모두 괴혈병이나 구루 병이나, '그 사건' 전에는 걱정한 적 없는 병에 걸렸을 것이다.

원정대가 톰슨가 출입구로 들어온다. 통조림 몇 개, 발전기에 쓸 기름. 제니가 작은 빨간색 혼다 2000i 2K를 부르릉거린다. 모터사이클은 충 전에 쓴다. 워키토키 배터리를 비롯한 필수품을 충전한다. 가끔 사치품, 즉 아이팟이나 게임보이 같은 것도 브레인박스를 구슬러서 충전할 수 있다.

나뭇잎들이 바람에 쉭쉭거리며 높은 가지에서 떨어져 죽는다. 북쪽에 서 불어오는 세찬 바람에 플라스틱 탄내와 살이 썩는 냄새가 실려 온다.

내 워키토키가 지지직거린다.

"5번가 남쪽 침입자 등장. 오버."

공원 반대쪽에 있는 돈나였다. 나는 얼른 방향을 바꾼다.

"거리는?"

대답이 없다. 내가 워키토키 버튼을 잘못 눌렀나? 그러나 곧 돈나의 목소리가 튀어나온다.

"네가 오버를 안 붙였다. 오버."

"맙소사, 돈나, 오버? 오케이? 오버, 오버. 거리는 얼마고, 사람 수는 얼마야? 오버."

"9번가와 8번가 사이에 있고, 열 명쯤이다. 중무장했다. 오버."

"우리 편 아니고?"

말이 없다.

"오버?"

"우리 편 아니야."

돈나는 담 바깥 8번가 빌딩 높은 곳에서 보초를 서고 있어서 아래를 다 내려다볼 수 있다. 창밖으로 내민 돈나의 총구가 내 눈에도 보인다.

내가 말했다.

"너도 오버 빼먹었잖아."

"아앗. 오버. 쏠까? 지금 바로 내 아래쪽에 있어. 그렇지만 일단 지나간 다음에 쏴야 확실히 맞힐 수 있어. 오버."

"쏘. 지. 마. 오버."

"알았어. 난 몰라. 네 책임이야. 죽여야 할 것 같으면 말해. 오버."

경보를 울려야 할 때다.

공원 출입구마다 나무에 경적이 달려 있다. 손으로 돌려서 소리를 내는 골동품 경적이다. 브레인박스가 찾은 건데, 어디서 찾았는지는 아무도 모른다. 나는 핸들을 돌린다. 타성 때문에 속도가 느려진다. 이러다가 내 힘줄이 상하는 게 아닐까. 천천히 또 나지막이 끽끽 소리가 시작되고, 기어가 돌아가면서 소리는 지옥의 비명으로 변한다.

나는 핸들을 돌리며 칼로리를 생각한다. 내가 열량을 지금 얼마나 쓰고 있지? 오늘 얼마나 섭취했지? 태우는 칼로리보다 많이 섭취하지 않으면, 죽기 시작한다. 쓸데없이 햄버거와 프렌치프라이와 시나몬번이 떠오른다. 꿈조차 못 꿀 사치, 역사 속으로 사라진 별미.

60초 뒤, 사격 진지마다 사람이 들어찬다.

길을 가로막은 스쿨버스의 틈새에서 총 여섯 정이 5번가를 겨냥하고 있다. 돈나의 저격용 소총도 뒤에 있다. 바리케이드 역할을 하는 스쿨버스 가까이에 있는 건물 문들은 몇 달 전에 널빤지로 막았다. 거리는 탁 트여서 무차별로 총을 쏠 수 있다.

워싱턴 형은 이미 스쿨버스 앞에 있었다. 나는 형의 명령을 기다리며 형을 보았다. 그러나 총통인 형은 고개를 갸웃한다. '이제 네가 맡아, 동생.' 하고 말하는 듯하다.

내가 말한다.

"중무장한 놈들이야."

'지금은 연습할 때가 아니야'라는 뜻이다.

형이 말한다.

"그러니까 계획을 세우는 게 좋겠네."

좋아. 나는 AR-15를 어깨에 메고 재빨리 스쿨버스 안으로 들어간다. 스쿨버스의 인조 가죽 쿠션은 난도질된 상태다. 벽에는 섬뜩한 농담들이 적혀 있다.

오늘 우리 집에서 파티! 부모님 죽었어.
"세상 엿 먹어라" - 나 말고 "엿은 네가 먹어라!" - 세상 쏨
명심해! 몽땅 죽을 때까지 남은 날 중 오늘이 첫날이야.

사격선에 있는 아이들을 지나간다. 세상이 지옥으로 변한 뒤에도 패션 센스는 남아 있다. 특정한 지역을 뒤질 수 있었던 덕에 절충주의 스타일이 예쁘게 나왔다. 계급장을 붙인 프라다 오버코트, 탄띠를 두른 원피스. 잭이라는 남자애는 아예 여자 옷을 입기까지 한다. 그렇다고 친구들이 잭을 쫓아낼 리 없다. 잭과 말싸움할 사람도 없다. 잭은 키 183센티미터에, 몸은 시쳇말로 '벽돌 변소' 같다.

머릿속 메모: 벽돌 변소가 있으면 좋겠다.

전에 어디서 읽었는데, 나폴레옹 군대에서 아주 위험한 정찰 임무를 수행하는 군인들은 약탈한 옷가지로 자기 몸을 화려하게 치장했다. '아방가르드'라는 말은 전위대를 뜻하는 프랑스어에서 나왔다고 한다.

그런 생각을 하자 갑판 대포들 앞에서 진열을 갖춘 남자들이 나오는 패트릭 오브라이언의 책들과 오스트레일리아 배우가 나온 영화(러셀 크로가 주연한 〈마스터 앤드 커맨더〉(2003): 옮긴이)가 떠오른다. "침착하라, 제군들. 명령을 기다려라." 같은 말을 할까? 나한테 어울리지 않을 것 같다. 그래서 큰 경기에 잘 대비하라는 뜻으로 등을 토닥이거나 엉덩이를 툭 친다.

"뭐야!"

내 손에 엉덩이가 닿은 사수 한 명이 소리친다. 캐롤린이라는 금발 소녀로, '그 사건' 전에는 패셔니스타였다. 이런, 어쩌나. 종말 뒤에도 여자들은 누가 자기 엉덩이를 치면 싫어하는데…….

나는 애써 밝고 태연하게 말한다.

"미안해. 성적인 뜻은 전혀 없었어."

캐롤린은 '성적인 뜻이 없기는 개뿔이.' 하는 표정을 짓지만, 지금은 해명할 시간이 없다. 브레인박스가 앞좌석에 만든 지휘석으로 재빨리 간다.

시력 좋은 돈나 말대로 열 명이다. 모두 남자 같다. 열여섯 살이나 열일곱 살쯤으로 나이가 꽤 든 남자애들이다. 도시에서 전혀 쓸모가 없는 녹색 위장복 차림이다. 위장복은 갖가지 훈장, 메달, 잡동사니로 장식돼 있다. 모두 가슴에 교표 같은 것을 달고 있다. 어깨마다 단 작은 해골 배지는 마치 옛날 전투기 날개에 그려진 작은 국기 같다.

탄띠가 붙은 커다란 기관총을 든 놈도 있다. 브라우닝 기관총인가? 형은 저 총 이름을 알겠지. 나는 다른 놈이 가진 화염 방사기가 염려된다. 내가 지켜보는 동안 그놈은 낡은 지포 라이터를 달그락거린다.

수류탄 탄띠, 갈고리, 없는 게 없다. 내 것과 같은 AR-15. 무기고를 습격했나 보다.

나는 소리친다.

"용건이 뭐냐?"

공격적이지만 너무 허풍스럽지 않게. 형이 했을 것처럼.

외부인들 중 한 명이 말한다.

"대장과 말하고 싶다."

금발, 파란 눈, 광대뼈. 아마도 열일곱 살. 쿼터백 타입. '그 사건' 전에는 내가 좋아하지 않았을 타입. 지금은 더더욱 좋아하지 않는 타입.

버스에 있는 모두는 워싱턴 형이 무슨 말을 하기를 기다린다. 하지만 형은 나를 여기에 알몸으로 던져 놓았다. 고마워, 형.

나는 확성기에 다시 입을 댄다. 이런, 브레인박스한테 입 대는 부분에 쿠션을 대라고 말해야지.

"내가 대장이다."

"너무 어려 보이는데?"

광대뼈가 말한다. 방탄유리 사이로 우리 눈이 마주친다.

"내가 대장이다. 알았나? 용건이 뭐냐?"

그러나 광대뼈는 곧장 요점을 말하기 싫은가 보다. 〈왕좌의 게임〉에서 나온 듯이 허리를 굽혀 절하고 진지하게 말하기 시작한다.

"업타운 연맹에서 워싱턴스퀘어 무리에 인사드립니다. 우리는 교섭을 원합니다."

우리 사선에 있는 아이 중 하나가 킥킥거린다. 저들도 웃음소리를 들었나 보다. 우리도 격식을 갖춘 말로 응답할 줄 알았는지 자기들끼리 의아한 듯 서로를 본다.

광대뼈가 말한다.

"교섭이란 무슨 뜻인가 하면……."

내가 말한다.

"교섭의 뜻은 나도 안다. 그냥 '대화하고 싶다'고 말하면 안 되나?"

"알았다. 대화하고 싶다. 됐나? 사업 얘기를 하고 싶다."

끈에 묶은 무엇을 앞으로 끌어온다.

돼지. 그림책에 나오는, 꼬리가 말린 귀여운 돼지가 아니라, 커다랗고 지저분한 비육돈이다.

육류 단백질.

업타운에서 여기까지 위험 지역을 몇 킬로미터나 지나야 하는데 도대체 어떻게 돼지를 데려왔지? 다들 지친 표정이다. 한 명은 총상을 입은 것 같다. 총상이 아니더라도 팔을 삼각건에 걸고 있고, 붕대에 밴 피가 아직도 빨갛다. 입은 지 얼마 안 된 부상이다. 어쩌면 유니언스퀘어에서 당했는지도 모른다. 오늘 아침에 총성이 들렸다. 하지만 총성은 매일 아침 들린다.

"좋다. 돼지가 네 애인은 아니겠고, 그러면, 그게 우리가 '교섭'할 대상인가?"

광대뼈는 내가 못마땅하지만, 여기에 온 목적이 있으니 말한다.

"그래, 똑똑하네. 이걸 교환하려고 가져왔다."

"알았다. 나는 합리적인 사람이다. 뭘로 교환하고 싶은가?"

이제 광대뼈가 돼지를 추어올리기 시작한다.

"이 돼지는 상을 받은 돼지다. 업스테이트에 있는 핸슨 농장에서 왔고, 미 농무부 100퍼센트 유기농 인증을 받은 A등급 돼지다."

"알 텐데. 이제 농무부 없고, 유기농에 신경 쓰는 사람도 없다."

"어쨌든 이 돼지의 형제는 맛있었다."

나는 프랭크를 본다. 프랭크가 어깨를 으쓱하며 말한다.

"맛있어 보이네. 통통하고 좋아."

나는 광대뼈에게 소리친다.

"알았다. 조금 말라깽이 같지만, 교환할 수 있을 것 같다. 원하는 게 뭐냐?"

이때부터 상황은 아주 이상해진다. 광대뼈의 대답 때문이다.

"여자 두 명."

문자메시지 말투를 즐겨 쓰는 친구들이라면 'WTF' 순간이라고 말할 정적.

"다시 말해 봐. 뭐라고?"

광대뼈는 다시 톨킨 식으로 돌아가서 정중하게 말한다.

"돼지를 두 명의 여성과 교환하고 싶소."

오늘의 수능암기단어는 '아연실색(啞然失色)'이다.

"인간 여성 말이냐?"

내가 묻고, 광대뼈는 더없이 당연한 일인 듯, '그래, 돼지 한 마리에 여자 두 명. 그게 이상해?' 하듯, 어깨를 으쓱한다.

돈나가 워키토키로 말한다.

"제퍼슨, 쟤들이 뭘 원한대? 나한테는 안 들려. 오버."

나는 대답하지 않는다. 저 사이코들이 돼지와 여자를 교환하자고 한다는 말은 방아쇠 당기기 좋아하는 페미니스트 저격수한테 꺼내지 않는 게 좋겠다.

"여보세요? 무슨 일이야? 오버."

"돈나, 내가 알아서 할게. 고마워. 오버."

그렇지만 내가 알아서 무엇을 어떻게 하지? 정확히 말하지는 못하겠다. 사선에 있는 여자들이 나를 보고 있다.

나는 목청을 가다듬는다.

"음, 저기, 도대체 무슨 말이지? 그러니까…… 너희가 외로운 건 안됐지만 그래도……."

수류탄 달린 라크로스 스틱을 든, 덩치가 큰 업타운 놈이 말한다.

"여자는 우리도 충분하다. 더 원할 뿐이다."

왜, 도대체 왜, 세상이 온통 〈매드 맥스〉가 됐지? 광대뼈는 다른 사람이 끼어드는 게 못마땅하다는 듯 덩치 큰 남자애를 노려본다.

광대뼈가 말한다.

"내 동료 말이 맞다. 여자는 많다. 음식도 많다. 업타운에는 뭐든 많다. 전기, 수돗물, 여자들이 원하는 건 뭐든 많다. 그 뭐지, 화장품, 뭐 그런 것도 많다. 봐라."

광대뼈가 그 그룹 중 한 여자애를 눈으로 가리킨다. 성난 표정의 예쁘장한 금발 여자애가 앞으로 나온다. 아니, 떠밀려 나온다.

광대뼈가 여자애한테 말한다.

"업타운 얘기를 해. 저기 여자애들한테 걱정할 거 전혀 없다고 말해."

여자애는 아무 말도 하지 않는다. 나는 자세히 살펴본다. '화장'이라는 말 때문인지는 몰라도, 얼굴 왼쪽에 살색으로 화장한 것이 확실히 눈에 띈다. 오른손잡이한테 얼굴을 맞아서 생긴 멍을 가린 게 분명하다.

마음에 들지 않는다. 우리 그룹에서 떠나고 싶은 여자가 있다고 해도 그렇다. 이 파시스트들한테 보내지는 않겠다. 그리고 아무리 베이컨이 먹고 싶어도 돼지와 사람을 교환하는 일은 더더욱 하지 않겠다.

캐롤린이 말한다.

"저 잡년을 내가 그냥 쏘면 안 돼?"

캐롤린이 쏘겠다고 말하는 대상은 업타운 여자다. 나는 생각한다. '왜 캐롤린은 저 여자한테 죄를 물으려 하지?' 여자들의 사고방식은 평생 이해하지 못할 것 같다.

캐롤린은 소총 레버를 당긴다. 업타운 놈들도 그 소리를 듣는다. 그들이 총 공이치기를 당기거나, 탄창을 끼우거나, 안전장치를 푸는 소리가 요란하게 들린다. 모두가 앉거나 포복 자세를 취하며 우리 총구멍으로 곧장 총구를 겨눈다. '저 공격용 소총들이면 버스 옆면도 뚫리고, 덧댄 판도 뚫릴 거야. 그러면 우리는 다 죽어.'

"여기는 돈나. 응답하라, 오⋯⋯."

나는 워키토키를 끈다.

형은 어디 있지? 전혀 보이지 않는다. 이런 일을 둘째에게 다 넘기다니⋯⋯.

프랭크가 소리친다.

"우리가 지금 '콜 옵 듀티' 게임을 하고 있는 줄 알아? 멀티플레이어 모드로? 무선 인터넷이나 뭐 그딴 걸로? 다 총에 맞아서 죽고 다른 데서 다시 게임을 시작하면 되는 줄 알아? X박스는 없어. 부활도 없어. 얼른 중재해!"

프랭크 말이 맞다. 게임 캐릭터처럼 다시 살아나는 생명체는 없다. 쥐

새끼들만 예외다. 쥐는 끝이 없다. 한 마리를 죽이면 또 한 마리가 튀어 나온다.

내가 말한다.

"서로 손해 보는 장사다."

어릴 적 어디서 들은 말이다. 서로 총질할 자세로 침묵에 싸여 있던 사람들에게 내 말은 경종이 된다.

광대뼈가 말한다.

"뭐라고?"

내가 소리친다.

"고맙지만 사양한다. 이제 갈 길을 가시오, 업타운 동맹이여."

"피셔맨들한테 가겠다."

광대뼈가 소리친다. 흥정이다.

피셔맨들은 사우스스트리트 아래에 산다. 내 기억이 맞다면, 낡은 큰 배, USS 북경호에 진지를 치고 있다. 피셔맨보다 '해적'이라고 부르는 게 맞겠지만, 그게 무슨 상관인가.

"피셔맨들에게 안부 전하시오. 생선회 잘 드시오."

그러나 업타운 놈들은 그냥 엎드려 있다. 쉬고 있어서 즐거운 표정이다. 그제야 나는 깨닫는다. 업타운 놈들은 다른 곳으로 협상하러 가지 않을 것이다. 다른 복안은 없다. 돼지를 꼭 넘기겠다는 태도다. 저쪽에 다른 선택 사항이 없다면, 우리도 마찬가지다. 아주 괴로운 상황이다.

광대뼈가 말한다.

"원하는 걸 그냥 가져갈 수도 있다."

약한 모습은 절대 보이면 안 된다. 형이 말하기를, 포식자는 자기가 먹이를 반드시 차지한다는 자신감이 있을 때에도 그 먹이를 사냥하는 과정에서 자신이 받을 피해를 생각하게 마련이다.

"아니, 그렇게는 안 돼. 돼지와 너희 모두 안녕히 돌아가기 바란다."

자기들끼리 쑥덕거리는 모습……

라크로스 스틱을 든 놈이 수류탄 고리로 손을 뻗는 모습……

그리고…….

총성.

흔히 '총성이 울렸다' 같은 표현을 쓰곤 한다. 그러나 총소리에 울림 같은 것은 없다. 퍽! 무엇을 두드리는 소리 같다. 잠시 감각이 다 사라진다. 눈을 꽉 감고 가장 가까운 구멍을 찾으려 하는 본능 때문은 전혀 아니다.

나는 워키토키에 대고 소리친다.

"돈나, 쏘지 말라고 했잖아!"

"내가 쏜 거 아니야, 제퍼슨. 오버."

우리 쪽도 저쪽도, 모두가 얼어붙어 있다. 그러다가 텔레비전이나 영화에서 흔히 보는 장면처럼, 갑자기 일제히 갖가지 욕과 협박이 요란하게 쏟아진다. 그래도 우리 쪽 아무도 총에 맞지 않았다. 그 점은 저쪽도 마찬가지다.

돼지.

돼지의 눈이 위로 돌아간다. 완벽하게 코믹한 타이밍이라고 말하지 않을 수 없다. 돼지의 돌아간 눈은 마치 머리에 생긴 구멍을 보려 하는 듯

하다. 돼지는 쿵 소리와 함께 경첩이 접히듯 옆으로 쓰러져서 다리에 경련을 일으킨다.

우리 아이들이 개머리판을 쥐고 조준하자, 나는 소리친다.

"사격 중지!"

업타운 놈 두 명이 돼지의 다리를 잡고 옮기려 하고 있다. 그러나 살아 있을 때에도 무거웠던 돼지는 죽은 뒤에 더욱 무거워졌다. 죽은 돼지는 사람의 손길을 따르지 않는다. 죽은 것은 아주 무심할 뿐이다.

그 돼지를 다운타운까지 가져오는 데에도 온갖 수고를 겪었을 텐데 이제 다시 가져갈 방법도 없다. 돼지의 피가 걸음걸음마다 들개들을 부를 테니까.

형은 분명 그 점을 노렸을 것이다.

내 형. 훤칠하고 잘생긴 워싱턴은 담 위, 업타운 놈들을 한눈에 내려다볼 수 있는 곳에 서 있다. 업타운 놈들은 모두 총구를 형에게 겨누고 있다.

워싱턴 형이 말한다.

"쏴라. 내일은 내 열여덟 번째 생일이다."

나는 그 일을 생각하지 않으려 애써 왔다. 그러나 형의 말이 맞다. 곧…… 부활은 없다. 그래서 형은 당당하게 쏘라고 말하고 있다.

형은 아직 작별 인사도 못 했다. 지금 내 입장에서 그런 생각을 하면 이기적이지만, 그래도 내 머릿속에는 그 생각이 떠오른다. '작별 인사도 안 했어.'

등 뒤로 빛을 받으며, 앞날에 인사하며, 형은 동상처럼 담 위에 가만히 서 있다.

광대뼈는 정말로, 정말로 워싱턴 형을 쏘아 죽이고 싶은 표정이지만 총을 내리고 씩 웃는다.

"아니, 너 좋을 일을 내가 왜 해. 통증을 느끼면서 죽어."

업타운 놈들은 자기들끼리 분분히 의견을 주고받는다. 몇몇은 출입구를 급습하자고 하고, 나머지는 얼른 그냥 가자고 한다. 마침내 광대뼈가 모두 입 다물게 한다. 그리고 모두가 비디오게임에서 보고 배운 동작대로 비틀비틀 일어나서 총구를 휙 돌리며 철수한다.

광대뼈가 말한다.

"이걸로 끝났다고 생각하지 마."

"좋지. 다음에는 콩 통조림을 가져와."

형이 말한다.

한 시간쯤 지났다. 우리는 업타운 놈들이 정말로 떠났는지, 어디 숨어서 돼지를 미끼로 우리를 저격하지 않는지 확인하고, 쥐들을 쫓으며 돼지를 끌어온다.

돈나

 '삼인칭 시점'으로 된 책이 많아. 작가들이 삼인칭 시점을 좋아하는 거야. 절대적인 것은 없고 모든 게 상대적이고 어쩌고저쩌고, 그런 걸 독자에게 알리려는 거지. 나는 그런 게 말이 안 된다고 생각해. 그래서 짐작했겠지만, 내가 '확실한' 화자가 되려고 해. 완전, 믿을 만한 화자. 나를 믿으면 돼.

 내 소개를 하자면, 우선, 나는 예쁘지 않아. 머릿속에 내 모습을 어떻게 그릴까 생각한다면, 영화배우나 뭐 그런 걸로는 그리지 마.

 옆집에 사는 여자애 정도? 뉴욕이라면 그 말이 조금 안 어울리지. 집에 살고 있지 않으니까. 모두 아파트 빌딩에 층층이 살잖아. 텔레비전 프로그램에 교외 주택가가 나올 때마다, 그러니까 집 잔디밭에서 놀고 자전거를 타고 다니고, 그런 걸 볼 때마다 참 이국적이라고 생각했던 기억이 나.

 그러니까…… 아래층에 사는 여자애? 알 게 뭐야. 중요한 건, '오버하지 마'야. 성격 배우. 장난 치기 좋아하고 재미있는 친한 친구. 가슴 빵빵

하고 다리 늘씬하고 이도 가지런한 그런 친구 말고.

아, 그렇다고 트롤은 아니야. 그냥, '문명 종말' 이후로 먹을 수 있는 게 제한됐지만 그래도 내 몸매는 아직 만족스럽지 않다는 뜻이야. 단백질이 부족하기 때문인지도 몰라. 그런 걱정은 하지 말아야지. 인생은 너무 짧거든.

하하, 인생은 너무 짧아.

우리 아빠가 즐겨 쓰던 말이야. 나는 아빠를 놀리려고 일부러 '아빠'라고 부르곤 했어. 아빠는 나더러 자기를 '할'이라고 이름으로 부르라고 했거든. 할이 아빠 본명이니까 내가 아빠를 '할'이라고 부르는 게 아주 이상한 일은 아니지만, 어쨌든 지금이 1960년대는 아니잖아. 딸이 아빠를 이름으로 부른다고 해서 아빠가 젊어지는 것도 아니지. 절대 아니야. 아빠가 입맛을 다시던 여자애들이 딸 또래이기는 했지. 웩.

뭐, 할은 이제 죽었어. 엄마도 죽고, 빌어먹을 어른들은 모두 죽었어. 완전 갔지. 그리고 아주 어린 아이들도……. 어린애들 모두. 찰리.

우리 부모한테 '열 받는' 게 몇 가지 있어. 마돈나를 따라서 내 이름을 지은 거. 성모 마리아 말고, 〈보그〉 부른 가수. 젠장.

그래서 이름을 바꿀 거냐고? 아니. 다들 자기 이름을 바꾸고 있는걸. '못 바꿀 건 뭐야', 이렇게 생각하는 거지. '안녕, 내 이름은 캣니스야.', '나는 스리욘세야.' '이스마엘이라고 불러.' 뭐 이런 거야. 관둬. 나는 '그 사건' 이전의 것들을 좀 지키고 싶어. 구린 거라도.

그래, 그래서 나, (마)돈나의 문제는, 영양학적으로 말해서, 단백질을 구하기가 힘들다는 거야. 탄수화물? 물론이지. 거지 같은 빵, 그 놀랍고도 놀라운 빵이 얼마나 오랫동안 곰팡이가 피지 않고 보존되는지 알면 꽤나 충격적일걸. 쥐가 먼저 빵을 먹을 때도 있지. 그럼 우리는 뭘 먹어? 쥐를 먹지. 그럼 어쨌든 우리도 빵을 먹는 셈이잖아. 그렇지? 쥐가 빵을 먹었고, 우리가 그걸 먹었으니까.

쥐가 또 뭘 먹지? 우리가 쥐를 먹기 전에? 아, 거기까지 생각하지는 말자.

예전에 시체를 수없이 태웠어. 불로 소독하는 거라고 워싱턴이 말했어. 조로아스터교인가 뭐 그런 교인들이 그렇게 했대. 그래, 조로아스터교. 나는 워싱턴이나 제퍼슨처럼 성적이 좋지는 않아. 어려운 단어나 뭐 그런 쓸데없는 것들을 누가 시킨다고 억지로 외우는 사람이 아니거든.

불 소독! 좋은 시절이었어. 머릿수건에 샤넬 넘버5를 잔뜩 뿌리고 예쁜 분홍색 노스페이스 장갑을 끼고, 어기영차! 시체를 많이 쌓고 기름은 아껴야 하고, 든든히 먹지 않았으면 점심을 놓치면 안 돼.

그래도 시체를 모두 처리하기에는 시간도 일손도 부족해. 그래서 아직도 수백만 구가 그대로 버려진 채 비료가 되어 가지. 구더기들이 꿈틀거려. 시체를 먹는 것들한테는 풍년이 왔어.

나 때문에 식욕을 잃지 않았으면 좋겠네. 돼지가 쓰러지고, 그 멍청이들이 왔던 데로 되돌아가고 나서, 나는 온통 '바비큐다!' 하는 생각뿐이었거든. 보초 근무가 끝나자마자 (내가 완전 제멋대로 사는 것처럼 보일지 모르지만, 사실 나는 아주 성실해. 학교 선생들이 그걸 알았다면 얼마나 좋을까!) 스퀘어에 내려와서 프랭크 뒤를 졸졸 쫓아다니고 있어. 프랭크가 애들을 시켜서 돼지 뒷다리를 묶고는 나무에 매달아. 내 머릿속에는 온통 한 가지 생각뿐이야. '바비큐 샌드위치!' 폭찹, 족발, 돼지 코, 뭐든, 즐거워서 춤을 잠깐 추고, 그러다가…….

그러다가 제퍼슨이 보이네. 제퍼슨도 나를 보고 있어. 제퍼슨은 즐거워 보이지 않아. 그러다가 워싱턴이 생각나. 워싱턴은 멍청이처럼 수많은 총구 앞에 가만히 서 있었어. 그러다가 나도 깨닫지. 워싱턴이 아주 효과적으로, 아, 알았어. 그래, 그래서…… 그래서 제퍼슨이 저렇게 낙담한 표정이구나. 한심한 나.

있지, 배가 고프면 머리로 생각이 안 돼. 배로 생각하게 돼. 실제로 배가 생각하는 것 같다니까. 내가 어디서 들었는데, 배에는 뇌만큼 세로토닌 수용기가 많대. 그러니까 우리는 뇌가 두 개인 공룡이랑 비슷하지. 다른 면에서도 우리는 공룡이랑 비슷해. 예를 들어, 멸종하고 있다는 거.

찰리는 공룡 중에서 스테고사우루스를 좋아했어. 스테고사우루스 인형도 있었어. 이름은 스파이크였지.

그만하자.

어쨌든 나는 이제 알게 됐어. 워싱턴은 흔히 하는 말로 '경찰 총에 자살'이라는 걸 하려 했던 거야. '경찰 총에 자살'이라는 말은, 인생을 살아갈 가치가 없다고 생각한 바보가(그나마 세상이 살 만하던 때의 얘기지만) 총을 번득이며 경찰관들 앞으로 나가서 경찰관들이 쏘지 않을 수 없게 만드는…….

아니면 워싱턴이 그냥 맥립 샌드위치를 먹고 싶어서 '젠장, 저 돼지를 일단 쏘고 보자' 했는지도 모르지.

나는 그게 좀 궁금해서 워싱턴이 있는 나무 옆으로 가. 애들은 나무에 돼지를 매달고 있고, 워싱턴은 고리 모양의 강철봉을 땅에 박은 뒤 밧줄을 '트럭 운전사' 매듭으로 단단히 묶고 있어.

워싱턴은 늘 솔선수범해. 포키의 장교단. (나는 종말, '아포칼립스'를 '포키'라고 귀엽게 불러. 포키는 맛있는 일본 막대 과자 이름이기도 해.) 나는 워싱턴의 의도가 뭐였는지 '빙 둘러서' 물어봐.

"망할 그거 뭐야?"

워싱턴은 매듭만 묶고 있어.

워싱턴: 그거가 뭔데?

나: 음…… 글쎄…… 저기…… 총을 들고 있는 그 멍청이들 앞에 서서 머리를 날려 보라고 큰소리친 거?

워싱턴이 매듭을 다 묶고 어깨를 으쓱해. 그러더니 일어서서 이제야 나를 똑바로 봐.

나: 사람들한테는 리더가 필요해.

내가 무슨 말을 하는 거야? 내 입에서 나올 법한 말이 아니잖아. 그래도 사실은 사실이지.

워싱턴: 어차피 곧 새 리더를 찾아야 해.

워싱턴은 그 말만 던지고 다른 곳으로 가고 있어. 이러면 안 되지. 우리 사이에 이러면 안 되지. 우리 사이는, 그러니까, 그, 왜, 알지? 거의 할 뻔한 사이인데 이럴 수 있어? 이건 그냥 무례한 거야.

그래서 나는 열받았어. 그런데 워싱턴이 돌아서서 미소를 지으며 이러네.

"아, 내 생일 바비큐에 초대할게. 오늘 밤이야. 테마는……"

워싱턴이 테마를 지어내려 애쓰고 있어.

나: 종말 후?

워싱턴이 웃어.

워싱턴: 종말 전. 서로 트위터로 멘션 보내는 척하자. 스냅챗이 안 되는 새 아이폰 이야기를 하는 거야.

나: 스냅챗에서 뚱뚱해 보이는지 물어보자. 다운로드 벨소리도 얘기하고.

워싱턴: 그래, 신나겠다.

워싱턴은 다시 저쪽으로 가. 그렇지만 이번에는 그렇게 빨리 가지 않아! 동생 제퍼슨이 워싱턴이랑 마주 보고 있다가, 워싱턴을 뒤따라가서 밀치네. 싸울 기세야. 워싱턴과 제퍼슨. 아이들 이름을 워싱턴과 제퍼슨으로 지어야 직성이 풀릴 부모들이 있지. 틀림없이 이런 마음이었을 거야. "아들아, 황금률을 배울 때다." 그러면서 주말에는 요트를 타고 낚시나 뭐나 하겠지. '허브 마약'을 어디서 구했는지 아들한테는 물어보지도 않을걸. 부모가 이미 손을 써서 그 딜러는 경찰에 체포됐을 테니까.

알 게 뭐야.

저 형제가 뭣 때문에 싸우는지는 안 들리지만 되게 재밌네. 워싱턴이 제퍼슨을 '괜찮아'라는 뜻으로 껴안으려고 해. 그런데 제퍼슨은 괜찮지 않은 것 같고. 나라도 그럴걸. 워싱턴이 결국 제퍼슨을 억지로 껴안네. 나는 고개를 돌려. 남자애들은 자기들이 감정을 표현할 때 누가 보는 걸 싫어하거든.

'자기 구획화'라나. 워싱턴이 그렇게 불렀어. 감정은 이 칸에 넣고 이성은 저 칸에 넣고. 나는 워싱턴 가슴을 베고 있다가 고개를 들고 워싱턴을 봤지. "마음이 든 상자는 얼마나 커?" 워싱턴은 나를 보고 아무 말도 안 했어. 그때 나는 짐작했지. '폐허 속에 핀 마돈나와 워싱턴의 사랑' 같은 건 없겠구나.

프랭크가 사람들을 닦달하고 있어.

"방수포랑 양동이 어디 있어?"

돼지피를 다 받아서 창자에 채워 넣고 '선지 소시지'를 만들려는 거지. 2년 전만 해도 그런 소시지는 내던졌는데. 지금은 생각만으로도 배가 더 고파지네.

찌이익! 프랭크의 칼이 돼지 배 가운데를 찢어. 펑! 프랭크가 칼이랑 양손을 돼지 갈비뼈 안으로 집어넣고 한 번 팔을 휘두르니까 돼지 내장이 깔끔하게 방수포로 싹 떨어져. 돼지가 무슨, 브레인박스가 만든 기계이고, 거기 붙은 볼트나 뭐 그런 걸 프랭크가 뽑은 것 같아. 프랭크가 "피를 받아!" 하고 소리치니까 애들이 양동이로 피를 받고 있어. 나는 집에 가야지. 피가 징그러워서 집에 가는 건 아냐. 너무 배고파서 가는 거야.

집은 멀지 않아. 워싱턴스퀘어 노스 25번지. 귀엽고 작은 4층 집이야. 녹색 대문. 그래, 금싸라기 땅이었지만, 이제는 들어오는 사람 마음이야.

여기 워싱턴스퀘어에서 사는 사람은 200명뿐이야. 모두가 좋은 집을 한 채씩 차지하고 있지. 브레인박스만 예외야. 브레인박스는 도서관에서 살아. 진짜 말 그대로, 밥스트 도서관에서 산다니까.

집이 북쪽에 있어서 좋아. 내 진지에서 멀지 않고, 밝아. 침실이 여섯 개야. 그래, 나는 잘살게 됐어.

집은 '종말 시대의 멋' 분위기로 꾸몄어. 여기에는 에임스 의자, 저기에는 우유 상자. 겨울에 장작으로 내놓지 않고 숨겨 둔 목제 장식품도 한두 개 있어. 쥐덫들도 빼놓으면 안 되지. 'yakitori'(일본식 닭 꼬치구이: 옮긴이)의 알파벳 순서를 바꾸면 'ick-i try rat'('웩, 나는 쥐를 맛봐'라는 뜻이다: 옮긴이)인 거 알아? 뭐, 딱 맞지는 않지만, 내가 무슨 말을 하려는 건지는 알지?

1층에서 환자들을 확인해. 내가 우리 부족 의사란 말 했던가? 그래, 우리 엄마가 간호사였어. 베이비시터가 없을 때에는 나를 응급실에 데려가곤 했어. 그래서 이 포키 시대에 혹이나 멍이나 툭 튀어나온 뼈를 다룰 수 있나 봐.

에디 핸드릭스 무릎의 부기는 가라앉았네. 곧 일어나서 돌아다닐 수 있겠어. 그렇지만 무릎 인대가 상해서 정강뼈가 아무 때나 계속 튀어나올 거야. 적어도, 내가 갖고 있는 오래된 『머크 매뉴얼』(Merck Manual, 제약회사 머크사에서 펴내는 의료 서적: 옮긴이)에는 그렇게 적혀 있어. 옛날에는 시체의 무릎뼈를 동종 이식해서라도 뼈 이식으로 고칠 수 있었지. 지금은? 운이 좋으면 압박 붕대야. 담 바깥에서 굴렁쇠 놀이를 해서 자기 목숨을 위태롭게 했으니 이 정도면 다행이지.

더디도 나아지고 있어. 다른 사람이 운영하는 병원이 있지 않은 한, 더디의 병이 패혈성 인두염인지 아닌지 확인할 수는 없지만, 여기 있는 아이들 60퍼센트는 목에 연쇄상 구균이 약간 있고, 언제라도 튀어나올 수 있어. 다른 사람한테 옮기지 않게 더디를 여기 격리시켰지. 이제 괜찮아 보이네.

환자 돌보는 일을 마치고 독서를 해. '돈나 대학교'에서 종말 전 사회 구조 부문의 학위를 따려고 애쓰고 있거든. 지금은 2011년에 나온 《US 위클리》를 읽고 있어.

내 방은 우리 집에서 내가 제일 좋아하는 공간이야. 내 과거가 들어 있는 빌어먹을 물건은 하나도 없어. 방에 옛날 사진들을 붙여 놓은 여자애들이 많아. 가족, 전에 하던 것들, 디즈니랜드, 말, 친구들, 파티, 뭐 그런 것들의 사진. 좋아. 유령들이랑 그룹 섹스나 즐기렴. 나는 차라리 포르노가 가득한 남자애들 방이 낫다고 생각해. 연애에 도움되는 특급 정보 하나 알려 줄까? 침대 위에 쫙 벌린 여자 사진을 압정으로 박아 두지 마. 데이트가 한 방에 끝장날 수 있어.

아주 금세 어둑어둑해지네. 이제 촛불을 켤 시간이야.

전기가 없다고 아주 질색하는 사람도 있어. 전자제품, 뜨거운 물, 우리가 당연하게 여겼던 문명의 이기가 사라졌다고 질색하지.

나도 그래.

도시에서 캠핑하는 것 같은 이런 생활에 질렸어. 촛불이 낭만적이라고? '어머, 촛불 아래에서 책을 읽으니 정말 좋네. 어떻게 보면, 우리가 너무 많이 가지고 있었어. 그런 것들이 사라지고 나면, 우리가 원래 가진 게 얼마나 소중한지 깨닫게 돼.' 이따위 말은 집어치워. 나는 난방을 원해. 텔레비전을 원해. 헤어드라이어를 원해. 못마땅하면 고소해.

다가오는 어둠은 슬로모션으로 흐르는 죽음 같아. 매일 밤이 '그 사건' 같아.

그런데 창문 너머에서 황홀한 냄새가…….

돼지.

계단을 내려가서 문밖으로 나가. 못 견디는 환자들한테 음식을 가져오겠다고 약속하고 있어. 코울슬로, 컨트리 비스킷, 피칸파이 등등 온갖 음식을 가져오겠다고 거짓말을 늘어놓아.

좋아, 모닥불 불빛에 보니까 워싱턴스퀘어가 꽤 멋진걸. 가로등 횃불들이 온통 불을 밝혔어. 이 지옥 같은 4만 제곱미터 땅 곳곳에 있는 횃불이 주위 모든 것을 붉고 노랗게 물들이고 있어. 아주 밝은 빛은 아니라도, 불빛은 우리처럼 산소를 마셔. 불빛에도 생명이 있어.

길에는 태양 전지로 작동되는 정원용 조명들이 있어. 타깃(생활용품을 주로 파는 미국 체인스토어: 옮긴이)에서 가져온 거야. 밝기는 형편없지만, 콩 줄기에 발이 걸려서 넘어지는 일은 막을 수 있지. 나는 깡총깡총 뛰어가. 개 그림이 있는 그릇을 들고 스퀘어 한가운데까지 정말로 깡총깡총 뛰어가. 벌써 몇몇 애들이 초소에 있는 보초들한테 음식을 가져가고 있어. 다른 애들은 모두 한 줄로 서서 기다리고 있네. 그리고 돼지가 있어. 브레인박스가 어디서 찾아온 벤치프레스를 받침으로, 철봉을 꼬챙이로 써서 사람들이 빙빙 돼지를 돌리고 있어. 그 밑에는 도서관 의자를 쪼개서 피운 장작불이 타오르고 있어.

『파리 대왕』은 안 읽은 사람이 없지. 학교에서 배우잖아. 6학년 때쯤 읽었나? 그러니까 돼지는 완전히 익히지 않고 먹으면 탈이 난다는 것쯤은 알고 있어.

프랭크가 두툼한 뱃살을 쟁반에 던지면서 말해.

"소금에 절여."

나중에 숙성돼 있을 베이컨이 눈에 선해.

낡은 의자랑 소파가 죄다 나와 있어. 비가 오면 꿉꿉해지지만 지금은 뽀송뽀송하고 편안해. 소파에 몸을 푹 누이고 별을 볼 수도 있어. 바람 방향이 잘 맞아서 업타운에서 나는 연기가 다른 쪽으로 날아가면, 시골에 있는 것처럼 별이 보여. 보는 사람을 아랑곳하지 않는 저 별들을 봐.

누가 기타를 쳐. 잭 투미군. 조가 아니어서 정말 다행이야. 조는 비틀스 노래만 치니까. 어디서 슬쩍한 맥주도 있어. 뭐, 어른들은 이제 없잖아. 대마초를 피우는 애들도 있어. 옥상에서 대마초가 잡초처럼 잘 자라. 독한 약이나 독한 술은 워싱턴이 금지했어. 잘한 일이지. 누구라도 정신을 놓으면 다른 사람을 공격하고 목을 벨지도 몰라.

브레인박스는 자기가 아끼는 발전기에 아끼는 기름을 넣고 있어. 발전기가 '제너레이터'라서 브레인박스는 '제니'라고 불러. 그래서 우리는 발전기마다 이름을 붙였지. 제니 존스, 제니 크레이그, 제이로, 제니 애거터. 제니 애거터는 오스트레일리아 배경으로 제퍼슨이랑 비슷한 애가 나오는 영화(니콜라스 뢰그 감독의 1971년작 〈워커바웃〉: 옮긴이)에 출연한 배우야. 오늘 밤에는 제니 혼다 거스가 블루레이 영화를 프로젝터로 쏘고 있어. 스크린은 나무 사이에 매단 침대 시트야.

영화는 우리 부족이 좋아하는 〈스타워즈 에피소드 4: 새로운 희망〉이야. 이거 헷갈려. 원래는 이게 1편이잖아. 어쨌든 알 게 뭐야.

여자애들은 〈스타워즈〉를 별로 안 좋아해. 아니, 여자애들이 〈스타워즈〉에 대해서 아는 거? 핼러윈 때 레이아 공주로 분장하고 싶은 마음뿐이야. 금색 비키니를 섹시하게 입은 그 장면의 레이아 공주 말이야. 나는 어릴 때 한솔로가 되고 싶었어. 한솔로는 거친 남자로 공인됐잖아. 게다가 마약 밀매도 해. 아니, 내 말은, 밀레니엄 팔콘호에 비밀 화물칸들이 없겠어? 거기에 설마 밀수한 광선검들이 있겠어?

나는 제퍼슨한테 누가 되고 싶은지 물어봐.

제퍼슨이 이러네.

"당연히 루크지."

당연하겠지.

나: 내가 보기에 너는 스리피오랑 더 비슷해.

제퍼슨이랑 나는 유치원 때부터 친하게 아웅다웅하는 사이야. 나는 제퍼슨이 너무 '바른 생활맨'이라고 놀리지. 제퍼슨은, 뭐냐, '완벽한 문장으로 말하는 사람'이야. 제퍼슨은 내가 맹세를 너무 자주 하고 '뭐냐'라는 말을 너무 자주 한다고 트집을 잡아.

뭐? 문제는 이거야. '뭐냐'가 불량 식품 같은 말이라고, 영양가나 뭐 그런 게 없는 말이라고 다들 생각하지. 그런데 완전 잘못된 생각이야.

은유나 직유를 봐. 그건, 뭐냐, 언어의 '꽃미남' 같은 거야. 은유나 직유 없이 시를 쓸 수 있어? 은유가 뭐야? 하나를 다른 것에 비유해서 곧장 말하는 거잖아. 사실, 사람의 말이라는 건 그것 자체가 비교라고 할 수 있어. 이건 좋고, 이건 나쁘고. 주어—동사—서술부. 그러니까 '뭐냐'가 아주 유용한 단어지. 내가 하는 말이 정확히 그건 아닐 수 있다는 뜻이거든. '그럴지도 모른다'는 뜻이지. 언어학적으로 겸손하게 비교하는 거야. 세상은 흑백이 아니라고, 사람은 서로를 대략만 이해할 수 있다고 알리는 거지. 무슨 뜻인지 알겠어?

어쨌든 브레인박스는 알투디투가 되고 싶대. 완전 딱이야. 스리피오만 알아들을 수 있는 말을 하는 로봇. 딱 맞아.

제퍼슨: 사실, 난 〈스타워즈〉의 진짜 영웅은 알투디투라고 생각해.

나: 왜?

제퍼슨: 알투디투가 데스스타 도면을 운반하잖아. 알투디투가 반란군 밀항선에서 튀어나가지. 그다음에 루크가 자기를 사게 만들지. 그다음에 탈출해서 오비완을 찾아. 하이퍼드라이브를 수리해. 마지막에 다스 베이더에게 당하지만, 그래도 살아남아. 전체 이야기에서 가장 자아실현을 잘하는 인물은 정말이지 알투디투야.

나: 너는 너무 스리피오야.

제퍼슨은 영화를 보면서 계속 한숨을 쉬고 혀를 끌끌 차고, 술집에서 녹색 놈이 한솔로를 쏘려 할 때에는 스크린에 돌을 던져. 머나먼 은하계가 출렁출렁 흔들려. 나는 제퍼슨한테 이유를 물어보지도 않아.

대신, 내 생각은 내가 가고 싶지 않은 곳으로 돌아가고 있어. 그, 뭐냐, 약을 찾는 중독자 같아.

내 생각이 되돌아가는 곳은, 2년 전, '그 병'이 막 나타났을 때야.

엄마는 병원에서 밤낮없이 근무했어. 환자가 끝없이 이어졌지. 그런데 찰리가 그 병에 걸렸어. 엄마는 이제 집에 있어. 엄마는 자신을 돌보는 것만으로도 벅차. 엄마도 그 병에 걸렸거든. 뉴욕에 있는 어른 모두가 걸린 것 같아. 텔레비전은 항상 켜진 상태야. 거실에서 텔레비전이 미치광이처럼 떠들어. '그 병'이 미국 전역에 퍼지고 있대. 유럽에서도 첫 환자가 나타났대.

어디서 엄마가 토하는 소리가 들려. 찰리의 열은 터무니없이 높게 치솟아.

찰리가 나한테 물어.

"나 죽는 거야?"

눈물 끝에 매달린 목소리.

"아니, 안 죽어."

나는 거짓말을 하면서 찰리의 이마를 물수건으로 닦아. 찰리는 아픈데 왜 나는 병에 걸리지 않고 살아 있는지 알 수가 없어.

"물 더 줄까?"

찰리가 기어들어 가는 목소리로 말해.

"아니. 껴안아 줘. 내 마음이 편안해질 때까지 껴안아 줄 거지?"

나는 고개를 끄덕여. 눈물이 더 흘러. 나는 찰리 침대에 누워서 찰리를 끌어안아.

"잠드는 게 무서워. 잠들면 다시 눈을 못 뜰 것 같아서 무서워."

나도 두렵지만, 말은 다르게 해.

"괜찮아질 거야. 나을 거야. 이제 자. 좀 쉬어."

나는 찰리가 잠들 때까지 찰리를 안고 있어. 그게 찰리가 마지막으로 잠든 순간이야.

제퍼슨

얼데란 행성이 겪는 죽음의 고통은 하이퍼스페이스의 일시적인 공간 왜곡 중에도 늙은 제다이를 엄습한다. 제다이는 비틀대며 앉는다. 루크가 무슨 일이냐고 묻는다.

"포스가 아주 크게 흔들렸어. 수백만 명의 목소리가 갑자기 공포에 질려 비명을 지르는 것 같다가 갑자기 조용해졌구나. 아주 끔찍한 일이 일어난 것 같다."

맞는 말이군.

브레인박스는 내가 편하게 먹으면서 영화를 보게 두지 않는다. 브레인박스는 터무니없는 계획에 몰두해 있다.

내가 말한다.

"친구, 거기는 아주 멀어."

"어디가 아주 멀어?"

물어보는 사람은 돈나다. 돈나는 청소 담당들에게 줄 것처럼 가장하여 돼지고기 조각을 더 얻어서 돌아오고 있다.

브레인박스가 말한다.

"본관."

"뭐의 본관?"

"도서관."

"사자들이 있는?"

"응."

브레인박스는 돈나와 눈을 마주치지 않는다. 대신, 늘 하던 일을 하고 있다. 핸들을 돌려서 전원을 넣는 플라스틱 비상 라디오를 잡고 계속 전원을 넣으며 주파수를 바꾸는 일이다. 브레인박스는 그렇게 계속 방송국을 찾지만, 들리는 것은 잡음뿐이다. 모두가 죽었기 때문이다.

돈나가 묻는다.

"벌써 밥스트에 있는 책들을 다 읽었어?"

"생각해 봐, 돈나. 내가 밥스트에 있는 책을 어떻게 다 읽을 수 있겠어? 거기 있는 책이 백만 권도……."

브레인박스가 말한다. 나는 브레인박스의 현학적인 잔소리가 쏟아지기 전에 말을 가로챈다.

"브레인박스가 초록을 찾았어."

"그 뭐냐, 녹색 말이야?"

"과학 논문에서 필요한 부분만 뽑아서 적은 것."

"아하. 좋은 일이야?"

"브레인박스는 그 초록이 '그 사건'과 상관이 있다고 생각해."

"아, 그래."

"밥스트 도서관에는 목록에 제목만 있어. 당연히 컴퓨터는 안 되고. 그래서 본관에 가서 전체 논문을 찾아봐야 해."

내가 말한다.

"돈나한테 말해, 그 초록의 주제가 뭔지."

"'에닐리코스코톤 제제에서 벡셀블라트 효과의 위험성'이야."

돈나가 짐짓 들뜬 듯 행동한다.

"처음부터 그렇게 말하지 그랬어!"

브레인박스는 돈나의 태도에 어떻게 반응해야 할지 모른다. 브레인박스에게 말장난으로 비꼬아 봐야 아무 의미가 없다.

내가 말한다.

"갔다가 오는 데 두 시간이야."

돈나가 말한다.

"아, 사양할래. 도서관에 유령이 있대."

"누가 그래?"

"몰라. 여기저기서 들었어."

"유령 같은 건 없어."

"알 게 뭐야. 검색해 봐."

'검색해 봐'는 부족 언어에서 인기 있는 구호다. 인터넷이 죽기 전에는 아는 게 많다고 생각했지만 사실은 얼마나 아는 게 없는지 깨달을 때 쓰는 말이다.

"브레인박스, 에닐리코스코톤이 무슨 뜻인지 돈나한테 들려줘."

"그 말은 '어른 죽이기'라는 뜻이야."

"어린애도 죽여."

브레인박스는 어깨를 으쓱한다.

돈나는 아무 말도 하지 않지만, 표정을 보니 조금 동요한 것 같다. 나는 돈나의 얼굴 표정을 읽는 데 전문가라 할 수 있다.

돈나는 모르지만, 나는 돈나를 바라보는 게 좋다.

브레인박스는 자기 할 말을 마치자 다시 수동 전원 라디오를 만지작거린다. 핸들을 돌리고, 주파수 다이얼을 이리저리 맞춘다. 잡음.

워싱턴 형이 나타난다. 형은 턱시도를 입고 있다. 면도까지 한 것을 보니 물을 조금 끓이는 수고도 감수했나 보다.

형은 멋을 부리며 열여덟 번째 생일을 축하하는 척하고 있다.

축하하는 소리가 들리고, 기타 연주는 〈생일 축하합니다〉로 바뀌고, 모두가 노래를 부른다. 그러나 마지못해 부르는 노래 같다. 노래의 뒷맛은 씁쓸하다. 맨 마지막 구절인 "앞으로도 많이 많이"를 부를 만큼 심성이 고약한 사람은 아무도 없다.

그 대목에서 사방이 쥐 죽은 듯 조용해진다. 더 이상 생일이 없을지 모른다는 깨달음 때문이다.

그래서 내가 일어서서 소리친다.

"앞으로도 많이 많이!"

그러자 기타 소리가 되살아나고, 노래가 다시 시작된다. 이번에는 사람들이 진짜로 부른다. 그 오래되고 별것 아닌 노래를 목청 높여 부른다. 그리고 갑자기 모두가 껴안고 있다. 사람들이 운다. 피터가 형을 껴안고 있다. 그리고 모두가 형을 둘러싼다. 형은 모두를 껴안는다. 잘 아는 사람도, 잘 모르는 사람도, 사랑하는 사람도, 사랑하지 않는 사람도, 한 사람 한 사람 껴안는다.

형이 돈나한테 가서 돈나의 눈을 바라보고 있다. '잘 있어. 혼자가 되기는 싫어.' 형이 그렇게 말한 것은 아니지만, 나는 안다. 형이 브레인박스를 껴안는다. 형의 말이 보인다. '잘 있어. 너를 더 이상 보호해 줄 수 없어서 미안해.' 형이 내 앞으로 온다. 형의 말이 보인다. '잘 있어. 작별하기 싫지? 나도 알아. 하지만 이제 작별이야, 내 동생. 잘 있어.'

잘 있어, 잘 있어, 잘 있어. 잘 있어, 친구들, 사랑해. 잘 있어, 너와 더 친해지지 못해서 미안해. 잘 있어, 너도 곧 죽을 테니 유감이야. 잘 있어, 너한테는 희망이 있을지도 몰라. 잘 있어, 잘 있어, 잘 있어.

돈나

워싱턴이 죽는 걸 돕지 않아도 되면 얼마나 좋을까.

내 말을 오해하지 마. 피를 보면 기절하거나 뭐 그런 건 아니야. 우선, 나는 죽는 사람들한테 아주 익숙해. 게다가 엄마랑 응급실에서 상상도 못 하게 기막힌 것들을 많이 봤어.

문제는 워싱턴이랑 나 사이에 '뭐'가 있었단 거야.

뭐랄까, 내가 워싱턴을 사랑하게 됐다고, 뭐냐, 음, 10분쯤 생각한 적이 있다고 할까. 워싱턴도 좀 관심을 보였다고 할 수도 있지만 내가 더 진전시키지 않으려 하니까 마음을 접더라.

사람들이 완전 편견을 가질지도 모르니까, 내가 아직 말 안 한 부분까지 이제 밝혀야 할까? 어쨌든 나는 처녀라고 할 수 있어. 뭐, 완전 처녀라는 건 아니야. 내가 순결한 척하는 것도 아니야. 뭐랄까, 어떤 건 좀 했는데, 그렇지만…… 뭐, 그래.

그러니까 그게…… '그 사건' 직후에 갑자기 온통 모두가 엉켜 있었어. 내 말은, '등급 외'에 가까운 진한 '19금'이었어. 생각해 봐. 우리는 예전에 법적으로 음주가 허용되던 나이까지 살아 보지도 못하고 죽어야 돼. 그럼, 그 짧은 인생을 최대한 활용해야지. 기회가 있을 때 잡아야지. 지금을 즐겨라. 매화도 한철, 국화도 한철. 찰나주의. 기타 등등. 성병? 누가 신경 써? 중독 치료? 누가 신경 써? 나쁜 소문? 누가 신경 써? 그런 것들은 '미래'가 있는 사람들이나 신경 쓰지. '임신은 없다'는 사실을 사람들이 깨달으면 어떤 일이 벌어지는지 알아? 한동안 완전 소돔과 고모라였어.

그러니까…… '그것'은 안 할 수 없는 일이었지. 그것도, 뭐냐, '그 사건' 전보다 훨씬 많이……. 그런데 나는 그다지 휩쓸리는 타입이 아닌 것 같아.

그러니까 내 말은, 이미 나는 기본적으로 모든 걸 잃어버린 상태였어. 내가 지킬 수 있는 게 달리 뭐가 있었겠어?

내가 그렇게 생각하는 게 이상하기는 해. 우리 엄마 아빠가 종교적이거나 뭐 그런 것도 아니었거든. 엄마는 새나 벌 같은 것들을 나한테 많이 알려 줬어. 나는 듣기 싫었지. '웩, 저런 것들의 학명까지 알고 싶지 않아' 같은 마음이었어. 그리고 내가 누구를 위해서나 무슨 신념을 따르느라 나를 지킨다, 뭐 그런 건 아니야. 그냥…….

워싱턴은 화끈한 일이 더 이상 안 벌어질 걸 알고 나한테 흥미를 잃었어. 나는 완전히 바보가 된 것 같았지. 제퍼슨한테는 말할 수 없었어. 제퍼슨은 나한테 그런 감정이 전혀 없어. 나는 제퍼슨이 좋아하는 타입이 전혀 아니야. 그렇지만 왠지 워싱턴 이야기를 하면 제퍼슨과 나의 우정이 다칠 것 같았어. 그런데 그 우정은 잃고 싶지 않거든.

어쨌든, 의사로서 제일 싫은 일이 뭔지 알아? 부러진 뼈를 맞출 때 살 사이로 먹먹하게 들리는 으드득으드득 소리? 아니야. 모르핀, 옥시코돈, 펜타닐을 몽땅 중독자들한테 도둑맞아서 진통제가 없다고 환자한테 말해야 하는 것? 그것도 아니야.

의사로서 제일 싫은 일은, 아는 사람이 '그 병'으로 죽어 가는 모습을 지켜보는 거야.

사람들은 누구나 자기가 죽음을 잘 안다고 생각하지. 텔레비전이나 영화에서 봤으니까. 있지, 누가 총에 맞으면, 친구들이 '괜찮을 거야! 정신 잃으면 안 돼! 헬리콥터가 오고 있어!' 같은 말을 하고, 총 맞은 사람은 정말 멋지고 의미심장한 말을 한 뒤에 죽잖아.

그런데 그런 게 아니야.

일반적으로, 지붕에서 떨어지거나 총을 맞거나 더러운 물을 먹고 콜레라에 걸리면, 죽기까지 '기나긴' 시간이 걸려. 그 시간 내내 죽어 가는 사람은 비명을 지르고 신음을 뱉지. 그 사람들이 할 수 있는 가장 똑똑한 말은 '너무 아파!'야. 그 말을 계속하고 또 계속해. 그러면 '나를 봐서도 죽으면 안 돼!'가 아니라 '세상에, 얼른 죽어서 저 고통에서 벗어나면 좋겠어' 하는 생각이 들어. 그러면 죽어 가는 사람들은 모두 이래. '도와 줘! 도와 줘! 죽기 싫어! 아파! 나를 죽여 줘!' 그래, 모순이지. 그렇지만 월트 휘트먼도 말했잖아. "내가 모순된다고? 그래서 뭐? 인생은 욕 나오게 복잡해."

그래서 말인데, 워싱턴이 생일에, 뭐냐, 딱 맞춰서 증상을 보이기 시작한 건 특이한 일이야. 나이를 먹는 건 딱딱 맞춰 떨어지는 일이 아니거든. 열여덟 살쯤 발병하는 사람이 있는가 하면, 더 일찍 나타나는 사람도 있고, 더 늦게 나타나는 사람도 있어. 정말 전혀 알 수 없어. 호르몬이랑 상관이 있는 것 같아. 우리한테는 있고, 훨씬 어린 아이들이나 어른들한테는 없는 거. 그게 우리를 보호하나 봐. 그렇지만 다 성숙하게 되면 병이 찾아오지. '신체적' 성숙 말이야. 감정적으로 성숙해질 때까지 죽지 않는다면, 남자애들은 영원히 살 수 있을걸.

워싱턴은 열여덟 번째 생일이 올 때까지 애써 버텼는지도 몰라. 동생 제퍼슨이 자라기를 기다린 거지. 그렇지만 생일 파티 다음 날, 워싱턴은 기침을 시작했어. 워싱턴은 그게 무슨 의미인지 잘 알지. 의무실로 왔어. 나는 워싱턴한테 따로 병실을 내줘. 워싱턴스퀘어가 내려다보이는 깨끗하고 좋은 방이야.

워싱턴: 부탁이 있어. 제퍼슨 좀 찾아와.

뭐, 죽어 가는 사람의 부탁을 거절할 수는 없지만, 그래도 거절할 수 있으면 얼마나 좋을까.

제퍼슨은 북쪽 출입구에서 브레인박스와 얘기하고 있어. 소리가 나게 뭘 연결하나 봐. 제퍼슨이 나를 보자마자 무슨 일인지 알아채. 내가 먼저 말을 꺼내지 않아도 돼서 다행이야.

제퍼슨은 하던 일을 중단하고 나한테 다가와. 나는 제퍼슨을 껴안아. 내가 껴안는다고? 아니, 제퍼슨이 나를 껴안아. 우리는 서로 포옹해. 함께 포옹해.

슬픔에 살이 에여. 살에서 신경이 튀어나와서 문어 다리처럼 우리를 휘감아.

왠지 유치원 시절이 떠오르네. 제퍼슨이 내 손을 잡고 있고, 내가 말하지.

'그래, 너랑 결혼할게. 자, 이제 놀자!'

뭐, 그건 그때고.

의무실로 가는 동안 제퍼슨은 울지 않으려고 무지 애쓰고 있어. 왜 그러지? 남자애들은 도대체 왜 이럴까? 눈물을 참느라 머리가 나쁜가 봐. 멍청이들. 나는 실컷 울 수 있는 나 자신이 좋아. 독소를 빼야지.

워싱턴이랑 제퍼슨이 만나서, 뭐냐, '안녕', '안녕' 그런 분위기야. 그냥 놀러 나온 거 같아. 나는 방에서 나가려고 하는데, 워싱턴이 다시 나를 불러. 제퍼슨도 내가 같이 있는 게 더 좋은 눈치야. 워싱턴이 내 손을 잡아. 그러자 제퍼슨은 내 다른 손을 잡아. 그 뭐냐, 어색해! 그래도 뭐, 놀이공원에서 놀이 기구를 타는 기분이야.

워싱턴은 아직 이성을 잃지 않은 단계야. 황설수설하기 시작하면 끝이 가까운 거야. 워싱턴은 이제 식은땀을 흘리기 시작하는 단계야. 워싱턴이 제퍼슨한테 말해.

"이야기를 들려줘."

제퍼슨은 우리 부족의 이야기꾼이랄까, 뭐 그런 존재야. 우리가 이 멋진 군대 겸 공동체를 만들어 갈 때, 밤이면 사람들이 분수 근처에 모이기 시작했어. 혼자인 걸 견딜 수 있는 사람은 없었거든. 나와서 놀고, 음악을 연주하고, 시답잖은 수다를 떨었어. 대마초도 피웠어. 영화와 텔레비전 이야기를 많이 했지. 다들 아주 아쉽고 그리운 것 같더라. 아니, 뭐, 엔터테인먼트 산업이 사라진 게 종말이 불러온 최악의 일이라도 돼?

제퍼슨은 손으로 돌려서 전력을 얻는 플래시로 책을 읽곤 했어. 혼자, 뭐냐, 잘난 척했다고 할까. 책장을 넘길 때마다, 윙윙윙, 플래시 발전용 핸들을 돌렸어. 그러면 브레인박스는 라디오 발전용 핸들을 돌리곤 했지. 둘이 똑같이 핸들을 돌리고 있었어.

어느 밤에 누가 제퍼슨한테 책을 소리 내서 읽으라고 했어. 그러다가 그게 행사 같은 게 됐고, 그러다가 누가 제퍼슨한테 영화 이야기를 부탁했어. 연극처럼 들려달라고 한 거지.

중요한 건, 제퍼슨이 이야기를 잘한 거야. 목소리를 바꾸고, 줄거리 곳곳에 해설도 덧붙이고, 이야기가 어디로 갈지 전혀 모르게 꼬아 놓기도 했어. 나중에는 사람들이 제퍼슨한테 이야기를 지어내서 들려달라고 했어. 그래서 제퍼슨은 밤마다 하나씩 이야기를 들려줘. 왜, 부모들이 애들한테 지어내서 들려주는 이야기 있지? 그런 거랑 비슷한데 조금 더 어른스러운 이야기야. 「악마와 디아블로 게임을 한 남자」, 「유령 지하철역」, 「밴드를 집어삼킨 차고」 같은 거.

전에 제퍼슨이 온통 어디에 정신이 팔려 있길래 내가 무슨 일이냐고 물어봤거든. 그랬더니 제퍼슨이 이러더라. "오늘 할 이야기를 만들고 있어." 있지, 사람들은 친숙한 것이나 '종말과 상관없는 것'이면 무엇에든 열광했어. 잠자리에 누운 네 살짜리 어린애들 같았어. 그러니까 제퍼슨이 그렇게 열심히 애쓸 필요는 없었지. 그렇지만 제퍼슨은 그 일에 자부심을 좀 갖기 시작했어.

제퍼슨: 할 이야기가 없어.

워싱턴: 마지막 기회야.

그러자 제퍼슨의 얼굴이 슬픔의 물결에 강타당한 표정으로 변해.

제퍼슨은 워싱턴한테 시드 아서라는 남자 이야기를 들려주기 시작해. 시드 아서는 아주 부잣집에서 자라는데, 부모는 어린 시드한테 완벽한 어린 시절을 선사하려 해. 그래서 그 부모는, 뭐냐, 시드를 집 안에만 두고 텔레비전을 끄고, 세상에서 벌어지는 온갖 쓰레기 같은 일들을 전혀 모른 채 살아가게 해.

어느 날 시드 아서가 가정부 방에 가서 난생처음 텔레비전을 봐. 탐정 드라마 같은 걸 보는데, 거기서 사람이 죽는 거야. 그때까지 죽음을 들어 본 적도 없는 시드 아서는 그걸 보고 엄청난 충격을 받아.

시드는 세상으로 나가서 자기가 몰랐던 것들을 모두 알아내기로 마음먹어. 그래서 무지 우울해져. 시드는 노숙자들이나 빈민촌이나 양로원에 있는 노인들을 차라리 보지 말걸 하고 후회하지만 때는 너무 늦었어. 인생에는 '실행 취소' 명령이 없거든. 결국 시드는 공원 나무 아래에서 며칠을 앉아서 생각해. 왜 세상 모든 게 이렇게 괴로울까. 사람들은 왜 멋진 물건, 좋은 기분, 젊음, 삶 자체 등등 자신이 갖고 있는 것에 이렇게 목을 맬까. 그러다가 시드는 그게 모두 개수작이라고 깨달아. 그리고 왠지 완전 행복해져.

나는 그 이야기가 무슨 뜻인지 전혀 모르겠는데, 워싱턴은 고개를 끄덕이며 웃네. 저 둘이 이미 알고 있는 이야기를 제퍼슨이 각색했나 봐. 쟤들한테 멋진 아시아인 피가 흐르기 때문인지도 모르지. 쟤들은 뭐냐, 반은 일본인인데. 워싱턴은 그래서 아주 섹시해 보이거든. 양쪽의 최고가 합쳐진 타입이지.

제퍼슨은 멋지다고는 할 수 없어. 내 말은, 귀엽다는 뜻이야. 나는 제퍼슨을 섹시한 쪽으로는 생각해 본 적 없는 것 같아.

첫 번째 경련이 와. 이제 곧 미친 듯이 횡설수설하다 혼수상태가 되겠지. 워싱턴은 앞으로 벌어질 일을 잘 알고 있어. 그래서 제퍼슨한테 이제 작별할 시간이라고 말해. 하지만 제퍼슨은 떠나지 않으려 해.

나는 잠을 좀 자려고 자리에서 일어나. 제퍼슨이랑 워싱턴을 두고 가. 나갈 때 마침내 제퍼슨의 울음소리가 들려. 어린애 울음처럼 숨도 못 쉬고 심하게 꺼이꺼이 우는 울음.

워싱턴은 장례식을 하지 말라고 했지만, 사람들은 자연스레 그날 밤 분수 주위에 모여들어. 다들 초나 랜턴이나 야광봉을 들고 있어. 아끼던 야광봉이나 배터리를 기꺼이 쓰는 사람들을 보니 보기 좋다고 할까, 뭐, 그래. 모두가 자기 옷 중에 제일 좋은 걸 입었어. 전투화에 디올 드레스. 록밴드 배지들을 붙인 날렵한 슈트, 인디언 장식을 단 농구복, 펜싱 칼, 직접 만든 창, 뜨개질해서 만든 어깨 끈을 붙인 자동 소총. 사람들은 얼굴에 눈물을 그렸어. 재킷에는 '워싱턴'이라고 쓰고, 검은색 완장을 찼어. 커다랗게 자주색으로 'W'가 적힌 대학교 재킷을 찾아내서 입은 사람도 있어.

인정하지 않을 수 없는데, 나는 우리, 그러니까 우리 부족을 좀 좋아하는 것 같다고 말할 수 있을 것 같아. 업타운 부족 같은 이상한 애들 무리와 비교하면 더 그래. 우리는 괴짜인 걸 자랑스럽게 드러내. 종말 전부터 그렇게 모두가 자유롭게 살았으면 좋았겠지. 하지만 늦게라도 이럴 수 있는 게 아예 못 그런 거보다 낫다고 생각해.

물론 장례식이 처음은 아니야. 몇 주에 한 명은 하늘나라에 있는 대학교로 올라가. 대개 우리는 그냥 잊어버리려고 애쓰지. 여기서는 미래에 대해서 생각하지 않으려고 애써. 그리고 과거를 지우려고 애써.

그렇지만 워싱턴은 달랐어. 워싱턴이 없었으면, 우리는 패거리 아니면 어중이떠중이들이었을걸. 모두 죽었을 거야. 그래시 사람들은 둘러앉아서 워싱턴 이야기를 주고받아. 모두가 말하고 있어. '믿을 수 없어.' 분위기는 절망적으로 변하고 있어. 이제 그냥 자기 마음대로 살겠다는 말도 들려. 워싱턴이라면 이런 분위기를 좋아할 리 없어. 워싱턴이라면 이런 분위기를 막았을 거야.

제퍼슨이 사람들 분위기를 알아챈 것 같아. 분수 앞으로 나가서 사람들한테 정숙하라고 말하고 있어.

제퍼슨

모두가 나를 보고 있다. 나는 워싱턴 형이 나에게 물려준 권위를 등에 걸치고 있지만, 사람들은 그것이 나에게 맞지 않는다고 생각하고 있다.

내가 말한다.

"주목! 지금 벌어진 일을 모두가 어떻게 생각하고 있는지 느껴져. 두렵겠지. 그래, 나도 두려워."

됐다. 모두가 귀를 기울이고 있다. 이제 어쩌지? 나는 연설에 익숙하지 않다. 그래서 연설하는 것이 아니라 이야기를 들려주는 것이라 생각하기로 마음먹는다. 이야기를 싫어하는 사람은 없다.

"워싱턴은 동생인 나를 생각하는 것과 똑같이 여러분 모두를 생각했다. 여러분은 워싱턴의 가족이다."

젠장, 지금 울면 안 돼.

"죽기 전에 워싱턴은 나에게 이 말을 모두에게 전하라고 했다. 무슨 일이 있어도, 우리는 뭉쳐야 한다고. 최선을 다해서 서로를 도와야 한다고. 우리가 함께 노력하며 이런…… 이 혼란과 어둠에서 살아온 게 자랑스럽다고. 워싱턴은 여러분이 서로 사랑하고 서로 보호해야 한다는 말을 전하라고 했다."

더 이상 다른 말은 떠오르지 않는다. 그래서 말한다.

"이상."

나는 분수 테두리 난간에서 내려온다. 그 순간, 어디서 "제퍼슨을 총통으로!" 하는 소리가 들린다. '총통'이란 칭호는 워싱턴 형이 대장으로 뽑혔을 때 직접 고른 말이다. 형은 그 말이 재미있다고 생각한 것 같다.

모두가 박수를 친다. 모두가 함께한다. 환호성. 사람들은 나의 선출을 재청에 삼청에 사청에, 완전히 지지한다. 워싱턴 동생의 대승리. 천부 왕권이 제자리를 찾은 것 같다.

나는 이런 것을 꿈꾸지 않았다. 사람들한테 지시하는 것은 내 일이 아니다. 나는 명령을 내리기 싫다. 내가 원하는 건 사람들 기운을 조금 북돋는 것, 부족을 떠나는 일에 대해 다시 생각하게 만드는 것 정도였다. 내가 아까 한 말은 정치적인 연설도 무엇도 아니었다. 하지만 우리는 수가 아주 적고, 이럴 때에는 이야기와 정치 사이에 아무런 차이가 없다.

가로세로 150미터, 300미터의 사각형 안에 모두 모여 있을 때에는 직접 민주주의가 불가피하다고 할 수 있다.

투표에 부쳐야 할 것이 많지 않다. 중요한 것에는 사람들이 모두 동의할 수 있다. 문을 지키는 것. 음식을 구하는 것. 구덩이를 파서 화장실을 만드는 것.

형은 이것이 '욕구 위계'라고 말한다. 아니, 말했다. 먹고사는 것만으로도 너무 바빠서, '동성 결혼'이든 뭐든 그게 멋진지 아닌지, 그런 일상적인 이야기를 할 시간이 없다고 말했다. 우리는 세 군데 학교 출신이다. 러닝센터의 부잣집 아이들, 로욜라의 가난한 천주교 집안 아이들, 스톤월의 동성애자 아이들. 그래도 서로 크게 싸우지 않는다. 욕구 위계에게 감사한다.

욕구 위계가 아니면 달리 무엇이 우리를 한데 묶겠는가. 우리에게는 헌법도 없다. 생존, 자유, 행복할 권리? 우리는 아직도 생존에 매달려 있다.

우리의 내부 정책은 '침착할 것'이다.

우리의 외부 정책은 '내 알 바 아님'이다.

그러니까 나는 연출을 맡기 싫다. 이 공연은 구리다. 이 공연은 곧 문을 닫을 것이다. 이 〈뉴욕 뉴욕〉 공연은 스타디움에서 사람들이 다 빠져나가면 끝난다.

모르겠다. 어쩌면 책임을 맡아야 할 때인지도 모른다. 큰일을 해야 할 때인지도 모른다. 돈나에게 내 감정을 말해야 할지도 모른다.

어쩌면 내일.

돈나를 향한 내 마음은 이미 한참 전부터 깨닫고 있었다. 일단 내 감정을 깨닫자, 그동안 내내 돈나만 사랑했던 것 같은 기분이 들었다. 이전에 내가 감정적으로 끌렸던 사람들은 모두 뿌연 화면, 그냥 마구 돌리는 텔레비전 채널, 휙휙 넘기는 웹 페이지 같았다.

유치원 때부터 알고 지낸 여자한테 빠지는 것은 너무 빤해 보일 듯해서 나는 그냥 아무 행동도 취하지 않았다.

그러다가 돈나가 죽은 내 형에게 마음이 생겼다.

형도 돈나에게 같은 마음을 가졌던 것 같다. 돈나가 방에서 나가고 우리 둘만 남았을 때 형이 나에게 한 말은 사실, 이렇다.

"다 끝났어."

나는 뭐라 대꾸해야 할지 몰랐다.

"약도 다 떨어져 가. 음식도 다 떨어져 가. 탄약도 다 떨어져 가.

내 말 잘 들어. 이 사람들은 끝났어. 너희는 여기서 나가야 돼. 너랑 돈나. 있는 음식 다 챙기고 탄약도 다 챙겨. 너희는 살아야 해. 누구라도 방해하면 죽여."

옳은 말이었는지도 모른다.

'그 병' 때문에 제정신이 아닌 채로 떠든 말인지도 모른다.

그래서 나는 형의 말을 누구에게도 전하지 않았다. 누구나 듣기 좋은 말을 좋아한다.

브레인박스는 도서관 계획을 포기하지 않는다. 그런 성격이다. 브레인박스는 탐험을 해야 한다고 늘 워싱턴 형을 설득했다.

한껏 들뜬 채 나타나서 워싱턴 형한테 말하곤 했다.

"차이나타운에 용량이 큰 배터리들이 있는 걸 발견했어. 이런저런 것에 전원을 넣을 수 있어. 그리고 나한테 산 처리를 할 수 있는 용기가 있으면 종이 필터를 교체할 수도 있어."

그러면 두 사람은 커낼스트리트까지 숨어 내려갔다. 형은 몸 쓰는 일을 맡고, 브레인박스는…… 굳이 말하지 않아도 알 것이다.

'그 사건' 전에는 브레인박스를 신뢰하는 사람이 아무도 없었다. 모두가 브레인박스를 골칫거리로 취급했다. 브레인박스는 '로봇 공학 클럽' 회장이었다. (그리고 그 클럽 회원은 브레인박스 한 명뿐이었다.) '그 사건' 전에는 따돌림당했던 브레인박스의 면모가 '그 사건' 뒤로는 우리한테 꼭 필요한 것이 되었다. 브레인박스가 작은 태양전지를 모두 모아서 널빤지에 붙이고 '아두이노'라는 것을 써서 그 판이 온종일 태양과 마주 보게 돌아가도록 만들었을 때, 사람들은 아주 기뻐했다. 그렇게 해서 사람들은 아이팟을 들을 수 있었다. 브레인박스가 나무와 검정색 페인트, 거울, 세 가지만으로 히터를 만들 줄 아는 것에 사람들은 감탄했다. 발전기가 계속 돌아가게 만들거나, 스프링으로 뭐가 튀어나와서 깜짝 놀라게 하는 선물 상자를 만들 수 있는 사람은 브레인박스뿐이었다.

어쨌든 지금 브레인박스가 내 방에 들어온다. 브레인박스는 무심히 라디오 발전용 핸들을 돌리면서 내 책꽂이를 살펴본다. 내 책꽂이는 미친 세상에서 나를 지키는 성벽이다.

브레인박스가 말한다.

"소설책이 아주 많네."

"그게 뭐?"

"소설은 가상의 인물에 대한 가상의 이야기야."

"그래서?"

"그래서 다 거짓말이지. 입증될 수 없어."

"소설은 수량화할 수도 없어. 그게 다른 점이야."

브레인박스에게는 다를 바 없겠지.

브레인박스가 나에게 묻는다.

"왜 검은색 옷을 입고 있어?"

"아무 이유 없어."

나는 그렇게 대답한 뒤 다시 덧붙인다.

"몰라. 추모의 뜻으로."

"아, 나는 햇빛을 많이 받아서 보온 효과를 높이려는 줄 알았어."

"아니야."

"초록은 생각해 봤어?"

"그래, 해 봤어."

"그런데?"

"네가 찾으려고 하는 걸 찾아내면……."

"찾아내면?"

"그걸로 뭘 할 수 있어? 정말 달라질 수 있어?"

"그럴 수도 있고, 아닐 수도 있고."

"가령, 이렇게 생각해 보자. '그 병'은 우리 부모를 죽였어. 우리 형도 죽였어. 나는 복수하고 싶어. 네가 복수해 줄 수 있어? '그 병'을 죽일 수 있어?"

브레인박스가 말한다.

"애써 볼 수 있어."

나에게는 그 대답이면 충분하다.

——✻——

밤이면 '그 병'이 등장하는 꿈을 꾼다. 때로 '그 병'은 사람 형태로 꿈에 나타난다. 방호복을 입은 모습인데, 방호복 안에는 눈부신 빛 말고는 아무것도 없다.

내가 '그 병'을 사람으로 바꾼 이유는 나도 잘 알고 있다. 세균처럼 작디작은 것이 인류를 이겼다는 생각을 받아들이기 힘들기 때문이다. 소문으로, 그냥 흘려버릴 이야기로 시작된 것이 고작 몇 달도 안 되는 기간에 세상을 없앴다. 그 사실을 머리로 이해하기 힘들었다. 레녹스힐 병원에 가슴 통증을 호소하는 환자가 처음 보고된 것이 지금으로부터 딱 2년 전 일이다. 하루 만에 그 병원은 '그 병' 환자로 가득 찼고, 감염 환자는 뉴욕 지도 전체에서 피를 흘리듯 퍼져 갔다. 첫 환자가 확인되자마자 두 번째 환자가, 그리고 세 번째, 네 번째……. 감염을 막을 수 없는 것이 분명해질 때까지 환자가 이어졌다.

뉴욕에서 미국 동부 해안 위아래로, 미국을 가로질러 캘리포니아로 퍼지며, '그 병'은 거대한 무엇— 어떤 목적을 가진 하나의 생명체로 보일 수밖에 없었다. 사실 그것은 숙주에 기생해야 살아갈 수 있는 바이러스며, 그 자체로 생명체라 할 수 없다고 사람들은 이야기했다.

하지만 어쨌든 '그 병'은 무엇으로도 설명할 수 없었고, 무엇으로도 이길 수 없었다. 질병관리국도, 기도도, 방역도, 비상 의회도, 계엄령도 소용없었다. 그리고 인터넷, 텔레비전, 라디오, 하나하나 사라지고 그 자리에는 집단 광기가 들어섰다. 뉴욕이 고립될 때쯤, 미국 서부 해안, 캐나다, 남미가 극심한 고통에 빠졌고, 유럽과 중국에서 첫 환자가 보고됐다. 한 달 뒤, 뉴욕에 있는 어른은 모두 사라졌다. 어린아이들도 모두 사라졌다.

엄마는 꽤 오래 버텼다. 아빠가 계속 살아 있었다면 더 오래 버티지 않았을까. 엄마가 믿음을 가지고 아빠를 따라간 것은 아니었지만 ─ 순전히 개념적으로 보면 따라간 셈이기는 하다 ─ 더 버틸 이유가 별로 없다고 생각했던 것 같다. 엄마는 형과 나에게, 그동안 즐겁게 살았으므로 죽는 게 그다지 아쉽지 않다고, 하지만 두 아들을 두고 간다는 생각에 마음이 찢어진다고 말했다.

예전에 나는 엄마 아빠가 나를 내버려 두면 정말 좋겠다는 생각을 얼마나 많이 했던가. 그 생각을 하면 토할 것 같았다.

치키타가 옛 뉴욕대 법대로 들어가는 입구 회랑에서 기다리고 있다.

치키타는 포드 F-150 픽업트럭이다. 방탄유리를 달고, 차체에는 철판을 덧붙였다. 타이어에는 실리콘을 넣어서 펑크가 나거나 총에 맞아도 터지지 않게 만들었다. 모두 브레인박스와 워싱턴 형의 작품이다.

차 옆면 곳곳에는 스텐실로 찍은 글자, 배지, 낙서가 있다. '무사고 일수: 0', '이 글을 읽을 수 있으면, 이미 죽은 목숨이다', '덤빌 테면 덤벼'. 계기판 위에는 성 크리스토퍼 상, 부처 상, 훌라 인형들이 있다. 뒷자리에는 기름통들이 있다.

자동차 키들은 총통이 갖는다. 그러니까 치키타는 내 차라는 뜻이다.

브레인박스가 방수포를 벗기고 회전대에 장착된 M2를 살핀다. 그리니치빌리지를 뒤지며 쓸 만한 것을 찾아다니다 발견했다. M2를 집에 두다니, 그 미치광이는 이웃을 모두 쏘아 죽일 계획을 세웠던 게 틀림없다. 하지만 그럴 기회도 못 잡았지.

무기를 확충하려고 낮 보초한테서 총도 몇 자루 빌렸다. 부족의 무장 상태가 조금 헐거워졌다.

망한 뉴욕을 돌아다니려면 무기는 아무리 많아도 부족하다. 예전 뉴욕 시내에서는 총기를 개인 소지한 사람이 많지 않았다. 우리 아빠는 참전 용사였고 총기를 갖고 있었지만, 학교 친구들 중에서 총기를 접해 봤다는 아이는 한 명도 없었다.

부족을 만들었을 때 워싱턴 형이 우리에게 맨 처음 지시한 것은 경찰서 습격이었다. 경찰서에서 어떤 것까지 찾을 수 있는지 알면 놀랄 것이다. 경찰의 불시 단속에 사람들이 총기를 쉬 내놓지는 않았다. 제복 경관과 사복 형사는 총기류를 쓸 수 없었지만, 특수 기동대는 쓸 수 있었다. 우리는 AR-15, AK, 루거 M77 등 갖가지 총기류를 발견했다. 1킬로미터 떨어진 벽에도 구멍을 낼 수 있는 M82 저격용 총도 있었다. 그래도 충분하지 않았다.

총이 사람을 죽이는 것은 아니기 때문이다. 사람을 죽이는 것은 사람이다. 다만, 사람이 사람을 더 잘 죽이는 데에 총이 도움이 되는 것은 확실하다.

"야! 얘들아! 어디 가?"

돈나다. 토마토 밭을 지나 달려오고 있다.

내가 말한다.

"자동차 여행."

"그 초록인지 뭐 때문에?"

"맞아."

"나도 같이 간다."

부탁하는 말투가 아니다.

나는 돈나의 안전을 우선할 것인가, 돈나와 함께 있기를 택할 것인가 저울질한다. 애정이 이긴다.

"좋아. 타."

"10초 안에 돌아올게."

돈나가 다시 뛰어간다.

나는 배낭을 살핀다. 깨끗한 물을 채운 2리터짜리 캐멀백 물통. 체크. 참치 통조림 두 개, 덩굴강낭콩 통조림 두 개, 레더맨 멀티툴, 육포 (데리야키 양념) 한 봉지, 밀키웨이, 담요, 50센티미터짜리 스미스앤드웨슨 경찰봉, AR-15용 55그레인 총알 두 상자, 총알 30개들이 탄창 세 개, 골동품 같은 사무라이 칼.

자동차 여행.

돈나

인터넷이 안 되는 이 한심한 시대에 더 한심한 건 누구랑 얘기하고 싶을 때 그 사람이랑 실제로 얼굴을 봐야 한다는 거야. 그러니까 내 말은, 예전에는 누구랑 말하고 싶으면 그냥 '머해~~~'나 '안뇽~~~~' 하고 문자를 보내는 걸 정말로 당연하게 여겼다는 뜻이야(물결표를 찍는 데에 엄지손가락 힘을 꼭 낭비해야 해. 안 그러면 예의 없는 문자가 돼). 그래서 지금 나는 어쩔 수 없이 피터의 집까지 걸어가야 해.

피터는 공원 서쪽에 있는 낡은 아파트에서 살아. 전에는 멋진 곳이었지. 가난한 사람이 멍청한 제복을 입고 하루 종일 서 있으면서 누가 오면 문을 열어 주는 곳. 입구에 있던 유리랑 전구는 이제 다 박살이 났어. 로비는 쓰레기 섬들로 빽빽한 바다 같아. 넝마파고스 제도야.

엘리베이터는 작동 안 하니까 비상계단을 걸어서 올라가야 해. 깜깜한 계단을 올라갈 때 손에 잡고 갈 수 있게 로프를 매어 놨어. 층수에 맞춰서 로프에 매듭을 지어 놔서, 매듭을 세면 몇 층인지 알 수 있어.

피터는 자기 집을 '피에다테르'(작은 아파트를 뜻하는 프랑스어: 옮긴이)라고 불러. 피터의 피에다테르는 2층에 있어. 아주 좋은 위치야.

한참 뒤에야 피터가 현관문 너머에서 대답하네. 피부를 위해서 자고 있었을 거야.

피에다테르 안은 거대한 페이스북 페이지처럼 꾸며져 있어. 피터가 벽을 온통 파란색 줄무늬로 칠했어. 끈 장식 위에 커다란 피터의 사진이 있고, '친구들' 사진이 있어. 진짜 사진이 없는 친구는 피터의 그림이 대신해. 얼굴 아래 갈색 선으로 막대 같은 몸을 그리고 작은 사과 같은 젖가슴 두 개를 그린 게 나야.

피터는 양철판에 '내 상태'를 적어서 이따금씩 바꾸는데, 지금 상태는 '생각 중'이야.

나는 피터의 '타임라인' 역할을 하는 벽으로 가서 글을 적어. '오늘 나를 엄호해 줄래? 제퍼슨이랑 자동차 여행을 가.'

피터: 좋지. 같이 가. 데이트나 뭐 그런 것만 아니면.

나: 아냐.

피터: 왜 아냐? 나는 늘 워싱턴보다 제퍼슨이 나았어. 워싱턴은 너랑 어울리기에는 너무 남자다웠어. 제퍼슨이 완전 사귀고 싶은 괴짜지.

나: 너도 지금 네 입으로 제퍼슨이 괴짜라고 인정했네.

피터: 어, 이런.

나: 웩.

피터는 나랑 제일 친한 친구야. 나는 학교 다닐 때 다른 여자애들 아무하고도, 뭐냐, 안 맞았거든. 절친들하고도 그런 느낌이었어. 그런데 피터도 그래. 아무랑도 안 맞아. 스톤월 고등학교에 있던 애들하고도 안 맞아.

우선, 피터는 흑인이야. 내가 본 게이 남자애들을 생각하면 드물고도 뛰어난 면이지. 또 하나, 피터는 기독교인이야. 피터를 알기 전에 나는 기독교에서 동성애가 허용되는지도 몰랐어.

피터한테서 기독교인이라는 말을 들었을 때 내가 물었어.

"정말이야?"

"예수님은 나의 벗이야."

게이들이 아주 깔끔하고 섬세할 것 같지? 별로 안 그래. 10대 여자애랑 그 남동생이 한 방에서 사는 걸 상상해 봐. 그거랑 비슷해.

피터가 배낭 두 개를 들고 있어.

"하라주쿠 스타일로 '마이 리틀 포니'가 좋을까, 아니면 완전 남자다운 스타일로 입고 피엘라벤을 멜까?"

나: 피엘라벤. 눈에 띄게 입어서 우리 모두 총에 맞게 하고 싶지 않으면.

피터: 너 신경과민이야.

나: 그래, 무장한 폭력배들이 들끓는데 내가 퍽이나 과민 반응하고 있다. 정말 담 밖으로 나가고 싶긴 한 거야?

피터: 당연하지. 지루해서 죽겠어. 나가야 돼. 사람도 만나야지. 내가 나가는 일이라고는, 뭐냐, 말린 병아리콩이나 육포를 찾으러 갈 때뿐이야. 지이이겨워.

피터는 늘 사람을 못 만난다고 불평해. '그 사건' 이후로 자기 연애 생활은 완전히 망했다나.

나: 여자끼리 뭉쳐서 놀러 나가는 게 아냐. 이건, 뭐냐, 아주 중대한

임무, 뭐, 그런 거야. 도서관까지 가.

피터: 도서관은 여기도 있잖아.

나: 제퍼슨은 더 큰 도서관에 가야 한대.

피터: 제퍼슨도 큰 걸 좋아하는 줄 몰랐네. 좋아. 도서관으로 가자. 누가 알아? 가는 길에 어떤 일이 벌어질지.

피터는 혼자서 장면을 마구 만들고 있어.

피터: 악취가 풍기는 돌 무더기 너머로 멋진 낯선 남자의 눈을 보기 전까지 파블로는 자기 안에 얼마나 뜨거운 욕망이 숨어 있었는지 미처 모르고 있었다. 그러나 타이어 타는 냄새 사이로 그 남자를 보았을 때, 파블로의 심장은 야생 고양이처럼 마구 뛰었다.

나: 멋지네. 제퍼슨을 설득해서 시장에 갈 수 있을까?

그랜드 센트럴역에 시장이 있다는 말을 들었거든. 그동안 거기에 가 보고 싶어서 죽을 것 같았어.

피터: 글쎄, 나한테는 제퍼슨을 흔들 힘이 없는 것 같아. 하지만 너라면…….

나: 관둬. 나는 걔 타입 아니야.

피터: 무슨 소리야. 이제는 사람 자체가 몇 명 없는데 '타입'을 누가 따져.

테이프를 감아서 손잡이를 만든 강철봉이 방구석에 세워져 있어. 피터는 왼손으로 그 강철봉을 들고, 자기 상태 표시를 바꾸고 있어.

'외출 중'

제퍼슨

나는 불경을 외운다.

나무 부처
요 부처 유 인
요 부처 유 앤
부포 소 앤
조 라쿠 가 조
조 넨 관세음
보 넨 관세음
넨 넨 주 신 기
넨 넨 후 리 신.

이것은 불교의 주기도문이라 할 수 있다. 다만 하느님에게 드리는 기
도가 아니라, 관음, 혹은 관세음, 혹은 관세음보살에게 드리는 기도다.

오해하지 말기를. 나는 선(禪)을 신봉하는 사람은 아니다. '세상에 아무 의미가 없어'라는 생각에 대항하여 사람들이 만들어 낸 온갖 것들 중에서 내가 가장 말이 된다고 느끼는 것이 불교일 뿐이다. 그리고 어쩌다 보니 내가 불교 환경에서 자랐을 뿐이다.

아빠는 제2차 세계 대전 당시 이탈리아에서 정찰할 때 불경을 외웠다고 했다. 그렇다, 우리 아빠는 나이가 아주 많았다. 엄마가 나를 임신했을 때 아빠는 일흔세 살이었다. 엄마는 제2차 세계 대전 때 미군 부대 가운데 가장 훈장을 많이 받은 442연대 전투 부대에 관한 책을 쓰던 중에 아빠를 만났다. 442연대 전투 부대는 선조가 일본인이라는 이유로 수용소에 억류된 일본계 미국인 가정 출신의 소년들로 구성되었다. 이들이 이탈리아와 독일로 가서 미국에 있는 파시스트들 대신 외국에 있는 파시스트들을 쳐부수었던 것이다.

어쨌든 엄마는 자기 책의 소재에 정말로 정말로 깊이 연관됐다고 말할 수 있겠다.

엄마와 아빠는 서양과 동양의 만남을 이루었고, 학자와 군인이 섞인 자녀를 키웠다.

형이 군인 부분을 물려받았다. 텔레비전에서 '그 병'의 첫 환자 보도가 나올 때 형은 막 육군 사관 학교에 지원한 참이었다. 나? 나는 학자 부분을 물려받은 것 같다. 그냥 내 생각에는 그렇다는 말이다.

밖으로 나가는 것은 주사위를 굴리는 것이나 마찬가지다. 아주 쉬울 때도 있다. 가서 음식이나 약을 슬쩍하고 얼른 돌아온다. 돌아오지 못할 때도 있다. 강도들, 들개들, 독성 연기, 갑자기 치솟는 불길. 미쳐서 아무렇게나 날뛰는 사람들도 있다. 폭도, 분노에 중독된 사람, 강간에 중독된 사람. 재미로 사람을 죽이는 아이들도 있다고 한다.

왜?

왜 안 돼?

그 두 질문이 지금 많은 것을 상징한다. 거대한 '왜?' 그리고 그 바로 옆에 있는 거대한 '왜 안 돼?'

워싱턴 형은 모두에게 무기 점검을 하게 했다. 그래서 나도 점검하게 한다. 모두가 자기 물건을 확인하는 동안, 나는 사람을 확인한다.

브레인박스 (사악한 천재)

돈나 (주의가 좀 산만한 걸파워 미녀)

피터 (게이 기독교인 아드레날린 중독자)

나 (괴짜 철학자 왕)

'반지 원정대'는 아니지만, 굳이 비교하자면, 반지 원정대처럼 너무 초라한 것도 아니다. 엘론드 자문회의에서 원정대를 선발한 위원들이 일을 썩 훌륭하게 해냈다고 보기는 어렵지 않나. 호빗 네 명? 정말? 전체 아홉 명 중에? 결국에는 다 잘 해결되는 것은 나도 안다. 하지만 애당초 의문스러운 구성이다.

나는 조용하게 차를 몰고 싶지만, 다수결에서 졌다. 그래서 음악은 내가 고르겠다고 우긴다. 정말이지, 니키 미나즈 음악을 배경으로 죽고 싶지는 않다.

엄청나게 큰 스피커가 엔진에서 힘을 빨아들이며 부주 반턴의 〈링 디 알람〉을 쿵쾅거린다. '뿅짝뿅짝' 리듬에 차 전체가 부르르 떤다. 아, 환상의 연소 기관! 이제야 제대로 느끼네!

동쪽 출입구를 벗어나서 워싱턴플레이스 아래로 내려간다. 나는 운전하고, 브레인박스는 조수석에 있다. 피터는 돈나와 함께 뒷자리에 앉아서 M2를 잡고 있다.

초소에서 잉그리드가 출입문을 닫기 전에 딱 부러지게 경례한다. 프랭크도 초소에 있다. 프랭크는 같이 가지 못해서 불만인 표정이다. 하지만 만일의 경우에 통솔자로 가장 자격이 있는 사람은 프랭크다. 과연 내가 무사히 돌아올 수 있을까? 아무도 모른다. 여기서부터는 망망대해다. 나는 멀어지는 워싱턴스퀘어를 백미러로 지켜본다.

처음 몇 블록은 우리 사냥 영역 안이다. 버려진 택시와 쓰레기차, 약탈당한 상점, 모두 눈에 익은 것들이다. 그렇지만 천천히 가야 한다. 버려진 자동차들과 쓰레기 사이를 이리저리 피하며 운전해야 한다. 물론 나는 엑스박스 게임 속 캐릭터처럼 다 뚫고 달리고 싶다. 하지만 지금은 멋진 척해도 아무 이득이 없다. 그러다가 괜히 죽임을 당할 수도 있다.

드러난 철골, 너덜너덜해진 뉴욕대학교 현수막들. 중국 음식점 메뉴판, 포장 전문 식당 냅킨, 교통 통제 고깔, 전신주에 체인으로 매인 채 엉망이 된 자전거들, 그 옆으로 굴러다니는 쓰레기통들. 부서진 채 바싹 마른 소화전들.

나는 지나가면서 생각한다. '빌어먹을 것들.'

나는 순진하게 곧이곧대로 세상을 믿었다. 얇은 거품 막을 굳건한 바위벽이라고 생각했다. 롱아일랜드에서 태우는 석탄으로 일으키는 전기로 작동되는 시계의 알람 소리에 잠에서 깼다. 캐츠킬 산맥에서 온 물로 입을 헹궜다. 아침으로는 버몬트에서 온 달걀, 캘리포니아 빵 공장에서 온 빵. 아이슬란드에서 온 버터. 콜롬비아에서 온 커피. 필리핀에서 온 망고. 정지 궤도 위성을 통해 멀리까지 목소리를 보냈다. 수백만 년 묵은 식물과 미생물의 힘으로 움직이는 버스가 나를 어디든 데려갔다. 가상의 인물을 연기하는 사람들이 액정 상자에서 시끌벅적거리며 나를 즐겁게 했다.

이런 세상이 계속되지 않으리라고는 상상도 하지 않았다.

빌어먹을.

처음 몇 블록 안에는 시체가 없다. 우리가 초기에 모두 태웠기 때문이다. 질병과 동물을 막기 위해서였다.

대개 사람들은 실내에서 죽음을 맞았다.

처음에는 병원에 사람들이 넘쳤다. 그러다가 아무 치료법도 없다는 사실을 깨달은 뒤 사람들은 점점 '그 병'을 부끄러워하고 숨기게 됐다. 너무 오랫동안 죽음을 추악한 비밀로 대해 왔기 때문에 사람들은 정면으로 죽음과 직면할 수 없었다. 그래서 자기 소굴로 돌아가서 CNN이나 폭스뉴스를 틀어 놓은 채 텔레비전 앞에서 죽어 갔다.

가속 페달을 밟은 발에 힘을 조금 빼고, 못 보던 것이 없는지 주위를 살핀다. 텅 빈 경찰 버스, 문이 열린 채 버려진 테슬라 자동차. 메르세데스벤츠, BMW, 토요타, 렉서스, 혼다, 포드, 크라이슬러, GM, 캐딜락. 모두 연료통은 비어 있다. 열린 후드에는 스프레이로 그려 둔 표시가 있다. 'B'는 배터리를, 'G'는 기름을 뺐다는 표시다.

엉망이고 점점 더 엉망이 되어 가는 할랄 케밥 노점을 지나간다. 창가에 놓인 화분들에는 축하라도 하는 듯 기묘하게 꽃이 무성하다.

개똥이 널려 있다. 허공에는 파리들이 이리저리 날뛴다.

워싱턴플레이스와 머서스트리트 사이의 건널목 바닥에는 누가 스프레이로 요한계시록 2장 4절을 적어 놓았다.

"그러나 너를 책망할 것이 있나니"까지 적혀 있고, 그 뒤는 없다. 쓰다가 스프레이가 떨어졌거나 시간이 다 됐거나 흥미가 사라졌나 보다.

피터가 그 구절을 마저 말한다.

"그러나 너를 책망할 것이 있나니 너의 처음 사랑을 버렸느니라."

나는 이해할 수 없다. 이 말은 하느님이 하는 말인가? '처음 사랑'은 뭐지?

모퉁이에서 잠깐 차를 세우고 고개를 내밀어 브로드웨이를 살펴본다.

돈나가 말한다.

"너 운전하는 게 우리 할머니 같다는 말, 전에도 했던가?"

나는 돈나의 말을 못 들은 척한다. 내가 보기에, 우리 자동차는 위험한 급류로 다가가는 조그만 뗏목이나 다름없다.

옛날에 옷 공장이었던 건물들의 낮은 융기선과 브로드웨이의 보도들은 모두 텅 비어 있다. 깨진 유리창들 너머로는 움직이는 것이 보이지 않는다. 여기서부터 '드러머' 영역까지는 대개 동물들과 떠돌이뿐이다. 소수만 뭉쳐 지내는 무리들도 있는데, 이런 무리는 오래 지속되지 않고, 우리에게 군이 싸움을 걸 확률도 낮다.

개 한 무리가 남쪽에서 거리를 두고 있다.

돈나가 상점 차양에 적힌 것을 읽으며 말한다.

"'이건 사야 해'. 하하, 정말이네. LOL."

나는 문자메시지 용어를 입으로 말하는 게 듣기 싫다. Laugh Out Loud를 줄인 LOL을 말로 할 바에는 그냥 크게 웃어라. RFL? Roll on the Floor Laughing, 웃느라 바닥에 데굴데굴 구른다고? 그럼, 그냥 바닥에 구르면 된다.

빈정대는 농담도 이제 지겹다. 어떤 상점, 어떤 광고, 어떤 것이든 '그 사건' 이전 세상의 것은 지금 보면 어이없을 뿐이다. '르바스켓'. '더비타민숍'. '더바디숍'. 어느 상점을 보아도 '무슨 일이 벌어질지 알고나 있어?' 하고 소리치고 싶어진다.

그래도 브로드웨이 보도 옆을 지나갈 때에는 상점 이름들을 읊지 않을 수 없다.

돈나가 말한다.

"아메리칸 어패럴."

피터가 말한다.

"슈퍼드라이."

돈나가 말한다.

"맥도날드."

브레인박스가 말한다.

"풋라커."

저런 상점 이름들이 우리에게 중요했던 때가, 상점 이름만 들어도 설레던 때가 있었다니, 지금 생각하면 믿기지 않는다. 이제 우리는 조상에게 올리는 기도처럼 상점 이름들을 되풀이하고 있다. 상점들은 각기 작은 신을 모신 신전이고, 우리의 경배를 여전히 바라는 것 같다. 상점 이름들이 죽은 신들의 이름 같다.

"나는 4번 세트에, 음료는 콜라."

나도 모르게 툭 튀어나온 말이다.

피터가 말한다.

"내가 살게. 그런데 종말 전에는 내가 채식주의자였어. 지금은 그렇게 살기 아주 어렵지. 이제는 잡식성이야."

돈나가 말한다.

"그리고 잡식성이 우리를 먹지."

우리는 계속 엉금엉금 북쪽으로 간다.

피터가 말한다.

"시스루가 우리를 쫓아오고 있는 거 알아?"

나도 아까부터 뒤에서 언뜻언뜻 작은 형태가 보이는 것을 알아채고 있었다. 피터가 말한다.

"시스루가 들개들한테 잡히겠어."

들개 무리가 공기를 킁킁대고 냄새를 계산하며 우리를 따라오고 있다.

나는 치키타를 세운 뒤, 주변 빌딩에 저격수가 없는지 살피며 차에서 내린다.

작은 누가 택시 뒤에 숨는다.

피터가 말한다.

"나는 뭐냐, 닌자나 뭐 그런 건 줄 알았어."

내가 말한다.

"닌자는 일본인이고, 시스루는 중국계야. 시스루는 자기가 소림사 쿵

후 마스터라고 생각해."

　시스루라는 이름은 '시푸'에서 나왔다. 시스루가 자기를 '시푸'라고 부르라고 했기 때문이다. '시푸'는 스승을 뜻하는 중국어다. 시스루의 아버지는 우리 학교에서 쿵후와 태극권을 가르쳤다. 학교 특별 교육 시간에 이상한 걸 배운다고 내가 말했던가? 어쨌든 시스루는 자기가 아버지의 칭호를 물려받아야 한다고 생각했다.

　하지만 시스루는 키가 150센티미터밖에 안 되고, 빼빼 말랐다. 그래서 다 들여다보인다는 뜻으로 '시스루(SeeThrough)'다.

　피터가 말한다.

　"커밍아웃해."

　그리고 피터는 혼잣말처럼 덧붙인다.

　"나는 커밍아웃했어."

　시스루는 우리에게 발견된 것이 신기하다는 표정으로 고개를 내민다.

　나는 시스루한테 오라고 손짓한다.

　"있지, 도우려는 마음은 고마워. 하지만 너는…… 그, 저기…… 너무 작아."

　"나를 모르잖아."

　시스루는 결연한 표정이다.

　"나도 너를 잘 알고 싶어. 하지만 나중에. 지금은 집에 데려다줄게."

　"싫어. 나도 도울 수 있어."

　이성적인 접근이 실패했으니, 시스루를 돌려 세우려고 시스루의 어깨에 손을 얹었다. 시스루 때문에 여태 온 길을 다시 와야 한다는 생각에 짜증이 난다.

갑자기 시스루가 내 손목을 잡고 내 손가락을 뒤로 꺾는다. 참을 수 없이 날카로운 통증이 뇌로 흘러간다. 나는 풀썩 쓰러진다. 시스루는 바닥에 있는 내 다리를 발로 차고, 작은 손을 동물 발톱처럼 오므려서 내 가슴을 가격한다.

한참 지난 뒤에야 비로소 나는 다시 숨을 쉰다.

피터가 말한다.

"어휴, 살살해."

"나도 도움이 될 수 있어."

시스루가 말한다. 돈나가 나를 일으킨다. 돈나는 웃음을 참으려고 애쓰고 있다.

나는 엉거주춤 선 채로 손가락으로 시스루를 가리킨다.

"승선을 환영한다."

이제 우리 팀에도 호빗 멤버가 생겼다.

돈나

애스터플레이스에서 피터가 예전에 다니던 학교를 지나가. 스톤월 학교. 게이와 레즈비언, 트랜스젠더 청소년을 위한 고등학교였어. 이 친구들한테 '일반' 학교는 개똥만 안기는 곳이었지.

피터: 그리운 모교.

나: 저기는 어땠어?

피터: 아, 온통 '게이 게이 게이' 했어. 인테리어 디자인 실습. 뮤지컬 공연. 디스코 수업도 있었고. 레즈들은 기술 과목을 들었어.

피터는 잠깐 말을 멈췄다가 다시 말해.

"농담이고, 보통 학교랑 똑같았어. 그렇지만 개수작을 부리는 사람은 없었지. 아, 동성애자라는 이유로 개수작에 당하는 일은 없었다는 뜻이야. 게이다운 면이 부족하다고 당하는 경우도 있었어."

나: 그래도…… 지금이 낫지? 내 말은, 지금은 뭐냐, 한가할 수 없으니까 동성애를 혐오할 여유도 없잖아.

피터: 그래, 만세. 전부터 항상 말했지. 세상이 망한 뒤에야 우리를 받

아들일 거라고.

다른 이야기로 돌려야지.

나: 『바빌론 물가에서』를 학교에서 읽힌 적 있어?

제퍼슨: 미래의 어떤 애가 이상한 장소를 찾아내는데, 거기가 제3차 세계대전 후의 뉴욕인 거?

시스루: 그래, 우리도 읽었어. 그러니까, '그날' 전에. 재미있었어.

나: 최고의 포스트 아포칼립스 영화는? 〈매드 맥스 2: 로드 워리어〉.

제퍼슨: 이 누더기. (영화 〈매드 맥스〉에서 주인공 매드 맥스를 가리키는 대사: 옮긴이)

피터: 나는 좀비 영화가 좋아. 느릿느릿 움직이는 좀비만. 좀비가 뛰어다니는 영화는 너무 스트레스야.

나: 〈도망자 로건〉은 어때? 〈도망자 로건〉이 지금이랑 비슷하잖아. 넷플릭스에서 봤어. 세상이 다 멋진데, 사람은 서른 살이 되면 죽어.

피터: 서른? 너무 많다.

시스루: 초능력 있는 애들이 나오는 영화가 좋아. 염력 같은 거.

나: 맞아. 이런 아포칼립스 세상이라니 구려. 냄새는 끔찍하고, 우리한테는 마법을 쓸 수 있는 능력도 없고, 멋진 것도 없잖아. 호버보드나 뭐 그런 거.

나는 앞자리를 향해서 소리쳐.

나: 브레인박스, 너는 왜 호버보드도 못 만들어?

브레인박스: 물리 법칙 때문이야.

나: 웩, 너 구려.

브레인박스: 나는 안 구려.

브레인박스가 기분 나쁜가 봐.

나: 진정해. 그냥 장난친 거야. 농담이야. 반어법으로 말한 농담. 뭐냐, 반대로 말하는 거지. 말뜻하고 반대되게 말하는 거라고.

브레인박스가 늘 하듯 자기 얼굴을 문질러. 사실은 얼굴을 닦는 게 아니라, 숨기는 것 같아. 사람들 말에 진저리가 난다는 뜻으로 얼굴을 쥐어짜는 것 같아.

그레이스 교회까지 가는 내내 거리는 조용해. 그레이스 교회에서 왼쪽으로 꺾어져. 피터가 천장을 탕탕 치고, 제퍼슨이 트럭을 세워.

피터: 우리를 위한 기도를 올리고 싶어.

제퍼슨: 그럴 시간 없어.

피터: 에이, 뭘 그래. 지금 아주 잘하고 있잖아. 공격하는 좀비도 없고 아무 일도 없어.

나: 하느님이 우리를 신경이나 써? 아니, 하느님이, 뭐냐, 존재하기나 해?

피터: 그런 말로 내가 상처를 받을 것 같아? 파스칼이 이미 정리했어. 신을 믿는데 신은 없다면, 어쨌든 죽은 뒤에는 아무것도 없을 테니까 상관없지. 신을 믿는데 신이 있다면, 땡잡은 거지!

제퍼슨: 알았어.

피터: 고마워, 대장. 금방 다녀올게.

피터는 나한테 강철봉을 건네고 트럭에서 폴짝 뛰어내려.

교회의 커다란 나무 문은 닫혀 있어. 앞에 라틴어 낙서가 있어.

QUEM QUAERITIS IN SEPULCHRO.
O CHRISTICOLAE?

피터가 교회 문으로 다가가서 문을 열어.

피터가 문을 열자, 끔찍한 일이 일어난 것을 모두가 깨달아. 교회에서 풍기는 악취. 그냥 냄새가 아니라 한 대 맞은 것 같은 기분이야.

열린 문 틈으로 사람들 더미가 보여. 긴 나무 의자에도, 통로에도 시체가 가득해. 시체들이 빽빽하게 겹쳐서 쓰러져 있어서 모두가 여전히 서 있는 것처럼 보여. 모두 천국 영사관에서 비자를 못 받고 쫓겨난 것 같아.

피터가 허리를 굽히고 토하기 시작해. 우리는 모두 얼어붙어 있어.

나는 트럭에서 내려. 제퍼슨이랑 같이 교회 문을 닫아.

모두가 할 말을 잃었어. 그래, 이런 광경은 전에도 봤지. 이 세상에서는 눈만 제대로 뜨고 있으면 끔찍한 광경을 꼭 보게 돼. 노먼 로크웰의 추수감사절 그림에서 나쁜 일이 일어난 것처럼 저녁 식탁에서 온 가족이 죽어 있는 모습. 다 큰 어른이 노인인 부모의 무릎에 웅크린 모습. 나는 요가 센터에서 요가 매트를 펴 놓고 세상을 하직한 사람들도 봤어.

시체들의 모양새 이야기는 나한테 하지도 마.

하지만 피터는 정말 충격을 받았나 봐. 피터를 어떻게 달래야 할지 모르겠어. 뭐냐, 내가 생각할 수 있는 건, 길 건너 가게를 가리키면서 "피터, 저기 좀 봐. 저 가게 이름이 '럭키 왕'이야!" 하는 것뿐이야.

피터는 길모퉁이에 앉아서 멍하니 허공을 보고 있어.

그러다가 제퍼슨이 어색하게 손을 내밀어서 피터의 어깨에 손을 얹어. 제퍼슨이 피터 옆에 앉아.

피터: 하느님이 우리를 잊어버린 게 아닌가 생각하곤 했어. 그런데 이제는 하느님이 우리를 내던진 것 같아. 최대한 멀리.

제퍼슨이 미소를 지어.

"파스칼을 생각해. 과연 어떤 결론이 맞는지 나중에 알아보자."

피터는 천천히 고개를 끄덕이고, 숨을 깊이 들이쉬고, 일어서.

다시 트럭에 타.

불길한 징조야. 침대로 가서 옛날 《피플》지나 읽으면 좋겠어. 아, 맞다, 편지가 있었지.

워싱턴이 나한테 편지를 남겼어. '내가 죽기 전까지 열어 보지 마' 하는 듯이 봉투에 든 편지. 세상에, 글씨가 엉망이었어. 안 쓰는 쪽 손으로 편지를 썼나? 어쨌든 편지 요점은, 제퍼슨을 잘 부탁한다는 이야기야. 제퍼슨을 잘 돌보고, 사랑하래. 사랑하라고? 그게 무슨 뜻이지? 사랑은 마음먹는다고 되는 게 아니잖아. 아니, 물론 나는 제퍼슨을 사랑해. 우리가 다섯 살쯤일 때부터 쭉 사랑했어. 그렇지만 이런 사랑이 있고 저런 사랑이 있잖아.

안 그래?

어쨌든 나는 제퍼슨을 도울 거야. 중요한 건 그거야.

제퍼슨

유니언스퀘어는 피하고 싶지만, 10번가에서 13번가까지 샛길들은 차들과 썩어 가는 시체들과 웨스트사이드 화재로 부서진 빌딩 잔해로 막혀 있다. 치키타의 단점은 탁 트인 길을 달려야 한다는 것이다. 서쪽으로 걸어가면 유니언스퀘어를 피할 수 있지만, 트럭에서 내려 앞으로 나아가기도 힘들지 모를 **빽빽한** 거리로 가는 게 내키지 않았다.

유니언스퀘어는 대체로 멋진 곳이었다.

세상이 망하고 전기가 나갔을 때, 광장에는 많은 사람들이 모였다. '어떻게든 잘되겠지' 하는 분위기. 촛불, 대마초, 채식 요리. 타악기를 들고 나와서 연주하는 사람들. 스패니시할렘에서 온 콩가 연주자, 이스트빌리지에서 온 록 드럼 연주자, 플라스틱 페인트 통을 거꾸로 세워 두드리는 거리 연주자. '그 병'이 점점 더 크게 기세를 떨칠수록 유니언스퀘어에 모이는 사람은 더 늘어났다. 뉴욕은 아직 죽지 않았다고 증명이라도 하려는 것 같았다.

곳곳에서 사람들이 모였다. 다시 말하면, 리듬을 전혀 모르는 사람들도 그곳으로 왔다. 사람들은 타악기를 두드리고 또 두드렸다. 타악기 소리로 사악한 기운을 쫓으려는 것 같았다. 그렇게 계속 악기를 두드리다가 상황이 나빠지고 병에 걸리면, 자기 타악기 위에 쓰러져 죽었다.

유니언스퀘어에서는 타악기 소리가 멈추지 않았다. 이제 자동차와 트럭은 사라지고, 밤은 고요하기만 하다. 개 짖는 소리와 가끔씩 들리는 비명뿐이다. 바람 방향이 맞으면 워싱턴스퀘어에서도 그 비명을 들을 수 있다. 그 소리가 섬뜩하다는 아이들도 있다. 밤에도 잠들지 못하고 비명을 지르는 것은 섬뜩한 일이다.

나는 오히려 좋아하는 편이다. 타악기 소리가 멈추면 정말 세상의 종말이 온다는 우스꽝스러운 미신도 재미있다.

어쨌든 나는 달리 어쩔 수 없는 경우가 아니라면 유니언스퀘어를 자동차로 지나가지 않겠다. 그곳에는 낯선 사람들이 있다. '사람들'은 곧, 위험을 뜻한다.

다가갈수록 타악기 소리가 점점 더 커진다. 뉴욕 코스튬스(멋 부리기 좋아하는 애들이 즐겨 약탈하는 곳), 젠 그릴, DVD 세일!(대부분 포르노), 라이프스타일 살롱을 지나간다.

나는 브레인박스에게 말한다.

"'라이프스타일'이라는 말, 아직 기억하고 있어? 상황이 안정되면 나도 내 라이프스타일을 꼭 찾아야지."

사람들은 누가 자기에게 말을 건네면 그 말에 으레 대꾸해야 한다고 생각하지만, 브레인박스에게는 그런 생각이 없다. 대신 브레인박스는 이렇게 말한다.

"저기 체스 코너가 좋아."

브레인박스의 말은 방금 지나친 스트랜드를 두고 하는 것이다. 늘어져서 너풀거리는 현수막에는 '책 29킬로미터'라고 적혀 있다.

잎이 무성해져 마치 브로콜리 같은 모양이 된 나무들 위로 엠파이어스테이트빌딩이 시야에 들어온다. 타악기 소리가 점점 더 크게 들린다. 올드맨의 눈에 내가 보일까?

수백 개의 타악기 소리에 휩쓸리지 않기는 힘들다. 브레인박스가 박자에 맞춰 차문을 톡톡 친다. 돈나가 트럭 천장을 손바닥으로 두드리는 소리도 들린다. 로마 제국이 멸망할 때 로마 사람들도 거리에서 이렇게 타악기를 두드리지 않았을까.

돈나

세상이 엉망진창이 되기 전, 사회 계약설인가 뭐 그런 게 있었어. 골자만 말하면, 서로 다른 사람한테 너무 신경 쓰지 말자는 거야. 안 그러면 너무 복잡해지니까. 지상 천국이 되지는 않아도, 하루하루 사는 데에는 가장 편한 방법이야. 두 번 다시 안 만날 사람한테도 효과가 있어. 딱히 나한테 난리 칠 사람이 아니어도 괜찮아. 공손하게 말하고 '고맙습니다', '실례합니다'를 붙이면 돼. 그게 전부야. 택시를 잡을 때 내가 먼저 손을 들고, 뭐 그런 것들.

뭐, 사회 계약설은 이제 보류됐다고 할 수 있지.

결과는? 낯선 사람들과 마주쳤을 때 무슨 일이 일어날지 정말로 아무도 몰라. 유니언스퀘어를 지나가면서 마주치게 되는 짜증스러운 사람들 말이야.

사파리 모자같이 생긴 둥근 철제 매점 옆 계단에 타악기 주자들이 모여 있어. 내가 그 사람들을 보니까 그 사람들도 우리를 봐. 지저분하게 긴 레게 머리를 한 백인 남자가 연주를 멈췄다가 다른 북을 새로운 리듬으로 치기 시작해. 비계에 매단 북인데, 거기 있는 북들 중 제일 커. 거대한 일본 북같이 생겼어. 왜, 일본 남자들이 기저귀 같은 걸 찬 차림새로 치는 북 있잖아. 제퍼슨은 그 북 이름을 알 텐데…… 둥. 둥. 둥. 잠깐 동안 다른 북소리는 조용해져. 사람들은 모두 우리를 지켜보고 있어.

있지, 나는 누구든 그냥 자기가 좋아하는 걸 하면 그만이라고 생각하면서 살지만, 타악기 두드리는 사람들 때문에 좀 미칠 것 같아. 왜냐하면 저 사람들은, 뭐냐, 말 대신 타악기를 쓰거든. 저 사람들은 저 타악기 소리로, 뭐냐, 대화를 서로 나누는데 나는 못 알아듣는 거잖아.

다들 지옥에서 온 족구 선수 같아. 자기 몸을 망가뜨리는 히피 힙스터들이야. 끝없이 대마초를 피워서 눈이 당구공처럼 누렇고 뻘게. 대마초 파이프 주위에 모여 있는 사람들도 있어.

나는 차에 몸을 기대고 미소를 지으면서, 동시에 '이봐! 북 치는 사람들! 50구경 기관총이나 잘 봐.' 하고 소리치는 것처럼 M2 방아쇠에 손가락을 대.

오른쪽으로 꺾여져서 광장을 빙 돌기 시작하니까 점점 더 많은 사람이 보여. 음침한 사람들이 눈이 풀린 채로 공원 돌담에 기대서 있어.

북소리가 다시 요란해지면서 사람들이 우리를 노려보고 있어. 리듬이 더 복잡해지는데, 이전이랑 다른 말을 전하는 것 같아.

나: 피터, 단단히 지켜봐.

피터는 미소를 짓고 고개를 끄덕이면서도, 사람들한테 인사하듯 손을 흔들고 강철봉을 트럭 옆면에 탁탁 쳐.

시스루는 트럭 바닥 높이보다 시선이 높이 있다는 것 빼고 아무것도 얼굴에 드러나지 않아.

광장 동쪽으로 반쯤 왔을 때 사람들이 뒤로 물러서기 시작해. 좋은 징조 같은데…… 아니네.

방금 전만 해도 보이지 않던 밴 한 대가 길을 가로막고 있어.

공원 담 아래쪽에서 총구들이 보여.

북소리가 또 바뀌고 있어.

나: 제퍼슨, 눈치챘어?

제퍼슨: 그래, 알고 있어.

제퍼슨이 액셀러레이터를 밟고 방향을 홱 틀어. 막힌 길 옆의 중앙분리대를 넘어 오른쪽의 뚫린 길로 가려는 거야.

제퍼슨이 방향을 트니까 북소리가 멈춰.

그리고 총알이 날아오기 시작해.

'탕탕탕'. 공원에서 소형 총들이 불을 뿜어. 총알이 우리 픽업트럭 옆면을 때리고 있어. 양철 지붕에 사과가 마구 떨어지는 것 같은 소리가 나. 피터와 나는 바닥에 엎드려. 날아오는 돌멩이들이 트럭 바퀴에 부딪치는 소리. 화살이 공기를 가르는 소리.

나는 공원을 향해서 M2를 드르륵드르륵 갈겨. 반동이 어찌나 센지 총이 내 손에서 튕겨 나갈 것 같아. 내 총탄에 나무 꼭대기가 쓰러지고 우편함이 허공에서 빙그르르 돌며 '그 병' 이후 갈 곳을 잃었던 편지들을 토해 내고 있어.

트럭이 휙 튀어올랐다가 다시 바닥에 떨어져. 중앙 분리대를 트럭이 뛰어넘을 때 우리 몸이 잠시 허공에 붕 떠. 시스루가 트럭 밖으로 떨어지고 있어.

피터가 시스루의 손목을 붙잡아. 다행히 시스루는 아직 땅에 떨어지지 않았어. 시스루의 몸이 아주 가벼운 덕분에 피터가 한 손으로 끌어올릴 수 있어. 피터는 다른 한 손으로 강철봉을 들고, 트럭 끄트머리로 올라오는 적을 마구 때리고 있어. 트럭 끝은 내 M2 발사 반경 밖에 있어서 내가 쏠 수도 없어.

동쪽 도로를 탔어. 광장은 이제 덤불 너머에 있어. 그렇지만 '베이비저러스'에서 사람 얼굴과 총이 보이더니, 만화 개미들이 피크닉에서 수박 조각을 가져가는 벽화가 그려진 폐허에서 총알이 날아와.

나는 50구경으로 베이비저러스를 쓸어 버리고 있어. 석조 기둥이 부서져서 뒹굴고, 남아 있는 창 유리들이 총을 쏘고 있는 놈들한테 떨어져. 탄피가 우리 주위로 비 오듯 떨어지면서 트럭 바닥에 튕겨. 퉁퉁퉁퉁. 탄피 하나가 내 살에 닿아. 타는 듯이 아파.

피터가 총에 맞았어.

피터는 신음 소리를 내면서 바닥에 쓰러져. 옆머리를 감싸고 있는데, 피가 흘러.

공격이 위에서도 이어지고 있어.

옥상에서 사람들이 벽돌, 유리, 장난감, 뭐든 던지고 있어.

젖병이 후드에 부딪히더니 불길이 확 일어나.

젖병으로 화염병을 만들다니.

제퍼슨이 브레이크를 확 밟으니까, 트럭이 옆으로 미끄러지기 시작해. 브레인박스가 차창 밖으로 몸을 내밀고 침착하게 소화기로 불을 끄고 있어.

"여기서 나가자!"

나는 제퍼슨한테 소리쳐. 제퍼슨은 옆으로 미끄러지는 트럭을 간신히 바로잡고, 속력을 확 올려. 치키타가 앞으로 휙 나가자, 모여든 드러머들이 양옆으로 흩어져.

바로 그렇게 우리는 빠져나오고 있어. 드러머들이 우리를 뒤쫓지는 않아. 쫓아오는 사람 없이 더블유 호텔을 지나고 파크 애비뉴에 있는 CVS를 지나가.

나는 M2를 내려놓고 피터의 옆머리를 있는 힘껏 눌러. 지혈하는 거야. 내 몸을 흐르는 피도 요동치고 있어. 쿵쾅쿵쾅쿵쾅. 내 심장 박동, 우리 총들이 덜커덕거리는 소리, 엔진의 부르릉 소리, 탄피가 달가닥거리는 소리. 마치 멈추지 않는 북소리 같아.

제퍼슨

그나마 조금 멀쩡해 보이는 드웨인리드(미국 약국 체인점으로, 특히 뉴욕에 많다: 옮긴이)가 20번가에 보인다. 나는 치키타를 세운다. 피터를 차 안으로 옮기고, 시스루와 브레인박스는 응급 치료에 필요한 것을 찾으러 간다.

피터의 오른쪽 귀 절반이 총에 맞아서 너덜거린다. 돈나가 한 손으로 꽉 막고 있지만, 피가 멎지 않는 것 같다. 돈나는 가방에서 응급약을 꺼내서 피터의 상처를 베타딘(소독약 포비돈요오드 용액 상표명: 옮긴이)으로 소독하고 네오스포린(항생제가 들어간 연고 상표명: 옮긴이)을 바른다.

피터는 잘 견디고 있다. 통증으로 얼굴이 찌푸려지지 않을 때면 웃으며 말한다.

"나는 한쪽 귀만 있는 스타일도 완전 멋지게 소화할 수 있어."

나는 치키타를 쭉 돌아보며 손상을 확인한다. 차체 여기저기에 구멍이 났다. 타이어에도 몇 발 맞았다. 브레인박스가 타이어에 실리콘을 아주 많이 넣어 둬서 다행이다. 운전석 앞 유리는 박살이 났다. 백미러를 조절하는데, 찌그러진 22구경 총알이 시트커버에서 떨어진다. 내 머리가 있던 곳 바로 몇 센티미터 옆이다.

후드의 페인트가 불탔고, 젖병 젖꼭지가 녹아 있다.

내 발치에는 인형이 있다. 인형이 멘 배낭에는 불발된 M-80 폭죽이 들어 있다. 우리한테 날아오는 동안 도화선이 꺼져서 불발된 것이다. 자살 폭탄 도라 인형.

차 안에서 탄피 한 무더기를 치우고 M2 총탄을 확인한다. 돈나가 신나게 쏘아 댔나 보다. 한 번 더 총격전이 벌어지면, 총탄이 바닥나겠다.

지금은 안전한 것 같다. 그래서 드웨인리드로 간다. 시스루와 브레인박스한테 내 도움이 필요할지도 모른다.

드웨인리드 안은 당연히 엉망이다. '그 병'이 일어나는 동안 약국은 모두 다 털렸다. 처음에는 청원 경찰로 질서를 유지하려 했다. 싸움이 일어났고, 총에 맞거나 폭행을 당해서 죽는 사람이 늘 한두 명은 생겨났다. 발치에 쓰러진 시체는 깨진 나이퀼(감기약 상표명: 옮긴이) 병을 움켜쥐고 있다.

'그 병'이 지나간 뒤에는 약탈이 시작됐다. 사람들은 마약 효과가 조금이라도 있는 약이라면 뭐든 털어 가려고 약 판매대와 조제실을 휩쓸었다. 옥시코틴이나 로비투신을 찾으려는 생각은 아예 접어야 한다. 기업가 마인드를 가진 사람들은 맨해튼에서 마약 제조에 나서기도 했다. 그래서 수다페드(감기약 상표명: 옮긴이)도 싹 사라졌다.

사람들이 진열대에서 마구 집어서 버린 물건들이 덤불 높이로 쌓여서 통로가 막혀 있다. 나는 그곳을 헤치고 지나간다. 기저귀, 칫솔, 변비약,

깔창, 개 목줄, 제산제, 콘돔, 돋보기, 치실, 립스틱, 친환경 도마. '물건들.'

시스루와 브레인박스가 어디에서도 안 보인다.

카운터로 달려가서 '베이커셀'이라는 약 조제 기계를 찾아본다. 약탈자들은 너무 필사적이고 정신없어서 약 조제 기계를 들여다볼 생각조차 못 하기도 했는데, 약사들은 제일 흔히 처방하는 약들을 이 기계에 넣어 둔다.

탁한 주황색 알약들이 한 줄에 들어 있는 것이 보인다. 아데랄이다.

아데랄은 ADHD에 쓰는 약이다. 하지만 학교에 다니는 아이들은 재채기만 해도 아데랄을 처방받았다. 공부할 때 집중력이 높아지고, 우주에서 가장 중요한 사람이 된 기분을 네 시간 동안 맛볼 수 있다. 그러니까…… 아데랄을 팔 수 있는 시장이 있다. 나는 약이 담긴 곳을 부숴서 열고 약을 다 담는다.

쓰레기 더미에 가려진 뒤쪽 선반에서 박트로반(항생제 연고 상표명: 옮긴이)도 찾았다. 박트로반을 주머니에 넣고 치키타로 간다.

걸어가고 있는데, 텅 빈 진열장 틈으로 벽에 기대서 있는 시스루가 보인다. 시스루는 울고 있다.

그 옆에는 브레인박스가 배터리들을 손에 들고 서 있다.

브레인박스가 시스루에게 묻는다.

"다쳤어?"

"아니. 그냥…… 혼자 버려질까 봐 무서웠어."

"피터가 붙잡았잖아."

"피터가 나를 안 잡았더라면? 나를 찾으러 올 거야?"

"글쎄, 어차피 곧 죽을 텐데 찾으러 가야 하나? 내 말은, 모두가 다 죽는데, 의미가 없다는 뜻이야."

"그래도 나는 너를 찾으러 갈 거야. 누구라도 찾으러 갈 거야. 사람이라면 잃어버린 동료를 찾으러 가야 해."

브레인박스가 아무 억양 없이 말한다.

"그렇군."

이런, 브레인박스, 좀 사근사근해져라.

시스루와 브레인박스 사이에 연애 감정 같은 게 있었나? 그렇다면 브레인박스는 이번에 큰 실수를 한 게 분명하다.

날마다 하는 결심이지만, 돈나에게 내 감정을 말하겠다고 나는 결심한다. 조만간.

어쩌면 내일.

아니다. 오늘 해야지. 오늘 말하겠다. 내가 아는 한, '내일'이란 없으니까. 돈나와 단둘이 있을 기회만 잡으면 된다.

나는 약들을 돈나와 피터에게 가져간다.

돈나

피터는 내가 귀를 치료하는 동안 욕을 하고 신음 소리를 내. 남자애들은 정말 엄살쟁이야. 그러니까 내 말은, 영화에서는 항상 남자들이 강한 모습으로만 나오잖아. 그 잘난 남자들더러 어디 한번 가랑이 사이로 수박을 내놔 보라지.

왜, 아이를 낳는 고통을 그렇게 표현하곤 하잖아.

물론 나는 그런 고통을 알 일이 없겠지.

나는 박트로반을 조금 바르고, 찢어진 연골과 살 바깥쪽에 본드를 발라서 붙여. 본드가 이 돈나만의 비법이야. 그다음에 테이프로 상처를 크게 감아. 자! 자체 제작 드레싱이야. 마사 스튜어트도 나보다 잘할 순 없을걸.

제퍼슨은 유니언스퀘어에서 벌어졌던 '액션 영화 경험' 때문에 떨고 있다고 할까, 뭐 그런 상태라 나한테 운전을 맡겼어. 그런데 제퍼슨이 나를 계속 뚫어져라 보고 있어. 내 운전을 못 믿는 것 같아. 피터, 시스루, 브레인박스는 뒤에 자리를 잡고 있어. 브레인박스가 시스루 옆에 앉으니까, 시스루는 브레인박스를 피해서 옆으로 자리를 바꾸네. 무슨 일 때문에 저러는지 모르겠어.

유니언스퀘어에서 당했으니까 그래머시 공원과 매디슨스퀘어는 피해야 해. 나는 엠파이어스테이트 빌딩이 계속 왼쪽에 오도록 길을 고르고 있어. 높은 데에서 누가 우리한테 빌어먹을 것들을 던지는 일은 이제 사양이야. 더구나 뭐냐, 100층에서 던지는 건 정말 싫어.

가는 길에 떠돌이들 몇 명과 마주치기도 해. 가장 가까운 집 대문으로 달려가는 떠돌이도 있고, 그러기에는 집들이 너무 멀리 있어서 그냥 거리를 걸어가는 떠돌이도 있어. 한두 명은 손을 흔들기까지 해.

핸드폰을 들고 말하고 있는 남자도 보여. 순간, 그 남자가 통화하고 있다고 생각할 뻔했어. 그냥 미친 남자였어. 예전에는 그 반대였지. 허공에 대고 혼자 떠들고 있는 남자를 보고 미친 사람인 줄 알았는데, 알고 보니 외계인이랑 대화하는 게 아니라 주식 거래를 하거나 뭐 그런 거였 잖아.

이제는 핸드폰이, 뭐냐, 잘리고 없는데 여전히 있는 듯이 느껴지는 팔다리 같은 거야. 누구랑 얘기하다가 나도 모르게 손가락을 움직이게 돼. 어디에 문자메시지를 보내고 싶고, 이메일을 확인하고 싶고, 인터넷 서핑을 하고 싶고, 핸드폰을 정말 완전 쓰고 싶은 거야. 아주 슬픈 일이지.

나는 주머니에 들어 있는 아이폰 테두리를 손가락으로 만져 봐. 아직 충전된 전원이 조금 남아 있어.

은행들, 버스정류장들, 초라하고 흉한 작은 건물들을 지나가. 대리석 문에는 돋을새김 장식이 있고 위에서는 괴물 석상이 내려다보는 웅장한 건물들도 지나가. 해가 나오고, 나는 음악을 크게 틀어. 날스 바클리의 〈고잉 온〉. 길은 탁 트여 있고, 공기는 따뜻해. 아주 잠깐, 우리가 엄마 차를 타고 놀러 나온 아이 같다는 기분이 들어.

모두가 노래를 따라 부르고 있어. 시스루와 브레인박스만 빼고. 두 사람 사이에 무슨 일이 있었는지는 모르겠지만, 어쨌든 두 사람이 우울한 분위기로는 하나가 됐네. 여하튼 나머지 우리는 노래를 부르고, 아주 잠깐, 정말 즐거운 곳으로 놀러 가는 기분이야.

도서관은 피프스 애비뉴에 있어. 전면이 40번가에서 42번가까지 길게 펼쳐져 있어. 주위는 유리와 사암으로 된 빌딩들로 둘러싸여 있고, 빌딩 꼭대기마다 하늘로 솟은 안테나들이 새들을 채찍질하는 것 같아. 도서관 앞 나무들이 너무 무성해져서, 사자 석상들은 나뭇잎 뒤에 숨은 채 누구를 잡아먹을까 살피고 있는 것처럼 보여.

그런데 가장 이상한 점은, 도서관이 너무 잘 보존돼 있는 거야. 부서진 것들, 쓸 수 없게 된 현대 기술들, 안타깝게도 소용없게 된 물건들로 가득한 이 도시에서, 이 도서관은 뭐냐, 아주 느긋하기만 해. 계단에는 쓰레기도 없고 시체도 없어. 깃대에는 뉴욕 주(제국의 주)와 미국(제국 그 자체) 기가 여전히 펄럭이고 있어.

나는 치키타를 세워.

제퍼슨: 누가 이 픽업트럭을 지켜야 해.

시스루: 내가 지킬게.

나: 총이 필요할 텐데.

시스루는 어깨를 으쓱하더니 50구경을 들고 트럭 운전석 쪽 지붕 위로 올라가. 거기서 옆에 총을 놓더니, 가부좌인지 뭔지 그런 자세로 앉아 있어.

나: 그 총, 쓸 줄은 알아?

시스루: 너는 알아?

제퍼슨: 됐어. 쉽게 정리하자. 우리는 2010년 5월에 나온 《응용 바이러스학 저널》을 찾으면 돼.

나: 와, 그거 「필수 여름 패션 372」가 실린 잡지니?

제퍼슨(내 얘기가 재밌지 않았다고 강조하려 잠시 뜸을 들인 뒤에): 안으로 들어간 뒤에 과학 분야 정기간행물이 있는 곳을 찾아서 그 책을 손에 넣어 나오는 거야. 30분마다 여기 정문으로 나와서 상황을 확인해. 다들 시계를 맞춰.

물론 우리는 모두 손목시계를 차고 있어. 내 시계는 헬로키티야.

제퍼슨은 팀을 짜야 한대. 내가 피터랑 가려고 하는데, 제퍼슨이 피터한테 브레인박스랑 같이 가라고 말하고 있어. 제퍼슨이 나랑 가는 거야.

계단에서 정문으로 가기 시작해.

한쪽에는 수염을 기르고 뚱뚱한 그리스 남자가 스핑크스 위에 앉은 상이 있어. 다른 한쪽에는 셀룰라이트 문제가 있는 반쯤 벌거벗은 여자 상이 있어. 그거 뭐지, 주춧돌인가, 뭐 그런 것도 있어. 정문 위에는 그리스 여자들이 더 있어. 그런 것들 때문에 이 건물은 고대 신전처럼 보여.

생각해 보면, 고대 신전이 맞지, 뭐.

높은 아치 아래에 있는 문 세 개는 모두 바깥에서 자물쇠로 잠겨 있어. 제퍼슨이 픽업트럭으로 달려가서 해머를 가져와. 몇 번 둔탁하게 탕탕 소리가 울리더니, 자물쇠가 부서져.

넓은 도서관 로비가 바깥 공기를 들이쉬며 폐에 공기를 채우는 게 눈에 보이는 듯해. 우리는 쿰쿰한 냄새가 나는 도서관 안으로 들어가.

온통 흰 대리석이야. 미친 듯이 조용하고, 미친 듯이 깨끗해. 똥도 없고, 피도 없고, 쓰레기도 없어. '평화롭다'고 부르고 싶어.

그렇지만 그렇게 부를 수 없어. 아주 수상쩍은 데가 있어.

우리 발소리는 둥근 천장에 메아리치고 거대한 크림 빛 대리석 계단 위까지 울려.

여기 왜 사람이 하나도 없지? 모르겠어. 외부 침입을 막을 수 있고 땔감으로 쓸 책도 아주 많은 거대한 건물이 그냥 완전히 버려져 있다니 말이야. 위층으로 계단을 올라가는데 역시 아무도 없어. 우리 빼고는 소리 하나 나지 않아.

'도서관이 악령에 씌었어.'

어이없는 생각은 하지 말자.

콜맨 캠핑 랜턴을 켜서 길을 비추며 걸어가고 있어. 벽에 진한 그림자가 드리워지면서 온통 공포 영화 같은 분위기로 변한 게 영 마음에 안 들지만, 어둠 속을 더듬더듬 나아가는 것보다는 낫겠지.

랜턴 불빛이 만든 원 안에서 우리는 계단을 벗어난 뒤 길고 넓은 복도로 들어서. 희끗희끗한 분홍빛 대리석 복도는 거대한 그림들로 장식되어 있어.

그림들은 모두 독서와 글쓰기를 주제로 삼았어. 모세와 십계명. 머리 모양이 끔찍한 수도사들이 손으로 책을 옮겨 적는 모습. 이상한 수염을 기른 셰익스피어 시대 사람 같은 남자가 부자한테 책을 펼쳐서 보여 주고 부자는 그다지 썩 마음에 들지 않는 것처럼 그냥 '음' 하는 표정으로 있는 모습. 별로 유명하지 않은 사람들도 있어. 1920년대나 1930년대를 배경으로 신문을 펼쳐서 보고 있는 남자들. 책을 들고 잔디밭에 누워 있는 여자 둘. '독서는 시대를 가리지 않는다!' 뭐, 그런 주제인가 봐.

어쨌든 뭘 더 잘 보존할 수 있다고 여겨졌던 테크놀러지들이 모두 '그 사건' 이후로 어떻게 됐게? 전기가 없으니까 완전 쓸모없어. 페이스북, 트위터, 블로그 다 지워졌어. 아니, 사라졌다고 해야 하나, 갇혀 있다고 해야 하나, 여하튼 '실제 공간'에는 이제 존재하지 않아. 사람들이 안절부절못했어. 옛날에는, 그러니까 20년 전이라고 해 두고, 그때만 해도 이메일이라는 말도 들어본 적 없는 사람들이 인터넷 없이는 정신 건강을 지킬 수 없게 된 거지.

그렇지만 책은 단순해. 종이에 적은 아이디어는 가령, 수 세기 동안 보존할 수 있어. 뭘 찾아보고 싶으면 책을 보면 돼. 허공에 떠다니는 것을 잡아야 하는 것도 아니야. 뉴저지 같은 데에 있는 데이터센터에서 찾아보면 돼.

그래서 마지막으로 웃는 것은 책이었어. 나랑 제퍼슨이랑 애들이 지금 도대체 뭘 하고 있는지 5년 뒤에 알 사람은 아무도 없어. 제퍼슨이 늘 쓰는 그 화려한 노트에 다 적거나 사람의 뼈나 뭐에서 기억을 읽을 수 있는 외계인이 있으면 모를까……. 하지만 허클베리핀은 미시시피강에서 영원히 느긋하게 놀고 있을 거야.

우리는 흩어져. 피터와 브레인박스는 복도를 계속 지나가고, 제퍼슨과 나는 빌 블라스 퍼블릭 카탈로그실로 들어가.

커다란 정사각형 실내 한가운데에 안내 탁자가 있어. 벽에는 장부 같은 게 수천 개 늘어서 있어.

제퍼슨: 컴퓨터를 사용하기 전에는 책을 이렇게 찾았어. 저 큰 카탈로그에서 책을 확인하고 파란 종이에 숫자를 적어. 그 종이를 사서한테 제출하면, 사서는 종이를 담은 캡슐을 압축 공기 관으로 보내.

나: 아하.

제퍼슨: 압축 공기는 부피를 줄인 공기인데 다시 팽창할 때 힘을 이용해서 캡슐을 이동시키지.

나: 아하.

이제 제퍼슨은 부끄러워하고 있어.

제퍼슨이 가끔 괴짜처럼 굴 때 정말 귀여워. 제퍼슨 얼굴은 어느새 새빨개졌어.

제퍼슨이 선반에서 카탈로그들을 뽑아 보기 시작해. 하지만 찾는 것은 나오지 않아. 나는 실내를 둘러봐. 여기가 너무 깨끗한 것이 이상해. 먼지 하나 없어.

먼지는 사람 각질이라는 얘기를 어디서 읽은 기억이 나. 그러니까 먼지가 없는 이유는…… 사람이 없으면, 먼지도 없다.

제퍼슨: 이리 와.

제퍼슨은 우리가 들어온 문 반대쪽에 있는 문으로 나가고 있어. 문틀 위에는 금색으로 글자가 새겨져 있어.

좋은 책은 삶 너머의 삶으로 이어지도록

방부 처리하고 소중하게 보관한

위인의 귀중한 피다.

제퍼슨을 따라서 문을 나가니까 작은 로비가 나오고…….

내 평생 본 중에 제일 아름다운 방이야.

나무와 대리석으로 된 동굴을 상상해 봐.

아치 모양의 긴 창문들 아래로 철제 발코니가 이어져 있어. 천장은 석양의 하늘 같은 색으로 칠했고, 조각으로 장식된 갈색과 금색 테가 분홍색과 회색 구름 둘레를 감쌌어. 거대한 샹들리에는 둥글게 원을 이룬 전구들이 층층이 체인으로 매달린 게 꼭 거꾸로 놓은 케이크 같아. 금색 스탠드가 놓인 꿀 같은 색깔의 긴 나무 탁자가 쭉 놓였어. 아주 높고 넓은 이 공간 한가운데에 작은 오두막 같은 게 있어. 그 오두막이 마치 이쪽 공간과 저쪽 공간을 나누는 경계 같아.

나: 이런 젠장할.

제퍼슨: 쉿! (미소를 지으며) 도서관에서는 고운 말만 써야지.

나도 미소를 지어.

그러다가 제퍼슨이 얼굴에서 미소를 지워.

제퍼슨: 음, 음, 돈나……. (아주 어려운 부탁이나 뭐 그런 걸 하려는 말투야.)

나 (제퍼슨의 행동이 이상한 것을 알아채고 조금 미심쩍게): 왜?

제퍼슨: 저기…… 있지, 우리는 정말 오랫동안 서로 알고 지냈잖아.

나: …… 그래서?

제퍼슨: 그냥 내가…… 음, 할 말이 있는데……. (제퍼슨은 목에 가시가 걸린 듯한 표정이야.)

나: 그래서…… 말해, 얼른.

제퍼슨: 그게…… 그냥…… (기침) 돈나, 나 너 사랑해. 말하자면, 너와 사랑에 빠졌어. 두 말이 다른가? 어쨌든 그 말을 하고 싶었어.

이런.

제퍼슨

이런.

돈나에게 사랑한다고 말하자 돈나는 가만히 서서 눈만 깜박인다. 그리고 내 말을 농담으로 들었는지 웃음을 터뜨리려 한다. 그러다가 웃지 않는 게 낫겠다고 생각하는 것 같다.

"정말?"

돈나가 말한다. 기꺼워하는 목소리가 아니다. 마치 나한테서 '나는 오페라를 좋아해' 하는 말을 들은 것처럼 어리둥절한 말투다.

그리고 다시 말한다.

"왜?"

이런 결말은 상상도 못 했다. 내가 예상한 돈나의 반응은 '고마워.' 혹은 '나는 너한테 그런 감정 느낀 적 없어.' 혹은 '나도 사랑해, 그렇지만 어디까지나 친구로서 사랑해.' 혹은, 가령 5퍼센트의 확률로 '나도 사랑해.' 하면서 내 품에 안기는 것이었다. 어떤 반응이든, 일단 나는 돈나가 내 말을 있는 그대로 받아들일 거라고 생각했다.

'왜?'라니.

'왜'는 정말이지 한 번도 생각해 보지 않았다. 그러니까 내 말은, 감정이란 그저 느끼는 것 아닌가? 굳이 이유를 찾아야 한다면, 내가 돈나를 알고, 돈나가 나를 알기 때문이다. '그 사건' 이전에도 이후에도, 아주 좋을 때도 아주 나쁠 때도, 행복할 때도 슬플 때도 배고플 때도 배부를 때도 웃을 때도 싸울 때도, 나는 돈나를 보았다. 나는 늘 돈나 편이었고 돈나도 늘 내 편이었다. 나는 돈나와 대화하는 게 좋았고, 돈나를 생각하는 게 좋았고, 날마다 돈나와 놀고 싶었다.

하지만 좋아하는 이유를 묻는 사람 앞에서 그렇게 장황한 답을 들려주어서는 안 된다. '너는 내 마음을 영원히 태울 불길이기 때문이야.' 같은 말을 해야 한다.

그래서 돈나가 '왜?' 하고 묻자, 나는 그저 대답한다.

"그냥 그러니까."

돈나는 내 대답이 충분하지 않다는 듯 눈썹을 치켜세운다.

나는 우물우물 덧붙인다.

"그러니까 내 말은, 너는, 음, 내 마음의 불이야."

"뭐의 뭐?"

"너는…… 너는 전혀 몰랐어?"

"글쎄……. 네가 나한테 야한 생각을 품을지도 모르겠다는 생각은 했어. 네가 내 가슴을 뚫어져라 보는 걸 한두 번 눈치챘거든. 그렇지만 남자애들은 다 그러니까."

돈나는 왜 굳이 이런 말을 할까? 화제를 바꾸고 싶은가? 가슴이라니?

아니, 돈나의 가슴이 예쁘기는 하다. 아니, 예쁠 것 같다. 하지만 지금 내 이야기는 그런 뜻이 아니다.

싫은 면이 아주 많은데도 그 사람을 사랑하게 되다니 참 이상한 일이다. 가령 어떤 일에도 절대로 진지해지지 못하는 돈나의 성격 같은 게 난 싫다.

내가 말한다.

"나는 '남자애들'이 아니야."

"그래도 '남자'잖아. 너한테, 그 뭐냐, Y염색체가 있는 거, 너도 분명히 인정하지?"

"그게 도대체 무슨 상관이야? 왜 이러는 거야?"

"이러다니? 뭐?"

"말을 피하는 거. 그냥…… 네가 무슨 말을 하고 싶은지는 모르겠지만, 그냥 말해."

이제 나는 돈나를 야단치듯 말하고 있다. 나는 이렇게 말하고 있는 나 자신이 싫다. 상황이 아주 엉망이 되고 있다.

"무슨 말? 내가 꼭 말을 해야 해?"

"어떻게든 반응을 보이는 게 예의지."

이제 나는 화가 나려 한다. 누구에게 사랑한다고 고백한 뒤에 이런 결과를 맞다니, 이상한 일이다. 상심할 수는 있지만, 화나는 것은 안 될 일이다.

"예의? 뭐, 그럼, 나는 너한테 어울릴 만큼 예의 바른 여자가 아닌가 보네."

이 대화 때문에 머리가 지끈지끈 아프다. 지금 판단하자면, 돈나는 내 고백을 좋아하지 않는다. 혹은 나를 좋아하지 않는다. 만약 돈나가 나를 좋아한다면, 곧장 결론에 도달했을 것이다. 돈나가 할 말은 '나도 사랑해.'뿐이었을 것이다. 간단하다. 하지만 돈나는 사소한 것을 따지며 시비를 걸고 있다.

그래도…… '너한테 어울릴 만큼 예의 바른 여자가 아닌가 보네.'라는 말에는 내 여자가 될 가능성을 돈나도 생각하고 있다는 뜻이 숨어 있지 않나? 서로 안 맞는 게 있더라도 괜찮다고 생각하는 것 아닌가? 이건 좋은 징조 아닌가?

우리는 잠시 서로를 노려보기만 하면서 가만히 서 있다. 돈나의 목에 맥박이 뛰는 것이 보인다. 나는 돈나에게 키스하고 싶다. 내가 지금해야 할 일은 키스가 아닐까. 하지만 돈나는 나에게 더 나아가도 좋다는 뜻을 비추지 않았다.

워싱턴 형의 말대로, 빌어먹을 세상에 오신 것을 환영합니다.

바깥 거리에서 50구경 총소리가 요란하게 들리자, 오히려 마음이 놓일 정도다.

－－－★－－－★－－－

총소리에 달려 나간다. 도서실을 나와서, 열람실을 지나서, 어두운 계단을 내려간다.

총소리가 대화 같다. 작은 총의 탕탕탕 소리는 조심스럽게 제안하는 말투고, 거기에 M2가 거칠게 고함친다. M2 소리는 말싸움을 끝내려 하는 사람 같다.

그러나 총소리는 계속된다.

우리가 로비에 도착할 때 피터도 때맞춰 도착한다.

나는 AR-15의 안전장치를 풀고 단발 모드로 바꾼다.

무늬를 파내서 세공한 정문의 구멍 사이로 시스루가 보인다. M2 기관총 뒤에 조그마한 시스루의 몸이 구부러져 있는 것 같다. 시스루는 다리를 트럭 지붕 옆으로 내려서, 열린 운전석 창문 틀에 발을 받치고 있다.

시스루는 신중하게 쏘고 있다. 남은 총알이 많지 않다는 사실을 시스루도 잘 안다.

돼지를 가져왔던 바로 그 업타운 놈들이 남쪽에서 엄호물 뒤에 숨어 흩어져 있다. 거리의 북동쪽 모퉁이에 있는 BCBG 맥스 아즈리아(여성복 브랜드 이름: 옮긴이) 정면을 엄폐물로 삼은 놈들도 있고, 도서관 광장의 남쪽 끝에 있는 돌난간 뒤에 웅크린 놈들도 있다. 놈들은 엄폐물 뒤에서 잠깐씩 몸을 내밀고 총을 쏜다. 밖으로 나와서 몸을 드러내면 기관총에 당할까 봐 겁먹었기 때문이다.

시스루의 이점은 오래가지 않을 것이다. 총알이 떨어져 간다. 곧 업타운 놈들이 도서관 다른 쪽으로 사람을 보낼 것이다. 그리고 시스루를 둘러쌀 것이다.

내가 뭐라도 해야 한다.

할 수 있는 일은 단 하나, 치키타를 포기하고 시스루를 도서관 안으로 데려오는 것이다.

나는 평소에 그리 용감하지 않다. 아니, 전혀 용감하지 않다. 하지만 시스루를 이런 일에 말려들게 만든 사람은 나다. 시스루가 따라오도록 한 사람은 바로 나다.

그리고 마음 한쪽에 부상을 입고 싶은 마음도 있다. 심한 부상이 아니라 보기에 그럴싸한 부상. 딱 돈나가 후회할 만큼의 부상. 용기를 북돋는 방법으로 썩 좋지는 않지만, 도움이 될 만한 방법이라면 뭐든 이용하겠다.

내가 아이들에게 말한다.

"엄호해. 시스루를 데려올게."

애들이 말리기를 바라는 마음이 반쯤 있었다. 하지만 애들은 고개를 끄덕이고 총구로 문 유리를 깨며 밖을 겨냥하고 있다. 이제 정말로 갈 수밖에 없다.

숨을 들이쉬고 문을 연다. 다른 아이들은 엎드려서 업타운 놈들을 향해 총을 발사한다. 탕탕탕탕. 엄호 사격으로 나는 업타운 놈의 사선에서 벗어난다.

내가 소리친다.

"시스루!"

내가 문밖으로 막 나올 때, 시스루의 총알이 다 떨어진다. 철컥철컥 소리만 거리에 퍼진다. 시스루가 고개를 돌려서 나를 본다. 공포에 질려서 눈이 휘둥그레져 있다. 추락하거나 거의 죽을 뻔한 순간을 묘사할 때 시간이 멈춘다고 말하지 않나. 지금이 바로 그런 순간이다. 시간이 아주 느리게 흐르는 것 같다. 그러다가 다시 시간이 빨리 흐르며, 시스루와 나를 겨냥한 총소리가 들려온다.

내가 소리친다.

"트럭에서 나와!"

그러다가 총알이 내 발치에 꽂힌다. 나는 고꾸라진다. 돌바닥에 팔꿈치와 무릎을 쾅 부딪는다. 갑자기 숨이 쉬어지지 않는다.

상점 모퉁이에서 광대뼈가 고개를 내밀고 주위를 살피는 모습이 보인다. 광대뼈는 자기 부하들에게 트럭으로 달려가라고 손짓한다. 광대뼈의 부하들이 우리 트럭에서 M2 기관총을 빼내고 있다. 나는 총을 들어서 광대뼈를 조준한다. 숨을 들이쉬고 반만 내쉰 뒤 방아쇠를 당기려는 순간, 광대뼈가 나를 본다. 나를 알아본다.

화염 방사기가 치키타에 불을 내뿜고, 치키타는 폭발한다.

우레 같은 폭발음에 귀가 먹먹하다. 폭발의 충격에 고개가 뒤로 젖혀지고, 내가 쏜 총알은 턱없이 멀리 빗나간다. 하마터면 총까지 놓칠 뻔한다.

폭발의 화염에서 나오는 타는 듯한 열기.

치키타는 검은 금속 해골로 변하고, 불길은 3미터까지 치솟는다.

치키타에 가장 가까이 있는 업타우너 두 명이 머리를 감싸고 엎드려 있다. 다른 업타우너들은 나를 향해 다가오고 있다.

나는 일어서려 하지만 몸이 말을 듣지 않는다. 뇌에서 보내는 신호가 팔다리로 전해지지 않는다. 손은 총조차 못 쥐는 것 같다.

광대뼈가 구석을 둘러본다.

나한테 총구를 겨누고 씩 웃는다.

그러다가 광대뼈 위에 있는 건물 모서리가 폭파되어 산산조각으로 흩어지고, 도서관 입구에서 드르륵 소리가 계속 난다. 업타우너들은 서둘러 방어 태세를 취한다. 누가 내 재킷 옷깃을 잡고 도서관 석조 계단 위로 끌어가고 있다. 도서관 정문에서는 돈나가 총을 쏘고 있다. 나를 안전한 곳으로 끌어가는 피터의 얼굴이 파란 하늘을 배경으로 거꾸로 보인다.

나는 잃은 사람이 없나 생각하며 기절한다.

돈나

제퍼슨의 눈이 돌아가 있어. 제퍼슨이 죽는 게 아닐까 두려워.

피터는 문에서 글록 권총을 쏘고 있어. 피터가 그렇게 힘센지 미처 몰랐어. 제퍼슨을 더플백 끌듯이 계단 위로 끌어오더라.

피터: 제퍼슨은 괜찮을까?

나: 그래.

그래, 어쩌면.

상황이 엉망이 됐어. 그것도 빠르게. 유니언스퀘어에서 공격을 당하고, 이제 또 여기라니. 게다가 시스루는 가고, 제퍼슨은 기절했어.

그리고 브레인박스는 아무 데도 없어.

피터: 놈들이 떠나고 있어.

나는 제퍼슨의 머리 밑에 내 가방을 받치고 기어서 문 쪽으로 가.

업타우너들이 서둘러 떠나고 있어. 업타우너들이 원한 건 트럭뿐이었나 봐. 이제 트럭이 불탔으니 싸울 이유도 없어진 거지.

나는 제퍼슨한테 다시 가. 눈꺼풀 아래로 눈이 움직이고 있어. 꿈이라도 꾸고 있나? 수면에 물결이 이는 것처럼 부드러운 눈꺼풀 살갗이 움직여.

내가 말해.

"힘내."

아무 반응도 없어. 나는 제퍼슨에게 더 가까이 몸을 숙여.

나: 일어나, 제발.

제발 이렇게 끝나게 하지 마.

내 머릿속에 확 지나가는 생각. '키스' 이미지. 우리 입술이 닿자 생명의 불씨가 되살아나는 이미지.

못 할 건 뭐야?

그러나 그런 일이 일어나기 전에, 제퍼슨이 옆으로 돌아누우면서 기침을 하고, 조심스럽게 몸을 일으키고 있어.

이봐, 거의 할 뻔했네.

제퍼슨: 시스루는?

아무도 대답하지 않아. 피터가 눈물을 닦아.

피터: 시스루는 갔어, 친구.

제퍼슨이 눈을 꼭 감아. 그 생각을 머릿속에서 씻어 내려는 것 같아.

제퍼슨: 브레인박스는 어디 있어?

나: 나도 몰라.

제퍼슨이 몸을 일으키고 문으로 가서 문밖을 내다봐. 아직 낮인데도 트럭에서 나오는 불길이 제퍼슨의 얼굴에 어른거리는 게 보여.

제퍼슨은 한참을 그렇게 내다보고 있어. 시스루가 그 잔해에서 걸어

나오기를 바라는 것처럼……. 다시 돌아온 제퍼슨의 얼굴은 시체같이 창백해.

제퍼슨: 뭘 좀 먹자. 그리고 브레인박스를 찾아서 집으로 돌아가자.

피터: 책은 어떡해?

제퍼슨: 책 따위가 무슨 소용이야.

우리는 로비에서 가방을 중심으로 둘러앉은 채 얼른 배를 채워. 아무도 말을 꺼내지 않아.

나는 열람실에서 제퍼슨이 했던 말을 생각해.

처음에는 제퍼슨한테 무슨 말을 해야 할지 떠오르지 않았어. 나는 제퍼슨이 나를 정말로 사랑할 리 없다고 생각했거든. 어떤 사랑이든 말이야. 나를 제대로 안다면, 나를 사랑할 리 없어. 제퍼슨은 완전 이상주의자인데, 나는 결점투성이니까. 어쩌면 유니언스퀘어에서 전투를 벌일 때 나온 아드레날린이 남아서 그런 말을 했는지도 모르지.

그리고 제퍼슨이 죽는다면? 괴롭겠지. 제퍼슨이 나한테 얼마나 중요한 사람이었는지 깨닫겠지. 그렇지만 곧 잃어버릴 걸 알면서 누구를 사랑하는 게 무슨 소용이야? 나는 그런 생각밖에 할 수 없었어. 비겁한 생각인지도 모르지. 모르겠어.

제퍼슨은 업타우너들이 다시 오지 않는지 계속 확인하고 있어. 업타우너들이 올 낌새는 없어.

피터: 네 잘못이 아니야.

제퍼슨: 그럼 누구 잘못이야?

나: 걔가 오겠다고 자청했어.

제퍼슨: 그리고 나는 '그 병'을 고치려고 했고. 그러니까 우리는 둘 다 바보 천치야.

제퍼슨은 먹던 육포를 다시 가방에 넣고 일어서고 있어.

"해머 좀 줘."

제퍼슨이 해머를 받아서 정문 손잡이들 사이에 끼워서 문을 잠가.

피터: 한 사람이 남아서 입구를 지켜야 하지 않아?

제퍼슨: 이제 누구를 남겨 놓는 일은 절대 없어.

아주 잠깐 제퍼슨은 울음을 터뜨릴 것 같은 표정이었지만, 곧 코를 훌쩍이고 계단을 향해 가기 시작해.

나는 제퍼슨이 다시 나랑 팀이 되면 좋겠어. 아니, 그러기를 바란다고 해야 하나? 어쩌면 열람실에서 내가 한 행동을 해명할 수도 있을 테니까. 어쩌면. 하지만 제퍼슨은 혼자 가려 해. 나는 피터랑 같이 가.

나: 다 같이 붙어 다녀야 하지 않을까?

제퍼슨이 고개를 가로저어. 아무래도 내 옆에 있기 싫은가 봐.

이제 우리는 책인지 논문인지 뭐 그런 걸 찾는 게 아니야. 브레인박스를 찾고 있어. 집으로 돌아갈 방법을 찾고 있어.

모험담은 실패했어.

우리는 무전기로 제퍼슨이랑 계속 연락하면서 1층을 뒤져. 브레인박스의 이름을 소리쳐 부르지만 아무 대답도 돌아오지 않아.

브레인박스는 분자 다이어그램이나 뭐 그런 걸 보고 있겠지. 너무 열중해서 우리가 부르는 소리도 귀에 안 들릴 거야. 정말이지, 엄청난 총소리도 못 들은 애를, 도대체 뭘로 주의를 끌겠어?

2층에도 없어. 3층을 확인하는 제퍼슨도 브레인박스를 찾지 못하고 있어.

제퍼슨의 목소리가 무전기로 들려.

"아무것도 없어."

나는 피터한테 제퍼슨이 걱정된다고 말해.

피터: 어떤 걱정?

나: 제퍼슨이, 뭐냐, 미치지 않을까 하는 걱정.

피터: 누가 죽임을 당하는 걸 마지막으로 본 게 언제야?

나: 음…… 한 번도 없나?

피터: 이런.

여기는 어두워. 바깥으로 창문이 난 방을 지날 때만 가끔 밖에서 빛이 가늘게 들어와.

전등이 없으면, 도시에 있는 보통 건물들은 그저 구멍들이 몇 개 있는 사각형 동굴이 층층이 쌓인 것일 뿐이야. 그리고 여기는 복합 터널 단지 같아.

다행히 나한테는 야간에 볼 수 있는 적외선 고글이 있어. 저번날 경찰서에 있는 특수 기동대 로커에서 찾아낸 거야. 두 눈을 다 덮는 고글이지만 한쪽 눈만 튀어나온, 기분 나쁜 기구야. 이걸 쓰니까 테크노 벌레 키클롭스가 된 거 같아. 적외선 고글을 쓰고 보면, 페이크 다큐멘터리 공포 영화에서 제일 무서운 부분을 보는 기분이야.

피터는 훨씬 덜 눈에 띄는 기구를 착용했어. 정상적인 빛을 희미하게 내보내는 작은 헤드램프야. 피터의 헤드램프 빛이 없으면, 나는 아무것도 볼 수 없어. 적외선 고글이 작동하려면 빛이 조금은 있어야 하거든.

나: 그렇지만 제퍼슨 잘못이 아니야.

피터: 제퍼슨한테 직접 말해.

우리는 계속 벽에 딱 붙어서 가고 있어.

피터: 제퍼슨은 생각이 너무 많은 애야. 자신을 탓할 거야.

피터의 마지막 말이 메아리쳐. 그리고 오른쪽으로 문이 나타나. 아주 큰 방이 보여. 벽 하나가 30미터쯤 될 것 같아. 탁자로 꽉 차 있고, 벽에는 그림들이 있고, 칸막이들이 길게 늘어져 있어. 뭐 하는 방인지 모르겠어. 고글로 보면 뭐든 그냥 검정과 형광 녹색 형태로만 보여.

나: 제퍼슨이 나를 사랑한대. 나한테 고백했어. 여보세요? 브레인박스? 거기 있니?

피터: 뭐?

피터의 헤드램프가 내 얼굴을 정면으로 비춰. 눈이 부셔서 잠깐 앞이 안 보여.

피터: 야! 왜 나한테 말 안 했어?

나: 지금 말했잖아. 램프 좀 다른 데로 돌릴래? 눈 아파 죽겠어.

피터: 그래서 너는 뭐라고 했어? 뭐 했어? 거기서 바로 했어?

나: 뭐? 아냐! 그게, 그 뭐냐, 그런 상황이 아니었어.

피터: 와, 내가 뭐랬어, 막사를 벗어나면 재밌는 일이 생긴다고 했지? 그래서?

나는 눈이 부셔서 피터의 얼굴을 못 보지만, 볼 수 있다면 분명히 피터는 한쪽 눈썹을 치키고 있을 거야.

나: 그래서 뭐, 아무 일 없었어.

피터: 너는 제퍼슨을 안 사랑해?

나: 그 말 자체를 이제 인정하지 않아. 그러니까 내 말은, 사랑이라는 건, 뭐냐, '그 사건' 이전에만 존재한 거야. 저녁을 같이 먹고, 영화를 같이 보고, 결혼하고, 아이를 낳고, 그럴 수 있을 때에만 존재한 거지. 사랑은, 뭐냐, '영원한' 거야. 그런데 내가 앞으로 얼마나 더 살 수 있겠어? 2년?

피터(정말로 소리치며): 그러니까 오히려 더 낭만적이지!

피터는 나한테 화가 난 것 같아.

피터: 모르겠어? 지금 여기가 세상의 끝이야! 바로 지금이 사랑에 빠질 때라고! 아니면 언제 사랑에 빠지겠어?

나: 틀렸어. 정확히 말하면, 필사적인 기분에 그만, 누구를 사랑한다고 스스로를 속이는 거야. '사랑'이라는 말의 뜻도 모르면서 그렇게 자기 자신을 속이는 거야.

피터: 그럼 어때서? 그렇다고 뒷짐만 지고 있을 거야? 경기는 이제 끝나 가.

나: 아, 스포츠 비유라니. 너 너무 남자 같다.

피터: 닥쳐. '사랑이라는 말의 뜻'이라니! '사랑'이라는 말이 곧 그 뜻이야. 말의 뜻이라는 건…… 그 말을 할 수 있는가 없는가에 달려 있어. 제퍼슨은 너한테 완전히 빠진 게 확실해.

나: 뭐라고?

피터: 웩, 너 정말 더럽게 못됐다. 뭐, 네가 안 잡겠다면, 내가 잡을게.

나: 네 마음대로 해.

그러자 이상하게도 가슴이 조금 벌렁거려. 질투인가? 말도 안 돼.

앞에 흰 옷을 입은 남자가 서 있어.

나는 비명을 질러. 그래, 인정할게. 나는 '여자애처럼' 비명을 질렀어. 그리고 뒤로 물러서. 피터가 총을 겨누고 그 사람한테 '그 자리에서 꼼짝하지 마.' 하고 소리치고 있어.

그 사람은 꼼짝도 안 해. 전혀. 그렇게 조금도 움직이지 않을 수 있는 사람은 없어.

그제야 나는 그게 사람이 아니라 인형이라는 사실을 깨달아. 가운 같은 것을 입은 인형이야.

가슴에는 배지가 있어. 빨간 바탕에 검은색으로 'X'라고 쓰인 배지. 모두가 좋아하던 슈퍼히어로로 영화에 나오는 의상인가 생각했어. 그러다가 위를 쳐다보니, 끝이 뾰족한 흰 모자가 보여.

KKK단 복장이야.

나: 봤어?

피터: 그래. 젠장, 뭐야?

주위를 둘러보니까 처음에 탁자인 줄 알았던 게 진열장이야. 우리가 전시실 같은 곳에 들어온 거야. 피터와 나는 둘러보면서 진열장 안에 뭐가 있는지 확인해. 코란이 보이고, 말콤 엑스가 카펫에 무릎을 꿇고 앉아 있는 사진이 보여. 잘생겼어.

피터: 음, 방금 독립선언문 초안을 찾은 것 같아.

나: 참 재밌네.

피터: 아니, 정말로.

나: 아.

다음 진열대로 가자, 구깃구깃한 종이에 타자한 글이 보여.

사월은 잔인한 달, 죽은
땅에서 라일락을 피우고, 추억을
욕망과 뒤섞고, 잠든
뿌리를 봄비로 흔든다.

나는 생각해. '그래, 맞는 말이야.' 예전에는 사는 게 아름다웠겠지. 지금은 개똥이야. 어차피 죽을 텐데 뭐가 자라든 무슨 소용이야? 엘리엇 이 사람은 어떻게 그렇게 잘 알았을까. 그렇지만 다시 생각하니, 멸망한 세상에서 살아가다 보면, 뭐냐, 모든 게 의미가 있어. 애인한테 차였을 때 갑자기 라디오에서 나오는 노래가 모두 내 얘기로, 내 실연 얘기로 들리는 거랑 비슷해.

나는 진열장을 부수고 종이를 꺼내서 제퍼슨한테 줄까 생각해. 제퍼슨 은 일부러 어렵게 쓴 긴 시를 좋아해. 그렇지만 그러면 안 될 것 같아. 이 종이를 여기 넣어 둔 사람들이 이미 다 죽었다고 해도 말이야.

피터: 와, 구텐베르크 성서를 늘 갖고 싶었어.

피터는 스탠드에 놓인 두꺼운 책을 보고 있어.

나: 위층에 있는 그림에서 보이던 책이네.

피터: 이베이에서 비싸게 팔 수 있었을 텐데.

우리는 끝에 있는 벽까지 왔어. 그러다가 장식된 상자 안에 든 장난감들이 보여.

나는 그것들을 알아봐.

나는 피터의 손을 잡으려고 손을 내밀어.

"왜?"

피터는 그렇게 말한 뒤에 곧 이해하는 것 같아.

하지만 피터가 완전히 이해할 리 없어. 피터는 일 년 내내 찰리한테 책을 읽어 주지 않았으니까.

찰리, 내 동생. 내 귀여운 애기. 방금 목욕하고 나와서 따끈한 몸으로 큰 라이트닝 매퀸 잠옷에 쏙 들어간 찰리에게서는 잘 익은 과일 냄새가 났어. 탁자에 부딪혀서 작은 상처가 난 둥근 이마. 내가 곰돌이 푸 책을 읽어 줄 때 내 등을 만지작거리던 찰리의 작은 손가락. 글자를 따라 움직이지만 알아보지는 못하는 찰리의 눈.

찰리는 배우는 걸 좋아했지만, 글을 배우는 것은 별로 안 바랐던 것 같아. 내가 책을 안 읽어 줄까 봐 싫었던 거지. 찰리는 '잠들기 위한 도움말'을 요구해. 그래서 내가 찰리의 침대에 종종 들어가기도 했어. 찰리의 작은 침대에는 인형들이 가득하고 순수의 향기가 났어.

찰리의 볼은 폭신하고 보송보송해. 찰리는 물에 빠진 뱃사람처럼 나를 꼭 붙잡고 우스꽝스러운 질문들을 던지다가 코를 골기 시작해.

나는 고글을 위로 올리고, 피터의 헤드램프에서 나오는 진짜 불빛에 시력을 맞춰. 상자 안에는 봉제 인형들이 반원을 이루고 있어. 작고, 털이 엉켜 붙고, 손을 많이 타서 닳은 인형들. 푸, 이요르, 티거, 피글렛.

최초의 인형들이야. 도서관에 오리지널 푸 인형들이 있다는 얘기를 예전에 어디서 들은 적 있는데, 잊고 있었어.

나는 과거에 휩쓸려서 떠내려가고 있어. 도움닫기해서 전속력으로 달려서 인형들을 껴안아. 간지럼, 키스, 일상의 두려움. 찰리를 다시 만나고 싶어. 모든 걸 포기하고 거대한 어둠 속에서 찰리와 함께하고 싶어. 거기서 찰리를 찾아내서 찰리를 보호하고 싶어.

피터가 나를 잡아당겨.

피터: 가자.

나: 왜?

피터: 친구들이 우리 도움을 기다리고 있어.

나는 눈물을 닦고 다시 고글을 써.

어둠 속에서 더듬더듬 30분을 더 갔어. 그러다가 '남 서가'라고 표시된 문이 나와. 그 뒤로는 아래로 내려가는 계단이 있어.

계단을 내려오니까 층 전체에 사방으로 철제 책장이 뻗어 있어. 인류가 알고 있는 모든 것이 담긴 수많은 책들.

나: 여기 오니까 〈레지던트 이블〉이 생각나네.

피터: 멋지다. 내가 게임 속에 들어와 있네.

나(이제 거의 천 번째): 브레인박스!

아무 대답도 없어.

그러다가 누가 황급히 움직이는 소리.

피터: 너도 들었어?

나: 아니, 라고 하고 싶지만, 들었어."

나: 제퍼슨? 어디 있어? 오버.

지지직거리는 소리만 들려. 알아들을 수 있는 말은 없어.

그러다 다시 조용해져. 그 층을 다 뒤져도 아무것도 나오지 않아. 나온 것은 계단뿐이야. 계단 아래로 내려가니까 위층이랑 똑같은 층이야. 또 책꽂이들이 산맥을 이루고 있어.

계속 내려가도 책꽂이만 있는 층이 나와. 네 번째, 아니 다섯 번째 층인가, 다섯 번째 층에 오니, 또 누가 움직이는 소리가 나.

피터: 젠장.

나: 여기서 나가야 할까?

피터: 브레인박스! 장난 그만해!

우리 뒤에서 소리가 나.

나(무전기에 대고): 제퍼슨?

제퍼슨이 우리를 따라서 내려왔는지도 몰라. 그런데 대답은 없어.

심장이 쿵쾅거려. 입에서 쓴맛이 나.

검은색의 뭔가가 우리 눈앞에 있는 책꽂이들 사이로 휙 지나가. 너무 빨리 지나가서 뭔지 알아볼 수 없어.

나: 누구냐! 또 보이면 무조건 쏜다!

우리 앞 바닥에 금속성의 무엇이 떨어져서 절그럭 소리가 나. 원통형이어서 속에서 텅 소리가 작게 나.

우리가 물러서려 하는데, 폭발이 일어나. 내 고글이 감당할 수 있는 한도를 넘어서서 눈에 빛이 쏟아져 들어와.

고글을 벗지만 너무 늦었어. 눈에 온통 녹색 잔상만 남아서 아무것도 안 보여. 피터한테 소리치지만, 아무것도 안 들려. 내 성대를 지나가는 차가운 공기만 느껴져.

나는 귀먹고 눈멀었어.

내 카빈총이 누구 손길에 잡혀. 내 발길질과 주먹질에 사람이 맞는 게 느껴져. 다른 누가 내 목을 팔로 감아. 그리고 내 오금을 쳐. 나는 바닥에 무릎을 꿇어. 손 다섯 개인지 여섯 개가 내 얼굴을 바닥에 누르고 팔을 등 뒤로 꺾어. 나는 소리를 지르고 물어뜯어. 그러다가 퀴퀴한 냄새가 나는 천 봉지가 내 얼굴을 덮어. 사람들이 나를 일으켜 세워. 내가 저항하자, 딱딱한 것이 내 배를 쳐. 끔찍하게 아파서 나는 발길질을 멈춰.

귓속에서 윙윙거리는 소리 빼고 아무것도 안 들려. 아무것도 보이지 않아. 어디로 가는지, 어디에 있는지 모른 채 끌려가고 있어.

그래, 침착하자. 그건 M84 섬광탄이었을 거야. 내 손목은 지퍼 같은 것으로 묶여 있어. 놈들이 내 손목을 묶고 조일 때 플라스틱으로 된 지퍼이 같은 게 느껴졌어. 아주 꽉 묶여 있어. 풀려고 애써도 지퍼 이에 살갗만 까져.

업타우너들이 우리를 따라 들어왔는지도 몰라. 아니야, 그럴 가능성은 없어. 칠흑처럼 어두웠고, 우리는 눈치도 못 채고 있다가 당했어. 그래, 무기도 잘 갖추고 준비도 잘돼 있는 사람들이야. 그건 아마도 그 사람들이 여기를 잘 알고 있다는 뜻이고, 그렇다면……

누가 여기 살고 있어.

'도서관에 유령이 있어.'

그래서 여기가 그렇게 깨끗한 거야. 누가 살고 있으니까.

계단 위로 끌려가. 나는 방향이 몇 번 바뀌는지 머릿속으로 세. 계단참을 여덟 번, 층으로는 네 층을 올라가. 그리고 오른쪽 왼쪽으로 방향을 몇 번 홱홱 틀어. 그리고 복도를 한참 지나가고, 그리고 다시 왼쪽으로 꺾어져. 그리고 산들바람이 느껴져. 실외에 나온 것 같아.

놈들이 나를 나무 의자에 앉혀.

얼굴에서 천 봉지가 벗겨지고, 나는 다시 앞을 볼 수 있어.

우리가 있는 곳은 독서실 뒤야. 피터는 내 왼쪽에 나처럼 묶여 있어.

피터가 소리치는 것 같은데, 나는 피터의 입 모양으로 무슨 말인지 확인해.

"귀는 들리니?"

나는 고개를 절레절레 흔들어.

내 오른쪽에는, 하느님 고맙습니다, 제퍼슨이 있어. 제퍼슨도 누런 나일론 끈으로 의자에 묶여 있어. 우리 무기와 가방은 어디에서도 보이지 않아.

우리는 관찰당하고 있어. '관찰당하다'는 말이 딱 맞아. 얼굴이 밀가루 반죽 같은 사람들 스무 명쯤이 우리를 관찰하고 있어. 이 사람들은 옷을 두껍게 입고 있어. 그래, 이제야 깨닫는데, 도서관은 방들이랑 복도들이 아주 넓어서 바깥에 비해서 추워. 거기다 머리는 확실히 춥겠어. 남자든 여자든 모두 머리카락을 빡빡 밀었네. 그다지 끌리는 모습들은 아니야.

아니, 사실 완전 섬뜩해. 얼굴에 마음대로 새긴 문신 때문에 더 그래.

제퍼슨이 이 사람들한테 뭐라고 말을 해. 그렇지만 내 귀에는 제퍼슨의 말이 들리지 않아. 내 귀가 아직도 엉망이야.

제퍼슨이 무슨 말을 하건, 제발 결과가 좋아야 해.

제퍼슨

"안녕. 내 이름은 제퍼슨이야. 이름이 뭐야?"

내가 지금 생각할 수 있는 최선의 말이다. 의자에 묶여 있는 상태에서 공격적으로 나가 봐야 아무 소용도 없다.

피터와 돈나는 귀가 안 들리는 것 같다. 15분 전쯤 들린 큰 폭발음이 무슨 소리였는지 알 것 같다. 섬광탄이었다.

우리 모두 좀 얻어맞은 것 같다. 유령 하나가 몸을 숙인 채 걷어차인 자기 가랑이를 어루만지고 있다. 내가 총으로 얼굴을 때린 놈은 여기 없는 것 같다.

황혼이 내리고 높은 유리창으로 들어오는 빛이 푸르게 변하는 동안 유령들은 우리를 계속 지켜보기만 한다. 나는 유령들에게 정체를 물어보고, 무엇을 원하는지도 물어보았다. 그러나 유령들은 아무것도 하지 않는다. 그저 누더기 같은 옷을 입은 채 가만히 앉아 있기만 한다.

유령들의 이마에 새겨진 표시에는 틀림없이 의미가 있을 것이다. 그리스 문자다. 나는 그 뜻을 떠올리려 애쓰고 있다. a 같은 모양의 표시를 한 남자를 찾아낸다.

내가 묻는다.

"알파?"

침묵만 흐른다.

마침내 그 남자가 말한다.

"그렇다."

이 중에서 어느 한 명이라도 입을 연 것은 처음이었다. 다른 유령들이 알파를 본다.

내가 묻는다.

"알파가 네 이름인가?"

"그렇다. 내 새 이름이다."

"옛날 이름은 어떻게 됐나?"

"세상 모든 것과 똑같다. 사라졌다."

"알았다. 내 이름은 제퍼슨이다. 여기서 사는 것 같은데, 맞나?"

알파가 고개를 끄덕인다.

"그렇다면 우리가 너희 집에 무단으로 침입한 셈이군. 그 점은 미안하다. 우리는 몰랐다."

나는 합리적이고 공감을 끌어낼 만하게 말하려 최대한 애쓴다.

알파가 말한다.

"이제는 알았겠군."

"맞아, 이제 알았어. 저기, 우리는 그냥 가던 길을 갈게. 우리 물건만 돌려받으면 그냥 갈게. 너희 얘기는 아무 데서도 안 할 거고."

침묵.

알파가 말한다.

"너희는 여기 왜 왔지?"

"정보를 찾으러 왔다."

'정보'라는 말에, 유령들은 마치 그 말이 마법의 단어인 듯 모두 고개를 끄덕이며 웅성댄다.

"무슨 정보?"

"의학 저널이다. 내 친구는 '그 사건'에 연관된 글이 그 의학 저널에 실려 있다고 생각하고 있다."

고풍스러운 형태의 b 같은 글자—베타—를 이마에 그린 여자애가 알파의 귀에 뭐라 속삭인다. 알파가 고개를 끄덕인다.

알파가 말한다.

"도서관에 유령이 있다는 사실을 몰랐나?"

"이제 사람들 말이 무슨 뜻인지 알겠다. 우리도 무서워서 죽는 줄 알았다."

"어떤 면에서 보자면, 이 도서관은 정말로 유령에 씌었다. 남은 문명이 여기 다 있다. 여기는 세상 어디보다 큰 정보의, 지혜의 창고다. 이곳을 지키는 것이 우리 임무다."

"잘 알겠다."

"그런 것 같지 않다. 우리가 너희를 그냥 보냈다가 무슨 일이 벌어질지 누가 아나? 도서관이 점령하기 좋은 곳이라고 여기저기 떠들고 다니지 않는다는 보장이 있나?"

나는 저 생각의 고리가 어디로 가게 될지 생각하고 싶지 않다. 그래서 간단하게 말한다.

"어디서도 말하지 않겠다. 우리는 여기서 나가고 싶을 뿐이다."

베타가 알파를 본다. 알파가 고개를 끄덕이자, 베타가 말한다.

"또 다른 일행이 있나?"

알파를 빼고 누가 소리를 내서 말한 것은 처음이다.

나는 내 판단이 옳았기를 바라며 말한다.

"있다. 브레인박스라는 친구가 있다. 그 친구가 보이지 않는다."

알파가 고개를 끄덕인다.

이제 알파는 내 쪽으로 걸어오면서 허리에 찬 칼집에서 얇은 칼을 꺼낸다.

알파가 내 뒤로 간다.

알파는 말한다.

"신이 하나 있다면, 그것은 '정보'야."

머릿속 상상으로 알파의 칼날이 느껴진다. 내 목을 긋겠지. 피가 내 셔츠를 적시고, 내 목으로 공기가 쉭 들어오고……

알파의 칼은 내 손을 묶은 플라스틱 끈을 자른다. 탁 하는 소리와 함께 내 손이 풀려난다.

돈나

마침내 청력이 돌아와. 그리고…… 아오, 야.

간단히 정리할게. 도서관은 사이코들한테 점령됐어. 이 사이코들은 자기들만의, 뭐냐, 종교 같은 걸 만들었어. 이유는? 그냥 재미로 시작한 거지.

'정보'랑 상관있는 것 같아. 이 사이코들이 제일 좋아하는 말이 '정보'야. 이런 정보, 저런 정보, 온통 정보 타령이야. 얘들은 한번 말을 꺼내면 입을 다물지 않아. 원자, 유전자, 뭐 그런 것들도 컴퓨터 비트처럼 정보라고 해. 우주가 원자로 프로그램된 거대한 컴퓨터인 것 같아.

이 사이코들 말에 따르면, 세상이 '정보'로부터 멀어질수록 더 나빠진대. 몸이든 의자든 탁자든 뭐든 이 사이코들은 장애물이라고 생각해. 특히 자기들 육신을 그렇게 여기는 것 같아. 무슨 SF 영화에 나오는 사람들처럼 생각만 둥둥 떠다니는 존재라고 여기나 봐. 순수하게 에너지로만 이뤄진 생물 같은 거.

이 사이코들 말에 따르면, '그 병'은 정보가 독점되거나 뭐 그런 이유로 신이 내린 벌 같은 거래.

좀 어이없어.

도서관은 이 사이코들한테 성지 같은 곳이야. 그런데 우리가 여기를 침입했으니 터부 같은 걸 깬 거지. 상황이 나빠질 뻔했지만, 제퍼슨이 어찌어찌해서 우리가 나쁜 사람이 아니라는 걸 설득시켰어. 이 사이코들이 제퍼슨을 좋아하지 않았으면, 우리는 지금 살아 있을 수 없었어.

제퍼슨은 그런 아이야. 갈등을 싫어해. 어울려 지내게 만드는 재주가 정말 뛰어나. 늘 좋은 사람으로 보이기를 원하는데, 이런 결과를 보면 실제로 정말 좋은 사람인 것 같아.

그래, 좋은 사람이야. 제퍼슨은 그런 사람이야. 그것도 문제야.

예전, '그 사건' 전에 이런 일이 있었어. 우리가 간단한 작전을 실행했어. 작전명은 '제퍼슨의 연애 생활.'

클로이라는 여자애가 있었어. 제퍼슨이 늘 빠지는 '금발 천사' 타입이었어.

파란 눈, 웨이브 진 머리, 빵빵한 가슴, 하나도 빠지는 것 없이 다 갖춘 여자애. 이런 여자애를 보면 제퍼슨은 자동차 앞에 선 사슴이 되고 말아. 걔들의 결점은 제퍼슨 눈에 아예 안 들어오나 봐.

클로이의 경우에 가장 큰 결점은, 바보란 거였어.

유치원 때부터 알고 지낸 아이인데, 클로이는 항상 공주 스타일이었어. 뭐냐, 에나멜가죽 구두에 흙이 조금 묻었다고 우는 여자애 있잖아. 초등학교 1학년 때 줄 맞춰서 공원에 가는데, 내가 물웅덩이를 발로 찼거든. 그랬더니 클로이가 이러더라.

"그러지 마! 가난한 사람들이 마셔야 하는 물이야!"

그래, 머리가 썩 좋지는 않은 애야.

제일 나쁜 건, 완전 공주라는 점이야.

나는 공주 스타일에 관해서 이론이 하나 있어. 내 이론의 기본을 말하자면, 공주 짓이 멋지지 않다는 걸 깨닫더라도 거기서 쉽게 벗어날 수 없다는 거야. 뭐냐, 열세 살이 되어서 더 이상 핑크 아크릴 튀튀를 입고 공주 봉을 들고 다닐 수 없게 되면, (다른 얘긴데, 나는 핑크 공주 드레스나 공주 봉을 반대하는 게 아니야. 그게 자기 스타일이라면, 확실히 밀고 나가야지.) 공주병은 그 사람 내면으로 들어가.

공주로 사는 건 선택이 아니라 병이야. 무도회의 신데렐라처럼 차려입는 정신적 에너지가 실제로 뇌의 일부를 점령하는 거지. 그리고 남자가 올 때를 평생 기다리게 돼. 어떤 남자가 머리에 왕관을 씌우고 백마나 뭐 그런 것에 태워서 데려가기를 기다리는 거야. 미워하던 사람들은 모두 땅에 머리가 닿도록 굽실거리겠지. 새 부리에 눈을 쪼일지도 모르지. 그림 동화처럼 말이야.

완전 예뻐서 인기 있는 사람이 아닌데 공주병이 있으면, 비참하고 우울한 기분에 휩싸이고 세상이 너무 잔인하다고 느끼게 돼. 예쁘고 인기가 있으면? 조심해. 앞길에 난관이 가득해.

왜냐하면 이 세상에 왕자 같은 남자는 없으니까. 공주병에 걸린 여자애의 이상한 세계관에 딱 맞는 남자는 없어.

내 말은, 남자들은 처음에는 괜찮게 행동해. 그럴듯한 곳에 데려가고, 꽃을 선물하고, 정말 아름답다느니 뭐니 어쩌고저쩌고 떠들지. 그런데 그게 뭣 때문이겠어? 남자애들이 왜 그런 고생을 하겠어? 누구랑 가까워지는 게 도대체 뭐길래?

어쨌든 어느 시점에 다다르면 그 행동들은 확 줄어. 이유는 1) 흥미를 잃어서, 2) 섹스에 성공해서, 3) 이제 항상 가까이 지낼 수 있게 됐다고 생각해서. (3번은 2번 조건을 이룬 직후에 나타날 때가 많아.)

왕자 같은 남자는 없다는 말을 내가 했던가? 그거 설명 더할게. 왕자 같은 남자가 있다면, 제퍼슨이야. 제퍼슨이 〈잠자는 숲속의 공주〉 같은 것에 미쳐 있다는 말은 아니야. 내가 아는 사람들이랑 다르게, 제퍼슨은 착한 사람이 되는 데 완전 사로잡혀 있다는 뜻일 뿐이야. 뭐냐, 명예를 지키고, 약자를 보호하고, 정의로운 일을 하고, 등등. 아니, 제다이 콤플렉스라고 말하는 게 더 낫겠다. 뭐냐, 제퍼슨은 일곱 살 때 〈스타워즈〉를 봤어. 그걸로 게임 끝이지. 광선검도 갖고 있었어. 아, 조상 대대로 물려받은 사무라이 검인가? 뭐든 상관없어.

까놓고 말해서, 이 공주병이랑 제다이 콤플렉스랑 이 모든 것이 왜 문제냐 하면, 허구이기 때문이야. 공주나 제다이는 존재하지 않아! 현실에는 나쁜 마녀도 없고, 현명한 스승도 없고, 요정 대모도 없고, 악의 제국도 없어. 모든 건 회색 음영 지대야.

아오, 이렇게 유용한 문장이 『그레이의 그림자』라는 끔찍한 책 제목으로 이용당하다니 이럴 순 없는 거야.

어쨌든 '남자 사람 친구'인 제퍼슨은 중3 때 디즈니 여주인공이랑 조금이라도 비슷한 게 있으면 푹 빠졌어. 마침내 큰 트로피에 관심을 쏟기 시작했어. '클로이 공주'라는 트로피지.

하루는 우리가 카페 올린에서 노닥거리고 있었어. 거기는 커피 맛이 그저 그래서 힙스터가 별로 없어. 그래서 내가 거기를 좋아했지.

제퍼슨은 완전 들떠 있었어. 클로이랑 메트로폴리탄 미술관에서 데이트를 했거든.

어디부터 시작하지? 우선, 아까도 말했지만, 클로이는 바보야. 미술 작품 앞에서 고개를 갸웃거리고 있을 클로이의 모습이 눈에 선해. 신문을 바라보는 닭 같을 거야. 제퍼슨은 자기가 좋아하는 곳으로 클로이를 끌고 다녔을 게 뻔해. 그 그림들이 자기한테 어떤 의미인지, 자기가 어떤 영향을 받는지 떠들면서 낭만적인 데이트를 하고 있다고 생각했겠지. 뭐냐, 조지아 오키프 그림들이랑 같이 클로이랑 섹스하려 하는 거라고. 웩.

제퍼슨은 자기가 잘난 체하는 예술병 환자라는 걸 숨기지 않았어. 실제로 주말마다 자기 의지로 미술관에 갔다니까. 애스터플레이스에서 6호선을 타고 메트로폴리탄 미술관까지 가서, 1센트만 내고 들어가. '기부금' 액수가 너무 비싸다고 반대하는 거지. 그리고 온갖 미술품을 돌아봐. 나도 제퍼슨을 따라서 간 적 있어. 딱 한 번이었는데, 그걸로 충분했어. 정말 아주 값진 경험이었어. 뭐냐, 다 이해되더라. 인류의 문화 유산 같은 거. 그런데 나는 그만큼 빨리 카페인에 취해서 이스트빌리지의 괴짜들을 머리에서 내보냈어.

미술관 데이트 뒤에 내가 제퍼슨한테 물었어.

"어땠어?"

제퍼슨: 어땠냐니, 무슨 뜻이야?

나: 그러니까 뭐냐, 뭐 했느냐고. 진도는 얼마나 나갔어?

제퍼슨: 돈나!

그러자 제퍼슨이 이런 표정을 지어. '내가 야한 의도로 클로이를 만났을 거라고 생각하다니 어떻게 그럴 수가 있어?' 하는 표정.

제퍼슨: 우리는 몇 시간 동안 대화했어. 진짜 통했어.

나: 알았어. 둘이 나눈 얘기 중에 기억나는 거 있어?

제퍼슨: 음, 나만큼 착한 남자는 만난 적 없대.

나: 헐.

제퍼슨: 왜?

나: 정확히 그렇게 말했어? 착한 남자라고?

제퍼슨: 그랬던 것 같아.

나: 너 망했네. 그러니까 내 말은, 네가 엮이지 않게 됐다는 뜻이야.

제퍼슨(짜증내며): 그게 무슨 말이야?

나: 클로이 같은 여자애가 '착한 남자'라고 말하면, 그건 '너랑 불꽃이 튈 일은 절대로 없을 것'이라는 뜻이야.

제퍼슨: '착하다'는 긍정적인 의미야.

말은 그렇게 해도 제퍼슨의 표정은 벌써 조금 일그러져 있었어.

나: 있지, 이제 방법은 딱 하나야. 이길 가망은 없지만 던져 보는 거야. 클로이한테 이렇게 말해. '나는 착하지 않아. 나를 착하게 봤나 본데, 나는 절대 그런 사람이 아니야. 나는 아주 나쁜 놈이야.' 그다음에 클로이를 완전 해치우는 거야. 그러니까 뭐냐, 키스해 버려. 부드럽게 하면 안 돼. 꽉 잡아야 돼.

제퍼슨: 음, 그건 성폭행 같은걸.

나: 마음대로 생각해. 어쨌든 성공하기는 힘들겠다. '착하다'는 말은 사형 선고나 마찬가지야.

제퍼슨은 풀이 죽었어.

나: 있지, 이게 위로가 될지는 모르겠지만, 미술관에 데려갔을 때부터 상황은 끝났어. 데이트 시작부터 망한 거야. 데이트 장소로 미술관을 고르는 사람이 어딨니! 1950년대나 뭐 그런 때 이후로는 없어. 누구랑 애인이 되고 싶으면 그 사람이 갈 만한 파티에 가서 끈적끈적하게 접근해야지.

제퍼슨: 충고 고마워.

나: 어쨌든 클로이는 바보야. 너는 걔가 예쁘니까 네 시간을 쏟을 만한 가치가 있다고 생각하겠지만, 걔는 그럴 만한 가치가 없어.

제퍼슨: 클로이는 예쁘기만 한 게 아냐.

나: 알았어, 좋아. 나라면…… 다른 데에 눈을 돌리겠어. 내가 너라면 말이야.

제퍼슨: 다른 데? 어디?

지구에 클로이 말고 다른 여자애는 없는 것처럼 말하더라.

잠깐 동안, 앞으로 몸을 숙이고 제퍼슨한테 키스할까 생각했어. '여기, 이 바보야.' 로맨틱 코미디 영화라면 그런 일이 일어났겠지. 그렇지만 우리는 너무 오래된 친구였고, 나는 '나한테 키스해, 바보야!' 대신 '정신 차려!' 하고 생각했어.

제퍼슨은 나한테 너무…… 착했어. 내가 문제인 건지도 모르지.

나는, 뭐냐, 남자한테 사랑 고백을 받은 적이 없어. 그래서 제퍼슨의 말을 못 믿나 봐. 제퍼슨의 말에 당황했다고 할까. 끈적해져야 했겠지만, 아니, 뭐냐, '어머 정말 다정하네' 하면서 최소한 아주 감상적으로 대꾸해야 했겠지만, 나는 방어적으로 반응했어. 누가 나한테 명령조로 말한 것처럼 말이야. 뭐, 제퍼슨의 말이 명령 같기도 했어. 나한테 자기가 느끼는 대로 느끼라고 말한 거잖아.

제퍼슨의 말을 믿는 것부터 애당초 불가능하지 않아? 내 말은, 제퍼슨이 나를 속이려고 한 건 아니지만, 제퍼슨 자신이 자기 감정에 속고 있는지도 모른다는 거야. 남자애들의 머릿속이란 엉망이야.

엉망이야, 엉망.

어쨌든 '그 사건' 이후에 제퍼슨은 클로이랑 잘될 기회를 잡았어. 클로이는 우리 부족에 들어왔고 제퍼슨한테 의지했달까 그랬지. 제퍼슨이 좋아했던 예전의 클로이가 그대로였는지는 모르겠지만. 클로이는 맛이 갔어. 화장을 너무 진하게 하고, 스트리퍼처럼 옷을 입고, 어린애처럼 징징대면서 말했지. 그래도 제퍼슨은 클로이를 모른 체하지 않았어. 제퍼슨은 착하니까. 클로이를 보호하고 싶었나 봐.

그러다가 어느 날, 클로이가 제퍼슨의 권총을 훔쳐서 브로드웨이에 있는 세포라로 곧장 갔어. 거기서 자기가 좋아하는 화장품들을 집어서 완벽하게 화장을 했어.

그다음에 자기 머리를 총으로 쐈지.

끝내줬지.

도서관 괴물들이 우리를 서고로 끌어가는 동안 나는 이런 생각을 하고 있어. 이런 순간에 과거를 추억하다니 이상하지만, 내 정신이 스스로를 보호하나 봐. 폭신폭신한 추억을 쿠션으로 삼는 거지.

그사이에 제퍼슨은 배려심을 발휘하고 있어. 질문을 던지고, 이 사이코들의 어이없는 신앙에 관심이 있는 척하고 있어. 사이코들이 제퍼슨 때문에 우쭐해. 뭐냐, 개종할 새 신도를 찾았다고 생각하는 것 같아. 당장이라도 제퍼슨한테 성격 테스트를 무료로 해 주게 생겼어.

우리가 정말로 정보를 찾고 있었다는 게 도움이 돼. 우리가 뭐냐, 음식을 훔치러 온 게 아니라 정보를 찾으러 왔다는 거. 그 사실을 애들이 정말 좋아해. 그래서 우리를 정기 간행물이 보관된 서고로 데려가고 있어. 애들이 좀 미쳤는지는 몰라도, 도서 십진 분류법은 알더라고.

우리는 드디어 브레인박스를 발견해. 브레인박스는 '정보 미치광이들' 두 명이랑 노닥거리고 있어. 걔들은 브레인박스를 우러러보는 것 같아. 브레인박스가 그 '뷰티풀 마인드'로 걔들을 홀린 모양이야. 빡빡머리 여자애 두 명(여자애들인 것 같아. 그 꼴불견 옷을 입었어도 몸의 곡선이 보여.)이 브레인박스한테 의학 저널 상자들을 가져와. 우리는 손이 묶이고 바닥에 짓이겨지고 공포에 떠는 동안, 브레인박스는 서고로 안내받아서 도움까지 받으면서 《주간 질병》인지 뭔지를 찾아보고 있었어.

브레인박스는 고개를 들어서 우리를 봐. "어이, 친구들, 어디 있었어?" 같은 표정이야.

태양 발전 전구 불빛 아래에서 우리는 정보를 찾아.

제퍼슨

도서관에 유령이 있다는 이야기가 왜 떠도는지 이제 이해된다. 알파무리가 지금은 우리에게 잘하고 있지만, 이 무리는 어딘가가 크게 잘못됐다.

'그 사건' 전에 나는 이 도서관에 공부하러 오곤 했다. 주위 사람들이 모두 자기 일에 열중하고 있을 때, 혹은 적어도 밖에서 즐겁게 놀고 있지 않을 때, 공부에 더 집중할 수 있었다.

도서실에 있는 사람들은 대개 나와 같은 이유로 거기 있었다. 읽을 책이 있었고, 책을 읽기에 좋은 곳이었다. 서고에서 책을 가져오고, 이메일을 확인했다. 오는 사람, 가는 사람, 서로 대화를 나누는 사람도 때때로 있었다.

전혀 다른 사람들도 있었다. 책으로 이루어진 벽 뒤에 숨은 채, 코를 훌쩍거리고, 몸을 긁적이고, 쭈글쭈글한 비닐 봉지에서 점심을 꺼내서 먹고, 닳아 빠진 누런 공책에 정신없이 뭘 적곤 했던 사람들. 슬그머니 보면, 아주 빼곡하게 적힌 칸들이 보였다. 조그맣게 적힌 그것들은 글일 때도 있고, 숫자나 도표나 수식일 때도 있었다. 풀리지 않는 음모 이론, CIA에 제출할 진정서, 우주를 관장하는 방정식 추론 등등이었다. 내가 도서관에 들어가면, 그 사람들은 이미 자리를 잡고 샌드위치를 아귀아 귀 먹으며 뭘 적고 있었다. 그리고 도서관 문 닫을 시간이 되어 안내 방송이 나올 때까지 거기 있었다. 그 사람들의 머리에는 말썽과 광기의 후광이 빛났다.

그 사람들 중에는 나이가 어려서 '그 사건' 뒤로 살아남은 애들도 있었을 것이다. 광기를 한데 모아서 세상 만사를 해결하기를 기다린 조숙한 미치광이들.

브레인박스가 그런 아이들에 속하지 않는다고 말하면, 거짓말이다. 시스루가 죽었다고 브레인박스에게 말하자, 브레인박스는 그저 가만히 서서 눈만 깜박인다. 그리고 학술지 상자들을 뒤지는 일을 다시 시작한다.

내가 브레인박스한테 그렇게 쉽게 설득당한 것이 잘못이었다. 하지만 워싱턴 형이라면 브레인박스를 도서관에 데려왔을 것 같았다. 그리고 나는 하고 싶은 일이 있었다. 죽음에 일격을 날리고 싶었다. 내 형을 빼앗아 간 '그 병'에게 복수하고 싶었다.

모르겠다. 어쩌면 그저 워싱턴스퀘어에서 나오고 싶었기 때문이었는지도 모른다. 모두가 내 결정만 기다리고 있는 곳에서 벗어나고 싶었던 게 아닐까. 나는 팀을 이끄는 척하고 있었지만, 실제로는 도망치고 있었는지 모른다.

브레인박스가 혼잣말을 중얼거리며 상자에서 상자로 학술지를 죄 뒤적이고 있다. 그런 브레인박스에게서 그 음모 이론 신봉자들의 모습이 보인다. 유령이 보인다.

그러다가 브레인박스가 나한테 논문의 초록을 한 번도 보여 주지 않았다는 사실을 깨닫고 숨이 턱 막힌다.

애당초 학술지가 없을지도 모른다. 논문이 없을지도 모른다.

브레인박스가 지어냈을지도 모른다.

거기까지 생각이 미치자 나는 탈출을 계획하기 시작한다.

'유령들'은 우리 물건들을 압수했다. 거기 무기도 있다. 이마에 'k'라고 문신한 남자가 내 AR-15를 들고 있고, 알파는 내 사무라이 칼을 자기 허리춤에 찼다. 나머지 물건들도 그 알파벳들이 나눠서 가지고 있다.

유령들은 자기 총이 없었다. 이상한 일이다. 무기 없이 이곳을 어떻게 지켜 왔는지 이해할 수 없다.

브레인박스는 논문을 찾는 몸짓을 계속하고 있다. 유령들은 주위에 서 있다. 창백한 불빛을 받은 유령들의 얼굴은 보기에도 섬뜩하다.

나는 브레인박스 가까이로 몸을 기울이며 말한다.

"브레인박스, 괜찮아."

브레인박스가 말한다.

"뭐가 괜찮아?"

"논문이 없어도 괜찮아. 이해해."

브레인박스가 고개를 들고 나를 본다. 멍한 표정이다.

"뭐라도 하고 싶었겠지. 그래서 이야기를 지어냈고. 괜찮아. 나도 워싱턴 형을 사랑했어. 그렇지만 형은 이제 저세상으로 갔어."

브레인박스가 씩 웃는다. 웃음이라니, 브레인박스의 얼굴에 어울리지 않는다. 그러다가 브레인박스는 킥킥대며 웃는다.

"브레인박스, 그만해."

하지만 브레인박스는 빳빳한 크림색 소책자를 쳐든다. 《응용 바이러스학 저널》.

보통 잡지와 다르다. 표지에는 사진이 없고 오른쪽에 목차만 있다. '거대 세포 바이러스'에 관한 제목, 폐렴에 관한 제목, 톡소포자충증에 관한 제목이 보인다.

반쯤 아래 「에닐리코스코톤 제제에서 벡셀블라트 효과의 위험성」.

브레인박스가 그 학술지를 들어 몸을 빙 돌리며 주위에 보여 준다. 유령들도 웃기 시작한다. 웃으며 고개를 끄덕인다. 이제 알겠지? 정보야.

들뜬 분위기가 가라앉은 뒤 내가 유령들에게 말한다.

"여러분께 감사드립니다. 도와주셔서 고맙습니다. 이제 우리는 집에 돌아갈 시간입니다."

알파가 말한다.

"아, 안 돼. 아직 가면 안 돼."

알파는 씩 웃으며 브레인박스의 손에서 학술지를 낚아챈다.

"축하해야지."

유령들이 우리 총을 가지고 있다. 그러니까 어쩔 수 없이 우리는 축하까지 함께할 수밖에 없다.

우리는 다시 독서실로 끌려간다. 가는 길에 사람들이 움직이는 소리가 또 들린다. 도대체 얼마나 많은 사람이 도서관에 숨어 있나?

독서실 탁자 하나에 음식이 차려져 있다. 고기 익는 냄새가 난다. 좋은 그릇들이 놓여 있다. 예전에 결혼식이나 자선 행사에서 쓰던 고급 도자기다. 이제 밤이 왔고, 높은 창문의 격자 창살 그림자가 타일의 검은 줄눈처럼 바닥에 드리웠다. 그리고 수백 개의 촛불들이 흐릿하게 반구형으로 조명을 이루고 있다. 독서실을 반으로 나누는 진열장은 주방이 됐다. 피어오른 연기가 어두운 천장에 웅덩이처럼 고여 있다.

탁자 상석에는 알파가 있다. 그 오른쪽에 브레인박스가 있다. 브레인박스를 뺀 우리 일행은 베타부터— 저걸 뭐라 읽더라? '뮤'? — 열 명쯤되는 유령들 사이에 끼어 있다. 다른 유령들은 바쁘게 오가며 임시 주방에서 음식을 가져온다.

이제 모두 친구가 된 것 같다. 그렇지만 무기를 돌려줄 정도의 친구 사이는 아니다.

알파가 말한다.

"그럼 이제부터는 뭘 할 생각이지?"

알파는 어디에서 났는지 알 수 없는 고기를 포크로 찍어서 입으로 가져간다.

"집으로 돌아가야지."

"이건 어쩌고?"

알파가 학술지를 든다.

"그걸 뭐?"

알파는 학술지를 뒤적인다.

"연구해 볼 만해."

알파의 말투는 거만하게 들린다. 돈나가 내 말을 들을 때 그런 기분일 것이다.

알파가 묻는다.

"벡셀블라트 효과가 뭔지 알아?"

"몰라."

알파는 브레인박스를 본다.

브레인박스가 말한다.

"테크놀러지와 자연 현상의 예측할 수 없는 상호 작용. 자연 재해 같은 것."

브레인박스가 나한테 그런 말을 미리 하지 않았다니 이상하다.

내가 말한다.

"가령 어떤 거?"

브레인박스가 말한다.

"태풍 카트리나. 제방 붕괴. 딥워터 호라이즌 원유 유출."

알파가 씩 웃으며 말한다.

"체르노빌. 후쿠시마 원전 사고."

브레인박스가 말한다.

"태풍 샌디."

기어가 돌아가는 것이 눈에 선하다.

"그럼, '그 사건'이 벡셀블라트 효과라고 치고, 흥미로운 얘기지만. 우리가 그걸 안다고 뭘 할 수 있지? 나는 모르겠는걸."

알파가 브레인박스에게 논문을 보여 주며 어떤 대목을 손가락으로 짚는다. 브레인박스가 그곳을 보고 고개를 들어서 알파를 본다. 알파가 씩 웃는다.

알파가 말한다.

"올드맨."

"뭐? 올드맨이 뭐?"

알파는 설명하지 않는다. 대신 딸기를 집어 먹는다.

돈나가 물어본다.

"이것들은 다 어디서 났어?"

알파가 서쪽 창을 가리키며 말한다.

"브라이언 파크에 밭이 있지."

내가 말한다.

"그것 참 이상하네. 농사는 어떻게 지었어? 도서관에 숨어서 지낼 수는 있다고 생각해. 그렇지만 공원에 농사를 지으면서 농작물을 도둑맞지도 않고 잘 지킨다고? 어떻게 그럴 수 있지?"

알파가 씩 웃는다.

"간단해. 두려움이지."

돈나가 묻는다.

"무엇에 대한 두려움?"

알파는 거드름을 피우며 손을 내젓는다.

"주관적 구분. 터부."

다른 유령들이 웃는다.

나는 그 말에 어떻게 반응해야 할지 몰라서 딸기를 먹는다. 정말 맛있다. 주방에서 돼지고기 굽는 냄새가 난다. 그리고 음식을 가져오는 유령들이 더 많아졌다.

유령들이 그릇을 놓는 동안 알파가 말한다.

"정보에 대해서 더 알려 주지. 모든 생명을 철저하게 정보의 체계로 한번 바라봐. 쿼크는 미립자를 만들고, 미립자는 원자를 만들고, 원자는 세포를 만들어."

알파는 계속 말하면서 돼지고기를 나이프로 썰어서 입에 넣는다.

"중요한 건 하나뿐이야. 바로 정보지."

브레인박스가 갑자기 나를 본다.

"제퍼슨."

브레인박스가 걱정스러운 표정으로 나에게 말을 걸지만, 알파는 말을 멈추지 않는다.

"동물이 뭔가? C, G, T, A, DNA라는 실행코드로 지어진 기능적 모델이지."

알파는 음식을 삼키고 말을 잇는다.

"DNA. 음식을 먹는 것? 그건 정보가 정보를 삼키는 거지."

돼지고기 냄새가 내 머릿속을 파고든다.

"우리가 도서관을 어떻게 유지하느냐고 물었지? 그 질문에 대한 내 대답은, '임의적 구분'이야. 인간과 동물의 차이가 뭐지? 영혼이 있고 없는 게 다르다는 말은 하지 마. 영혼은 검증될 수 없어. 육신과 고기의 차이가 뭐야? 아무것도 없어. 노이즈야. 터부지."

브레인박스가 말한다.

"제퍼슨."

"터부의 바탕이 되는 것은 대부분 세대 지속성 개념이야. 근친상간은 왜 터부가 됐을까? 밀접하게 연관된 DNA 유전자는 재결합됐을 때 기형이 생길 확률이 높아지기 때문이지. 그렇지만 아무도 임신할 수 없다면, 그 터부에 무슨 의미가 있을까? 알겠어? 바로, 노이즈지."

나는 내 앞에 놓인 돼지고기 구이 조각을 내려다본다.

가장자리가 갈색으로 익은 길쭉하고 두툼한 고기에서 분홍빛 육즙이 접시로 흘렀다. 고기에서 나는 냄새가 절묘하다.

나는 침이 고여서 입을 다문다.

알파가 말한다.

"다른 터부에 대해서도 같은 말을 할 수 있지."

그 순간, 입으로 무슨 말이 나오기도 전에 무의식 중에 깨닫는다. 지금 내가 바라보는 고기는 인간의 허벅지다.

알파가 말한다.

"내가 진실로 진실로 너희에게 이르노니 인자의 살을 먹지 아니하고 인자의 피를 마시지 아니하면 너희 속에 생명이 없느니라."

피터도 알아챈다.

알파가 말한다.

"먹자."

다른 유령들도 고기를 썰기 시작한다.

우리 동료들은 내 표정을 읽는다. 우리는 아무도 움직이지 않는다.

"먹어."

알파는 옷에서 피터의 권총을 꺼내서 돈나의 머리를 겨눈다.

그다음 일들은 순식간에 벌어진다.

날카로운 비명, 소름 돋는 삐거걱 소리가 들린다. 그릇을 나르던 유령 한 명이 쓰러지며, 팔이 이상하게 꺾인다. 그 유령이 어깨에 메고 있던 돈나의 카빈총이 발사된다. 베타가 식탁에 고꾸라진다. 머리에 구멍이 나 있다.

팔이 꺾인 유령 뒤에서 시스루가 나타난다. 시스루는 카빈총을 들고 있다.

시스루가 말한다.

"가자."

알파는 돈나의 머리를 겨누던 총구를 시스루에게 돌린다. 나는 이미 일어서서 식탁 위에 올라서서 달려가고 있다. 내 주위에서 그릇들이 쟁 강거린다.

내가 알파를 덮치기 전에 알파는 시스루를 향해 한 발 쏜다. 나의 가속 도에 알파의 의자가 뒤로 넘어가고, 알파는 바닥에 머리를 찧는다.

그사이 우리 친구들은 일어나서 식사용 나이프로 공격하며 무기를 되찾는다.

나는 알파가 총을 쥔 손의 손목을 잡는다. 알파는 마구 총을 쏜다. 페 인트칠한 하늘에 구멍이 뚫린다. 그러나 내가 원한 건 총이 아니다. 나 는 다른 손으로 와키자시 칼자루를 찾는다. 알파가 내 행동을 알아채기 도 전에 나는 칼을 뽑는다. 내가 알파의 옆구리를 칼날로 찌르자, 알파 는 왼손을 버둥거리며 내 가슴을 치고 나를 밀치려 한다. 칼날은 갈비뼈 를 긁으며 깊이 들어간다. 칼이 살갗을 지나고 근육을 지나고 내장으로 들어간다. 그것을 나는 느낄 수 있다. 알파가 나를 보며 기침한다. 창백한 얼굴 위로 피가 흐른다.

사람을 처음 죽인 것은 아니다. 하지만 이렇게 가까이에서 죽인 것은 처음이다. 가까이에서 보자 토할 것 같다.

나는 칼을 뺀다. 알파는 여전히 바닥에서 몸부림치고 있다. 혹시 알파에게 힘이 남아 있을지도 모르니, 알파가 총을 쥔 손을 발로 밟는다. 그리고 알파가 다른 손에 쥔 의학 저널을 낚아채고 돈나를 찾는다. 돈나는 유령 한 명과 식탁 위에서 싸우고 있다.

내가 그 유령의 목을 찌르자, 유령은 경련을 일으키며 뒤로 물러선다. 그러자 돈나의 모습이 보인다. 돈나는 겁에 질린 얼굴로 나를 본다.

이제 우리가 우위에 서 있다. 유령들은 주방으로 도망치고 있지만 시스루가 그 뒤의 어둠에 대고 총을 쏘고 있어서 우왕좌왕한다.

나는 촛불을 최대한 많이 끈다. 브레인박스와 피터는 식탁을 바리케이드 삼아서 밀며 주방 쪽으로 가기 시작한다.

내가 브레인박스와 피터에게 소리친다.

"안 돼! 당장 나가야 돼!"

나는 당황한 브레인박스의 멱살을 잡고 문 쪽으로 민다. 피터는 자기 총을 되찾고서 우리 편만 빼고 아무 곳에나 총을 쏘고 있다.

우리는 열람실로 재빨리 움직인다. 유령들은 우리에게서 뺏은 총을 쏘지만 어둠 때문에 우리를 맞히지는 못한다.

뒤에서 총알이 책에 박히는 소리가 들린다. 전원이 들어오지 않는 컴퓨터 모니터가 터지며 연기가 난다.

나는 친구들에게 비상구로 가라고 말한 뒤, 페인트칠한 복도와 열람실 사이에 있는 두꺼운 나무 문을 밀어서 닫는다. 그리고 친구들이 계단을 내려갈 때까지 기다린다. 유령들의 추적을 따돌리고 시간을 벌려면, 유령들이 우리를 따라오지 못하게 하려면, 내가 무엇을 해야 하는지 깨달았다. 나는 그것이 값진 일이라고, 이렇게 피를 보아도 내가 망가지는 것은 아니라고, 이것은 주관적 구분이라고, 스스로를 타이른다.

괴물이 되지 아니하려거든 괴물과 싸우지 마라.

그 일이 끝나자, 나는 날아가듯 계단을 내려간다.

현관에서 모두가 돈나의 이름을 부르고 있다. 돈나가 정문 맞은편 어둠 속으로 사라졌다고 한다.

나는 뒤를 돌아보며, 유령들이 다시 용기를 내서 쫓아오면 어쩌나 걱정한다. 그때 유리 깨어지는 소리가 들린다.

그리고 돈나가 어둠 속에서 나타난다. 손에는 봉제 인형 같은 것을 들고 있다.

곰 인형이다.

돈나

우리는 휘청거리며 계단을 내려가. 진저리를 치면서도 기뻐하고 있어. 우리는 자유야. 우리는 살아 있어.

우리는 변했어.

몸이랑 옷은 온통 피로 얼룩졌어. 심장이 너무 심하게 뛰어서 멈출 것 같아. 연기가 피어오르는 픽업트럭 잔해를 지나서 왼쪽으로 꺾어져. 업 타우너들의 공격을 받았던 곳을 피해서 북쪽 피프스 애비뉴 방향으로 가고 있어.

우리는 무의식적으로 달리고 있어. 본능이 시키는 대로 공포로부터 멀리 달아나고 있어. 몇 블록을 지나가니까, 도서관에서 아무도 쫓아오지 않는 게 확실해져. 개 한 무리가 피 냄새를 맡고 우리와 나란히 걸어. 그러다가 개들은 우리가 더 강하단 것을 눈치채고 더 이상 우리를 따라오지 않아.

땅딸막한 낡은 빌딩 앞에서 제정신이 돌아오네. 빌딩은 결혼식 케이크처럼 새하얀 색이야. 철문에는 창살과 유리가 있어. 제퍼슨이 문 한쪽을 밀자, 문이 열려. 안으로 들어가니, 대리석 바닥 현관이 나오고 끝에는 세련된 나무 카운터가 있어.

호텔이군.

나는 숨을 가다듬어.

제퍼슨은 눈에 광기를 띠고 어둠을 향해서 소리쳐.

"누구든 여기 있으면 당장 나와. 안 그러면 죽여 버리겠어!"

그다지 좋은 방법은 아닌 것 같아.

우리는 로비에 있는 소파를 옮겨서 정문을 막은 뒤에, 나무로 장식된 바로 가서 한두 잔씩 마시고 있어. 시스루를 빼고는 아무도 말이 없어. 시스루는 업타워너들한테서 탈출한 이야기를 들려줘. 픽업트럭이 폭파될 때 하수구로 몸을 피했고, 너무 무서워서 어두워질 때까지 꼼짝도 못 했대. 시스루가 무슨 권법이라고 말하는데, 무슨 권법인지는 정확히 모르겠고 여하튼 닌자인지 소림사 무술인지, 그런 권법에서 필살기를 써서 유령이 갖고 있던 내 총을 뺏고 유령들한테 쐈대.

솔직히 말하면, 나는 그 미치광이들을 다 처치하고 집으로 돌아가기는 이제 글렀다고 생각하고 있었어. 시스루가 우리를 살렸어. 시스루는 정말 액션 스타야. 브레인박스는 이제 확실히 관심 있는 눈길로 시스루를 보고 있어. 낚였네.

밖으로 나가기에는 너무 늦은 시각이야. 지금 길거리를 돌아다니면 너무 위험해. 우리는 계단을 올라가. 2층과 3층은 이미 사람들한테 털렸지만, 4층으로 올라가니까 거의 그대로 남아 있어. 우리는 비상시에 어떻게 탈출할지 계획을 세운 뒤에, 복도를 따라서 쭉 나 있는 문들을 발로 차서 열어.

방들은 깨끗해. 침대 시트는 보송보송하고 시원해. 호텔은 '그 병'이 퍼지면서 문을 닫았을 게 분명해. 미드타운은 주거 지역이 아니야. 사람들이 일을 하러 왔다가 퇴근하면서 나가는 곳이지.

모두가 스위트룸을 하나씩 차지해.

내 방은 베이지에 올리브색이 군데군데 섞여 있어. 집을 떠나서 호텔에 묵는 사람한테 여기가 세련된 곳임을 알려 주는 대표적인 색이지. 밝은 색은 완전 싸구려잖아.

미니바에는 아직도 사탕이 채워져 있어. 설탕으로 만들어진 덕분에 썩지도 않았고. 묵은 맛이 나지만, 열량도 있고, 단백질과 지방과 포도당도 있지.

책상에는 복사한 종이가 놓여 있어. "최근 당면한 보건 문제" 때문에 호텔을 더 이상 영업하지 않는다는 설명이 적혀 있네. 그 종이를 빼면 '그 사건'의 징후는 어디에도 없어. 침대 위에는 목욕 가운이 잘 개어져서 놓여 있고, 탁자 위에는 바싹 마른 난초 화분도 있고, 그 뒤에는 켜지지 않는 먹색 평면 텔레비전도 있어. 텔레비전에 내 모습이 흐릿하게 반사돼. 지금은 그것보다 선명하게 내 모습을 보고 싶지 않아.

욕실로 가니까 높은 창으로 달빛이 들어와. 나는 옷을 벗어.

내 모습이 '굴'(무덤에서 시체를 먹는다는 전설의 악귀: 옮긴이) 같아. 피부는 창백하고, 남자애 같은 가슴이랑 엉덩이에는 피가 튀어 있어.

포장도 뜯지 않은 비누가 있어. 향기 나는 네모난 비누의 종이 포장을 뜯어. 포장지는 세면대 아래에 있는 쓰레기통에 잘 넣어. 세상이 예전 그대로라는 환상, 아주 얇은 유리 같은 환상을 잠시 동안이라도, 이곳에 서만이라도 지키고 싶어.

전기가 자취를 감추기 전에 호텔 건물 옥상에 있는 물탱크가 가득 차 있었어야 할 텐데……. 나는 샤워기 아래에 서서 기도해. 제발, 조금이 라도, 약간이라도, 물이 나오게 해 주세요. 그리고 수도꼭지를 틀어.

차갑고 투명한 물이 나와. 온수를 만들 보일러도, 물을 깨끗이 만들 정수 시설도 작동하지 않아. 그래서 나는 입으로 물이 들어가지 않게 입을 꼭 다물고 있어. 차가워서 몸이 떨리지만, 몸을 타고 흐르는 물은 축복 같아. 수챗구멍을 보니, 내 몸에서 씻겨 내려가는 흙과 피가 보여. 나는 그 일을, 그 기억을 씻으려고 몸을 박박 문질러. 정보.

목욕 타월은 크고 푹신푹신해. 기운이 너무 없어 몸 닦기도 힘들어.

머리카락이 거의 마를 때까지 타월로 머리를 문질러. 아직 피가 나는 곳이 있나 봐. 타월 한쪽이 분홍색으로 물들었어. 나는 흰색만 보이게 타월을 접어서 수건걸이에 다시 걸어.

입고 있던 옷을 지금 다시 입을 수는 없어. 피 묻은 데가 아직도 축축해. 목욕 가운을 펼치고 몸을 집어넣어. 포옹을 받는 기분이야.

'베개에 머리가 닿기도 전에 잠들겠다'는 말이 있지? 딱 그런 순간이야. 그렇지만 그런 행운은 없어. 나는 공포, 피, 고함 소리, 총격, 식탁에 놓인 인간의 살 등을 생각해.

잠은 멀리 달아났어. 나는 침대에서 나와. 방을 나가서 어두운 복도를 지나가.

문을 살살 노크해. 잠들었을지도 모르는데, 깨우기는 싫으니까.

제퍼슨이 문을 열어. 머리가 젖어 있네. 제퍼슨도 방금 샤워를 마쳤나 봐. 허리에 타월을 둘렀고, 웃통은 맨몸이야. 매끈한 피부 아래에 근육이 있네. 놀랐어. 살아남으려고 애쓰다 보면 근육도 생기나 봐.

제퍼슨도 나도 서로의 몸을 흘깃 봐.

제퍼슨의 방은 복층이야. 한쪽 벽이 바닥부터 천장까지 모두 유리로 되어 있고, 위층에 침대가 있어.

나: 와, 이런 방을 잡을 돈이 어디서 났어?

제퍼슨(어깨를 으쓱하며): 빈방이 많다고 싸게 주더라.

나는 시선을 아래로 내리고 말해.

나: 있지…… 내가 여기까지 왔다는 건, 뭐냐, 큰 결심을 하고 오지 않았을까?

제퍼슨: 뭐든 하고 싶은 대로 하면 되지. 규칙도 없잖아.

나: 나는 그냥…… 악몽을 꿀 것 같아서 무서워.

제퍼슨: 나도 그래.

제퍼슨이 문가에서 걸어가더니 타월 위에 목욕 가운을 걸쳐. 나를 더 안심시키려는 행동 같아.

우리는 소파에 앉아. 제퍼슨이 미니 코냑 병을 나한테 건네.

제퍼슨은 창문을 바라봐. 창에는 커튼을 쳐 둬서 바깥에서는 아무도 우리를 볼 수 없어.

제퍼슨: 돈나, 나 끔찍한 일을 저질렀어. 누구에게든 털어놓고 싶어.

나: 그래, 말해.

제퍼슨은 내 시선을 피해.

제퍼슨: 싸움을 피할 수 없을 때도 있잖아. 어떤 때는 사람을 죽이기까지 해야 하고. 그건 그냥…… 지금 세상을 살아가는 법칙 같은 거니까. 그렇지만 도서관에서 쫓길 때, 나는…… 그놈들을 겁줘야 한다고 느꼈어.

나는 '계속해' 하는 표정으로 제퍼슨을 봐.

제퍼슨: 1층에서 모두 큰 문을 나간 뒤에 내가 문을 닫았어. 그리고 기다렸어. 달아날 수 있었지만, 그러면 놈들이 우리를 뒤쫓을 거야. 그래서 기다렸어.

제퍼슨은 자기 손을 내려다봐.

제퍼슨: 누가 문을 뚫고 나올 때까지 기다렸어. 그다음에…… 칼날을 세우고…… 배운 대로 벴어.

나: 뭐?

제퍼슨: 손을 잘랐어, 돈나. 아무도 못 쫓아오게 하고 싶었어. 그래서 손을 확실하게 잘랐어. 비명 소리가 들리고, 나는 문을 다시 잠갔어. 쫓아오는 사람이 없더라. 그런데 잘린 손은 문 바깥, 내 쪽에 있었어.

제퍼슨은 이제 나를 보며 말해.

제퍼슨: 여자 손이었어. 손이 고왔어. 확실히 여자 손이었어.

나는 제퍼슨의 손을 잡으려 하는데, 제퍼슨은 손을 피해. 제퍼슨은 내 손가락을 보고 있어.

나: 친구들을 구하려고 한 일이잖아. 덕분에 우리가 살았어. 너는 해야 할 일을 한 거야.

제퍼슨: 아냐, 우리는 그때 이미 빠져나온 뒤였어. 내가 너무 잔인한

짓을 했어. 끔찍한 짓이었어. 그래도 돈나, 너만은 나를 알아줬으면 했어. 그래서 너한테 말할 수밖에 없었…….

나: 그만. 말 안 해도 돼. 나는 다 이해해.

나는 제퍼슨의 턱을 들어서 나를 보게 만들어. 제퍼슨은 떨고 있어.

나: 그때 너는 싫지 않았어. 끔찍한 일이라고 생각하지도 않았고, 잘못이라거나 나쁜 일이라고도 생각하지 않았어. 그때 너는 기분이 좋았어. 나는 알아.

제퍼슨: 그걸 어떻게 알아?

나: 나도 그랬을 테니까. 그놈들은 우리를 해치려고 했어. 그놈들은…… 너도 봤잖아, 그놈들이 뭘 하고 있는지.

제퍼슨이 고개를 끄덕여.

제퍼슨: 우리가 왜 이렇게 변해 가는 걸까?

나: 나도 몰라. 나중에 생각할 시간이 있겠지.

이제 제퍼슨이 내 손을 잡아.

제퍼슨: 내가 전에 말한 거…….

나는 제퍼슨이 말을 잇기를 기다려.

제퍼슨: 그 말을 취소하지는 않을게. 그 말 때문에 우리 사이가 어색해져도 어쩔 수 없어. 네 기분을 찜찜하게 만들고 싶지는 않지만, 그렇다고 거짓말을 하고 싶지는 않아.

나: 이해해. 나는 그저…… 이제 사랑이 뭔지 모르겠어. 그런 건 다 끝났어. 그러니까 내 말은, 그래, 당연히 너를 사랑해. 너를 친…….

제퍼슨: 그만. 그 말은 듣기 싫어. 물론 나는 영원히 너와 친구일 거

야. 그렇지만 나는 그 이상을 원해.

　나: 알아. 어쩌면 내가 이상한 거겠지.

　제퍼슨: 조금만, 조금만 노력해 줄래? 가능하면 나를 사랑하려고 노력해 봐.

　그래, 이런 거야. 우리는 서로 안 맞아. 서로 이해할 수 없는 세계에서 살고 있어. 누구를 사랑하는 건 노력으로 되는 게 아니잖아. 내가 사랑에 대해서 잘 몰라도, 사랑이 노력한다고 생기는 게 아니라는 것쯤은 알아. 안 그래?

　이 정도면 하룻밤에 나눌 이야기로는 과했나 봐. 제퍼슨이 침대가 있는 위층으로 올라가.

　나도 제퍼슨을 따라가. 제퍼슨이 눕고, 나도 그 옆에 누워. 제퍼슨은 나한테서 등을 돌려. 나는 제퍼슨의 등에 머리를 대.

　우리는 그렇게 그냥 누워 있어.

　2분쯤 지났을까, 다른 아이들이 하나둘 노크를 하고 들어와. 소파에 눕거나 바닥에 누워. 우리는 서로의 숨소리를 들으며 잠들어. 숨소리는 마치 해변에서 들리는 물결 소리 같아. 우리 부족이 쉬고 있어.

 제퍼슨

여명이 하늘에 진홍색 멍을 들일 때, 나는 누구보다 먼저 일어난다. 나는 돈나를 바라본다. 누구를 바라보기에 적절한 시간은 조금 넘고, 연쇄살인마가 희생자를 바라보는 시간에는 살짝 못 미치는 시간 동안 바라본다.

우리가 연인이라면, 나는 이렇게 돈나의 얼굴을 기억하겠지. 입술의 굴곡, 이마의 봉긋한 선, 귓바퀴의 곡선. 어디인지 모를 꿈나라로, 죽음의 경계 가까이로 떠나서 편히 쉬며 움직이지 않는 돈나. 매혹적이다.

그렇지만 우리는 연인이 아니다.

온갖 상황을 생각할 때 이렇게 내가 돈나를 생각하는 것이 무슨 소용일까? 쓸모없는 일, 어리석은 일 같다. 부끄럽고 외롭다. 그러다가 생각의 방향을 바꾸자 모든 것이 바뀐다. 달리 소용이 있는 일이 있을까? 더 중요한 일이 과연 있을까? 내가 돈나를 믿고 나 자신을 믿는 한, 나는 헤매지 않을 수 있다.

옷을 입는다.

아래로 내려가자, 브레인박스가 바닥에서 자고 있다. 브레인박스는 시스루의 손을 잡고 있다. 신기한 일이다.

내가 브레인박스의 어깨에 손을 대자, 브레인박스는 눈을 탁 뜨며 말한다.

"왜?"

브레인박스는 이런 친구다. 반응이 아주 빠르다.

나는 브레인박스에게 밖으로 나오라고 고갯짓한다. 우리는 옆방으로 간다.

"그 논문으로 뭘 하려고 했어?"

"논문이 우리 손에 없으니 이제 뭘 할 계획이었든 소용없잖아."

나는 알파를 죽일 때 빼앗은, 구깃구깃해진 학술지를 브레인박스에게 건넨다.

"읽어 봤어?"

브레인박스는 소파에 앉아서 탁자에 논문을 바로 펴며 말한다. 피로 굳은 종이가 바스락거린다.

"아니. 읽어 봐도 무슨 뜻인지 모를 텐데, 뭐."

브레인박스의 눈은 글을 따라가고, 나는 그런 브레인박스의 눈을 본다. 브레인박스의 눈이 바삐 움직이며 왼쪽으로 넘어간다. 나한테는 도저히 가능하지 않은 속도다. 브레인박스가 눈을 깜박이는 간격이 점점 넓어진다. 논문의 아이디어를 머릿속에 정리하는 것 같다.

내가 묻는다.

"저기…… 시스루랑 무슨 일이야?"

"시스루가 나를 좋아하는 것 같아."

"와! 잘됐다."

브레인박스가 논문에서 잠깐 눈을 떼고 나를 보며 묻는다.

"무슨 뜻이야?"

"글쎄, 내 말은…… 너도 시스루랑 같은 느낌이야?"

브레인박스가 눈을 깜박인다.

"모르겠어. 생각 안 해 봤어."

그리고 브레인박스는 다시 논문을 본다. 그래도 논문으로 눈을 돌리며 한마디한다.

"나는 내가 늘 혼자일 거라고 생각했던 것 같아."

자기 연민에 빠진 말투는 아니다. 그저 사실을 덤덤히 말하는 투다. 뭐라고 대꾸해야 할지 정말 알 수 없어서 나는 대답하지 않는다.

잠시 후에 브레인박스가 말한다.

"음, 재미있네."

"어떻게?"

"과학자들은 말이지…… 음, 사람들은 과학자들의 참모습을 몰라. 사람들은 과학자들이 과거의 업적을 바탕으로 진보를 위해서 서로 협력하며 연구한다고 생각하지. 그렇지 않아. 과학자들의 세계는 잔인하지. 과학자들은 같은 주제를 놓고 서로 경쟁해. 서로 속이지. 서로 헐뜯어."

"예전에는 그랬다는 말이지?"

브레인박스의 표정이 잠시 굳는다.

브레인박스의 어머니와 아버지는 과학자였다. 생물학자와 물리학자.

물론 지금은 저세상 사람이다. 나는 브레인박스의 아픈 곳을 찌른 게 아닌가 하는 생각에 미안해진다.

브레인박스가 말을 잇는다.

"그래, 미안. 예전에는 그랬어. 그리고 내가 제대로 이해했다면, 이 논문을 쓴 과학자는 다른 과학자들을…… 말하자면, 거세하려고 했어."

나는 브레인박스가 그런 은유를 쓴 것에 웃지 않을 수 없다.

브레인박스가 말을 계속한다.

"이건 과학계에 생물학 무기에 대해 경고하는 논문이야."

"전염병 같은 거?"

브레인박스가 고개를 끄덕인다.

"그래. 내 생각에는, 성인만 골라 죽이는 병과 연관이 있는 것 같아."

"그렇지만 그런 정보를 어떻게 그냥 내보냈지? 그런 건 일급비밀 같은 거 아냐?"

브레인박스가 어깨를 으쓱한다.

"세부 사항은 비밀이겠지, 물론. 그렇다고 아이디어까지 비밀일 수는 없어. EMP에 관한 아이디어는 비밀이 아니었지. 그러니까……."

"방금 뭐라고 한 거야?"

브레인박스는 눈을 깜박이고 말을 멈춘다. 브레인박스가 가끔 보이는 행동이다. 사람들이 자기만큼 유식하지 않다는 것을 잘 알면서도 때때로 그 사실을 잊어버리고 쉽게 설명하지 못했을 때에 브레인박스는 그런 행동을 한다.

"EMP는 전자기 펄스야. 전력망을 쇼트시키는 무기지. 정부에서는

EMP를 우려했어."

"아."

돌아보면 우습다. 전력망을 없애려고 특수 무기를 만들 필요가 어디 있나? 전력을 만들고 유지하는 법을 아는 사람들만 죽이면 그만이지.

"그런 것들은 많이 있었어. EMP, 방사능 폭탄, 인공위성 무기. 그런 아이디어는 공개된 지식이었어. 생물학 무기도 마찬가지고. 그러니까 누가 생물학 무기에 대해서 글을 썼다고 해도 이상한 일은 아니지. 게다가 이건 전문 학술지야. 슬쩍 보기만 해도 얼마나 많은 얘기가 들어 있는지 놀랄걸. 아주 많은……."

"정보?"

"그래, 맞아."

"좋아, 알았어. 그럼, 이 사람이 다른 사람의 연구가 위험하다고 밝혀서 그 사람 연구를 망치려 했다는 말이지?"

"그래, 맞아. 표면적으로는 과학 윤리에 관한 글이나 개인적인 견해처럼 보이지만, 내 느낌에는, 우리 아버지와 어머니가 맞닥뜨리곤 했던 문제랑 같은 걸로 보여. 우리 부모님은 그걸 '딴 속셈'이라고 불렀어."

"그럼 왜 거기 신경을 써? 글쓴이가 누구를 엿 먹이려 한 거라면, 거기 적힌 정보에 편견이 들어 있지 않아?"

"그렇지. 그래도 정확한 것 같아."

"정확한 것 같다니? 어떻게?"

브레인박스는 나를 똑바로 보며 말한다.

"저자가 쓴 것이…… 잘못될 수 있다고 경고한 것이…… 정확한 것 같

아. '그 사건'이야."

내가 그 말을 받아들이기까지 잠시 시간이 걸린다.

내가 묻는다.

"어떻게 알아?"

브레인박스가 도표를 가리키며 말한다.

"여기, 봐. 스테로이드 호르몬 결합 단백질. 알겠어?"

"모르겠어."

"사춘기에 체내에서 생성되는 물질이야. 그러다가 신체적인 성장이 끝나면 사라지지. 그리고 어린애들한테는 그게 없어. 어린애들이 죽은 것도 이걸로 설명이 돼. 성인을 죽이는 물질과 결합해서 공격을 막는 단백질이 어린애들한테도 없으니까."

"그렇지만 왜? 도대체 왜 청소년만 남기고 모두 죽일 생각을 했지?"

"몰라. 그 반대로 되었어야 하나?"

브레인박스는 그렇게 말하고 나를 본다.

"방금 내가 농담을 한 것 같아."

"축하해. 그래도 의문점은 해결 안 됐어."

브레인박스가 어깨를 으쓱한다.

"상관없어. '왜'는 '어떻게'보다 중요하지 않아."

"'어떻게'를 알면 그걸 멈출 방법도 찾을 길이 생기니까."

브레인박스가 말한다.

"금방 알아들어서 고마워. 슬슬 지겨워지고 있었거든."

"하지만 이 논문을 쓴 사람은 '어떻게'를 설명하고 있지는 않잖아? 그러니까, 그런 무기를 만든 사람을 미워해서 글을 쓴 것뿐이라며?"

"맞아. 그렇지만 실마리는 있어. 이 논문은 플럼아일랜드에 있는 연구팀의 연구를 표적으로 삼고 있어."

"알겠어. 그게 뭐야?"

"플럼아일랜드 동물 질병 센터."

"그나마 끔찍한 말은 아니네."

"끔찍했어. 뭐, 그런 셈이었다는 말이야. 아빠한테서 들은 적 있어. 전염병 연구소인데 구제역을 연구했대. 아주 이상한 것은 아니지. 구제역은 가축에만 생기는 병이거든. 그렇지만 거기서 생물학 무기도 연구했다는 말이 있어. 표면적으로는 생물학 무기 연구가 1969년에 중단된 것으로 나오는데, 그곳을 둘러싸고 음모 이론이 끊이지 않았어."

"어떤 음모 이론?"

"돌연변이 동물이나 생물학 무기 같은 미친 실험들."

브레인박스는 결정적 한마디를 마지막에 던진다.

"이 논문에 따르면, 2002년에 미국 국토안보국에서 플럼아일랜드를 접수했대."

"그래서?"

"국토안보국은 이민과 세관을 관장하니까, 미국 가축에 영향을 주는 가축 전염병에도 관심을 쏟을 수 있겠지. 그렇지만 국토안보국은 테러도 다뤄."

"생물학 무기 같은?"

"그렇지."

"'그 병'이 거기서 시작됐다고 생각해? 무기를 발견하고 그걸 해체하거나 뭐 그러려다가?"

내 몸에서 식은땀이 나기 시작한다.

브레인박스가 고개를 끄덕인다.

내가 말한다.

"이런 젠장."

브레인박스가 말한다.

"그래, 이런 젠장."

나는 과연 내가 이 질문을 던지고 싶은지 아닌지도 확신하지 못한 채 묻는다.

"그럼, 그 플럼아일랜드는 어디에 있어?"

브레인박스가 대답한다.

"햄튼 근처에 있어."

"거짓말."

"정말이야. 롱아일랜드 노스포크 옆이야."

"이런 젠장."

여기서 160킬로미터밖에 떨어지지 않은 곳이다. 예전이라면 자동차로 2시간이면 갈 거리다. 지금은? 얼마나 걸릴지 아무도 모른다.

브레인박스가 나를 보며 씩 웃는다.

"자, 총통, 이제 어떻게 할 생각이야?"

돈나

제퍼슨과 브레인박스가 들어와. 모두가 벌떡 일어나서 방어 자세를 취해. 바에 있는 버터나이프를 쥐고, 이불을 잡고……. 그러면서도 무기를 집어던진 사람은 아무도 없으니 좀 우스꽝스러워.

제퍼슨과 브레인박스는 소파에 앉아서 우리를 둘러봐. 중요한 얘기를 할 표정이야. 왜, 아버지가 이런 표정을 지을 때가 있잖아. "네 엄마와 내가 너희한테 할 얘기가 있다" 하는 표정.

이혼 얘기가 아니라 자살 임무 얘기인 것만 달라.

제퍼슨은 온통 피로 뒤덮인 빌어먹을 학술지를 들고 있어. 생물학 무기인지 뭔지에 대해서 길게 이야기를 늘어놓아. 그리고 슈가플럼 페어리 질병 온실인지 뭔지도 이야기하네. 그리고 브레인박스랑 같이 치료책을 찾을 거라나.

왜 아니겠어. 슈가베이크드 햄 질병 센터는 여기서 '겨우' 160킬로미터 떨어져 있는데, 그러니까, 즐겨!

그다음에 아주 제퍼슨다운 짓을 하네. 우리 누구한테도 강요할 수는 없다고 일장 연설을 해. 아니, 우리는 다 워싱턴스퀘어로 돌아가래.

그런데 시스루는 집으로 안 돌아가겠대. 새로 얻은 액션 영웅 이미지를 지키려는지, 자기는 여행할 각오가 됐다나.

피터: (학교 교실이나 뭐 그런 곳에서 하듯 손을 들며) 저요! 저는 피터입니다.

사람들이 잠깐 멈칫하다가, 비장한 분위기를 떨치고 지루한 목소리로 대꾸해.

"안녕, 피터."

피터: 음, 제가 과연 즐기려고 여기 참가했는가? 그 점을 먼저 말씀드리고 싶습니다. 지금까지 저는 토하고, 총에 맞고, 인육을 먹을 뻔했습니다.

제퍼슨: 요점이 뭐야?

피터: 요점은, 겁먹고 집에 돌아가는 일 따위 하지 않겠다는 거야. 나도 같이 갈래. 찌푸린 얼굴은 거꾸로 돌려 놓고, 신나게 가겠어. 나도 같이 가.

이제 모두가 나를 보고 있어.

나: 나는 '아무도 동쪽으로 가지 않는다'에 한 표. 모두 집으로 가는 거야. 영웅 놀이는 이제 그만둬. 아무것도 모르는 데로 160킬로미터나 들어가고 싶어? 겨우 마흔 블록을 오는 데 무슨 일을 겪었더라? 거기 간다고 해서 뭐가 달라져? 브레인박스가 뭐냐, 마가리타 칵테일 같은 걸 만들어서 앞으로 아무도 안 죽게 되기라도 해?

브레인박스: 마가리타 칵테일로 그런 일은 절대 못……

나: 입 다물어, 브레인박스. 내 말뜻 알잖아?

제퍼슨: 우리가 뭐라도 하지 않으면, 상황은 점점 더 나빠질 거야.

나: 그게 무슨 뜻이야? 여기서 나빠져 봐야 얼마나 나빠지겠어?

제퍼슨: 아주 나빠질 수 있거든. 피터, 요즘 물건 찾기가 어때?

피터: 음식 찾기가 점점 더 힘들어지고 있지. 캐릭터 아이폰 케이스만 잔뜩이야.

제퍼슨: 알았어. 돈나, 의무실 약품 재고는 어때?

나(얼굴을 찌푸리며): 양귀비를 키워서 모르핀을 만들까, 프랭크랑 이야기하고 있어.

제퍼슨: 대단하네. 몇 제곱미터나? 브레인박스, 지금 재배하는 채소로 모두 굶주리지 않을 수 있어?

브레인박스 (고개를 절레절레 흔들며): 아니. 통조림 같은 걸 못 찾으면 안 돼.

피터: 아니면 다른 사람을 먹거나. 그거 빠뜨리지 마.

제퍼슨: 내가 말하고 싶은 요점도 그거야. 전부 바닥나고 있어. 도서관의 그…… 괴물들이 지금은 예외적으로 보이지. 하지만 이 도시에서 먹을 게 다 떨어지면, 누구라도 사람을 먹을 수 있어. 그리고 그런 일은 곧 일어날 거야.

나: 과연 '그 병'을 고친다고 상황이 나아질까? 지금은 어쨌든 사람들이 죽잖아. 모두 치료되면, 먹여 살릴 입이 더 많아질 텐데. 안 그래?

제퍼슨: 큰 그림을 봐야지. 봐, 지금은 아무도 장기적으로 생각하지 않아. '장기'라는 시간 자체가 없으니까. 기껏해야 몇 년밖에 못 사는데,

안정된 사회를 만들 필요가 없지. 사람들이 앞으로도 계속 더 살아갈 수 있다는 걸 알게 되면, 농사를 지을 이유가 생기고, 사회를 되살릴 이유가 생겨. 어쩌면…… 나도 정확히 뭔지 모르겠지만, 어쨌든 뭐든 새로운 걸 만들 이유도 생겨.

또 전형적인 제퍼슨의 모습이네. 다른 사람들은 모두 새로운 쥐 요리법을 생각할 때 제퍼슨은 문명을 복구할 생각을 하고 있어.

제퍼슨의 저런 모습을 내가 존경한다고 생각하지는 마. 내가 보기에, 저런 모습은 그냥 현실 부정일 뿐이야. 본드를 부는 애나 섹스 중독자나 자살하는 애랑 다를 게 없어. 세상을 있는 그대로 받아들이지 않으려 하는 것뿐이야.

그래, 약간 존경스럽기는 해. 그래도 제퍼슨의 생각은 아무 쓸모도 없어.

나: 내가 도서관까지 가게 된 건, 도서관에 들렀다가 집으로 돌아가서 저녁을 먹게 될 줄 알았기 때문이야. 그런데 이제는 세상을 구하겠다고?

제퍼슨은 '그게 뭐 별거야?' 하고 말하듯이 어깨를 으쓱해. 웩.

브레인박스: 이렇게 생각해 봐. 우리가 잃을 게 있어?

시스루: 맞아, 어쨌든 우리는 곧 죽어. 쓸모 있는 일을 시도해 보는 것도 좋잖아.

나: 이봐, 블랙위도, 도서관에서 네가 한 일은 정말 고맙게 생각하고 있어. 그런데 네가 활약 좀 했다고 나한테 어디 가라 마라 할 권리가 생기는 건 아냐.

피터: 시스루 활약은 '좀'이 아니라 대단했지. 돈나, 왜 그래? 집에 가

서 해야 하는 숙제 같은 거라도 있어?

　나: 입 다물어. 피터, 네가 거기 가려는 이유를 내가 모를 것 같아? 너는 그냥 유명해지고 싶은 거야.

　피터는 내 말에 어이없다는 표정을 짓지만, 내 말은 사실이야. '그 사건' 전에도 피터는 늘 유명 인사가 될 거라고 꿈꿨어. 자기가 유명해질 거라고 생각하는 애들이 얼마나 많은지 정말 놀랄 지경이야. 그런 일이 실현 가능한 것처럼 생각한다니까. 사람들이 자기 의견을 널리 퍼뜨리는 모습에 너무 익숙해져서 자기들도 진짜 영향력 있는 인물처럼 중요한 사람이라고 착각하는 거지. 그리고 곧 세상이 자기 발밑에 있고 모두가 자기한테 아부할 거라고 생각하는 거야. 어쨌든 피터는 내가 아는 사람들 중에서 제일 심했어. 자기가 유명해질 거라는 생각에 아주 깊이 빠져 있었다고. 그런데 이상하지만, 나도 피터의 생각에 동조했어. 피터는 유명해질 만해.

　피터가 어이없다는 표정으로 웃기 시작해. 피터를 따라서 웃는 사람은 나뿐이야. 드라마 한 회의 마지막에 나오는 웃음이라기보다 코웃음에 가까워.

　'드라마 한 회의 마지막'. 아직도 나는 이제 사라진 표현들을 항상 쓰고 있어. 즙은 다 빠졌는데 여전히 오렌지를 잡고 있는 셈이야. '그 사건' 전에도 세상은 늙어 간다고 말할 수 있었어. 음악, 옷, 영화. 모든 게 리메이크나 레트로나 매시업이나 샘플링이나 재탕 같았어. 모든 게 '예전에 있었던 것' 같았어. 다른 데에서 스타일을 가져온 것 같았지. '그 사건'이 일어나고 있을 때에도 나는 '이건 영화 〈컨테이젼〉 같아.' 하는 생각밖에 들지 않았고, 그 사건 뒤에는 '이건 〈파리 대왕〉과 〈헝거 게임〉이 합쳐진 것 같아.' 하는 생각밖에 들지 않았어.

그래, 지금까지 한 얘기는 다 변명이고, 진짜 하고 싶은 말은…… 예감이 안 좋아.(영화 〈스타워즈〉에 나오는 유명한 대사: 옮긴이). 기분이…… 우리가 계속 가면, 못 돌아올 것 같아.

나(제퍼슨에게): 무슨 일이 있어도 갈 거야?

제퍼슨: 무슨 일이 있어도.

나: 좋아, 나도 가.

어울리지 않게 모두가 기뻐하며 박수를 쳐. 제퍼슨은 즐거워하는 표정이야. 내가 가는 것에만 즐거워하는 게 아니라, 내가 자기랑 같이 가는 것에 즐거워하는 거지.

워싱턴과 워싱턴이 쓴 그 한심한 편지는 잊어버리자.

어쨌든 지금 스퀘어로 돌아가는 것도 아무 의미가 없어. 온 세상에 '그 병'이 퍼졌으면, 우리를 곤경에서 구할 사람은 아무도 없어.

그렇지만 제퍼슨의 계획은 위험하기 짝이 없다고.

제퍼슨

내가 생각하는 한, 유일한 탈출구는 그냥 돌파하는 것뿐이다.

장비를 다시 갖추러 워싱턴스퀘어에 돌아가는 것은 너무 위험하다. 업타우너들이 아직도 남쪽에서 우리를 기다리고 있을지 모른다. 그러니까 우리는 북쪽으로 가서 다시 동쪽으로 트리보로 다리를 건너 로드아일랜드로 가야 한다.

그 전에 우선 바자에서 장비를 다시 갖춰야 한다. 물품이 부족하다. 유령들이 우리 가방을 어디에 뒀는지 전혀 찾을 수 없었다. 가방을 찾았더라도 어쨌든 먹을 것은 거의 없었다. 적외선 안경도 망가졌고, 도서관에서 싸울 때 내 라이플총도 잃어버렸다. 피터는 글록 권총을 가지고 있고 돈나는 카빈총을 되찾았지만 탄알이 문제다.

초창기에는 모두가 액션 영화에 출연한 듯 뭐든 움직이기만 하면 탄창이 다 빌 때까지 총을 쏘았다. 한참 그러다가 총알이 더 이상 만들어지지 않는다는 사실을 깨달았다.

약탈할 월마트라도 있었다면 폭탄을 비축해 놓았을 것이다. 하지만 그런 행운은 없었다.

워싱턴 형은 직접 폭탄을 만들려고 했다. 하지만 특별한 압축기와 통 같은 것들이 필요했는데 적절한 도구를 구할 수 없었다.

활을 택한 아이들도 있었다. 그러나 솔직히 말하면, 화살은 50미터 앞에서도 피할 수 있다. 새로 조립한 활로 쏜 화살이라도 그렇다. 그보다 가까운 거리에서는 활이 거의 쓸모가 없다. 뉴욕의 층계참에서 아래로 활을 쏜다? 꿈도 꾸지 마라. 그래서 나는 더 긴 카타나 대신 아빠의 와키자시를 가지고 다닌다. 와키자시가 가까운 거리에서 더 유용하다. 〈황혼의 사무라이〉를 보면 내 말을 이해할 수 있을 것이다.

그래서 우리가 우선 들러야 할 곳은 바자다. 예전에 그곳이 기차역일 때에는 많이 가 보았다. 하지만 '모스 에이슬리 칸티나'(〈스타워즈〉에 등장하는 해적 도시의 술집: 옮긴이) 같은 곳이 된 뒤로는 가 보지 않았다.

워싱턴스퀘어에 부족을 꾸린 뒤로 외부와 물물 교환할 필요는 전혀 없었다. 브로드웨이 아래쪽에는 약탈할 것이 많았고, 우리한테 없는 물건은 브레인박스가 맥가이버처럼 만들어 냈다. 게다가 워싱턴 형은 업타운 쪽으로 너무 멀리 가는 것에 반대했다. 외부 소식을 많이 접하지는 않았지만, 떠돌이들이나 낙오자들로부터 들은 소식들로 추측하면, 상황은 아슬아슬했다. 바자에 대한 소문으로는 '거친 서부'라는 말이 있었다.

하지만 소문에 따르면 그곳에서는 무엇이든, 정말 무엇이든 구할 수 있다고 했다.

나는 소문을 그다지 신뢰하지 않는다. 내가 '허튼소리 반경 법칙'이라고 이름을 붙인 법칙이 있다. 누구의 말이 진실에 얼마나 가까운가는 그거리와 시간에 반비례한다는 법칙이다. 누구한테서 어제 있었던 일을 듣는 것이 일주일 전에 있었던 일의 이야기보다 정확하다. 마찬가지로 3킬로미터 떨어진 곳에서 벌어진 일의 이야기는 옆집에서 일어난 일의 이야기보다 덜 정확하다.

이것은 누구의 잘못이 아니다. 그냥 인간의 본성이다. 사람은 거짓말을 한다. 어쩔 수 없다. 자기 이야기를 할 때 자신이 화면의 중심에 있고 세상은 자신을 돋보이게 하는 배경이 되어야 하므로 기억을 비틀어서 이야기를 만든다. 마치 비디오게임 같은 것이다. 사람은 자기 머릿속에 단 1초 전에 일어난 일도 확실히 기억하기 힘들다. 거리와 소문과 거짓말과 오해로 걸러지고 난 후에 어떤 일에 대한 진실을 알아내기? 불가능한 일이다.

변함없는 것은 변한다는 것뿐이다.

돈나는 이런 내 태도를 내가 불교 신자이기 때문이라고 치부한다. 어쩌면 돈나는…… 어쩌면 돈나는 내가 모든 것은 변한다고 믿기 때문에 돈나를 사랑하는 내 마음도 변하리라고 생각하는 게 아닐까. 무소유의 정신이 연애에는 그다지 도움이 되지 않는 것 같다.

예를 들어, 석가모니는 아내와 아이를 버렸다. 작별 인사도 없이 한밤중에 가족을 떠났다. 가족이 부수적 피해인 양 취급했다. 결국 잃게 될 것들 중 하나일 뿐인데, 마음 쓸 이유가 어디 있나.

나는 늘 석가모니의 아들이 신경 쓰였다. 그 불쌍한 사람의 이름은 나후라인데, '족쇄'나 '장애물'이라는 뜻이다. 유명 인사의 아이들이 불행하다고 하는데, 석가모니의 아들도 비슷하지 않았을까. '우리 아빠? 그

래, 우리 아빠는 석가모니야. 그래, 대단하지. 그렇지만 나는 아빠의 존재를 거의 모르고 자랐어.'

나는 아버지에게 그 일을 물어본 적이 있다. 아버지는 내가 완전 머저리라는 듯 나를 보았다.

"아버지는 불교 신자잖아요. 아버지도 나랑 형이랑 엄마를 두고 떠날 거예요?"

"말도 안 되는 소리."

"그건 아버지가 우리를 사랑하기 때문이잖아요. 그런데 그건 잘못 아닌가요? 제 말은, 그건 집착이잖아요?"

"말도 안 되는 소리."

그렇다. 아버지는 "당연히 나는 너를 사랑하지."라는 말을 하지 못했다. 그것이 우리 아버지의 문제였다. 아버지를 더 몰아붙이면, 아버지는 당신이 우리를 사랑하는 것은 너무 명확하기 때문에 묻는 것조차 어리석은 일이라고 말했을 것이다. 하지만 깊이 들여다보면, 아버지는 그런 말을 하지 않았을 것 같다. 그런 말을 하면 아버지가 약해지니까. 그것은 집착이니까.

기본적으로, 자신이 가장 굳게 믿고 있는 것, 가장 중요하게 여기는 것을 설명할 능력을 못 갖춘 사람이 많다. 비극적이지 않나.

그러나 아버지가 세상을 떠났을 때, 나는 아버지가 설명할 수 없었던 것을 깨달았다. 우리는 결국 사랑하는 사람 곁을 떠날 수밖에 없다. 그게 바로 죽음이다.

어쨌든 석가모니는 자식을 돌볼 수도 있었다. 자신의 철학이 무엇이

든, 자식을 버리는 것은 일급 바보짓이다.

호텔에서 나오니 44번가다. 간밤에 우리가 공포에서 벗어난 곳이 여기였나 보다. 해가 빛나고 있고, 공기 냄새는 그다지 나쁘지 않다.

문제가 없을지 주위를 잘 살피며 동쪽 피프스 애비뉴 쪽으로 걷는다.

라이플총이 없으니 기분이 이상하다. 내 팔이 아주아주 짧아진 기분이고, 손을 어찌해야 할지 모르겠다. 내 목소리를 잃어버린 것 같다. 요즘 우리는 그것으로 대화를 하니까. 총소리 말이다.

피프스 애비뉴에는 엉망이 된 드웨인리드, 스테이플스, 베스트바이가 있다. 차양에 누가 낙서를 해 놓았다.

그랜드 콩코스에 있는 내 가게 풀스 토들러에 오면 최고의 쇼핑 보장

바닥에는 스프레이로 그린 큰 화살표와 글이 있다.

'지금 죽지 마! 두 블록만 더 가!'

그것을 보자 불안해진다. 루니툰에서 로드러너를 잡으려고 코요테가 놓은 덫과 아주 비슷해 보인다. 나는 친구들에게 잠깐 멈추라고 한 뒤, 친구들이 나를 보는 동안 지그재그로 걸으며 길을 건넌다. 친구들이 즐거워한다. 내가 길을 다 건너자, 친구들도 지그재그로 길을 건너며 나를 놀린다.

44번가를 따라서 피프스 애비뉴를 지나자, 왼쪽에 브룩스브라더스가 있고 오른쪽에 코넬클럽이 있다.

시스루가 말한다.

"저게 대학교인가?"

내가 말한다.

"그래, 맞아."

돈나가 말한다.

"너는 대학교에 갈 생각 없었어?"

"우리 엄마가 나를 보내려고 했지. 그렇지만 대학교는 너무 춥고 우울하잖아."

모두가 웃기 시작한다.

다음 모퉁이에서 피터는 '미학적인 이유로' 42번가를 통해서 가자고 말한다.

"이번만은 뒷길로 가기 싫어."

그리고 빈정거리는 말을 즐겁게 덧붙인다.

"쾅! 상황이 안 돼."

우리는 오른쪽으로 꺾어져서 매디슨 애비뉴 아래로 향한다. 가는 내내 나는 머릿속으로 광대뼈 일당이 우리 머리를 명중시키려고 기다리지 않을까 상상한다. 이곳에는 매복하기 좋은 장소가 많다. 비계, 지하철역 입구, 42번가에 있는 낮은 건물 옥상…….

한편 돈나와 시스루는 위험을 완전히 망각한 채 뭐라뭐라 속닥거리며 웃는다.

빌딩 숲의 소실점 쪽으로 반쯤 가자, 크라이슬러 빌딩이 보인다. 내가 좋아하는 곳이다. 영화에 크라이슬러 빌딩이 폭파되는 장면이 나올 때마다 화가 났다. 지금 크라이슬러 빌딩의 첨탑은 아무 일도 없었다는 듯

빛나고 있다.

그러다가 언덕을 오르는 개미처럼 줄지어 가는 떠돌이들을 만난다. 우리는 반사적으로 가까이 모인다. 그러나 떠돌이들은 우리에게 별로 신경 쓰지 않는다. 대부분 바자로 가는 것 같다. 손수레를 끌거나 쇼핑카트를 밀거나 온통 때가 묻고 짐을 잔뜩 넣은 데이글로 백팩을 멨고, 모두 무장을 했다. 총을 가진 사람도 몇몇 있다. 글록 권총도 있고, 엽총도 몇 자루 보이지만, 대부분은 다양한 연식의 AR-15다.

내 총이 그립다. 얼마나 엉망이 됐을까?

퉁명스러운 표정, 악취, 엉망인 옷차림. 예전에 이런 모습을 보았다면 노숙자를 떠올렸을 것이다. 그러나 지금은 우리 모두가 집 없는 사람이다. 바자에 가까워질수록 사람은 점점 많아진다. 옷을 더 잘 차려입은 아이들도 있다. 예전이라면 '패피'라는 말을 들었을 법하게 입은 아이들도 있고, 아예 분장을 하거나 유니폼을 입은 아이들도 있다. 얼굴 페인트, 문신, 갑옷도 보인다.

바자 입구 언저리에는 거지들이 앉아 있다.

'그 사건' 전에 이렇게 어린 거지를 본 것은 딱 한 번뿐이었다. 톰킨스 스퀘어 공원에서 보았다. 가출한 아이들이었을 것이다. 사회의 가파른 낭떠러지에 선 아이들.

이 거지들은 이미 낭떠러지 아래로 떨어졌다. 우리 모두가 그렇다. 나는 배낭 대신 가져온 호텔 베갯잇을 들며 생각한다. 이제 우리는 모두 거지다. 우리는 모두 거지며 떠돌며 약탈자다. 사회의 변두리로 내몰렸다고 말할 수도 없다. '사회' 자체가 이제 존재하지 않는다.

아니, 아직 사회가 있나? 왜 여기 오기 전에는 어디에서도 거지가 안 보였을까? 도와줄 사람이 전혀 없기 때문이다. 굶어 죽거나 죽임을 당하거나 스스로 목숨을 끊거나, 말을 꺼내기도 무섭지만 다른 사람에게 먹힌다. 여기, 이곳, 바자 언저리에서 구걸하는 사람들이 있다는 사실은, 아무리 실낱 같아도 도움 받을 희망이 있다는 뜻이다. 직신할 여유가 있는 사람이 있을지도 모른다는 뜻이다. '사회' 같은 것이 있을지도 모른다는 뜻이다. 멋진 일이다.

돈나는 나를 몽상가나 그 비슷한 사람으로 여긴다. 그러나 나는 우리가 사회를 재건할 수 있다는 예감을 지울 수 없다. 우리는 세상을 '그 사건' 전보다 좋게 만들 수 있다. 돈나는 온통 과거에만 매여 있다. 우리가 떠나온 쓰레기 같은 세상을 아직도 그리워하고 있다. 아이폰까지 가지고 다닌다. 언젠가 아이폰을 켜면 전화가 걸려 올지도 모른다. '여기는 애플사입니다. 고객님의 충성에 보답을 드리겠습니다. 아주 충직한 고객으로 남아 주신 것에 대한 감사의 표시로 고객님의 모든 것을 복구해 드리겠습니다.'

장식 돌기둥이 있는 사암 건물 한구석, 둥근 공 모양 돌 위에 앉은 독수리상이 우리를 내려다본다. 독수리는 빨강, 하양, 파랑으로 칠해져 있고, 공 모양의 돌은 지구로 바뀌었다. 정문 위에는 금색 바늘이 달린 커다란 시계가 있고, 그 위에서 세 신이 무표정하게 우리를 내려다본다. 전에 학교에서 이곳으로 견학하러 온 적이 있다. 날개 달린 신발을 신은, 속도를 상징하는 헤르메스. 힘을 상징하는 헤라클레스. 지혜를 상징하는 아테나. 아테나는 편두통을 앓는 듯 손을 머리에 대고 있다.

지금은 바자로 알려진, 그랜드 센트럴역 주위의 버려진 거리들은 일종의 노천 시장이 되었다. '그 사건' 이후 내가 본 가운데 가장 많은 사람들이 모여 있다. 수백, 어쩌면 수천이다. 음식을 익히는 수백 개의 작은 불들에서 연기가 솟는다. 연기는 버려진 사무용 빌딩들의 거대한 윤곽 사이로 흩어진다. 청록색 철제 고가도로 아래, 접이식 탁자들에 놓인 잡동사니들을 두고 사람들이 흥정한다. 아이들은 파티를 하다가 발코니에 나온 듯 난간 위쪽에 기대서서 햇빛을 즐기며 수다를 떤다.

'그 사건' 이전, 도시의 건물들이 소비의 식민지이던 때의 모습을 기적적으로 보존한 쇼윈도들도 있다. 안에 있는 마네킹들은 모두 벌거벗고 있다. 그리고 모두 머리가 없다. 가슴까지 쏟아 놓은 빨간색 페인트 때문에 머리가 없다는 사실이 더 강조되어 보인다. 마네킹들에는 경고문이 적혀 있다.

싸움 금지 – 싸움은 밖에서
승강장 화장실을 이용할 것
발전기로 장난치지 말 것
물물 교환 금지

창 위에 있는 빨간 차양에는 '바나나 리퍼블릭'이라고 적혀 있다.

내가 말한다.

"이해가 안 돼. 물물 교환 금지라니, 그럼 물건을 어떻게 사?"

돈나가 고개를 갸웃한다.

우리는 총 한 자루를 내놓고 다른 필요한 물건들로 교환할 생각이었다. 썩 내키지 않았지만 아무리 생각해도 달리 물건들을 얻을 방법이 없었다.

'그 사건' 뒤로 돈은 쓸모없어졌다. 돈은 사람들이 의미를 부여할 때에만 효용이 있다. 아무 의미도 부여되지 않으면 돈은 그저 녹색 종잇조각에 불과하다. 정부가 무너지자 더 이상 아무도 돈을 믿지 않게 됐다. 아무도 돈을 벌지 않는다고 말할 수도 있겠다. 1달러짜리 지폐로 무엇을 할 수 있겠나? 코나 풀겠지. 더러워서 코를 풀기에도 적당하지 않다.

돈이라는 본래 아이디어는 괜찮았다. 다른 사람에게 얼마나 빚이 있는지 확인할 수 있는 방법이다. 다른 사람에게 돈을 빚졌으면 그 빚을 갚을 때까지 관계를 유지하지 않을 수 없다. 그러므로 어떤 면에서 보면 자본주의는 사람들을 연결시키는 도구다. 그렇게 사람을 한데 묶으면 그저 혼자 애쓰는 것보다 서로에게 더 도움이 된다.

문제는, 세상이 사람들의 통제선 너머로 넘어간 것이다. 너무 많이 쌓은 사람이 있는가 하면, 너무 적게 가진 사람이 있었다. 달리 말하면, 자신들이 갚을 수 있는 것보다 훨씬 많은 빚을 진 사람들이 있었다.

그러나 기준선이 무너지고 은행이 문을 닫고 현금 인출기에서 돈이 나오지 않자, 중요한 숫자는 음식의 열량과 총의 구경, 이렇게 두 가지만 남았다.

사람들은 물물 교환으로 필요한 것을 얻기 시작했다.

처음에는 물물 교환이 근사해 보인다. 그러나 이것도 복잡해졌다. 매트리스와 부츠를 교환하려면 부츠 몇 컬레가 적당할까? 내가 원하는 매트리스를 발견했는데, 매트리스 임자는 이미 부츠를 갖고 있고 정말 원하는 것은 치약인데 나한테는 치약이 없다면 어떻게 해야 하나?

처음에는 차용증이 해결책이었다. 내가 매트리스를 받는데 매트리스 임자가 원하는 물건은 나한테 없다면, 나는 매트리스 임자에게 차용증을 준다. '매트리스 하나를 빚졌다'는 증서다. 언젠가 그 빚을 갚아야 한다는 사실을 상기시키는 기록일 뿐이었다. 그러다가 곧 사람들은 자기가 받은 차용증을 다른 사람에게 넘길 수 있음을 깨닫게 됐다. 그러니까 예를 들어, 내가 피터에게 준 차용증을 나중에 다른 사람이 가져올 수도 있다. 그 사람은 내가 피터에게 준 차용증과 자기 물건을 교환했고, 이제 나에게 빚을 받으러 오는 것이다. 물론 내가 그 사람에게 매트리스를 내주어서 빚을 갚지는 않는다. 그러면 내가 애초에 매트리스를 사려고 한 것이 쓸모없어지는 셈이니까 아무 의미가 없다. 나는 그 사람에게 매트리스 하나에 해당하는 다른 물건으로 빚을 갚는다. 부츠 한 켤레일 수도 있고, 다른 무엇일 수도 있다.

이것이 쉽지는 않았다. 매트리스의 값어치가 얼마인지에 대한 의견이 다를 수 있기 때문이다. 그래서 한동안 사람들은 차용증을 수표나 지폐에 썼다. 다시 화폐 제도가 돌아왔다. 문제는, 어떤 물건에 대한 값을 제멋대로 매길 수 있다는 것이다. 통조림 수프 하나에 1천 크레딧의 차용증을 받는다면 어떻게 될까? 그리고 다음 사람은 1만 크레딧을 내겠다고 말한다면? 그게 과연 정말 현실적으로 의미가 있을까? 다 만들어진 값일 뿐이다. 우리는 다시 원점으로 돌아갔다.

결국 부족 안에서 누구한테 무엇이 필요한지 기억하는 데에만 집중했다. 부족 안에는 사람이 많지 않아서 누가 무엇을 빚졌는지 기억할 수 있다. 그러다 보니 외부 사람과 물물 교환하기는 더 힘들어졌지만, 어차피 외부인과 무슨 일을 도모하고 싶지도 않았다.

게다가 죽을 사람들이 다 죽고 나자, 그다지 부족한 것이 없었다. 그제야 나는 사람들이 손대지도 않을 물건에 얼마나 많은 돈을 쓰며 살아 왔는지 깨달았다. 전화, 인터넷, 엔터테인먼트, '엔터테인먼트'라니! 시간을 죽이려고 돈을 쓴다? 그런 일은 영원히 사라졌다. 그러나 즐기고 싶다면 즐길 만한 것들은 충분하다. 실제 세계에 실제로 존재하는 실제적인 것들이 얼마든지 있다.

한동안 음식도 충분했다. 그러나 상황은 변했다. 워싱턴 형의 말대로 곧 엉망이 될 수도 있다.

워싱턴스퀘어에서 우리는 부족한 물자를 공평하게 고루 분배하려 애썼다. 주변을 뒤져서 찾아온 음식을 함께 나눴다. 그렇게 하기 싫은 사람은, 혼자 다 먹겠다는 사람은 그냥 떠나면 된다.

이것이 일종의 공산주의가 아닐까. 모르겠다. 다른 누군가의 자유나 무언가를 빼앗으려 하지는 않았다. 그저 서로서로 다른 사람을 챙겼을 뿐이다.

쓰레기통 위에서 센 불에 구워지는 쥐들이 보인다. 그 위에는 "도시의 미니 토끼. 오늘 아침에 잡아서 신선합니다! 4달러"라고 적혀 있다.

달러라니.

맛있는 냄새가 난다. 어제부터 사탕 말고는 먹은 게 없다. 배가 뒤틀리고 아리다. 친구들도 같은 상태일 것이 틀림없다.

"저기, 돈 가진 사람 있어?"

내가 묻는다. 모두가 고개를 갸웃한다. 돈을 사용하지 않은 지 1년이 넘었기 때문이다. 우리는 각자 자기 주머니를 뒤진다. 마침내 시스루가 구깃구깃한 20달러짜리 지폐 한 장을 찾아낸다.

시스루는 웃으며 말한다.

"다섯 마리 주세요."

구운 쥐를 팔고 있던, 미친 것처럼 생긴 금발 아이가 지폐를 들여다보고 말한다.

"스탬프가 안 찍혔잖아."

그러다가 우리 모두가 무슨 말인지 못 알아듣는 걸 알아채고 말한다.

"아, 초짜구나. 티켓 부스로 가. 난 바빠."

다른 사람이 같은 모양의 20달러짜리 지폐를 내밀자, 금발 아이는 팔 것을 준비한다.

우리는 터미널로 향한다.

철문을 지나자 긴 대리석 통로가 나온다. 너비는 15미터쯤 된다. 맨 처음 느낄 수 있는 것은 앞으로 밀려오는 냄새다. 열기로 인해 더 강하게 닥쳐온다. 위에서는 우르릉거리는 모터 소리가 들린다.

브레인박스가 말한다.

"디젤 엔진이야. 폭발은 안 해."

다음으로 알아챌 수 있는 것은 사람들이다. 이리저리 몰려 다니는 사람들의 표정은 이상하게 편안하다. 위험에 대비하고 있는 사람은 아무도 없다. 낯선 사람들을 보는 데에 익숙한 듯, 우리에게 신경을 쓰는 사람도 없다. '그 사건' 전에 거리를 걸을 때와 거의 같다. 나는 사람들에게 길을 내어주는 데에 익숙하지 않아서 휙휙 몸을 피한다. 한 손은 칼자루에 대고 있다.

내가 알아채기도 전에 여자애가 옆에 붙어서 속삭인다.

"손으로 해 주는 데 10달러."

나는 어안이 벙벙해서 가만히 서 있다. 여자애의 얼굴은 동글동글하고 귀엽다. 눈가는 푸르뎅뎅하고, 머리카락은 밝은 분홍색이다. 향수 냄새가 지독하다.

"남자를 원하면 내 애인이 해 줄 수도 있어."

나는 머리를 흔들어서 여자애의 손을 떨어뜨린다.

"아니면 나랑 내 애인이 같이. 아니, 걔는 내 애인이 아니야. 아니면 걔가 망을 볼 수도 있어. 뭐든지 다 할 수 있어."

나는 마치 도넛이나 뭘 먹겠느냐는 말을 들은 것처럼 대꾸한다.

"고맙지만 사양할게요."

여자애를 뿌리치고 우리는 계속 간다. 친구들의 표정을 보니 친구들도 나만큼 놀란 것 같다. 우리는 돈으로 '그것'도 살 수 있었다는 사실을 어느새 잊고 있었다. 때로 돈은 거대한 야수의 날카로운 발 같았다. 보이지 않는 그 야수의 발은 우리 뒷덜미를 꽉 붙잡고 우리가 원하지 않는 일을 하게 만들기도 했다. 그 야수의 발을 조종하여 다른 사람들에게 억지로 일을 하게 만드는 사람도 있었다.

통로 전체에서 이런 거래들이 이루어지고 있다. 남자애들과 여자애들이 손님에게 몸을 붙이고 돈을 받는다.

우리는 계속 내려간다.

통로 끝에 넓은 방이 나온다. 천장은 높고 벽은 대리석이다. 커다란 샹들리에가 늘어져 있고, 노출된 전구들이 실제로 불을 밝히고 있다. 커다란 디젤 발전기가 열 대쯤 보인다. 하나가 자동차만 한 발전기들이 양옆으로 덜커덕거린다.

"25킬로야."

브레인박스가 말한다. 그 말은 발전기 하나당 25킬로와트의 출력을 낸다는 뜻이다. 워싱턴스퀘어에 있는 우리 발전기들보다 강력하다. 그리고 발전기 하나마다 무장한 경비가 지키고 있다. 머리는 모두 똑같이 빡빡 깎았고, 위장복을 입었다. 진짜 군인에 가까운 차림새를 한 사람들을 아주 오랜만에 본다. 위장복을 보자 업타우너들이 떠올라서 기분이 언짢다.

그랜드 콘코스로 들어간다. 다시 밖으로 나간 기분이 든다. 초저녁 하늘 같은 파란색 바탕에 금색 별자리로 장식된 30미터 높이의 거대한 천장 때문이다. 한편으로는 공간이 풋볼 경기장만큼 넓기 때문이기도 하다. 한쪽 끝에는 거대한 미국 국기가 걸려 있다. 국기는 총알 구멍 몇 개를 제외하면 기이하리만큼 온전하다.

아빠는 우리 형제를 뉴욕 메츠 경기에 데려가곤 했고, 여기서 열차를 갈아탔다. 렉싱턴 애비뉴 6호선에서 퀸스 방면 7호선으로, 그때 우리 눈에 보였던 대로 말하자면 녹색에서 진홍색으로 갈아탔다. 아버지는 중간에 그랜드 센트럴역에서 우리를 내리게 했다. 그러면 두 배나 오래 걸리지만, 항상 그렇게 했다. 아버지를 따라서 그랜드 콘코스를 한 바퀴

걸으며, 우리는 사람들을 멍하게 바라보지 않는 척했다. 형과 나는 뉴욕 아이들이었고, 관광객처럼 보이기 싫었다. 우리는 손목시계의 시간을 홀 중앙 안내소 꼭대기에 있는 커다란 시계에 맞췄다. 아버지 말로는 시계판이 오팔로 만들어진 시계라고 했다. 아버지는 허드슨뉴스에서 만화책을 사 주었다. '재밌는 책'이라고 부르면서. 시간 여유가 있을 때면, 둥근 천장이 있는 곳으로 내려가서 오이스터바에서 점심을 먹었다. 형과 나는 식당 앞의 포물선 같은 아치 한쪽에서 탄성을 질렀고, 늘 즐거워했다. 둥근 벽돌 천장 아래에서 아버지는 쿠마모토 굴을 먹고 우리는 경기장에서 핫도그 먹을 배를 남겨 놓으려고 크래커를 아작거렸다.

아버지는 지하철을 다시 타기 전에 말하곤 했다.

"정말 특별하지 않니?"

그럴 때 아버지의 눈가가 조금 촉촉해졌다. 아버지가 그러는 모습이 기묘했다. 그런 때가 별로 없었기 때문이다. 경기 전에 우리가 미국 국가를 부를 때에도 보이지 않던 모습이었다.

출퇴근하느라 열차로 향하는 사람들의 물결과 입을 떡 벌린 채 천장을 쳐다보는 관광객 무리가 있던 곳에 이제 10대들뿐이다. 누더기를 걸친 아이, 분장한 아이, 레게 머리 아이, 가발을 쓴 아이, 화장한 아이, 무장한 아이, 무장하지 않은 아이, 말하는 아이, 몸짓을 쓰는 아이, 떠드는 아이, 노래하는 아이, 춤추는 아이, 사는 아이, 파는 아이. 유튜브 영상 1,000편이 한꺼번에 노트북에서 재생되는 것 같다. 영상을 피부로 느낄 수 있다.

처음에는 대혼란 같지만, 곧, 리어카와 탁자 들은 물론이고 모로코 텐트를 재현한 것부터 무역 박람회 부스를 재활용한 것까지 온갖 형태의 방 등 수백 개의 노점들이 중앙 시계를 중심으로 말굽 형태를 이루고 있다는 것을 알아챌 수 있다. 가운데에는 산책로 같은 것이 있고, 노점들은 여러 줄을 이루고 있다. 없는 물건이 없다. 탄약, 의약품, 연장, 물, 통조림, 옷, 연료, 화장품, 액세서리, 지도. 모든 것이 중앙부 주위에서 소용돌이치고 있지만, 작은 폭풍들도 있다. 활기찬 대화, 애무하는 아이들, 약에 취한 아이들, 음식을 먹는 아이들. 홀 옆으로 나 있는 넓은 계단 위에는 여장한 아이들 한 무리가 있고, 그 위, 전체가 내려다보이는 단에는 밴드, 진짜 라이브 밴드가 음악을 연주하고 있다. 그 단 맞은편, 홀 반대쪽에는 옛날 애플스토어가 널찍하고 밝게, 무슨 우주 교회처럼 자리하고 있다. 애플 로고는 그대로지만, 거기에 낙서가 있다. '거대한 (사과)에 잘 오셨습니다. 드세요.'

"여기 처음이지?"

그 말을 한 주인공은 검은색 옷을 입은 키 작고 냄새 나는 아이다. 듬성듬성한 수염 아래, 목에는 고글을 걸고 있다. 해적 표시를 그린 검정색 마스크도 목에 걸려 있다.

내가 말한다.

"뭐? 아니야."

검은 옷 남자애가 말한다.

"정말? 여기 돌아가는 사정을 전혀 모르는 눈치인걸."

"누가 너한테 물어봤어?"

남자애가 어깨를 으쓱한다.

"그냥 도와주려는 거야. 그게 다야."

돈나가 말한다.

"있지, 여기 돌아가는 사정을 우리가 전혀 몰라."

돈나는 평생 알고 지낸 사이인 양 그 남자애를 보고 웃는다.

"나는 돈나야. 이름이 뭐야?"

"사람들이 랏소라고 불러."

남자애가 또 어깨를 으쓱한 뒤에 덧붙인다.

"영화에 나오는 이름이야."

시스루가 묻는다.

"진짜 이름은 뭐야?"

"내 이름은…… 친구들한테만 알려 줘."

남자애는 가짜 영국 발음으로 말하며 덧붙인다.

"그 영화 못 봤어? 정말? 그러거나 말거나지만."

이 남자애의 태도는 좋아하기 힘들다.

피터가 말한다.

"원하는 게 뭐야?"

랏소가 말한다.

"아까도 말했지만, 그냥 도와주려는 거야."

내가 말한다.

"왜 도와줘?"

"왜 안 도와줘?"

"도와주고 싶다고? 우리 돈은 왜 여기서 못 쓰는지 알려 줄 수 있어?"

"어디, 봐."

시스루가 20달러짜리 지폐를 랏소에게 보여 준다. 랏소는 시스루 손에서 지폐를 낚아채더니, 우리가 지폐를 도로 빼앗기 전에 재빨리 앞뒤를 살펴보고 돌려준다.

"예쁜 아가씨, 고마워. 스탬프가 안 찍혔네. 아무 쓸모도 없어."

조금 부끄러워진다. 랏소의 첫인상에 너무 얽매였기 때문이다. 하지만 이제 우리가 이곳 사정을 잘 아는 척하기에는 너무 늦었다.

내가 말한다.

"알았어. 그럼 스탬프인지 뭔지 그걸 받으려면 어디로 가야 해?"

"가는 게 아니야. 아까 그 돈 좀 다시 줄래?"

시스루가 랏소에게 다시 지폐를 건넨다. 그러자 랏소가 아무렇지도 않게 지폐를 반으로 찢는다.

"쓸모없어. 알았지?"

나는 랏소의 멱살을 꽉 잡는다. 랏소가 말한다.

"진정해! 진정해!"

어제라면 백 달러짜리 지폐 다발을 우리 앞에서 불태운들 신경도 쓰지 않았을 것이다. 이제 갑자기 지폐에 값어치가 생겼으니 우리는 신경을 쓰지 않을 수 없다. 그것도 아주 많이.

"돈을 구해 줄 수 있어."

랏소의 말에 나는 멱살을 놓는다.

랏소가 묻는다.

"물건은 있어? 팔 물건?"

내가 말한다.

"표지판에 물물 교환 금지라고 쓰여 있던걸?"

"물물 교환이 아니야. 내가 알려 줄게. 은행으로 가자."

랏소가 옷깃을 바로 펴고 티켓 부스로 간다. 우리는 멍청이들처럼 서로를 보다가 랏소를 따라간다.

돈나

그러니까, 이 바자라는 곳은 진흙 소스를 추가로 더 넣은 커다란 패밀리 사이즈 '프라이드 광기' 버킷 같아.

제퍼슨은 여기가 좋은 게 분명해. 보자마자 알 수 있어. 이런 거지. '여기, 위대한 메트로폴리스의 중심을 우리가 다시 건설할 수 있어! 옛날의 잿더미에서 새로운 사회가 불사조처럼 솟아오른다!'

버려진 역에 열린 벼룩시장에 쓰기엔 너무 분에 넘치는 말이네.

바자가 재미있는 곳 같다는 건 나도 인정해. 거지 같은 시대라 '재미'라고는 냄새도 맡기 힘들거든. 피터의 눈이 만화처럼 툭 튀어나와 있어. 그래, 되게 귀여운 옷을 입은 사람도 있네. 레드 카펫을 밟는 듯이 화려한 드레스 차림으로 걸어다니는 모델 같은 여자애들도 있어. 그런 여자애들은 옆에 꼭 남자를 한 명씩 끌고 다녀. 애인인지 보디가드인지, 뭐여하튼 남자가 따라다녀. 기막혀. 빡빡머리에 군복을 입고 경찰관처럼 인상을 쓰면서 돌아다니는 멍청한 애들도 있어. 이런 애들은 다 남자야.

'뉴헤이븐 방면'이라고 표시된, 불이 안 들어오는 전광판 밑으로 쭉 늘어선 매표소들 앞에 사람들이 한 무더기 몰려 있어. 랏소라는 애가 우리를 그쪽으로 데려가서, 줄 선 사람이 없는 매표소 창 앞으로 가. 변색된 황동 창살 뒤에는 뚱뚱한 남자애가 보석 감정에 쓰는 돋보기를 이마에 비스듬히 쓰고 있어.

종말 이후에도 어떻게 과체중일 수 있지? 그렇게 생각하면서 먹는 환상에 잠겨 있다가, 뚱뚱한 남자애의 목소리에 정신을 차려.

뚱보: 물건이 뭐야?

랏소: 물건이 뭐야? 팔 물건 말이야. (그리고 매표소 안의 뚱보에게) 천천히 해. 얘들은 여기 처음이래.

나는 랏소라는 애가 좀 마음에 든다고 할까, 뭐, 그래. 랏소한테서 의심을 거두는 호의를 베풀 용의가 있어. 그렇지만 제퍼슨은 긴장하고 있는 게 분명해. 뭐, 중요하지는 않아.

제퍼슨: 어디서 받은 총이 있어.

그 말을 들으니까 내 기분은 이래. '어머, 얘, 너는 총을 잃어버렸잖니. 안됐다. 내 총은 내가 지금 메고 있어. 자기 총을 내놓을 사람이 세상에 어디 있니?'

나: 네 사무라이 칼을 팔지그래?

제퍼슨: 제발 그렇게 부르지 마. 이건 와키자시야. 그리고 몇백 년 동안 우리 집안에 내려오는 가보야.

나: 아, 내 총은 카빈총이야. 그리고 내 집안에서 1년 넘게 가보야.

제퍼슨: 도서관에서 훔친 곰 인형을 팔지그래?

나: 너 약 먹었니? 이건 유물이야. 푸는 절대 못 내놔.

뚱보: 거기, 팔 게 없으면 저리 가.

제퍼슨(뭐가 번뜩 생각난 듯): 아!

제퍼슨이 주머니에서 약병을 꺼내 흔든다.

뚱보: 그게 뭐야?

제퍼슨: (매표소 창으로 가까이 다가가서 약병을 열고 주황색 알약 한 알을 카운터에 떨어뜨리며) 이건…….

뚱보(씩 웃으며): 아데랄. 오랜만에 보네.

뚱보가 몸을 뒤로 기울이며 부스 안에 있는 다른 누구를 불러. 베레모를 쓴 말라깽이가 매표소 창 가까이로 와. 베레모는 알약을 보고 표정이 환해지더니 손을 뻗어서 알약을 낚아채. 어찌나 재빠른지 누가 막을 새도 없었어.

제퍼슨: 이봐!

말라깽이: 테스트해야 돼.

말라깽이가 권총 총자루를 망치처럼 써서 알약을 가루로 부순 다음에 머리를 카운터 앞으로 숙이고 코로 가루를 들이마셔. 그다음에 고개를 들고 씩 웃으며 뚱보한테 고개를 끄덕여.

뚱보: 한 알에 10달러. 그 이상은 안 돼.

제퍼슨: 좋아, 스무 알들이 병이니까 200달러 줘. 방금 빻아서 쓴 것까지 합쳐서 스무 알.

말라깽이: (고개를 가로저으며) 은행 수수료야.

그래서 우리는 아데랄 한 병을 넘기고 190달러를 받아.

지폐에는 대통령 얼굴 위 여백에 장식 스탬프가 찍혀 있어. 세계무역

센터 쌍둥이 빌딩에, 뭐냐, 중세 글씨 같은 글씨체로 '절대 잊지 말자'라고 적힌 스탬프야.

제퍼슨: 아.

랏소: 스탬프가 찍힌 지폐만 가치가 있어. 다른 지폐는 다 압수해.

제퍼슨: 압수? 누가?

랏소는 고갯짓으로 위장복을 입은 무리를 가리켜.

브레인박스: 돈에 다 스탬프가 찍혀야 한다면, 동전은 없겠네.

랏소: 정답이라문도.

제퍼슨: 가짜 스탬프를 찍으면? 잉크랑 지폐만 있으면 어디서든지 가짜를 만들 수 있잖아.

랏소: 아, 나라면 그런 짓은 안 해.

나: 왜 안 해?

랏소: (인상을 쓰며) 내 말 믿어. 듣고 싶지 않을 거야.

브레인박스: (제퍼슨에게) 신용 화폐야.

제퍼슨: 폭력을 이용한 시장 독점으로 받치고 있는 거군. 대단해.

나: 경제학 얘기 대충 끝났으면, 얼른 서두르면 안 될까?

제퍼슨: 쇼핑하고 싶어?

음, 그렇지?

우리는 큰 시계 주위에 있는 탁자들과 노점들을 둘러봐. 아직 아무것도 사지는 않아. 그냥 뭐가 있는지, 돈은 얼마나 들지를 살펴보는 거야. 자기 물건을 사라고 소리치는 사람들과 눈을 마주치지 않도록 조심해야 해. 저 사람들 눈에는 우리가 바가지 씌우기 좋은 관광객으로 보일 게 뻔하니까.

제퍼슨은 '이런, 쏴'라는 간판이 붙어 있는 노점에서 총알 상자를 보다가 그 노점이랑 경쟁하는 '국제 살인 상회'라는 노점으로 발길을 옮겨. 그러다 갑자기 놀란 표정으로 걸음을 멈춰.

나는 업타우너들이 나타난 게 틀림없다고 생각하고 카빈총 방아쇠에 손가락을 걸어.

제퍼슨이 멈춰선 것은 나쁜 일 때문이 아니었어. 커피 때문이야.

제퍼슨은 반짝거리는 크롬 에스프레소 기계와 그 옆에 놓인 커피 그라인더를 뚫어져라 보고 있어. 커피 기계들이 놓인 야외 식탁 뒤에는 모히칸 스타일의 머리를 빨간색으로 염색한 남자가 서 있어. 남자는 제퍼슨을 보면서 고개를 끄덕끄덕하며 미소를 짓고 있어. '그래, 보는 그대로야.' 하는 것 같은 표정이야.

모히칸 남자: 이제 막 새로 캔을 따려는 참이에요.

제퍼슨: 그럴 리가 없는데.

정말이네. 모히칸이 은색 커피 깡통을 따. '그 사건' 전에 깡통 속에 갇혀 있던 공기가 쉭 하고 나와. 모히칸이 커피 깡통을 들고 제퍼슨한테 냄새를 맡게 해. 제퍼슨은 커피 냄새 분자 마지막 하나까지도 안 놓치려는 것처럼 들이마셔.

모히칸: 에스프레소로 드릴까요, 카푸치노로 드릴까요?

제퍼슨이 말해.

"우유도 있어요?"

모히칸이 아이스박스를 열자, 얼음, 진짜 얼음이 들어 있어. 우리는 모두 그 앞으로 모여. 아이스박스 안에는 작은 플라스틱 통들이 가지런히 놓여 있어.

나: (놀라며) 얼음은 어떻게 구했어요?

모히칸: 아래층에 있는 캠프아크티카에서 만들어요. 기계가 있어요. 우유는 저만의 비밀입니다.

손에 돈뭉치를 꽉 쥐고 있던 제퍼슨이 애걸하는 고양이 눈으로 우리를 보고 있어.

나: 까짓, 하고 싶은 거 해.

제퍼슨: 카푸치노 더블 한 잔에 얼마죠?

모히칸: 우리 집에서는 항상 더블만 내놔요. 2달러요.

제퍼슨이 다시 우리를 봐. 우리는 고개를 끄덕여. 제퍼슨이 10달러짜리 한 장을 내고, 1달러짜리 여덟 장을 받아. 1달러짜리 지폐에도 모두 빨간색 스탬프가 찍혀 있어.

모히칸은 자기 이름이 큐라고 말하고, 그라인더에 커피 원두를 집어넣어. 큐가 우리한테 자랑스레 말해. "마체르(커피 분쇄기로 유명한 브랜드: 옮긴이)입니다." 제퍼슨은 그 말을 알아듣고 중요하게 생각하는 것 같아. 큐는 커피를 만드는 일반적인 의식을 계속해. 커피를 갈고, 담고, 누르고…… 그리고 손잡이가 붙은 작은 것을 마침내 기계에 끼워.

제퍼슨: 저기, 내가 해도 될까요?

큐가 잠깐 동작을 멈췄다가 "그럼요." 하고 말해. 제퍼슨이 손을 내밀어서 경건하게 레버를 당기자 물이 흐르기 시작해. 우리는 이가 나간 도자기 컵에 진득한 검은색 액체가 떨어지는 것을 지켜봐.

제퍼슨 (혼잣말로): 문명.

큐: 손님들은 확실히…….

나: 네, 맞아요. 여기 처음이에요. 엄청 놀라고 있어요. 어떤 식으로 돌아가는 거예요? 여기서 영업하려면 깡패들한테 돈을 내나요?

큐: 은행에 돈을 내요. 은행에서 부동산을 운영하죠. 손님 말대로 부르자면 깡패들인 우리 뛰어난 치안대는 은행에 고용되어 있죠.

나: 그러면 사장님도 생필품은 반드시 여기서 구입하겠네요? 지폐를 씹어 먹을 수는 없을 테니까요.

큐: 이 주변에는 은행 돈을 받는 사람들이 아주 많아요. 그 돈이 여기서 통하는 걸 다들 알고 있으니까요. 어쨌든 많이 돌아다닐 필요는 없죠. 나는 옛날에 메트라이프 빌딩이었던 곳에서 살아요.

나(제퍼슨에게): 저 말 믿어?

그런데 제퍼슨이 손바닥을 들면서 나한테 조용히 하라고 하네. 제퍼슨은 눈을 감고 커피를 음미하고 있어.

피터: 그럼 문제가 뭐야?

랏소: 문제는, 은행 달러로만 물건을 살 수 있는 거지. 그리고 물건을 도매로 사서 소매로 팔아. 전기도 은행에서 관리하고 있어.

나는 에스프레소 기계에서 나온 전선을 눈으로 좇아. 플러그는 흔히 볼 수 있던 멀티탭에 꽂혀 있고, 그건 또 뭔지 모를 사각형 기구 같은 것에 꽂혀 있어. 그 기구 이름은 브레인박스가 알겠지. 그 기구에서 나온 더 굵은 전선은 홀 입구에 있는 육각형 상자로 이어져 있어. 그리고 그것보다 훨씬 굵은 전선이 입구쪽으로 구불구불 이어져 있어. 무장한 경비가 지키고 있던 큰 발전기로 이어질 게 틀림없어.

큐(짜증을 내며): 이 사람도 일행이에요?

나: 그렇다고 할 수 있죠.

큐: 충고 하나 하죠. '두더지족'을 조심해요.

랏소(순진한 표정으로): 두더지족? 그런 건 없어요.

제퍼슨이 숨을 크게 들이쉬고 컵을 내려놓아. 컵에는 가장자리에 남은 커피 자국이랑 거품 흔적밖에 안 남았어. 제퍼슨은 큐에게 "고맙습니다." 하고 인사한 뒤에 우리한테 "모두 고마워." 하고 인사하면서 미소를 지어.

큐가 컵을 집으려 하는데 랏소가 컵을 먼저 낚아채서 재빨리 컵 안쪽을 샅샅이 핥아.

랏소: 아껴야 잘 산다.

큐: 이 사람 조심해.

큐는 컵을 다시 낚아채서 플라스틱 병에 든 비눗물을 끼얹어.

랏소는 어깨를 으쓱한 뒤에 다른 곳으로 발길을 돌리고, 우리는 랏소를 따라가.

모히칸이 했던 말이 아니라도, '두더지족' 얘기는 유명해. '그 사건' 전에도 지하철 터널 안에서 생활하는 노숙자들이 있다는 소문이 돌았지. 내가 보기에는 꽤 믿을 만한 소문이었어. 뉴욕에서는 끔찍한 일이 얼마든지 일어날 수 있었고, 그런 일에 아무런 조치도 취하지 않았거든. 내 말을 오해하지 마. 멋진 것도 있었어. 그렇지만 살아가다 보면 생각만 해도 욕이 나오는 것들을 마주치지 않을 수 없어. 예를 들어, 스케이트

보드를 타다가 넘어진 사람이 있다고 쳐. 모두가 달려와서 도와줬을 거야. 앰뷸런스를 부르고 뭐든 하겠지. 그렇지만 누가 땅바닥에 그냥 누워 있는데, 그 사람이, 뭐냐, 가난해 보인다면, 사람들은 그냥 지나가. '나랑 비슷한 사람만 도와준다'라는 게 모두가 머릿속에 담고 있는 법칙이라도 되는 것처럼 말이야.

그러니까 평생을 지하에서 살아가는 사람들이 있었던 것도 이상한 일이 아니지. 왜 없었겠어.

어쨌든 지금 그러는 건 좀 말이 안 돼. 집세가 비싸거나 뭐 그런 것도 아니잖아. '두더지족'이라는 건 모히칸이 잘못 생각하고 있는 것 같아. 누가 지하철로 정찰하러 갔다가 다시는 못 돌아왔다는 이야기를 들은 적 있다는 사람이 꼭 있지.

그렇지만 나는 두더지족이 존재한다는 증거를 본 적이 없어. 지하나 어디에서 불빛이 새어 나오는 걸 본 적이 없어.

랏소: 너희가 찾는 게 음식이랑 총알이지? 이쪽이야. 전투 식량, 테이스티바이츠(레토르트 식품 브랜드: 옮긴이), 뭐든지 갖고 있는 사람이 있어.

나: 이봐, 랏소라고 했지?

랏소: 왜, 예쁜 아가씨?

나: 저 사람이 아까 왜 두더지족이라고 했어?

랏소: 아까도 말했지만, 두더지족 같은 건 없어. 누구나 아는 얘기야. 저 사람은 그냥 '해결사'를 싫어해서 나를 나쁘게 말하는 거야.

제퍼슨: 해결사?

랏소: 나는 사람들을 도와줘. 상황을 해결하지. 나는 중간자야. 수요랑 공급을 연결하지.

제퍼슨: 중개인이구나.

랏소: 너무 상상력 없는 표현이네. 어쨌든 맞아.

랏소는 정말 우리를 이해시키고 싶은 듯이, 계속 움직이는 사람들 물결 속에서 멈춰 서서 말을 계속해.

"그러니까 그 사람은 내가 상업의 바퀴에서 윤활유 역할을 하는 걸 이해 못 하는 거지."

피터: 다시 말하면, 너는 그리스구나.

랏소: 맞아. 아까 그 스타벅스 녀석은 세상을 몰라. 생활 경제가 마찰 없이 돌아간다고 생각하지. 그러려면 나 같은 사람이 필요하다는 사실을 모르는 거야. 너희 같은 사람들을 도와주려고 열심히 애쓰는 나 같은 사람. 아까 그 약을 좋은 값에 팔게 해 준 것처럼 말이지.

제퍼슨: 좋은 값이었어?

랏소: 당연하지. 뱅크에서 아데랄 한 병을 보통 얼마에 사는지 알아? 8달러야. 몰랐지? 그렇지만 내가 옆에 있으니까 싸게 후려치지 못한 거라고.

제퍼슨: (그다지 믿지 않는 표정으로) 그래, 고마워.

나: 고마워.

랏소: 별말씀을요, 아가씨.

제퍼슨: 그럼, 어디서 이익을 얻는 거야? 윤활유 역할을 해서 얻는 게 뭐지?

랏소: 누구? 나?

랏소는 그런 걸 생각해 본 적도 없다는 표정을 지어.

랏소: 사람이 좋아서 하는 거야. 나는 인간적으로 살고 싶어. 내가 하는 일에 절대로 돈을 받지 않아.

믿는 사람이 아무도 없는 것 같으니까 랏소가 덧붙여서 말해.

"물론, 너희가 나를 배려해서 뭘 준다면 나는 그걸 기부라고 생각하고 고맙게 받아서 앞으로도 계속 도움이 필요한 다른 여행객들을 돕는 데 쓰겠지."

제퍼슨: 알아들었어.

제퍼슨이 얼굴을 찌푸려. 내가 보니, 제퍼슨은 랏소한테 이제 그만 가라고 말할 생각인 것 같아. 제퍼슨이 나를 봐. 나는 눈썹을 올리며 '너무 까다롭게 굴지 마' 하는 표정을 지어. 제퍼슨이 한숨을 쉬네.

제퍼슨: 좋아. 다섯 사람이 일주일 동안 먹을 음식이 필요해. 장비 몇 가지도 필요하고 내가 쓸 총도 필요해. 여유가 되면 총알도.

랏소: 총알은 얼마나?

제퍼슨: 넘치게 많이.

랏소: 너 말하는 게 마음에 든다. 여행 가?

제퍼슨: 그건 알 것 없고, 우리가 필요한 걸 살 수 있게 도와주기만 하라고.

하지만 총이나 총알은 고사하고, 우리한테 필요한 음식을 다 구입하는 데에만도 돈은 턱없이 모자라. 랏소가 애써서 흥정하고 값을 크게 깎아도, 다 사려면 1천 달러는 있어야 할 것 같아.

랏소의 얼굴이 시무룩해져. 죄책감까지 느끼는 표정이야. 자기가 우리를 실망시킨 기분인가 봐. 그러다가 정말로 머리 위에 전구가 반짝 불을 밝힌 것 같은 얼굴로 말해.

"좋은 생각이 났어."

제퍼슨: 뭐든 말해 봐.

랏소: (전투 식량을 파는 여자애를 보며) 두 시간 뒤에 다시 올 테니까 아까 흥정한 그 값에 줄 거죠?

여자: 어떻게 될지 모르죠.

랏소: 그럼, 딱 한 시간 뒤에 올게요. 부탁해요.

랏소가 손을 내밀어서 악수를 청해.

식료품 파는 여자는 고개를 끄덕이고 랏소와 악수해. 랏소가 쏜살같이 달려가.

우리도 돌아서서 랏소를 따라가는데, 내 눈에는 그 여자가 옷에 손을 문질러 닦는 게 보여.

랏소는 붐비는 노점들에서 벗어나서 홀 구석 쪽으로 가. 그리고 옛날 지하철 입구를 지나서 넓은 경사로 아래 어두운 곳으로 가.

콩코스 아래층은 완전히 달라. 장식 없는 아치, 검은 벽돌, 폐쇄 공포인가, 폐소 공포인가, 하여튼 그런 병이 있는 사람이라면 괴로울 만한 곳이야. 햇빛은 전혀 들지 않아. 갖가지 작업등, 갓이 없어진 탁상용 스탠드, 옛날 할로겐 스탠드, 알전구, 바닥에 거꾸로 놓인 샹들리에. 빛이 사방에서 비치고 그림자도 사방에서 어른거려. 한심한 랩 뮤직비디오에 등장하는 클럽 같아. 거기에다 카메라 플래시 불빛까지 번쩍거려.

벽을 따라 온통 쭉 늘어선 술집들 때문에 더 클럽 같은 분위기야.

갖가지 술집들이 다 모인 것 같아. 10미터쯤 지나갈 때마다 테마가 계속 바뀌어. 물담배 바가 있는가 하면, 아주 화려하게 꾸민 '아슈람 갤럭티카'라는 데가 있고, 온통 분홍색인 곳도 있고, 손으로 '세상의 끝'이라고 쓴 간판이 있는 선술집 분위기 나는 술집도 있어. 남자들만 있는 걸로 봐서 게이 바도 있어. 게이 바 이름은 'Regrette Rien'인데 무슨 뜻인지는 모르겠어. 피터가 거기서 한잔하고 싶어 애가 타는 모양이야. 그런데 제퍼슨이 못 하게 해. 피터랑 제퍼슨은 영화에서 나온 대사 같은 걸 서로 주고받고 있어.

피터: 단독 접근하고 있다.

제퍼슨: 표적에 집중하라.

피터: 적들은 뒤에서 나타났다.

나: 너희 도대체 무슨 얘기를 하는 거니?

피터: 아, 신경 쓰지 마, 아가씨.

그러다가 사람들 속에서 시끄러운 소리가 들려. 사람들이 소리치고 그보다 더 크게 짐승 울음소리 같은 게 들려.

나: 뭐지?

랏소: 아까 말한 좋은 생각이 바로 저거야.

랏소는 사람들 등을 헤치면서, 그 소리가 나는 안쪽으로 들어가.

안쪽에 뭐가 있는지 모르지만, 어쨌든 나는 저 소리가 마음에 안 들어. 사람들이 비명을 지르고. 요란한 발소리, 우는 소리, 시끄러운 음악 소리가 들려.

나: 예감이 안 좋아.

제퍼슨: 이럴 줄 알았어.

제퍼슨이 랏소를 따라서 사람들 속으로 들어가.

제퍼슨

나는 랏소를 따라서 사람들을 비집고 들어간다. 사방에 온갖 소리가 뒤섞여 있다. 재잘거리는 소리, 고함 소리, 투덜거리는 소리 등등이 구아스타비노 타일의 곡선에 물결과 파도가 되어 허공에 떠돈다.

빽빽한 사람들의 시선은 한곳으로 몰려 있다. 디젤 엔진으로 흐릿하게 불을 밝힌 그곳으로 가까이 가자, 크고 둥근 스탠드가 보인다. 밝은 전구가 여러 개 달려 있다.

위쪽에서 북슬북슬한 무엇이 움직이고, 쿵 소리가 나더니, 시야가 막힌다. 나는 더 잘 보려고 사람들을 밀치고 들어간다.

단 위에 호리호리한 아이가 있다. 하키 마스크를 쓰고 가죽을 이리저리 꿰맨 옷을 입고 다리에는 미식 축구 선수처럼 보호대를 댔다. 보호대의 흰 플라스틱에는 피가 묻어 있고, 패딩은 찢어졌다. 아이는 허리를 숙이고 숨을 고르며 상대를 노려보고 있다.

상대는 셰퍼드다. 목은 피로 얼룩졌고, 탈진해서 침을 흘리고 있다. 그 주위에 죽은 개들이 다양한 자세로 널브러져 있다. 목에 낡은 목줄을 아직 매고 있는 개도 많다. 셰퍼드의 목에도 목줄이 있다.

"5분!"

링 한쪽에서 누가 외친다. 해진 무도회 턱시도 차림이다. 박수를 치는 사람들도 있고, 흥분하여 신음 소리를 내는 사람들도 있다.

랏소가 빙긋 웃으며 말한다.

"도박 경기야."

방금 돈을 잃은 사람들이 있다.

하키 마스크를 쓴 아이가 몸을 꼿꼿이 세우고, 피 묻은 나무 야구 방망이를 쳐든다. 아이는 개를 노려본다.

내 옆에 서 있는 어떤 여자애가 소리친다.

"끝장내! 하루 온종일 싸울 거야?"

그러자 사람들이 외치기 시작한다.

"죽여라! 죽여라!"

개가 주저하며 구석에서 몸을 웅크린다. 영문을 모른 채 눈썹을 씰룩거리는 셰퍼드는 그저 애완견의 모습 그대로다.

그러다가 셰퍼드는 마치 늑대가 된 듯, 검은 잇몸과 누런 이빨을 드러내며 아이를 향해 무섭게 돌진한다.

셰퍼드가 빠르게 움직이지만, 아이도 충분히 준비하고 있었다. 야구 방망이로 셰퍼드의 등을 내리친다. 셰퍼드가 바닥에 쓰러진다. 아이는 쓰러진 셰퍼드를 야구 방망이로 또 때린다. 아이가 셰퍼드를 계속 내리치고, 그때마다 사람들은 입을 모아서 수를 센다.

셰퍼드가 전혀 움직이지 않게 된 뒤에야 아이는 마스크를 벗는다. 여자애다. 열여섯 살쯤 된 여자애의 주근깨 가득한 얼굴은 승리감과 안도감으로 발개져 있다.

내가 말한다.

"하느님."

피터가 내 옆에서 말한다.

"하느님의 이름을 이런 일에 쓰지 마."

사람들이 흩어지기 시작한다. 승패가 결정되었으니, 내기를 걸었던 돈이 사람들 손 사이에 오간다. 비닐 앞치마를 입은 사람들이 링 바닥에 물을 뿌리고 걸레로 닦은 뒤 모래를 뿌린다.

랏소가 말한다.

"10분 뒤에 다음 경기가 열려."

피터가 말한다.

"개를 죽이는 데에 돈을 걸 수는 없어."

랏소가 밝은 목소리로 말한다.

"아, 다음 경기는 개랑 싸우는 게 아냐. 사람 대 사람이야."

나는 내 손이 아플 만큼 꽉 랏소의 어깨를 잡는다.

"아야! 왜 그래?"

지금 우리가 있는 곳은 예전에 음식 조리대였을 법한 곳이다.

"사람이 사람을 죽이는 데에 돈을 걸지는 않을 거야."

"진정해! 죽이기는 누구를 죽여."

랏소는 어깨를 빙빙 돌리며 설명한다.

"쓰러지거나 항복을 받는 걸로 끝나. 맙소사, 온 세상이 다 사이코가 된 줄 알아?"

"온 세상이 다 사이코가 됐다는 증거는 몇 가지 알거든."

"글쎄, 어디서는 정말 사람이 서로 죽이는 경기를 하고 있을지도 모르지. 그렇지만 이건 어디까지나 룰을 지키는 경기라고."

시스루가 동물처럼 눈을 번득이며 묻는다.

"그럼, 격투기나 뭐 그런 거? 얼마나 벌 수 있어?"

랏소가 가까이에 있는 칠판을 본다.

"확률에 따라 다르지."

시스루가 묻는다.

"나도 참가할 수 있어?"

"어디에?"

"싸움에. 싸움에 나가면 얼마나 받아?"

"그것도 경우에 따라 달라. 선수들은 싸운 몫을 받지. 그냥 판돈만 거는 것보다는 훨씬 많이 벌어."

"얼마인지 알아봐. 나도 경기에 나갈래."

"네가? 있지, 기분 상하게 하려는 건 아니지만⋯⋯."

"얼른 알아보기나 해."

내 말에 랏소가 휙 사라진다.

돈나가 시스루에게 묻는다.

"어쩌려고 그래?"

"돈 좀 벌려고."

"이건 자살이야."

"걱정하지 마."

"걱정 안 해. 네가 경기에 나가는 일은 일어나지 않을 테니까. 이건 끔찍한 짓이야."

"괜찮아. 랏소가 하는 말은 너도 들었잖아. 룰인지 뭔지. 우리는 지금 돈이 필요해. 더 좋은 아이디어라도 있어?"

랏소가 돌아온다.

"태그매치에는 출전하게 할 수 있어."

내가 말한다.

"뭐라고?"

"있잖아, 왜, 레슬링 보면, 두 사람이 한 팀을 이루는 거. 둘 중 한 사람이 지치면 교대해서 다른 선수가 나오는 거지. 먼저 두 선수 다 나가떨어지는 팀이 져. 이긴 팀은 판돈의 10퍼센트를 가져. 500달러는 보장돼. 자기 자신한테 판돈을 걸어도 돼. 제일 좋은 점은, 너희 승률이 낮은 거지."

말이 되기는 한다. 시스루가 작고 약해 보이지만 도서관에서 탈출할 수 있었던 것도 모두 시스루 덕분이었다.

피터가 말한다.

"내가 한 팀으로 나갈게."

"됐어. 한쪽 귀까지 다치려고? 내가 나가."

나는 랏소에게도 말한다.

"우리가 나갈게."

10분 뒤, 나는 일대일 경기에서 어떤 아이가 심하게 맞는 모습을 못 본 체하려고 애쓰고 있다. 심장이 벌떡거리고, 어깨는 스트레스로 딱딱하게 굳었다.

피터가 묻는다.

"누구랑 주먹으로 싸워 봤어? 정말 있는 힘을 다해서 싸운 적 있어?"

"어……, 칼로 싸운 적은 있어."

시스루가 내 눈을 똑바로 보며 말한다.

"걱정 마. 잘할 수 있어."

시스루의 표정은 아주 진지하다. 이 작은 여자애가 나를 오히려 격려하다니 참 이상하다고 잠깐 생각한다. 그러나 그 생각은 아주 잠깐이고 내 머릿속에는 이 여행을 처음 시작할 때 시스루가 나를 단박에 때려눕힌 일이 떠오른다.

시스루가 말한다.

"내가 금방 이길게. 너는 싸울 필요도 없을 거야."

"음……."

피터가 말한다.

"셔츠 벗어. 쟤처럼 옷에 묶이면 안 돼."

링에서는 어떤 아이가 상대편의 셔츠를 머리 위로 벗겨서 팔을 못 쓰게 묶어 놓았다. 그 아이는 앞도 못 보고 팔도 못 휘두르는 상태로 맞고 있다.

돈나가 말한다.

"제퍼슨, 이런 일까지 안 해도 돼."

"마음 약하게 만들지 마. 그러다가 내가 뒷걸음질 칠지도 몰라."

랏소가 바셀린 통을 나에게 건넨다. 왜 바셀린을 주는지 모르겠다.

시스루가 말한다.

"광대뼈랑 턱에 발라. 그래야 글러브에 맞을 때 살갗이 덜 찢어져."

나는 시스루의 말대로 한다. 그리고 마음을 가라앉히려 애쓴다. 막다른 길에 몰렸을 때 분노에 차서 누구를 죽이는 것과 합의하에 서로 주먹질을 하겠다고 나서는 것은 완전히 다르다. 스파링이라면 전에도 해 보았다. 워싱턴 형은 '자신을 지키는 법'을 나에게 보여 주려 했다. 하지만 형은 펀치도 살살 날렸다. 어디까지나 연습이라는 것을 형은 잘 알았고 나는 형을 늘 믿을 수 있었다.

형이라면 시합에 나가는 것도 두 번 생각하지 않고 단박에 했을 것이다. 그리고 이겼을 것이다.

형은 죽었다.

나는 셔츠를 벗는다. 이런 상황에서도 돈나의 눈에 내 몸이 멋지게 보일까 걱정할 시간이 있는 게 이상하다. 나는 시스루를 따라서 광대뼈와 눈썹과 턱에 바셀린을 바른다.

랏소가 글러브를 가져온다. 주먹 손가락 관절 주위에는 패딩이 조금 들어 있지만 손가락 끝은 트여 있다. 시스루가 양손에 글러브를 끼어 보는데, 시스루의 손에는 글러브가 너무 크다. 시스루가 나에게 한 켤레를 건넨다.

"이걸 껴. 안 그러면 손가락이 부러져."

나는 고개를 끄덕인다.

시스루가 계속 말한다.

"다리를 잡히지 마. 주짓수(일본 무술 중 하나로, 유도의 원형으로 알려져 있다: 옮긴이)를 아는 놈들이라면, 바닥에 쓰러뜨리려고 할 거야. 그러니까 펀치랑 발차기를 날리고 계속 잘 서 있어야 해."

"계속 잘 서 있어라. 좋은 생각이네."

나는 마음을 조금이라도 더 가라앉힐 수 있도록 지금 링에서 벌어지는 일대일 시합이 조금 더 이어지기를 기도한다. 그러나 힘센 아이가 약한 아이의 얼굴을 그로기 상태가 될 때까지 때려서 그 시합도 거의 끝나간다. 심판이 시합을 중단시키자 군중이 환호한다. 그리고 또 돈이 오간다. 패자가 끌려 나오는 사이, 승자는 텔레비전에서 본 장면을 흉내라도 내는 듯 승리를 축하하는 행동을 하고 있다. 존재하지 않는 카메라 앞에서 춤추며 자기 주먹에 입을 맞추고 하늘로 손가락 하나를 쳐든다. 하지만 머리 위에는 벽돌 천장뿐이다.

심판이 다음 선수들에게 입장하라고 말하는 동안에도 앞의 승자는 여전히 자기 친구들과 하이파이브를 하고 있다.

심판이 말한다.

"어디 출신이야?"

나는 아무 생각도 없이 대답한다.

"워싱턴스퀘어 공원."

심판이 고개를 끄덕이고 링으로 간다.

시스루가 내 어깨를 잡는다.

"링에 올라가면, 팔은 계속 올리고, 고개는 계속 숙여. 준비됐지?"

내가 고개를 끄덕이며 되묻는다.

"너도 준비됐지?"

시스루가 대답한다.

"내 실력 알잖아."

랏소가 우리 팔을 끌면서 말한다.

"가자."

랏소는 우리를 링 가장자리로 데려간다. 시스루와 나는 체인을 넘어서
로프 앞에 선다.

랏소가 말한다.

"나는 돈을 걸러 갈게. 돈 줘."

랏소가 돈을 통째로 들고 튈지도 모른다는 생각이 머릿속을 스치지만
그래도 나는 그냥 랏소에게 돈을 준다.

랏소가 말한다.

"우리 쪽 승률이 낮아질수록 우리한테 더 이득이니까 너무 자신만만
한 모습은 보이지 마."

나는 자신만만한 모습을 보이기가 더 어렵지 않나 생각하며 대꾸한다.

"알았어."

상대 팀도 링으로 올라온다. 열여섯 살쯤 된 야무진 몸의 빨간 머리 남자애와 턱에 긴 흉터가 있고 나이가 더 어린 까까머리 남자애로, 시스루를 보더니 '장난인가?' 하는 듯한 표정을 짓는다.

시스루가 나만큼 겁먹고 있는지는 알 수 없지만, 겉으로는 전혀 드러나지 않는다. 시스루는 상대 선수들에게 으르렁거리고, 웃고 있는 상대 선수들을 노려본다.

심판이 확성기를 입에 댄다.

"신사 숙녀 여러분! 어린이 여러분! 그랜드 센트럴 엔터테인먼트에서 여러분을 위해 자랑스럽게 준비한 태그매치를 소개합니다. 클린턴 클로 팀 대 워싱턴스퀘어 위저드 팀입니다!"

사람들이 박수를 친다.

시스루가 나를 본다. '위저드?' 나는 고개를 갸우뚱한다. '클린턴 클로' 팀은 검투사처럼 팔짱을 끼고 관중들을 위해 포즈를 취한다. 나는 적의에 찬 야생동물 같은 얼굴들을 보며 손을 흔든다. 내가 봐도, 서너 살짜리 아이 같은 몸짓이다.

심판이 계속 말한다.

"선수 교대 때만 빼고 시합은 중단 없이 진행됩니다. 선수 교대 때에는 링 중앙에서 다시 시작합니다."

심판이 우리에게 링 가운데로 오라고 손짓한다. 시스루가 내 등을 토닥이고, 우리는 상대 팀과 마주한다. 상대 팀 한 명은 멍한 표정을 지은 채 낡은 아이팟 나노로 음악을 듣고 있다. 귀에서 흘러나오는 헤비메탈 소리가 내 귀에도 들린다. 다른 한 명은 나를 노려보는데, 눈에서 레이

저 광선이 나와서 내 머리를 뚫을 것 같다. 나는 두 사람에게 씩 웃으며 윙크를 보낸다.

옷깃에 끼우는 간이 보타이를 옷깃 한쪽에 달랑달랑 매단 차림새의 심판이 몸을 숙이고 우리에게 경기 규칙을 설명한다.

"정정당당하게 싸우되, 너무 정정당당하지는 마. 눈을 찌르는 것만 빼면 다 괜찮아. 눈에서 난 피를 치우기는 싫으니까. 질문 있어?"

빨간 머리가 묻는다.

"질문 있어. 위저드라니, 그건 무슨 계집애 같은 이름이야?"

내가 말한다.

"보면 알아."

시스루와 나는 우리 코너로 간다. 랏소가 우리 코너에 와 있다.

시스루가 말한다.

"잘 왔어."

시스루와 나는 하이파이브를 한다.

내가 말한다.

"혼쭐내, 꼭."

내가 코너 밖으로 나가자 돈나가 말한다.

"지금까지는 괜찮네."

시스루가 고개를 앞뒤로 까딱거리며 목을 푸는 사이에 빨간 머리가 링 밖으로 나온다. 까까머리는 헤드폰을 빼고 소리를 지르며 몸을 푼다. 변 변찮은 근육이 얇은 피부 아래에서 불거지고, 목에는 핏줄이 선명하다.

공이 울린다. 까까머리가 로켓처럼 시스루에게 달려든다. 시스루가 옆으로 살짝 비키며 다리를 툭 뻗는다. 춤추듯 가벼운 동작으로 보이지만 까까머리의 무릎을 정확히 맞힌다. 까까머리의 무릎이 이상하게 꺾인다. 다리가 왼쪽으로 미끄러지고, 뼈 구조가 바뀌어 살이 빨려들어 가는 듯하다. 그리고 진공 포장된 도가니처럼 정강이뼈와 넓적다리뼈가 서로 입맞추는 모습을 확인할 수 있다.

관중이 일제히 크게 "와아아아!" 하고 탄성을 지른다. 까까머리가 무릎을 잡고 쓰러져서 이를 드러내며 괴로워한다.

시스루는 망설이지 않는다. 까까머리에게 다가가서 무릎과 얼굴에 발차기를 날린다. 시스루가 킥을 날릴 때마다 관중은 함성을 지른다.

코피를 쏟으며 맞고 있던 까까머리가 가까스로 시스루의 다리를 붙잡는다. 필사적으로 붙잡는 통에, 시스루의 움직임이 잠깐 멈추고, 까까머리는 체중을 이용해서 시스루를 쓰러뜨린다.

시스루가 팔꿈치로 까까머리의 얼굴을 때리고 또 때린다. 그래도 까까머리는 마침내 로프까지 가서 자기 팀 파트너의 손을 치는 데 성공한다.

심판이 얼른 끼어들어서 시스루를 링 가운데로 몰고, 빨간 머리가 링으로 들어온다.

이제 시스루는 지쳐서 숨을 몰아쉬고 있지만, 그래도 빨간 머리는 아주 조심한다. 까까머리가 어떻게 당하는지 보았기 때문이다.

내가 말한다.

"내가 싸울게."

시스루는 고개를 가로젓고 링 한가운데로 나간다.

빨간 머리가 시스루의 얼굴에 잽을 살짝살짝 던지며 시스루 주위를 빙

빙 돈다. 시스루는 빨간 머리를 붙잡으려 한다. 마침내 빨간 머리가 팔을 너무 길게 뻗어서 시스루는 빨간 머리의 왼팔을 잡는 데 성공한다. 시스루가 체중을 다 실어서 빨간 머리의 손목을 꺾는다. 그러나 빨간 머리는 몸을 빙글 돌려서 시스루를 덮쳐 바닥에 쓰러뜨린다. 시스루는 잡았던 손목을 놓친다.

빨간 머리는 시스루의 팔을 천천히 뒤로 꺾는다. 시스루의 무기는 스피드와 기술인데, 이제 힘으로 싸우게 되었으니 시스루가 이길 수 없다.

팔을 바로 펼 수 있게 되자 시스루는 나를 힐끗 본다. 나는 시스루와 교대하려고 로프 너머로 팔을 내민다. 시스루가 꺾이지 않은 팔을 나한테 뻗으면, 그나마 잡고 있던 균형도 잃어버릴 것이다.

전세가 바뀌자 피에 굶주린 늑대들은 빨간 머리의 이름을 외치며 시스루의 팔을 부러뜨리라고 소리친다. 빨간 머리는 시스루의 팔을 계속 누르고 있다.

시스루가 신음하면서 손을 내민다. 시스루가 내 손을 탁 치는 순간, 빨간 머리에게 잡혀 있던 시스루의 팔에서 부러지는 소리 같은 것이 들린다. 심판이 달려들어서 두 사람을 떨어뜨린다. 시스루는 축 늘어진 팔쪽으로 몸을 웅크린다. 내가 링에 들어가자, 빨간 머리는 만면에 미소를 지은 채 링 가운데로 물러선다.

랏소가 들어와서 시스루를 링 밖으로 데려가는 동안 나는 방망이질하는 심장을 진정시키려 애쓴다. 아드레날린 때문에 팔에 열이 난다. 최대한 빨리 숨을 들이쉬어도 숨이 찬다.

빨간 머리가 내 앞으로 쓱 다가온다. 내 다리를 공격할 줄 알았으나,

하지 않는다. 어쩌면 나를 과대평가하고 있는지도 모른다.

나는 워싱턴 형과 했던 스파링과 시스루의 아버지인 사부와 했던 쿵후 수업을 떠올리려고 애쓴다. 손을 내려뜨리지 마. 상대와 거리를 유지해.

빨간 머리가 내 가까이 오도록 두면 안 된다. 그래서 빨간 머리가 나에게 다가올 때 나는 돌려 차기 동작에 들어간다.

빨간 머리가 미끼를 물었다. 발차기를 막으려고 손을 내린다. 나는 발을 멈추지 않고 이번에는 짧게 킥을 날린다. 발바닥으로 빨간 머리의 얼굴을 맞히는 데 성공한다. 완벽한 킥이다.

빨간 머리가 잠시 정신을 못 차린다. 달려들까 생각했지만, 가까이 붙으면 불리할 것 같다. 빨간 머리는 다시 자세를 가다듬고, 내가 다음 킥을 허공에 너무 오래 돌리자, 빨간 머리가 내 다리를 잡고 앞으로 달린다. 나는 뒤쪽 체인까지 밀린다.

체인이 팽팽해지면서 방울뱀 같은 소리가 난다. 나는 숨을 헐떡이며 빨간 머리가 내 다리를 붙잡지 못하게 빨간 머리의 허리를 양팔로 붙잡는다. 우스꽝스럽게도 포옹하는 것 같다. 아마 사람들의 눈에도 그렇게 보일 것 같다. 그리고 갑자기 내 눈앞에는 빨간 머리의 주근깨와 파란 눈이 가득하다.

빨간 머리가 박치기한다. 나는 제때 고개를 돌린다. 코뼈가 부서지는 것은 피했지만, 빨간 머리의 이마에 왼쪽 눈썹을 부딪친다. 살갗이 찢어져서 벌어지나 보다. 피가 눈으로 흘러내리기 시작한다.

나는 빨간 머리를 밀친다. 빨간 머리는 뒤로 물러서서, 앞을 못 보게 되는 나를 지켜본다.

돈나

용감했어. 잘했어. 제퍼슨은 되게 정교한 핼러윈 분장, 그러니까 '땀에 젖은 권투선수 좀비' 분장을 한 것 같아. 얼굴에 피가 흘러서 왼쪽 눈으로 들어가고 있어. 제퍼슨은 왼쪽 눈을 계속 문지르며 앞을 보려고 애쓰고 있어.

주먹 같은 뭉뚝한 것에 부상을 입어서 찢어진 상처의 문제는, 뼈까지 내려갈 수 있다는 거야. 아비텐(스펀지 형태의 지혈제 상표명: 옮긴이)이나 트롬빈이 있으면 어떻게 해 볼 수 있을 텐데……. 하지만 지금은 시스루의 팔이 어떻게 됐나 확인하고 있어. 이두박근이 경련을 일으키고 있어. 다시는 이 팔을 똑바로 펼 수 없을 거야. 시스루한테는 아무 말 못 하겠어.

그사이에 제퍼슨은 당하고 있어. 빨간 머리 놈은 제퍼슨이 앞을 제대로 못 보는 걸 알고 느긋해졌어. 날카로운 잽과 킥으로 제퍼슨을 때리면서 관중들의 환호를 끌어내고 있어.

이런 상황에서는 내가 약해져서 흑흑 흐느낄 줄 알겠지만, 나는 이런

생각을 하고 있어. '젠장, 제퍼슨, KO당한 척하고 집에 가자. 집에 가서 편하게 죽자.'

시스루가 말해.

"링에 다시 올라갈래."

"말도 안 돼. 피터, 이 멍청이가 더 부상당하지 않게 잘 막아."

"알았어."

나는 랏소가 있는 링 가장자리로 올라가. 그사이 제퍼슨은 배에 킥을 맞고 있어.

"랏소, 수건을 던져."

"무슨 수건?"

"제퍼슨이 심하게 다치기 전에 경기를 끝내야지."

빨간 머리는 잽과 스트레이트 훅으로 제퍼슨을 꼼짝 못 하게 하고 있어. 그러다가 관중의 환호에 뒤로 물러서.

랏소가 말해.

"나는 못 해. 제퍼슨이 직접 해야 돼. 아니면 KO되거나."

제퍼슨은 빨간 머리한테 달려들어서 레프트 훅을 날리지만, 빨간 머리는 잘 막아.

나는 제퍼슨한테 소리쳐.

"제퍼슨! 제퍼슨!"

제퍼슨과 빨간 머리가 링에서 맞붙어 빙 돌고 있어. 제퍼슨은 나를 볼 수 있는 위치에 오자, 나를 흘깃 봐.

"괜찮아. 그만해도 돼! 그만해! 그냥 그만둬! 그냥……."

제퍼슨이 자기를 곤죽으로 만들고 있는 놈의 얼굴로 다시 고개를 돌리기 전, 아주 짧은 순간, 제퍼슨의 표정이 보여. 상심과 실망이 어찌나 깊은지, 내 심장이 실제로 잠깐 멈출 정도야. 내가 "그냥……" 하고 중간에 말을 멈춘 건, 제퍼슨의 눈이 '어떻게 그런 말을 할 수 있어?' 하고 물었기 때문이야.

제퍼슨이 고개를 숙여. 완전히 지친 모습이야.

그러다가 성난 표정으로 바뀌어.

빨간 머리는 짐승 같은 관중 앞에서 과시하면서 즐기고 있어. 빨간 머리가 제퍼슨을 치려고 과장되게 준비 동작을 하는데, 제퍼슨이 달려들어서 팔을 뒤로 꺾고 팔꿈치로 얼굴을 찍어.

빨간 머리가 바닥에 쓰러져. 의식을 잃지는 않았지만 싸울 기운은 다 빠져나갔어. 빨간 머리의 이 두 개가 바닥에 떨어져 있고, 입에서 피와 침이 뿜어져 나와. 빨간 머리는 몸을 굽히고 자기 파트너 대머리 쪽으로 기어가기 시작해. 대머리는 교대하려고 팔을 내밀고 있어.

관중은 조용해졌어.

빨간 머리가 로프까지 가기 전에 제퍼슨이 발목을 잡고 링 가운데로 끌어와.

제퍼슨이 빨간 머리의 등에 올라앉아 머리를 때리고 또 때리는 사이, 빨간 머리는 상체를 구부리고 손으로 얼굴을 막으려 애써.

몇 번 더 맞은 뒤, 빨간 머리는 움직이지 않아. 항복 신호를 보낼 기운도 없는 것 같아.

제퍼슨은 계속 공격해.

관중이 엄청 좋아해.

심판이 달려와서 제퍼슨을 잡아. 피터가 링 안으로 뛰어들고, 나도 뒤따라. 우리가 제퍼슨을 잡고 있는데도 제퍼슨은 계속 빨간 머리를 때리려고 주먹을 휘둘러.

내가 제퍼슨한테 말해.

"그만해!"

제퍼슨은 이제 피를 뱉으며 울어. 나는 제퍼슨의 얼굴을 붙잡아.

"그만, 그만해. 이겼어. 그만해. 우리가 이겼어."

그러자 제퍼슨은 진정하고 허리를 굽힌 뒤 숨을 몰아쉬어.

빨간 머리가 링에서 실려 나가고, 우리는 제퍼슨을 부축해서 내려가. 사람들이 제퍼슨을 향해 손을 뻗어.

'와. 잘 싸웠어. 멋져.'

랏소가 돈을 받으러 가고, 관중은 다음 경기를 이야기하기 시작해.

알고 보니, 대머리와 빨간 머리는 거칠기로 유명한 선수들이었어. 우리가 이길 리 없다고들 생각하는 바람에 배당이 확 올라갔어. 시스루와 제퍼슨의 '프로 레슬링 경기' 출전으로 우리한테 2,000달러가 생겼네. 우리 돈이 열 배로 불어났어.

정말 돈벼락이야.

맛있는 음식과 총알을 아주 많이 살 수 있어. 시장의 상점 주인들은 오랜만에 만난 사촌 대하듯 우리를 대해. 랏소를 나쁘게 말하는 사람도 없어. 랏소는 새로 나타난 이 돈 많은 고객들의 안내인이니까.

우리는 쓸모가 전혀 없는 것을 각자 하나씩 사기로 무언의 합의를 해. 멋진 일이야. 아무 가치 없는 것만 파는 노점들이 한 줄 쭉 늘어선 곳도 있거든. 쓸모없는 것들. 이것들은 새로운 고가품이야. 액세서리로 귀에 꽂고 다니는 화려한 이어폰들. 글귀가 적힌 티셔츠. 화장품. 장난감. 금반지. 움직이지 않는 시계. 비디오게임 컨트롤러.

나는 "정신을 잃기 싫어. 지금 정말 좋거든!"이라고 적힌 티셔츠를 사. 피터가 산 티셔츠에는 "기독교인들에게 모든 헛소리를 의심하라고 가르친 사람이 나다."라고 적혀 있어. 시스루는 작고 예쁜 수첩을 사. 표지에 "신나는 소풍을 즐기고 있어요!"라는 글이랑 화려한 금빛 리본이 있어.

브레인박스는 레고 더미를 보고 있어. 반짝이는 조각 하나를 들더니, 브레인박스 특유의 조사를 시작해. 뭐냐면, 어떤 물건을 코앞에 대고 거기 아주 조그맣게 비밀 메시지가 적힌 것처럼 들여다보는 거야.

나는 브레인박스한테 물어봐.

"마음에 드는 거 찾았어?"

브레인박스는 나를 돌아보지만 대답은 하지 않아. 브레인박스가 고개를 돌려서 상점 주인을 보며 물어봐.

"왜 이렇게 비싸?"

상점 주인: 검색해 봐. 2주 전에 어떤 애가 지나가다가 꽤 큰돈을 내면서 레고를 최대한 많이 구해 달라고 했어. 이건 걔한테 주려고 놔둔 거야. 사고 싶으면, 걔가 낸 돈보다 더 내.

상점 주인 여자의 물건들을 보니까 형편없는 플라스틱 장난감들이랑 아이들이라면 아무도 갖고 놀려고 하지 않는 교육용 목제 장난감들이야.

브레인박스는 작은 레고 블록 10개 값으로는 너무 큰 돈을 내.

나: 그걸 어디에 쓰려고?

브레인박스: 아직 몰라.

흥청망청 쇼핑이 끝나도 아직 몇백 달러가 남아 있어. 랏소가 축하 파티를 하재.

피터: 한잔하는 것도 좋지.

제퍼슨이 고개를 끄덕여. 나는 제퍼슨이 그 빨간 머리를 쓰러뜨린 뒤에 꽤 잘난 체할 줄 알았어. 내 말은, 남자애들은 싸운 뒤에 자랑만 늘어놓으면서 다들 그 얘기를 하게 만들잖아. 제퍼슨은 그냥 슬프고 조금 화난 모습이야. 뉴욕 닉스 팀이 졌을 때 제퍼슨이 짓던 표정 같아. 사고 싶은 새 총 가격이 우리가 가진 돈으로는 살 수 없는 값이라서 그런 것 같아.

랏소가 우리를 멋진 곳으로 데려가겠대. 그랜드 콩코스에서 계단 위로 올라가서 통로를 지나고 다시 계단을 더 올라가. 헤클러운트코흐 소형 기관총을 어깨에 멘 보초 두 명한테 돈을 주고 지저분한 벨벳 끈을 지나가. 랏소 말로는, 그 너머는 백 년 전에 어떤 부자의 사무실이었대.

랏소가 말해.

"신사 숙녀 여러분, 캠벨 아파트입니다."

넓은 데에서 살았네. 벽은 나무로 마감되어 있고, 높은 천장을 페인트

칠한 기둥들이 받치고 있어. 폭신해 보이는 가죽 소파들도 있어. 누가 여기를 잘 관리하나 봐. 사방에 보이는 여자애들을 빼면, 예전 모습 그 대로인 것 같아. 스피커들에서 음악이 흘러. 스피커들은 작은 빨간색 발 전기에 연결돼 있고, 발전기 배기 덕트는 큰 격자무늬 창문의 유리가 없 는 곳까지 이어져 있어. 사람들이 술을 마시고 춤을 추고, 담배를 피워.

웨이터와 웨이트리스가 바쁘게 돌아다녀. 거의 '그 사건' 전 같아.

피터가 말해.

"이제 좀 살 만하네."

피터는 술을 주문하러 가.

랏소가 입을 떡 벌리고 천장을 올려다봐.

나: 여기 좋네.

랏소: 그렇지. 돈 많은 고객은 모두 여기 데려와.

나: 돈 많은 고객?

랏소: (미소를 짓고 고개를 까딱하며) 사실, 오늘이 처음이야.

나: 그래, 오늘은 워싱턴스퀘어 마법사들이랑 왔으니까.

랏소: (변명하듯) 내가 지은 거 아냐.

괜찮은 칸막이 자리에 앉았어. 우리 경기를 본 애들이 우리한테 자리 를 양보하더라. 걔들이 하이파이브를 하자고 손을 쳐드니까 제퍼슨은 마지못해 호응해.

피터가 웨이터랑 돌아와. 흰 셔츠에 검은색 넥타이를 매고 머리를 깔 끔하게 자른 귀여운 남자애가 마티니 쟁반을 들었어.

나: 마티니? 진짜로, 피터?

피터: 야, 투덜대지 마. 괜찮은 칵테일을 앞으로 언제 또 맛보겠어?

피터는 쟁반을 든 남자애 쪽으로 고개를 돌려.

"이 친구는 도미니크야."

의미심장한 말투야.

"도미니크, 내 친구들이야. 도미니크는 칵테일 웨이터로 유명해. 맨해튼 최고야. 아니, 세계 최고라고 할까."

피터는 항상 그런 식으로 말해. 분위기를 부드럽게 만드는 거지. 항상 이런 식이야. "얘는 돈나야. 돈나는 예술가야. 퍼포먼스 예술가."

도미니크: (고개를 끄덕이며) 필요한 게 있으면 언제든지 불러.

도미니크는 가기 전에 피터한테 눈빛을 보내.

눈맞았네!

나는 잔을 높이 들며 말해.

"시스루와 제퍼슨을 위하여! 폭력의 해럴드와 쿠마!"

모두 잔을 들어. 제퍼슨은 빼고.

제퍼슨: 자기 자신을 위해서 건배하면 악운이 온대.

나: 욱. 알았어. 그럼 그냥…… 폭력을 위하여! 정의의 폭력.

쟁강, 쟁강, 쟁강. 제퍼슨은 건배하는 사람마다 눈을 맞춰야 하는 애야. 그래서 시간이 좀 걸려. 모두가 눈을 동그랗게 뜨고 마주 보며 깔깔거려. 제퍼슨의 눈길이 나랑 마주치는데, 젖은 눈빛이 슬프기만 해.

마티니는 난생처음이야. 썩은 맛이 나.

나: 웩. 맛이 원래 이래?

피터: (자기 마티니를 맛보며) 응, 맞아.

시스루는 캑캑거리다가 입에 있던 걸 바닥에 뱉어. 사람들이 '저 미개인들은 뭐야?' 하는 표정으로 우리를 봐. 온갖 일들을 겪은 뒤에 갑자기 우아한 곳에 앉아 있게 되니까 기분이 이상해. 여기 앉아 있는 것만으로도 어안이 벙벙해. 서로 모르는 사람들이 모여서 뭘 구입하는 장소라는 개념 자체에도 아직 완전히 적응이 안 돼. 그런 건 완전히 사라졌다고 생각했거든.

시스루는 아직도 캑캑대고 있어. 내가 등을 몇 번 쳐서 진정시켜.

나: 자, 강철 주먹, 브레인박스랑 무슨 일이야?

시스루: 일?

나: 그래, 뭐냐…… 둘이 같이 있는 뭐, 그런 거야?

시스루가 연애 얘기에는 장단을 안 맞춰 주네.

시스루는 낡은 금고가 들어 있는 커다란 대리석 벽난로 쪽을 가리키면서 말해.

"브레인박스는 저기 있어."

브레인박스는 금고 다이얼을 시험 삼아 돌리고 있어.

나: 그래, 됐어.

시스루: 아하! '같이 있는 거'라는 걸 그런 뜻으로 말한 거구나.

시스루가 잠시 생각하더니 말을 이어.

"나한테 말을 걸었어."

나: 무슨 말?

시스루: 나한테 말을 걸었어. 내가 FOB였을 때에도.

나: FOB가 뭐야?

시스루: (빙긋 웃으며) 배에서 막 내렸다는 뜻이야(fresh off the boat). 미국에 이민 온 지 얼마 안 된 아시아 사람을 가리키는 말. 부모님이랑 중국에서 왔을 때 나한테 말을 건 아이는 아무도 없었어.

나: 브레인박스는 제퍼슨이랑 워싱……, 아니, 제퍼슨하고만 말하잖아.

시스루: 나한테는 말해.

나: 세상에. 그럼, 너는…… 브레인박스를…… 뭐냐…… 좋아해?

시스루가 웃어. 햇빛이 구름을 뚫고 나오는 것 같은 웃음이야. 시스루가 웃는 모습을 전에 본 적 있던가? 없는 것 같아. 내가 시스루에게 너무 관심이 없었는지도 몰라. 시스루가 고개를 절레절레 흔들어. 그래도 환한 미소는 여전히 머물고 있어.

나: 좋아하는구나!

시스루가 계속 고개를 절레절레 흔들고 있어.

시스루: 브레인박스가 나를 좋아하는 것 같아?

나: 브레인박스 머릿속을 알 수 있는 사람이 어디 있어? 브레인박스한테는 네가 과분하지.

시스루: (술잔을 들어 올리며) 감베이.

'건배'라는 뜻이겠지. 시스루는 손가락으로 코를 잡고 술을 훌쩍 마셔. 나도 똑같이 따라 해.

피터는 도미니크한테 말을 걸 진짜 핑계를 찾아냈어. 마티니를 한 잔씩 더 주문하는 거지. 도미니크는 비둘기 볶음밥이랑 엔텐만스 브랜드의 초코칩 쿠키도 가져왔어. 예전에는 쫄깃쫄깃한 쿠키였지만, 이제 쫄깃한 맛은 없더라. 그래도 화려한 삶을 사는 기분이 들어.

쿠키를, 뭐냐, 열 개째 먹고 있을 때, 제퍼슨이 내 맞은편에 와서 앉아. 제퍼슨은 우울한 표정으로 벽에 몸을 기대고 있어.

나: 이봐, 챔피언, 아까 거기서 멋있었어. 챔피언 벨트도 따겠어.

제퍼슨은 눈썹에 붙인 테이프를 어루만져.

제퍼슨: 운이 좋았어.

그리고 마티니를 마시면서 얼굴을 찌푸려.

나: 술이 마음에 안 들어?

제퍼슨: 여기가 마음에 안 들어.

나: 친구, 인생은 짧아.

제퍼슨: (코웃음을 치며) 그거야 우리 시대 정신이잖아. 인생은 짧다.

나: 내 말뜻, 너도 알잖아. 너는 싸워서 이겼어. 우리는, 뭐냐, 부자가 됐어. 필요한 것도 샀어. 사람들도 우리를 못 건드려. 좋잖아. 즐겨.

제퍼슨: 내가 이겼다고? 나한테 아무 잘못도 안 한 사람의 얼굴을 때려서 이겼어. 여기?

제퍼슨은 주위를 둘러보고 말을 이어.

"언뜻 보면 좀 안정돼 보이지. 사람들은 옛날을 모방하고 있어. 벨벳 줄, 문지기, 웨이터. 한심해. 다르게 할 수도 있잖아. 그냥 예전 그대로야. 약육강식."

머릿속으로 도서관의 식사가 스쳐 지나가.

나: 다른 곳에서는 사람들이 더 잘하고 있다고 생각해? 유럽이나 뭐 그런 데에서는 잘살 거 같아? 그럼 거기 가자.

제퍼슨: 어디나 똑같을 거야. 이미 예전에 어디나 똑같아졌으니까.

나: 그래서, 너는 뭘 생각하는 건데? 유토피아?

제퍼슨: (어깨를 으쓱하며) 유토피아면 안 돼? 잃을 게 또 있나?

나는 마티니를 한 모금 마셔. 염산을 마신 것처럼 속이 따끔거려. 마티니가 내 머릿속에서 효과를 발휘하고 있어. 생각이 막 떠다니고 입으로 그냥 나와. 나는 '그 사건' 전의 세상 얘기는 거의 안 하거든.

"그럼, 세상을 예전처럼 되돌릴 수 있더라도 그렇게 하진 않겠다는 뜻이야?"

제퍼슨이 얼굴을 찌푸려.

"당연히 나는 사람들이 죽지 않았더라면 얼마나 좋을까 생각해. 엄마가…… 또 형이 돌아오면 좋겠어. 그렇지만 '그 사건' 전의 세상에 딱히 좋았던 게 있어?"

나: 진짜 음식? 인터넷? 수돗물? 커피?

제퍼슨: 예전에 세상이 잘못됐다고 느낀 적 없어?

나: 당연히 있었지, 많이. 그래도 좋은 게 훨씬 많았어.

제퍼슨: 너는 항상 뭐든 불평했잖아?

나: 그래, 뭐, 그때는 소중한 걸 몰랐어.

제퍼슨: 전쟁. 인종차별. 상업주의. 종교 근본주의.

나: 세상이 끝났는데 이런 얘기를 하는 게 너무 이상하다.

제퍼슨: 스스로 미래가 없다고 생각할 때만 세상은 끝나는 거야.

나: 그래, 미래는 없어. 나는 그렇게 생각해.

그 말이 내가 의도한 것보다 조금 공격적으로 튀어나오네. 게다가 내 생각에는, 다른 뜻도 담긴 것처럼 들릴 만큼 강하게 말이 튀어나오지 않았나 싶어. 뭐냐, '너랑 나 사이에도 미래는 없어.'라고 들릴 것처럼……. 아니, 적어도 제퍼슨은 그렇게 받아들이는 것 같아.

몰라, 내가 그런 뜻을 담고 싶었는지도 모르지. 모르겠어.

제퍼슨: 오케이, 알았어.

해명하고 싶어. 그 '미래는 없어'라는 말에서, 뭐냐, 내가 뜻한 거랑 뜻하지 않은 거랑 나눠서 설명하고 싶은데, 잘 설명할 수 있을까? 아니, 못할 것 같아.

랏소: 멋지지? 멋지지 않아? 응?

랏소가 우리 옆으로 슬그머니 앉아. 좀 취했네.

제퍼슨은 상처 받은 표정을 확 떨치고 웃으면서 랏소의 어깨를 다정하게 툭툭 쳐.

제퍼슨: 그래, 친구. 멋져.

제퍼슨은 우리 일행을 둘러봐. 피터는 도미니크가 음료 나르는 것을 돕고 있어. 시스루는 어느새 브레인박스 옆에 있고, 브레인박스는 시스루한테 발전기가 어떻게 작동하는지 설명하고 있어.

어쩌면 쟤들한테는 미래가 있겠지.

랏소: 너희를 보자마자 내가 딱 알아봤어. 격이 다른 애들이라는 걸 알아봤지. 내가 생각했어. '랏소, 얘들은 그냥 풋내기들이 아냐. 얘들은 최고야.'

나 (웃으며): 어쩌다 말투가 그렇게 됐어?

랏소: 그렇게? 어떻게?

나: 옛날 영화 대사처럼.

랏소: 아, 그거. 내 말투가 이상할 수도 있는데, 사실 난 모국어가 영어가 아니야. 내가 여섯 살 때 우리 부모님이 러시아에서 미국으로 이민을 왔어. 나는 텔레비전이랑 넷플릭스로 영어를 배웠어.

제퍼슨: 그럼, 본명은 뭐야?

랏소: 비탈리.

비탈리. 랏소는 '탈'에 강세를 둬서 발음해.

제퍼슨: 랏소보다 비탈리가 낫네.

나: 넷플릭스는 정말 멋졌지.

나는 마티니를 또 한 모금 꿀꺽 마셔.

나: 좋은 것들을 모두 망친 그 과학자는 벌을 받아야 돼.

랏소: 과학자?

나: 아, 내 말은 그냥, 뭐냐, 그 병에 책임이 있는 과학자가 있지 않을까 하는 거야.

랏소: 나는 그 사건이 누가 원숭이나 뭐 그런 동물이랑 섹스한 것 때문에 시작됐다고 생각했어.

나: 그럼 그 헤픈 원숭이가 벌을 받아야지.

제퍼슨: 세상은 거품이었어. 거품 안의 거품. 궤도를 이탈할 날만 남아 있었어.

나: 비유가 뒤죽박죽 섞였잖아, 데비 다우너(〈SNL〉의 등장 인물: 옮긴이). 자, 거품을 위하여!

랏소가 자기 잔과 내 잔을 쟁강 부딪쳐.

랏소: 거품을 위하여! …… 그건 그렇고, 그랜드 센트럴에는 무슨 일로 왔어? 어디로 가는 길이야?

제퍼슨과 나는 눈길을 교환해. 제퍼슨이 고개를 갸웃하네.

제퍼슨: 인류를 구하려고.

나: 정확히 말하면, '10대들'을 구하는 거 아니니?

랏소: 그래서 시합에서 이겼군. 숙명의 길을 따르고 있어! 상대 선수한테 얻어터지고 있을 때 나는 혼자 생각했어. '쟤를 구할 수 있는 건 딱 하나야.'

제퍼슨: 그게 뭔데?

랏소: 뭐가?

나: 얘를 구할 수 있는 그게 뭐냐고. 아니, 뭐였냐고.

랏소: 아, 숙명의 힘. '숙명'이 중요해! 내가 말할 때 숙명에 밑줄이 쫙 그어진 거 느꼈어?

제퍼슨과 나는 낄낄대고 웃어. 랏소는 정말로 자기 말을, 뭐냐, 진지하게 들려주려고 열심이야.

랏소: 농담 아니야. 진지하게 말한 거야. 숙명의 길이 없는 사람 말이니까 믿어야 돼. 숙명의 길이 있는 사람도 있고, 없는 사람도 있지. 나는 남은 짧은 인생을 업타운 연맹에 쫓기기만 하면서 살 거야.

우리 웃음이 딱 멎어.

나: 업타운 연맹에 대해서 아는 거 있어?

랏소: 음……, 여기를 운영한다는 거.

제퍼슨: 이 술집도 운영해?

나는 카빈총으로 손을 뻗어서 안전장치를 끌러.

랏소: 이 술집이랑 건물 전체 다. 그랜드 센트럴 모두. 은행이 업타운 연맹 소유야. 걔들이 안전을 제공하지. 여기를 거의 통치하는 셈이야.

나는 정신이 확 들어.

랏소: 왜? 왜 그래?

제퍼슨도 술이 확 깬 얼굴이야.

제퍼슨: 나가야 돼.

랏소: 아니, 왜…….

제퍼슨: 랏소, 비켜.

제퍼슨의 어깨에 누가 손을 얹더니, 우리 맞은편에 앉아.

광대뼈가 튀어나온 금발 아이야.

광대뼈: 뭐가 그렇게 급해? 편하게 있어.

제퍼슨

광대뼈가 씩 웃으며 내 마티니 잔에 들어 있는 올리브를 집는다.

"즐기고 있어?"

광대뼈는 그렇게 말한 뒤 올리브를 입에 넣는다.

나는 주위를 둘러보며 친구들을 찾는다. 내 눈에 보이는 사람은 피터뿐이다. 피터는 나와 눈이 마주친 뒤 내 앞에 앉은 게 누군지 알아챘다.

광대뼈가 조금 높아진 목소리로 말한다.

"내가 말하고 있을 때에는 나를 봐야지."

그리고 뒤로 기대 앉으며 말을 잇는다.

"있지, 너희가 나를 쏘려고 할 때, 나는 속으로 결심했어. 내가 살아서 나가면, 조만간 너희를 뒤쫓을 거라고. 너희가 이렇게 딱 나타날 거라고는 기대도 안 했지. 이런 행운이 어디 있나."

"내가 사과해도 안 받겠지?"

광대뼈가 비열하게 웃는다.

"당연하지."

광대뼈는 손을 뻗어서 테이블 가운데에 놓인 초콜릿 칩 쿠키를 집어서 깨물며 말한다.

"그놈은 잘 있나? 내 돼지를 쏜 놈 말이야."

돈나가 말한다.

"우리는 그냥 지나가는 길이야."

광대뼈가 돈나를 무시하며 나에게 말한다.

"계집년들을 대변인으로 뒀어?"

"내 친구를 그렇게 부르지 마."

"그렇게 부르면 어쩔 텐데?"

"입을 비누로 씻어 버리겠어."

광대뼈는 내 말을 못 들은 듯이 행동한다.

"그래, 우리 구역까지 무슨 일로 행차했나?"

랏소가 끼어든다.

"인류를 구원할 거래."

"닥쳐."

그렇게 말하고 광대뼈는 이제 내 술을 꿀꺽 마신다.

내가 말한다.

"원하는 게 뭐야?"

광대뼈가 자기는 느긋하다는 것을 애써 강조하듯 머리를 뒤로 넘긴다.

"손해 배상. 원하는 걸 알려 주지. 계집년들을 나한테 넘기면 계산을 깨끗하게 끝낼게. 이년이랑 저기 깡마르고 조그만 아시아 년."

"어림없는 소리."

돈나가 말한다.

"그게 무슨 개소리야?"

"아, 기분 나빴나? 이거 알아? 네년 기분 따위는 상관없어. '인간은 평등하다' 같은 건 여기서 안 통해. 신이 계집년들도 남자들이랑 동등한 대접을 받게 만들었다면, 자기 자신을 보호할 수 있을 만큼 강하게 만들었겠지."

"강한지 아닌지 한번 볼래?"

이제 광대뼈가 돈나를 보며 말한다.

"방아쇠에서 손가락 떼. 여기는 내 집이야. 한 방이라도 쏘면, 내 부족들이 달려와서 네년을 죽을 때까지 고문할 거야."

내가 말한다.

"돈나, 진정해."

돈나가 말한다.

"너나 진정해."

광대뼈가 말한다.

"별거 아냐. 그냥 가만히 누워 있으면 돼. 빚은 대충 1년이면 갚을 거고, 그 뒤에는 고분고분하게 길들여져 있겠지. 그때부터는 스폰서를 찾아서 화려하게 살면 돼."

무장한 경비원들과 함께 있는 여자들, 길에서 몸을 파는 여자들이 왜 있는지 이제야 이해된다.

광대뼈가 씩 웃으며 말한다.

"있지, 나한테 안길 수 있는 영광도 줄게."

"이봐, 입 조심해. 그 입으로 네 엄마 거시기도 빨았냐?"

피터다. 피터가 광대뼈 자리 뒤에 서 있다. 도미니크는 그 옆에 서서 겁먹은 표정을 짓고 있다.

광대뼈의 미소가 천천히 가신다. 술잔을 천천히 내려놓는다.

피터가 광대뼈의 목에 칼끝을 대고 있다.

광대뼈가 말한다.

"칼 내려놔."

"말버릇 봐라."

"칼 내려놓으세요."

"싫어. 어쨌든 공손하게 말하니까 착하네."

내가 랏소에게 묻는다.

"밖으로 나가는 비상구 있어?"

"뒤쪽에 계단은 있는데, 비상구는 다 막혀 있어."

"가자."

피터가 광대뼈의 어깨에 손을 얹고 광대뼈를 일으켜 세운 뒤 칼을 조금 내려서 광대뼈의 등 가운데에 댄다.

광대뼈가 말한다.

"절대로 못 빠져나가. 내가 벌써 우리 애들한테 다 알렸어."

나는 광대뼈의 허리띠에 달린 무전기를 집는다. 무전기는 꺼져 있다.

"아니네. 여기 들어오기 전에는 우리가 있는지도 몰랐지?"

우리는 술집 뒤쪽으로 걸어간다. 사람들이 많고 음악이 시끄러워서 우리에게 유리하다. 광대뼈의 등에 칼이 닿아 있는 것을 알아채는 사람은 아무도 없다.

웨이터 도미니크가 내려가는 계단으로 통하는 문의 잠금장치를 풀고 모두가 문밖으로 빠져나간다. 계단참은 칠흑처럼 어둡다. 우리는 플래시를 꺼낸다.

광대뼈가 묻는다.

"나를 죽이려고?"

광대뼈의 공포가 나에게 조금 전해진다.

"그건 너무 쉽지. 돈나, 테이프 남은 거 있어?"

우리는 광대뼈의 양손을 등 뒤로 묶고 양쪽 발목도 하나로 묶는다. 나는 셔츠를 찢어서 천조각을 광대뼈의 입에 밀어 넣고 테이프로 입을 막는다. 광대뼈는 영화에 나오듯이 끙끙대거나 웅얼거리지 않는다. 저항하지도, 소리를 내지도 않는다. 대신 광대뼈는 내 눈을 보며 눈빛으로 더없이 확실하게 메시지를 보낸다. '네놈이 죽는 꼴을 꼭 볼 거야.'

뭐, 내 죽음이 머지않아 오기는 하겠지.

나는 어둠과 쓰레기로 이어지는 계단 끝에 광대뼈를 앉힌다.

돈나가 광대뼈의 눈을 똑바로 보다가 발로 찬다. 광대뼈는 계단 아래로 구르는 몸을 멈추려 애쓴다. 고통에 내뱉는 신음이 먹먹하게 들린다.

내가 말한다.

"좋아. 우리는 여기서 걸어 나간다. 모두 침착해. 저놈이 미리 우리를 발견하고 부하들한테 말했을 가능성은 없어. 반대 의견 있어?"

랏소가 손을 들고 말한다.

"그냥 질문이 있어. 그러니까…… 너희랑 저 사람이랑 아는 사이야?"

"아는 사이야. 얘기가 길어. 너까지 끌어들여서 미안해. 우리랑 같이 갈래? 너도 여기 있으면 안전하지 않을 것 같은데."

랏소가 고개를 끄덕이며 말한다.

"내 생각도 그래."

그리고 랏소는 잠시 생각한 뒤 다시 말한다.

"뭐, 아까도 말했지만, 숙명이야."

"그래."

나는 그렇게 대꾸하고 술집으로 다시 간다.

술집 안에 있는 사람들은 여전히 아무것도 모르고, 우리는 쉽게 술집 밖으로 나간다. 피터는 나가면서 도미니크에게 키스를 날린다.

총을 쥐고 있는 경비들을 지나갈 때 우리는 한마디도 하지 않는다.

경비들이 말한다.

"이봐, 잘 가."

계단에서 그랜드 콩코스 구석으로 나오자, 시장에서 물건을 사고파는 모습은 그대로다. 그렇지만 나는 아까와 똑같은 느낌으로 시장을 바라볼 수 없다. 이제 이 위에 유령이 떠도는 것 같다. 시장의 거래는 전부 업타우너들의 이득을 위해 이루어지고 있다. 이제 모두 매춘으로 보인다.

홀 반대쪽 발코니에서 의식 같은 것이 벌어지고 있다. 남자아이가 교수대 앞에 있고, 군복을 입은 경비들이 주위를 둘러싸고 있다. 다른 아이가 포고문 같은 것을 읽고 있다. 콩코스에 있는 사람들 모두 그 광경을 지켜본다. 그 위로 높은 아치 창문의 벽돌이 시꺼멓다.

나는 랏소에게 묻는다.

"무슨 일이야?"

"위조범 같아."

"쟤를 어쩌려는 거야?"

피터의 물음에 랏소가 굳이 대답할 필요도 없다. 경비들이 '앵그리 버드' 티셔츠를 꿰매서 만든 지저분한 두건을 남자아이의 머리에 씌우고 밧줄로 목을 조르기 시작한다. 남자아이는 마구 발버둥치며 저항하고, 경비들이 남자아이의 팔다리를 잡는다.

남자아이의 생명이 빠져나가는 동안 우리는 그 자리에 얼어붙어서 꼼짝하지 못한다.

돈나가 말한다.

"젠장."

내가 말한다.

"가자. 천천히 걸어. 뛰면 안 돼."

우리는 커다란 대리석 계단으로 향한다. 그러나 출발하려는 순간, 내가 광대뼈한테서 빼앗은 무전기가 지지직거리며 살아난다.

"출입구 봉쇄해."

광대뼈의 목소리다.

위층 출구마다 경비들이 아무도 못 나가게 문을 잠그고 가까이 있는 사람들에게 총구를 겨눈다.

광대뼈의 말이 계속 들린다.

"침입자들이다. 남자 넷, 여자 둘. 잡종들. 키 큰 흑인 한 명, 동양인 두 명, 그리고 시장에 늘 어슬렁거리는 두더지족 한 명."

랏소가 혼잣말처럼 말한다.

"두더지족 같은 건 없어."

경비들이 사람들을 훑어보는 동안 우리는 태연하게 보이려 애쓰며 계단을 돌아서 콩코스 중앙으로 간다. 그곳에 있는 경비들 모두가 무전기로 명령을 받는다.

"다 죽여."

움직이지 말라는 명령도 없고, 경고 사격도 없다. 저격용 총이 탕탕 울리더니, 내 옆에 있던 낯선 사람이 픽 쓰러진다.

위에서 경비들이 무차별 사격을 가하고, 사람들은 언덕 위에서 물에 쓸려 내려오는 개미들처럼 뿔뿔이 흩어진다.

랏소가 옛날 지하철역으로 가는 통로로 달려가며 소리친다.

"이쪽이야!"

쓰레기가 쌓인 음침한 지하철 입구에 도착하자, 한 명뿐인 경비가 총을 든다. 피터가 경비의 다리에 총을 쏜다. 경비는 쓰러진다.

어둠 속으로 달려가면서 피터가 소리친다.

"미안해요!"

나는 헤드램프를 머리에 쓰고 스위치를 켠다. 앞이 보인다. 쓰레기 더미와 여러 줄 이어진 철조망으로 출구가 막혀 있다.

"놈들이 지하철역 입구에 있다!"

낯선 목소리다. 이어, 우리 앞으로 달려오는 군화 소리가 들린다.

우리는 철조망을 살핀다. 빠져나갈 구석이 없다. 랏소는 보이지 않는다. 그러다가 한쪽 구석에서 랏소가 우리를 부른다.

"이쪽이야! 얼른!"

황급히 뛰어가니 철조망이 잘려서 뒤로 굽은 구멍이 보인다.

랏소가 먼저 몸을 비틀며 빠져나가고, 우리도 뒤따른다. 내 다리가 철조망 끝에 걸린다. 힘껏 당기자 바지가 찢기며 간신히 빠져나온다. 바로 그때 경비들이 나타난다. 그랜드 콩코스의 불빛을 등진 경비들의 모습은 검은 윤곽으로만 보인다.

브레인박스가 철조망 구멍으로 다시 가서 경비들 쪽으로 땅에 무언가를 굴린다. 그리고 침착하게 말한다.

"수류탄이야."

나는 귀를 막으며 엎드린다. 섬광 수류탄이 터진다. 나는 경비들의 윤곽이 쓰러지고 뒤틀리는 것을 지켜본다.

랏소가 감탄하며 묻는다.

"어디서 났어?"

브레인박스가 말한다.

"도서관."

랏소는 혼란을 억누르고 말한다.

"가자, 놈들이 쫓아올 거야."

돈나가 말한다.

"어떻게 알아?"

랏소가 말한다.

"저놈들은 두더지족을 아주 싫어하니까."

돈나

30분 전에 나는 칵테일을 홀짝이면서 시스루랑 피터랑 우아하게 놀고 있었어. 뭐냐, 〈포스트 아포칼립스 가십걸〉을 찍고 있었다고나 할까. 그런데 이제, 단 이틀 사이에 네 번째로 살인마들한테 쫓기고 있어.

유산소운동 한번 잘하고 있네. 그렇지만 일반적으로 말하면, 식인종들, 분노에 찬 히피들, 기관총을 쏘아 대는 사람들한테 잡히지 않으려고 달아나는 거? 내 스타일이 아니야.

랏소는 이 지역을 잘 아는 것 같아. 우리가 놈들보다 나은 건 그것뿐이야. 인원수로나 피에 굶주린 광기로나 놈들이 우리보다 훨씬 우세해. 랏소는 앞장서서 우리를 이끌고 있어. 온통 깜깜한 가운데 우리 헤드램프 불빛에 언뜻언뜻 주변이 보여. 부서진 승차권 발매기, 텅 빈 매표소, 쓸모없어진 회전식 출입구. 우리는 승강장 아래 철로로 뛰어내려. 업타우너들이 라이플총에 달린 조명을 이리저리 비추며 살피고 있어. 가끔 우리 모습이 그 불빛에 포착되면, 우리는 총알 사이로 춤추게 돼. 철로 철제 기둥에 총알이 튕겨서 뎅뎅 하는 소리가 엄청 크게 울려.

이게 다 제퍼슨 때문이야.

세상을 바꾸려고 들면 꼭 이런 일이 생겨. 워싱턴스퀘어에서, 그래, 좀 짜증이 날 때도 있었지. 그래도 안정 속의 짜증이었어. 어떤 좁은 틀 같은 곳에 정착해 있었다고 할까. 그러다가 이 멍청한 모험을 하게 됐어. 자기 처지를 욕하면서 영웅 놀이를 하면, 결국 더 형편없는 처지에 처하게 돼.

그래서 이렇게 1인칭 슈팅 게임 안에 실제로 들어오게 됐어. 정체를 알 수 없는 잿빛 눈 더미 같은 것으로 미끌미끌한 콘크리트. 녹슨 철로, 절그럭거리는 자갈. 스프레이로 낙서한 끈적끈적한 벽. 여기저기 흩어진 교통 통제용 고깔들. 금방이라도 어둠 속에서 돌연변이 괴물이 튀어나오겠어.

랏소는 이런 어둠 속에서도 앞이 잘 보이는지, 앞장서서 우리를 이끌어. 지하철 렉싱턴 애비뉴 노선을 따라 좁은 통로로 계속 가다가 미식 축구 경기장만 한 넓은 곳까지 와. 철로들이 이리저리 얽혀 있는 그곳을 지나서 어둠 속으로 더 나가고 있어. '열차 주의'라고 적힌 표지판을 누가 '쥐 주의'로 바꿔 놓았어. 철로를 가로질러 지나가는데, 쥐들이 찍찍거리며 합창하는 소리가 정말로 들려. 달려가는 쥐 한 마리가 언뜻 보여. 순간, 쥐랑 나랑 눈이 마주쳐. 나를 동정하는 눈빛이야. 뭐냐, '나도 죽기 살기로 도망친 적 있어.' 하는 눈빛.

랏소는 이리저리 휘어지는 기나긴 비상 철로로 우리를 이끌어. 시내 쪽으로 갔다가 다시 위쪽으로 와. 업타우너를 따돌리려는 거지. 우리는 벽에서 안으로 조금 들어간 곳에 잠시 몸을 숨겨. 어둡고 눅눅한 이곳 벽

위에는 그린 사람 이름인지 '레브스'라고 적힌 그래피티가 있어. 내 거친 심장 소리와 지친 숨소리 위로 군화 발소리가 들려.

잠시 후 랏소가 말해.

"가자. 더 깊이 내려가야 돼."

업타우너들의 플래시 불빛이 우리가 지나온 쪽을 다시 훑고 있어. 우리 앞은 벽이 가로막았고 랏소가 그 벽을 발로 차. 그 벽이 비밀 문이네. 벽이 열리고, 좁은 계단이 보여. 이 지하철역 아래가 다 그렇듯, 여기도 온통 그을음이랑 재로 덮여 있어. 계단을 덜커덕거리며 빨리 내려가니 또 먼지로 뒤덮인 철로들이 나와. 철로를 따라서 달려. 이번에는 업타운 쪽이야. 우리를 뒤쫓는 소리는 점점 희미해져.

나는 지치고 겁먹은 채 묵묵히 달리고 있어. 술기운에 머리가 띵하고 힘이 빠져. 랏소는 앞장서서 맨 바위 사이를 지나고, 기나긴 계단을 내려가고, 스위치백을 지나고, 그래피티가 있는 통로를 내려가. 이제 여기가 어디인지, 어디가 위고 아래인지 동쪽이고 서쪽인지도 모르겠어. 랏소는 한 번도 주저하지 않아. 머릿속에 GPS 같은 게 있나 봐.

마침내 랏소가 걸음을 멈춰. 그래도 잠깐 더 귀를 기울여. 물방울 떨어지는 소리, 종잇장들이 지하 바람에 쏠리는 소리뿐이야. 석유 냄새, 타르 냄새, 썩는 냄새가 나.

랏소는 온몸이 청각 기관인가 봐. 눈을 치켜뜨고, 공기를 맛봐.

마침내 랏소가 안심해. 내가 보기에는 그냥 벽인 줄 알았는데 내 눈에는 전혀 안 보이던 구멍이 있나 봐. 랏소가 구멍을 통해서 벽을 넘어가. 조금 뒤에 랏소가 구멍 사이로 머리를 내밀어.

"이쪽이야. 내가 괜찮다고 할 때까지 대화 금지야."

우리는 부서진 지하철 객차가 있는 좁은 선로를 힘겹게 걸어가. 객차 창에 붙은 녹색 '6'자를 보니, 다시 렉싱턴 애비뉴 지하철 노선으로 왔네. 그러다가 또 다른 굴로 몸을 굽히고 들어가. 공기에 먼지가 가득해. 벽에는 크게 '61'이라고 적혀 있어.

어둠 속에서 움직이는 그림자들이 보여. 내가 카빈총을 겨누자 랫소가 내 총을 잡고 아래로 내리고 말해.

"걱정하지 마."

그림자가 더 많이 보여. 우리 뒤에도 양옆에도……. 그러더니 사람들 모습이 드러나.

두더지족.

깡마르고 지저분해. 누덕누덕한 옷을 입고, 커다란 칼이랑 야구 방망이, 직접 만든 창으로 무장했어. 그림자처럼 조용해. 내가 알아채기도 전에, 한 명이 내 옆으로 와. 깡다구 세 보이는 여자애야. 금발은 엉켜 붙었고, 파란 눈으로 쏘아보고 있어.

이 여자애가 내 소지품들을 만지작거리지 않을까. 영화를 보면, 아마존에 사는 원주민 같은 인물이 그렇게 행동하잖아. 그런데 여자애는 한마디만 해.

"안녕."

내가 말해.

"안녕, 친구."

열세 살쯤 됐으려나. 지금 세상에서는 정말 어린 나이야. 그렇지만 영양 섭취가 부족해서 몸집이 작은 것일 수도 있어.

다른 아이들도 모두 어려 보여. 열다섯 살을 넘는 아이는 없는 것 같아. 이상하네. 뉴욕에서 나이가 더 어린 10대들이 오래 살아남는 건 드문 일이거든. 살아남을 만큼 강하지 않고, 독립적이지 않고, 독하지도 않아. 살아남은 아이는 몇 안 돼. 우리 그룹의 시스루 같은 아이도 있지만, 대개는 이 거친 세상에서 살아남지 못해.

모두가 랏소를 이름으로, 아니, 정확히 말하면 별명으로 불러. 두더지 족은 가가, 비버, 허니 부부 같은 이름을 쓰는데, 모두 본명은 아닌 것 같아. 벨라라는 이름으로 불리는 아이는 벌써 세 명이나 봤어. 내 어린 친구의 이름은 테일러래.

랏소는 환한 미소를 짓고 있어. 〈피터와 늑대〉 만화영화에 나오는 아이 같아. 으르렁거리던 늑대를 마침내 잡아서 막대에 묶고 그 위에 올라서서 웃고 있는 아이 말이야.

굴이 넓어지면서 승강장이 나와. 승강장을 지나니까 버려진 건축 장비가 여기저기 흩어져 있는 건설 현장이야. 곳곳에 모닥불이 피워져 있어. 사방에 텐트가 있어. 동물 만화 그림이 프린트된 귀엽고 작은 아동용 텐트부터 커다란 캔버스 텐트까지 갖가지 텐트가 흙바닥에 세워졌어. 텐트 천에 사람들 그림자가 어른거려. 모닥불 앞에서 음식을 먹다가 고개를 들고 우리를 보는 얼굴들이 보여.

동굴 곳곳에는 장식이 달렸어. 빨간 재킷을 입은 남자들이 말을 타고 개들을 뒤따르는 그림들, 동양 태피스트리, 화려한 소용돌이 무늬로 장식된 금색 테의 거울들, 반짝거리는 금빛 커튼들. 푹신한 소파와 화려한 의자가 벽을 따라 쭉 늘어서고, 네 면에 바늘판이 있는 거대한 시계가 한 가운데에 놓여 있어.

랏소: 우리 집이야. 괜찮은 편이지?

나: 멋있어.

아이들이 텐트에서 나와서 우리를 바라보고 있어. 일흔에서 여든 명 사이인 것 같아.

애들 패션은 '미친 10대 민병대'라고 할까. 남자애들이 더 많은데, 그 중에는 해골 분장을 한 애들도 있어. 그렇지만 대부분은 누더기 옷을 입고 온갖 것들을 몸에 두르고 있어. 여차하면 다른 곳으로 얼른 집을 옮길 수 있을 차림새야.

랏소: 손님들이야! 다들 진정해! 겁낼 거 없어!

겁내지 말라니, 누구한테 하는 말일까? 우리? 쟤들? 우리는 수적으로 훨씬 불리하고, 완전히 지쳤는걸.

애들은 우리를 둘러싸고 뚫어져라 보고 있어. 무슨 말을 해야 할지 아무도 몰라. 피터가 얼음을 깨뜨리려고 입을 열어.

"우리는 평화를 찾아왔어."

아무도 웃지 않아.

정적.

랏소: 자, 이봐, 어서 환영 인사 같은 걸 해야지.

여전히 정적.

이 얼음을 깰 게 없을까? 머리를 굴리다가 테일러한테 말해.

나: 음…… 그 치마 정말 예쁘다.

개똥지빠귀 알처럼 파란 테일러의 눈동자는 지저분한 얼굴에서 더욱 돋보이는데, 그윽하던 그 눈동자가 갑자기 반짝거려. 테일러는 미소를 지으며 말해.

테일러: 정말? 어번아우피터스에서 샀어. '그 사건' 전에.

나: 완전 잘 어울려.

테일러: 너는 피부가 정말 예쁘다. 피부를 그렇게 만들 수 있다면 뭐든 하겠어.

여자애 몇 명이 앞으로 나와.

두더지 여자애: 너 참 예쁘다. 얘들아, 얘 예쁘지?

두더지 여자애2: 날씬하기도 하네. 나도 이렇게 날씬하면 얼마나 좋을까. (이 아이도 날씬해.)

두더지 여자애3: 머리결 정말 좋다.

이렇게 '여자들의 국제 통용어'로 문화의 가교가 이어지는 동안 남자애들은 멍한 표정을 짓고 있어.

제퍼슨 (어떤 아이에게): 음, 셔츠 멋지다.

절그럭 소리가 나. 모두가 위를 올려다봐. 위쪽 승강장에 낡은 열차가 희미하게 보여.

대화는 중단되고, 랏소는 긴장한 표정이야.

열차 문간에 여자애 두 명이 나타나. 한 명은 〈아담스 패밀리〉에 나오는 모티샤 아담스 같고, 다른 한 명은 사이키델릭 카우걸이야. 형광색들, 핑크색으로 넓게 칠한 아이섀도, 반짝이가 붙은 모자. 스타일이 확 달라도 둘은 비슷한 면이 있어. '하라주쿠 쌍둥이'야.

두더지들 중에서 총을 가진 아이는 이 쌍둥이뿐인 것 같아. 모티샤는 낡은 영국 스텐 경기관총을 들고 있어. 총은 실제로 골동품이야. 카우걸은 네모나고 끝이 뭉뚝한 작은 기관총을 가지고 있어. 워싱턴한테서 배운 걸 내가 제대로 기억하고 있다면, 저 기관총은 커다란 45구경 총알을 1초에 20발쯤 쏘는 크리스 슈퍼 V야.

하라주쿠 쌍둥이는 만만히 볼 상대가 아니야. 내 짧은 경험으로 보면, 가장 악랄한 사람이 가장 악랄한 무기에 끌리게 돼 있어. 뭐냐, 분노에 찬 총질이 아주 자주 벌어지는 세상이잖아. 슈퍼 V 같은 걸로 무장하고 있는데 그 무기를 안 쓴다고 쳐 봐. 다른 사람이 그 무기를 뺏으려고 달려들 게 뻔하지.

모티샤는 자기가 터미네이터라도 되는 듯이 우리를 스캔해. 기분 나쁘게 한참 아무 말도 없다가, 마침내 간단하게 말해.

"제." 한참 쉬어.

"기." 한참 쉬어.

"랄."

모티샤의 말은 랏소를 향한 거야. 랏소는 카펫에 똥을 누다가 딱 들킨 포메라니안 같은 표정을 지어.

랏소: 자기야! 손님들을 모셔 온 거야!

모티샤의 표정은, 그래, 부끄럽지만 솔직히 말하면, 내가 종종 짓는 거야. 그 표정의 의미를 간단히 말하면, '오, 젠장, 안 돼'야.

나: 총 멋있다.

모티샤: 입 닥쳐. 이 개년아.

평소에 내가 여자애한테 그런 말을 들으면, 뭐냐, 맞받아치지만, 지금은 너무 지쳤고 너무 피곤하고 숙취도 너무 심해. 전반적으로 너무 힘들어서 신경 쓰고 싶지도 않아.

랏소: 좋아, 우선, 내 잘못이 아니었어.

제퍼슨: 그 말이 맞아. 이건 내 잘못이야. 랏소는 우리를 도와주고 있었는데, 업타우너들 때문에 문제가 생겼어. 업타우너들 알아?

카우걸이 뻔한 얘기는 집어치우라는 듯 코웃음을 쳐.

제퍼슨: 저기, 업타우너들이 우리를 죽이려고 했어. 그래서 탈출할 때 랏소가 도와줬어. 그래서 여기 오게 됐고, 우리는 민폐를 끼치려고 온 게 아니야.

모티샤: (랏소에게) 뭐야, 비탈리!

카우걸이 사람들 사이를 지나서 랏소 앞에 서서 말해.

"쟤들한테 아예 초대장을 주지 그랬어? 지도를 그려 주지? 업타우너들이 쫓는 애들을 여기로 데려와? 약 먹었어?"

랏소: …… 아니.

모티샤는 테일러가 내 옆에 있는 걸 문득 알아채고 말해.

"거기서 도대체 뭐해? 당장 자리로 돌아가!"

테일러: 잘못했어!

검댕으로 지저분한 테일러의 얼굴이 빨개졌을 게 눈에 선해. 테일러는 내가 처음 봤을 때 서 있던 자리로 서둘러 달려가고, 다른 아이들도 자기 자리로 돌아가.

랏소: 업타우너들은 따돌렸어. 발각될 일은 절대 없어.

모티샤: 입 닥쳐, 멍청한 놈.

카우걸: 애들 전부 넋 나가기 전에 당장 들어와.

랏소가 벌을 받았다거나 그런 건 아냐. 그렇지만 랏소한테 주도권이 없는 건 확실해. 랏소는 모티샤랑 그렇고 그런 관계인 것 같아. 애인인지 그저 장난감인지는 모르겠지만…….

이런저런 이야기를 많이 들은 뒤에 알게 됐는데, 모티샤와 카우걸의 본명은 트리샤와 소피고, 둘은 진짜로 쌍둥이야. 이 지하 10대 사회에서 두 사람이 제일 대장답거나 제일 카리스마가 뛰어난 것 같아. 그래서 트리샤와 소피가 여기를 다스리고 있어.

다 훑어보기 전까지는 애들을 악당이라고 단정할 수 없어. 애들도 책임이 아주 무겁겠지. 여기 지하에 모여 있는 떠돌이 남자애와 여자애들의 안전을 책임져야 하니까.

'도대체 왜 지하에서 살아?' 같은 질문은 실례야. 그 이유가 너무 뻔하니까.

먹잇감.

주위에는 온통 포식자들이야. 더 크고 빠르고 잔인한 사람은 모두 다 포식자야. 정글이나 마찬가지지. 업타우너들은 그중에서도 최악이야. 숫자도 많고 잘 조직돼 있고 아주 악질이야.

모티샤와 카우걸이 우리한테 그간의 사정을 들려줘. '그 병'이 돌기 시작하자 업타운에 살던 가족들은 유모와 가정부와 운전수 등을 버리고 햄튼으로 가서 전염병이 끝나기를 기다렸대. 경찰이 무너지자 다시 업타운으로 돌아온 이 가족들은 무기를 집었다지. 어른들은 지킬 필요도 없는 자기 재산이랑 집을 지키겠다고 서로 총질을 하면서 싸우다가 결국 '그 병'으로 죽었고, 아이들은 자기 부모들의 총을 집고 '외부인'이라면 무조건 싸웠대. 걔들은 자기들이랑 다른 사람을 쉽게 구분할 수 있었지. 백인이 아닌 사람은 다 없애기 시작했어. 당연히 실수로 없앤 사람도 있었지. 그런 실수는 인종 학살을 할 때에는 늘 생기는 문제야. 어쨌든 살아남은 애들한테는 그 방법이 통했어.

남자애들은 〈콜 옵 듀티〉 게임을 하면서 허비한 시간 덕분에 폭력에 면역이 돼서 다른 사람이 받는 고통을 무시하기 시작했어. 당연한 일이지만, 남자애들이 먼저 총을 잡고 사냥을 시작했어. 여자애들은, 트리샤와 소피 같은 특이하고 드문 예외를 제외하고, 준비가 안 됐고 무장도 덜 됐지. 워싱턴과 제퍼슨을 비롯한 우리가, 뭐랄까, 공정한 사회? 뭐 그런 걸 만들려고 애쓰는 동안, 업타운은 '강간 사회'로 변해 갔어. 강자들, 특히 남자들이 지배하는 사회. 약한 사람들이나 겁 많은 사람들이나 여하튼 그밖의 사람들은 강한 남자들한테 몸을 바칠 수밖에 없는 사회.

저항하는 여자애도 많았고, 남자애도 많았어. 그렇지만 당연히 그런 애들은 잔인해지지 못하지. 저항하는 애들은 쫓겨나거나 벌을 받거나 처형됐어.

그렇게 피바람이 몰아친 뒤, 업타운은 이른바 '연맹' 손에 들어가게 됐어. 그 지역 사립 학교들에 다니던 애들의 연합이야. 제복을 입은 1천 명의 '전사'가 수천 명의 아이들 위에 군림하게 됐어.

이제 업타우너들은 그랜드 센트럴부터 위쪽으로는 할렘 경계까지 지배하고 있어. 업타우너들이랑 두더지족들은 톰과 제리처럼 쫓고 쫓기는 게임 같은 걸 하면서 지내고 있대. 두더지족 본거지는 아직 업타우너들한테 발각되지 않았지만, 두더지족이 음식을 구하려면 위로 올라가지 않을 수 없어. 지하철 망을 비롯한 지하 인프라를 잘 아는 덕분에 지금껏 살아남을 수 있었대.

두더지족 본거지는 파크애비뉴와 49번가가 교차하는 곳에 있는 월도프 아스토리아 호텔 아래 지하철역이야. 저쪽 입장에서 보면 정말 아이러니하고 이쪽 입장에서 보면 정말 멍청한 거지. 기본적으로, 이 위치는 업타우너들 영역 바로 아래야. 두더지들은 호텔 전체를 불태워서 아무도 살지 않는 것처럼 보이게 했어. 업타우너들은 방만해져서 이런 호텔까지 굳이 조사해 보지 않아. 이 지하철역으로 말하자면, 이런 지하철역이 존재하는지조차 아는 사람이 없어. 예전에 아주 돈이 많은 사람들이 개인 열차로 호텔에 올 때 쓰던 '죽은 역'이거든. 카우걸이 나한테 들려주기로는, 프랭클린 루즈벨트가 개인 열차를 타고 아무도 모르게 뉴욕을 벗어나곤 했대. 예전에도 평소에는 지하철이 그냥 지나치는 역이었고, 이제 여기 오는 길은 두더지들밖에 몰라.

우리는 원래 갈 길로 가겠다고 말했지만, 쌍둥이는 업타우너들이 그랜드 센트럴 주위 철로를 아직도 수색하고 있는지도 모르니까 오늘 밤은 여기서 자고 가는 게 더 안전하겠다고 결론을 내려.

조금 뒤에 음식이 나와. 쥐 스튜와 색색의 씨앗이 들어 있는 군내 나는 쌀밥이야.

피터가 성호를 긋고 나직이 기도해. 모티샤는 흙을 손으로 뜨더니, 영화 〈트와일라잇〉에 나온 에드워드 사진 아래 놓인 청동 접시에 경건하게 뿌린 뒤에 눈을 감고 뭐라 중얼거려.

피터: 뱀파이어는 존재하지 않는 거 알지?

모티샤: 당연히 알지. '하느님'이 존재하지 않는 건 알아?

피터: 누가 그래?

모티샤: 내가. 존재하지 않거나 존재한다면 완전 멍청이지.

피터: 그렇게 말할 것까지는 없잖아.

모티샤: 아, 미안해. 내 말에 상처받았니? 가슴에 손을 얹고 물어봐. 하느님이 전지전능하면, 하느님은 우리가 여기 있는 걸 알고 괴로움을 덜어 주겠지. 안 그래?

피터: 인간의 일을 두고 하느님을 비난하면 안 돼.

모티샤: 왜? 하느님 생각이 뭐야? 인간을 제대로 못 만들 거면 인간을 도대체 왜 만들었어?

피터: 하느님은 인간이 자유 의지로 살기를 바라셨어.

모티샤: 허! 하느님이 모든 걸 다 알고 있고 온갖 일에 힘을 행사하는데 인간이 어떻게 자유 의지를 가져?

랏소: 자기야, 왜 그래. 얘들은 우리 손님이잖아.

모티샤는 뾰루퉁한 얼굴로 쥐 스튜에 스푼을 꽂아.

모티샤: 대단히 감사합니다, 저는 계속 에드워드를 믿을게요. 하느님? 그냥 전설 속에 나오는 존재 같은 거야. '이빨 요정'이나 '올드맨' 같

은 존재나 마찬가지지.

제퍼슨: 올드맨에 대해서 아는 거 있어?

모티샤: (고개를 갸웃하며) 다들 아는 정도지. 그냥 이야기 속 인물이 잖아. 엄마 아빠를 다시 만나고 싶은 애들이나 좋아하는 얘기야.

카우걸: 올드맨은 '그 병'에 면역력이 있다고 들었어. 자기 피를 애들한테 주사해서 병을 치료하려고 한대.

모티샤: 말도 안 돼. 뇌가 있으면 그런 말에 안 넘어가. 얘는 멍청하니까 다들 이해해.

카우걸: 그럴 수 있어! 레지스탕스 같은 사람은 늘 있잖아. 병에도 레지스탕스가 있을 수 있어. 안 그래?

모티샤: 꿈 깨. 어른은 다 죽었어. 자기 피를 사람들한테 주사할 사람이 어디 있어?

랏소: 올드맨은 실제로 있어.

랏소는 시선이 자기에게 몰린 뒤에 다시 말을 이어.

랏소: 내가 봤어.

모티샤: 봤다고? 거짓말.

랏소는 잠깐 입을 우물거린 뒤에 말해.

랏소: 이스트강 근처였는데, 못 날아다니는 비둘기가 보였어. 저녁거리로 좋을 것 같아서 비둘기를 쫓아갔어. 그러다가 FDR 고속도로 근처까지 갔는데, 도로 건너편으로 사람이 보이는 거야. 배에서 누가 내리는데, 우주 비행사가 입는 것 같은 옷을 입었어. 왜, 영화에서 보면 독극물같은 걸 취급하는 사람이 입는 옷 있잖아.

모티샤는 수백 번은 되풀이한 말처럼 툭 내뱉어.

모티샤: 그런 옷을 입었는데 안에 누가 있는지 어떻게 알아?

카우걸: 어른이 아니라 애가 그런 옷을 입었을 수도 있지.

랏소: 애가 왜 그런 옷을 입겠어?

카우걸: 이상한 옷을 입고 다니는 애들이 많으니까.

카우걸 자기 옷은 어떻고!

제퍼슨: 그 사람 얼굴을 봤어?

랏소: (고개를 가로저으며) 아니. 그 사람이 나를 쳐다보더라. 그런데 해가 내 뒤에 있어서 그 사람이 쓴 얼굴 보호판 같은 거에 햇빛이 반사되고 얼굴이 안 보였어. 나는 막 도망쳤어. 비둘기고 뭐고 다 팽개치고 도망쳤어.

종일 한마디도 없던 브레인박스가 입을 열어.

브레인박스: 그 옷이 무슨 색이었어?

랏소: 파란색. 그랬던 것 같아. 왜?

브레인박스: 아무것도 아냐.

모티샤: 옷 색깔이 무슨 상관이야? 중요한 건 그게 아니라, 살아남은 어른은 아무도 없다는 거야. 바로 그거야. 우리를 구하러 올 사람은 아무도 없어.

나는 제퍼슨을 보면서 말해.

나: 애들한테도 들려줘.

제퍼슨은 업타우너들이 그 빌어먹을 돼지를 가져온 사건부터 모든 얘기를 들려줘. 도서관, 식인종들, 플럼아일랜드.

하라주쿠 쌍둥이는 별 감흥을 못 받은 것 같아.

모티샤: 내 눈으로 봐야 믿겠어.

랏소: 멋진 것 같은데? 내일 내가 6호선 110번가까지 안내할게. 그러면 업타우너 구역을 벗어날 수 있어.

모티샤: 그러면 우리한테도 더 이상 위험할 일이 없겠지.

제퍼슨: 왜 110번가까지만 가? 계속 가면 안 돼?

랏소는 난처한 표정으로 피터를 흘깃 봐.

피터: 흑인들 때문이라고 말하고 싶은데 나 때문에 말 못 하는 거야.

랏소: 맞아. 미안해. 어쨌든 거기 터널 너머로는 내가 못 도와줘.

새로운 소식을 보너스로 들려줄까? 업타우너들이랑 라틴계들이랑 흑인들이 끝없이 전쟁을 벌이고 있대. 북쪽에서는 따뜻한 온정 같은 걸 찾을 수 없나 봐. 좋은 아파트에 살던 사람 90퍼센트는 이미 죽었는데, 그 아파트들을 백인 애들이 독차지하고 있는 걸 다른 애들은 용납할 수가 없었던 모양이지. 그리고 업타우너들은 자기들 것을 나누기 싫어했고……. 많은 애들이 죽었고, 요즘은 조금 잠잠해진 상태래. 어쨌든 제일 중요한 건, 센트럴파크 위에 도착할 때에는 우리뿐이라는 거야.

센트럴파크에는 얼씬대면 안 돼. 동물원 우리에서 탈출한 동물들이 거기 살면서 사람들을 잡아먹거든.

이거 참, 죽여주네.

노크 소리가 나더니, 내 어린 친구 테일러가 고개를 내밀어.

우리 방이 준비됐대. 아이들 몇몇이 우리 그릇을 치워. 우리는 하라주쿠 쌍둥이한테 고맙다고 인사하고 객차에서 나와. 랏소는 그냥 거기 남아 있는데, 문이 쾅 닫힌 뒤에 모티샤가 랏소를 야단치는 소리가 들려.

테일러는 손목시계를 본 뒤에 우리를 '방'으로 안내해. 건설 현장 한쪽 끝에 있는 '방'은, 그냥 플라스틱 판으로 한 사람씩 칸을 만들어 놓은 거야. 그래도 침대는 아주 예쁘고 푹신해. 게다가 안락의자랑 나무 식탁도 있고, 침대 옆에 탁자도 있어. 사방에 촛불이 빛나서 플라스틱이 간유리처럼 보여. 여기가 지하라는 사실도 거의 잊어버릴 것 같아.

"여기 정말 예쁘다. 고마워, 테일러."

내가 그 방을 좋아하자, 테일러는 완전히 감동한 것 같아. 다른 친구들도 고맙다고 말하자, 테일러는 울음을 터뜨릴 것 같은 표정이야. 친구들이 짐을 푸는데, 테일러는 우물쭈물하는 표정으로 내 주변에서, 뭐랄까, 맴돈다고 할까, 뭐, 그러고 있어.

테일러: 저기, 우리는 뭔가 할 건데…….

나: 뭐?

테일러: 음, 같이 갈래요?

나: 아, 당연하지!

지금 나는 잠보다 좋은 건 아무것도 상상할 수 없을 만큼 피곤한 상태지만, 그래도 여기 애들의 부탁을 들어주는 게 도리겠지.

테일러의 얼굴이 환해져.

나: 내 친구들도 같이 가도 돼?

테일러: (더 기뻐하며) 그럼요!

놀랍게도 피터랑 시스루도 같이 가겠다고 하네.

피터: 뭔가 하는 건 내가 제일 좋아하는 거야.

시스루: 그래, 나도 뭐 하는 거 좋아.

제퍼슨: 나도 금방 갈게. 브레인박스랑 잠깐 얘기만 마치면 돼.

테일러를 따라 동굴을 지나가니까 공터 같은 작은 로비가 나와. 여자애들이 모여서 기다리고 있어. 여자애들은 기대에 찬 눈으로 우리를 보면서 미소 짓고 자기들끼리 속삭여.

여자애들이 의자랑 거꾸로 놓은 양동이랑 우유 상자 같은 것들을 가져와서 우리한테 앉을 자리를 만들어 주네. 그리고 테일러가 고개를 끄덕여서 신호를 보내니까 여자애 한 명이 빨간색 비단 같은 자수 장식이 붙은 작은 상자를 가져와. 성자의 손가락 뼈를 보관하는 상자처럼 생겼어. 안에 뭐가 들었는지는 모르지만 아주 소중한 게 들어 있는 양 조심스레 다루고 있어.

종교 의식 같은 것에 초대됐나 생각하고 있을 때 여자애가 상자를 열어. 푹신푹신한 실크 쿠션에 놓여 있는 건 통통하고 작은 검정색 동 건전지 네 개야.

여자애는 상자에서 조심스레 건전지를 꺼내고 뭐에 끼우는데, 뭔지 잘 안 보이네. 플라스틱이 달그락거리고 잘그락거리는 소리가 나.

테일러가 나한테 바인더를 건네. 반짝이랑 스티커랑 모조 보석 같은 것들로 장식된 바인더야. 테일러는 아주 소중한 것을 건네는 양 의미심장하게 내 눈을 똑바로 봐. 나는 경건하게 고개를 끄덕여. 고맙다는 표시로 인사하듯이 끄덕인 거지. 그리고 바인더를 열어.

팝송 목록이 있어. 숫자가 매겨진 목록이야.

건전지를 가져온 여자애가 다시 일어서는데, 이번에는 마이크를 들고 있어. 여자애는 마이크를 테일러한테 건네고, 테일러는 수줍게 웃으면서 목청을 가다듬고 있어.

피터는 '와!' 하는 표정으로 나를 바라봐.

그리고 음악이 시작돼.

반복되는 베이스 소리와 팅팅 울리는 신나는 리듬. 2012년쯤에 나와서 크게 히트한 노래야. 음반을 친구들한테 다 나눠 주고 자기를 낙오자라고 부른 옛날 애인을 욕하는 가사지.

테일러가 부드럽고 가느다란 목소리로 노래를 부르기 시작해. 개울에 놓인 징검다리를 한 발 한 발 건너듯 조심스레 가사를 한 구절 한 구절 불러.

그 노래는…… 내가 너무 많이 들었던 노래라서 듣기 괴로워. 컵케이크 쉰 개를 연달아 먹은 것 같아. 그러니까 나는 '낙오자들의 연애 같은 건 꺼져 버려, 제발 그만 극복해.' 같은 마음이야.

그렇지만 테일러가 부르는 노래는 정말 아름다워. 어떤 힙스터랑 멍청한 옛날 애인 노래가 아닌 것같이 들려. 온갖 얘기를 다 담고 있는 것 같아. 부모를 그리워하는 아이들의 노래, 사자 앞에서 부르는 양의 노래, 죽음 앞에서 부르는 삶의 노래.

그래서 나는 울음을 터뜨려. 눈에서 눈물이 터져 나와. 눈물이 얼굴을 타고 내려가다가 얼굴에 빙하처럼 붙은 검댕과 때에 막혀서 고이는 게 느껴져. 나는 생각해. '다행이네, 다행이야. 내가 아직도 이럴 수 있다니. 나한테 아직 감정이 남아 있다니.' 내 안에 있는 레버가 당겨지고, 서브루틴이 작동하기 시작하고, 내 몸이 독소를 밖으로 배출하고 있어.

나는 피터랑 시스루를 흘깃 봐. 내가 우는 모습을 걔들한테 들키기 싫어서 몰래 봐. 피터랑 시스루는 노래를 듣는 데 정신이 팔려서 내 눈물에는 신경도 안 쓰고 있어. 걔들도 각자 자기들 풍선 위에 떠서 자기들 두뇌OS로 자기들만의 작은 두뇌 앱을 돌리고 있는 것 같아. 어쩌면 우리 모두 같은 장소에 있는데, 거기가 어두워서 서로를 못 찾고 있는지도 모르지.

내가 감상에 완전히 휩싸이기 직전에 테일러가 딱 맞춰 노래를 끝내. 음악 소리가 점점 줄어들며 사라지고, 테일러의 감정은 노래에 아무 영향도 받지 않은 것 같아. 태풍의 눈에 있는 듯해. 테일러가 나를 바라봐. 테일러의 표정은 부드럽고 편안해. 나는 아주 크게 미소를 짓고 박수를 쳐. 테일러는 웃으며 허리를 숙여 인사해.

다른 여자애가 일어나고, 〈콜 미 메이비〉가 흐르기 시작해. 그것도 내가 좋아하지 않던 노래야. 그런데 노래가 시작되자, 예전에 있었지만 지금은 사라진 것들, 한심하지만 소중한 것들이 온통 내 마음으로 밀려와. 남자랑 시시덕거리기, 그 남자가 나를 좋아할까 생각하기, 전화번호 주기. 옷, 문자메시지, 액세서리, 표정, 웃음, 한심한 텔레비전, 한심한 음악, 한심한 피자, 한심한 게임, 한심한 잡지, 한심한 화장, 한심한 책, 한심한 모든 것.

그리고 여자애들은 저스틴 비버 노래를 부르고, 피터와 내가 블랙 아이드 피스 노래를 불러. 우리는 예전으로 돌아간 것 같아. 음악이 작은 웜홀을 만들어서 우리를 '그 사건' 전으로 옮겨 놓았어. 모든 게 재밌고 신나고 멋져. 더 바랄 게 없을 정도야. 그런데 나도 모르게 머릿속으로 제퍼슨이 옆에 있으면 좋겠다는 생각이 떠오르는 거야. 제퍼슨의 웃는 얼굴이 보고 싶어. 그러다가 내 마음속의 댐이 펑 하고 무너진 것처럼 내가 제퍼슨 생각에 빠져 있지 뭐야. '아직 한 번도 제퍼슨을 껴안고 키스하지 않았다니, 내가 제정신이야?' 그래, 나도 알아. 그냥 음악 때문이겠지. 사랑 노래 때문이기도 할 거야. 내가 자기 자신한테 최면을 걸었나봐. 그래도 이 감정은 진짜 생생해. 제퍼슨 때문에 가슴이 터질 것 같아. 가야 해. 가서 제퍼슨을 찾아야 돼. 제퍼슨한테 말해야 돼. 내가 깨달은 걸 말해야 돼. 둘만의 세상을 만들면 온 세상에서 벗어날 수 있다고 말해야 돼.

나는 적당히 둘러대고 테일러를 포옹하면서 고맙다고 말해. 그리고 우리 '방'으로 돌아가기 시작해. 등 뒤에서는 유치한 노래가 또 들리기 시작해. 여자애가 뽐내듯 열창하면서 제이지의 노래를 불러. 하지만 내 마음은 다른 곳에 가 있어. 내 마음은 내 안에 있지 않아. 제퍼슨 옆에 있어. 가서 내 마음을 되찾아야 해.

비닐을 젖히고 제퍼슨의 침대를 찾아보니…….

제퍼슨은 가만히 누워 있어. 발을 침대 아래로 떨어뜨리고, 가슴을 가볍게 달싹이며 자고 있어. 조금 벌어진 입, 헝클어진 머리. 잠든 제퍼슨의 모습은 아기 같아.

나는 아주 높은 절벽 위에서 내려다보는 기분이야.

제퍼슨은 이 세계보다 좋고 평화로운 어디에 가 있어. 제퍼슨의 영혼은 안전한 어디에서 헤매고 있고, 몸은 회복하려고 애쓰고 있어. 지금 제퍼슨을 깨우는 건 이기적인 행동이야.

내일까지 기다려도 되겠지. 이 감정이 없어지지는 않을 거야.

그렇지만 우선 몸을 숙여서 제퍼슨의 얼굴에 가볍게 입술을 대.

여태껏 이런 적은 없어. 제퍼슨의 몸을, 뭐냐, 터치한 것 말이야. 아니, 물론 전에도 제퍼슨이랑 몸이 닿은 적은 있지. 그렇지만 사랑이나 뭐 그런 마음으로 터치한 적은 없었어. 가장 가까이 몸을 붙였던 건 초등학교 1학년 때였는데, 이후로 더 이어지지는 않았어.

내 숨결, 제퍼슨의 상처 난 가여운 뺨에……. 내 키스, 제퍼슨의 눈에, 걱정으로 가득한 이마에…….

그리고 입술에…….

제퍼슨의 입술에서 놀랍게도 박하 향이 나.

음악은 아직도 계속되고 있지만, 나는 돌아갈 마음이 없어.

대신 나는 내 침대로 돌아가서 아이폰을 꺼내. 전원을 넣고 내가 좋아하는 찰리의 영상을 찾아.

찰리가 벽난로 앞 러그에서 걸음마를 하고, 엄마와 난 박수를 쳐. 찰리가 그 작은 배 앞에 양손을 모으고 혀 짧은 아기 말투로 속삭이듯 음정에 맞지 않는 노래를 불러.

자랑스럽게…… 노래 부른다……
자랑스럽게 노래 부른다, 가슴을 활짝 열고……
자랑스럽게…… 자랑스럽게…… 노래 부른다……
자랑스럽게 노래 부른다…… 자랑스럽게 노래 부른다……

찰리의 표정은 아주 진지하고, 눈은 천장을 올려다보고 있고, 몸은 양 옆으로 흔들려. 가사를 잊어버려서, 허리 굽혀 인사하고 노래를 끝내. 그리고 사람들의 포옹을 받다가 달려가서 아이폰을 잡는 바람에 동영상이 끝나.

나는 동영상을 한 번 더 봐. 지금껏 만 번은 봤어. 아이폰 배터리가 다 닳을 때까지 찰리 동영상들만 계속해서 보고 또 볼 때도 있어. 그런 다음에는 브레인박스한테 가서 충전 좀 해 달라고 사정하지.

찰리가 동영상 속에서 나한테 노래를 들려주는 한, 내 안에는 희망이 살아 있어.

하지만 발전기 제니들이 있는 곳으로 돌아갈 때가 언제일까? 나는 아이폰을 끄고 누워서 엄지손가락으로 화면을 어루만지다가 이내 잠들어.

제퍼슨

돈나와 친구들은 테일러 일행과 함께 나가고, 브레인박스가 내 앞에 있다. 브레인박스는 플라스틱 조각을 보고 있다.

내가 묻는다.

"레고 들고 뭐 해?"

브레인박스는 나를 보며 눈을 깜박인다.

"아무것도 안 해. 돼지 이야기를 하고 싶어."

"무슨 돼지?"

"그 돼지. 광대뼈 무리가 우리한테 팔려고 했던 돼지."

"팔아? 그렇게 표현하니까 이상하네."

"그래, 우리 여자 두 명이랑 교환하자고 했지. 뭐 생각나는 거 없어?"

나는 고개를 갸웃한다.

브레인박스가 말한다.

"나는 초등학교에서 배운 게 떠올랐어. 삼각 무역 같은 거. 당밀을 노예로, 노예를 옷으로 교환하는 거 말이야."

"그 삼각 무역의 세 번째는 뭔데? 돼지를 여자로 바꾸고, 그러면, 여자는 뭘로?"

"그건 중요하지 않아. 중요한 건 이거야. 왜 광대뼈 일당이 돼지를 교환하려고 애써 우리 있는 곳까지 왔을까? 그리고 그 돼지는 어디서 났을까?"

"그놈들은 여자를 얻으러 왔잖아. 그 이유는…… 말 안 해도 알지?"

브레인박스가 얼굴을 찌푸린다.

"나는 그 말을 믿지 않아. 그러니까 내 말은, 그래, 그놈들이 여자들을 물건 다루듯 하는 건 사실이야. 나도 알아. 그렇지만 우리한테 와서 여자와 돼지를 교환하려고 했던 이유는 따로 있을 것 같아. 그러니까 내 말은, 왜 하필 우리야?"

"여자애들의 수준이 높으니까?"

"아니야. 아니, 내 말은, 우리 여자들이 수준이 높은 것은 맞지만, 그게 놈들 목적은 아니라는 뜻이야. 그냥 여자를 납치하면 되는데 왜 안 그랬을까? 우리처럼, 음…… '사회'를 존중하는 것도 전혀 아니잖아."

"그런 데에는 정말 신경을 안 썼지. 우리가 교환하지 않겠다고 하니까 공격하려고 했잖아."

"맞아. 동등하게 물물 교환을 하려는 사람이라면 그런 식으로 행동하지 않아."

"그럼, 왜 우리 걸 그냥 약탈하지 않은 건데?"

"위험하니까. 필요한 걸 다른 방법으로 얻어낼 수 있을 때에는 굳이 위험을 무릅쓸 필요가 없지. 불평등 교역. 식민지 같은 거. 식민지로 만들면, 사람을 죽이지 않고도 약탈할 수 있어. 식민지 사람들을 자기 체제 안으로 편입시키고, 식민지의 재산을 가져가는 거지."

우리는 또 경제학을 이야기한다. 돈나의 짜증 섞인 한숨 소리가 귀에 생생하다.

내가 말한다.

"중상주의. 그런데 여자를?"

"여기 쌍둥이 이야기 못 들었어? 여자들이 업타우너들한테서 탈출하려 한다잖아. 여자들이 탈출하면 어떻게 될까? 그 여자들이 반란을 일으키면?"

"그래서 우리를 노예로 만들려고 한다? 우리를 약탈하려고? 속셈 없는 사람은 없지. 그게 뭐 새삼스러운 일이야?"

"그렇게 단순한 이야기가 아니야. 돼지는 누가 키우지? 우유는 어디에 써?"

"내가 마실 카푸치노에."

"그래. 우유가 어디서 나왔을까? '그 사건'이 일어난 지 벌써 2년이 지났는데……."

"통조림 우유 같은 건 없나? 아니면, 팩에 들어서 오래 보존되는 우유도 있잖아."

브레인박스가 고개를 가로젓는다.

"멸균 우유 보존 기간도 길어야 일 년이야."

내가 말한다.

"알았어. 그럼, 그놈들한테 젖소도 있다고 치자. 그래서?"

"그놈들한테는 돼지도 넉넉한 거야. 여분이 있을 만큼……."

"그렇지. 필요한 물건을 물물 교환에 내놓지는 않지."

그제야 브레인박스의 말뜻이 이해되기 시작한다.

프랭크는 워싱턴스퀘어에 있는 작은 밭에서 농사를 짓느라 무진장 애쓴다. 그래도 우리는 먹을 것을 구하러 나가야 하고, 그나마도 이제 바닥나기 직전이다.

도서관의 유령들은 브라이언트 공원에서 채소를 재배하지만, 그것으로는 충분하지 않아서 살아남으려고 식인을 한다.

그리고 두더지족은 지하에서 먹을 것을 찾는다.

나는 놀라며 말한다.

"그놈들한테 농장이 있구나. 작은 텃밭이나 정원 같은 게 아니라 아주 큰 농장이 있어. 업스테이트나 롱아일랜드에 있겠지."

"바로 그거야."

"그렇지만 농장이 없으면? 식민지든 동등한 관계든, 그냥 물물 교환만 하고 있는 거라면?"

"상관없어. 중요한 건……."

"중요한 건 '여분이 있는 곳에 미래가 있다'는 사실이지."

여분이 있으면 식량을 비축할 수 있다. 그러면 삶을 유지할 수 있다.

그러면 다시 시작할 수 있다.

만약…….

만약 '그 병'에 대한 브레인박스의 생각이 맞다면……. 만약 우리가 '그 병'을 어떻게 할 수 있다면……. 만약 우리가 플럼아일랜드에 갈 수 있다면……. 만약…….

내가 말한다.

"브레인박스, 만약에 우리가 '그 병'에 관해서 알아낸다면……."

"그러면?"

"그러면 우리는 업타우너를 어떻게 해야 해."

"어떻게 하다니?"

나는 수천 명의 업타우너를 떠올린다. 거기에 비하니 우리 부족은 보 잘것없다. 게다가 우리 원정대는 넓은 바다에 떠다니는 나무 부스러기 같다.

동굴 저쪽에서는 음악이 들린다. 웃음소리, 말소리도 들린다.

나도 그냥 거기 있을 수 있으면 얼마나 좋을까.

하지만 내 머릿속은 희망과 두려움으로 가득하다. 지금은 온갖 것을 잃었지만, 우리가 좋은 것, 어쩌면 '그 사건' 이전보다 훨씬 좋은 무언가 를 건설할 수 있을지도 모른다는 희망.

너무 늦을지도 모른다는 두려움. 어찌어찌하여 이 난관을 뚫고 살아남 는다 해도 적들의 위협에 결국 죽임을 당할지도 모른다는 두려움.

음악이 들리는 곳까지 가기에도 너무 피곤하다. 돈나를 보면서도 돈나 에게 손도 댈 수 없는 것이 너무 슬프다.

내 마음이 나에게 말한다. '돈나와 너는 맞지 않아.' 나는 미래를 원하 지만, 돈나가 원하는 것은 과거뿐이다. 그래서 돈나는 나를 사랑하지 않 는다. 돈나는 자기 아이폰을 더 사랑한다. 과거의 부름을 받는 듯, 아이 폰을 충전하고 늘 가지고 다닌다.

하지만 나는 지금 여기에 있다.

브레인박스는 라디오를 만지작거리고 있다. 나는 브레인박스를 두고 내 침대로 가서 눕는다. 일어나야 하는 게 아닐까? 혹시 이번에는 상황이 달라지지 않을까?

그러다가 잠이 든다.

꿈에, 브레인박스의 수동 라디오에서 들리는 지지직 소리가 끝없이 이어진다. 그러다가 소음의 바다에서 갑자기 벗어나 목소리가 들린다. 나는 눈을 뜬다고 상상한다. 브레인박스가 나를 내려다보면서 라디오 다이얼을 돌리고 있다. 지지직거리는 소리가 다시 들린다.

비현실적으로 거대하게 굵은 빗방울이 금속 지붕을 때린다.

쥐가 찍찍거린다.

그러다가 잠에서 깬다. 피터가 나를 흔들어 깨우고 있다.

"왜?"

빗소리는 터널에 울리는 총소리였다.

피터가 말한다.

"놈들한테 발각됐어."

나는 일어난다. 혈관에서 아드레날린이 용솟음친다. 비닐 천막에 비치는 그림자로 다른 아이들이 짐 챙기는 모습이 보인다.

산소를 삼키는 불처럼 두려움이 이곳을 집어삼키고 있다. 총을 들고 싸우러 가는 아이도 몇 명 있지만, 대부분은 다 팽개치고 달아나고 있다. 서로 껴안은 채 그 자리에 얼어붙은 아이들도 있다.

랏소가 눈을 휘둥그레 뜨고 나타난다. 손에 라이플총을 들고 있다.

"어서! 여기서 나가! 업타우너들한테 발각됐어. 오래 못 버텨."

달아나기는 싫다. 두더지족들을 업타우너들에게 당하게 두고 그대로 달아나서는 안 된다.

"랏소, 샛길 없어? 우리가 놈들 뒤로 몰래 접근할 만한 샛길이 있지 않을까? 놈들을 여기서 멀리 유인할 수 없어? 그 사이에 다들 탈출할 수 있을 거야."

랏소가 고개를 끄덕인다. 우리에게 따라오라고 손짓한다. 열차를 지나갈 때, 쌍둥이가 무기를 갖추고 업타우너들 쪽으로 가는 모습이 보인다. 고스족 차림의 여자와 랏소가 서로 눈빛을 교환하며 지나간다.

랏소는 또 다른 문으로 우리를 이끈다. 문이 끼익 소리를 내며 열리고 아래로 내려가는 계단이 나온다. 우리는 지저분한 계단을 서둘러 내려간다. 그다음, 직원용 복도 같은 곳을 지나간다. 랏소는 조명이 환히 켜진 곳을 가듯 능숙하게 달려가고, 나는 헤드램프를 켜서 간신히 랏소를 따라잡는다.

다시 위로 이어진 계단을 오르고, 철로가 늘어선 공터로 나온다. 찬 공기가 훅 밀려온다. 우리는 업타우너들 뒤로 온 것 같다. 이제 총소리가 다른 방향에서 들린다.

랏소가 말한다.

"자, 이제 어쩔 계획이야?"

나는 벌떡거리는 심장을 진정시키려고 숨을 고른다.

"놈들하고 싸워야지. 놈들의 주의를 우리 쪽으로 끌 거야. 아니면 적어도 놈들을 반씩 흩어지게라도."

돈나가 말한다.

"젠장, 서둘러! 이러다가 놈들 손에 다 죽겠어!"

돈나는 총소리가 나는 쪽으로 내달린다.

우리는 최대한 빨리 돈나를 뒤따라 달린다. 총을 쏠 때 나오는 섬광이 터널 벽에 반사되어 보이는 곳까지 간다.

업타우너들은 두더지족들의 동굴에 총질하느라 정신없어서 우리가 다가오는 것을 알아채지 못한다. 우리는 천장을 떠받친 기둥 사이로 길을 고르며 놈들 50미터 앞까지 다가간다. 총싸움을 피해서 달아나는 쥐들이 우리 발목으로 줄지어 지나간다.

두더지족의 캠프장으로 이어지는 문이 보이고, 문이 닫히지 않게 괴어 놓은 작은 인형도 보인다. 누구인지 모르지만 업타우너들에게 얼른 총을 쏘고 몸을 숨기며 업타우너들을 잘 막고 있다.

총을 쏘는 두더지족이 몸을 숨길 때마다 업타우너들은 조금씩 앞으로 다가가서 그 두더지족이 숨을 공간을 좁혀 간다. 더 이상 숨을 곳 없이 업타우너들에게 포위되는 것은 시간문제다. 총소리는 간헐적이다. 독립기념일 불꽃놀이가 지나간 뒷마당에 옛날 뉴스룸의 타자 소리가 와르르 울리는 것 같다. 마구 터뜨릴 만한 탄알을 가진 사람은 아무도 없다.

이 상황을 이해 못 하는 듯한 랏소가 갑자기 자기 AR-15 소총으로 중간을 향해 5초 동안 총알을 퍼붓는다. 총알이 끝난다. 랏소는 총이 망가지기라도 한 듯 빈 총을 바라본다.

그래도 효과는 있다. 업타우너들은 사격을 멈추고 서로에게 소리치며 허둥지둥 새로운 위치로 이동한다. 어느새 총알은 우리 쪽으로 날아온다. 기둥에서 핑핑 소리가 나고, 천장에서 흙먼지가 후두두둑 떨어진다. 랏소는 엉덩방아를 찧고, 나는 바닥으로 몸을 던진다.

그사이 돈나는 문으로 향한다. 돈나가 업타우너들과 위험할 만큼 가까이 가 있다. 다른 친구들도 돈나를 따르고 있다. 내가 무슨 수를 쓰지 않으면 우리는 몸을 숨길 곳을 잃게 된다. AR-15 소총이 있으면 얼마나 좋을까. 지금은 어머니와 아버지보다 총이 그립다. 왜 이런 엉뚱한 생각이 떠오를까 생각하는 순간, 문간에서 업타우너들을 방어하던 두더지족이 다시 나타난다.

그 두더지족의 정체는 바로 테일러다. 플라스틱 귀고리를 한 깡마른 금발 소녀. 테일러는 업타우너들에게 또 총을 쏘려고 튀어나오지만, 행운은 더 이상 테일러의 편이 아니다. 가슴에 총을 맞고 뒤로 쓰러진다. 그리고 모습이 보이지 않는다.

돈나가 고함을 지르며 일어서서 카빈총을 사방으로 쏘며 달려간다. 돈나가 문까지 달려가는 동안 피터와 브레인박스가 엄호하려 애쓴다.

셋을 뺀 나머지는 뿔뿔이 흩어져 있다. 업타우너 네 명이 자기 위치에서 일어나서, 총을 쏘며 돈나와 나 사이로 나온다. 나는 랏소 옆으로 급히 달려간다. 내가 다가가자, 랏소는 신음을 내뱉는다.

오른쪽 눈이 있던 자리는 핏덩이뿐이다. 입은 벌어져 있다. 입 밖으로 나오는 소리는 나무가 삐걱거리는 것 같다.

나는 랏소의 옷깃을 잡고 비틀거리고 미끄러지며 힘들게 뒤로 끌어가기 시작한다. 업타우너들은 계속 다가오고 있다. 기둥 뒤에서 나는 랏소의 목에 손가락을 댄다. 소용없다. 내 심장이 너무 빨리 뛰고 손가락이 덜덜 떨려서 랏소의 맥박을 확인할 수 없다.

랏소의 남은 왼쪽 눈에 초점이 없다. 나를 보고 있지 않다.

죽었다.

나는 손으로 랏소의 눈을 쓸어 감긴다. 영화에서 배운 것이다. 나는 랏소의 총을 잡는다. 랏소의 손에는 힘이 하나도 없지만, 랏소의 손가락은 짐승의 발톱처럼 오무린 채 여전히 총을 쥐고 있다.

업타우너들은 점점 다가오고 있고, 지금은 다른 친구들 옆으로 갈 방법이 없다. 그쪽으로 달려가면 업타우너들의 총격을 그대로 받을 게 분명하다. 랏소의 AR을 확인해 본다. 총알은 확실히 없다. 그냥 달리는 것 외에 선택의 여지가 없다.

나는 총격이 벌어지는 곳에서 거리가 먼 송전탑까지 재빠르게 움직인다. 업타우너들이 내 쪽으로 총을 몇 발 쏜다. 적어도 내가 업타우너들의 주의를 친구들에게서 조금은 돌리고 있다. 하지만 친구들과 나 중에 누가 더 불리한 위치에 있는지는 나도 모른다. 내게는 업타우너들의 총격에 대응할 무기가 아무것도 없다. 게다가 나는 돈나가 있는 곳으로부터 조금씩 점점 더 멀리 몰리고 있다.

업타우너 네 명이 나를 에워싸려고 쫓아오자, 달릴 수밖에 없다. 내 마음 한쪽에는 업타우너들이 나를 쫓아오리라는 희망이, 다른 한쪽에는 친구들이 공격을 받는다 해도 나는 살아남고 싶다는 동물적 본능이 자리를 잡고 있다. 두 마음 사이에서 나는 찢어진다.

나는 그 생각들을 억누르고, 머릿속 '자기 비난 창고'에 넣어 둔다. 나중에 다시 살피며 그 가운데에 쓸 만한 것이 있는지 알아봐야지.

나는 정신없이 어둠 속을 훑어본다. 마침내 내 앞 아주 어둡고 어두운 곳에 커다란 구멍을 발견한다. 나는 그곳으로 몸을 던진다. 놈들이 나를 찾느라 비추는 불빛은 내 주위를 잿빛으로 물들이고, 총알에 먼지가 튀고 검댕이 흩날린다.

놈들이 사격을 멈춘다. 나를 죽일 총알을 아끼는 것이리라. 숨죽인 내 숨소리와 내 뒤를 쫓는 놈들의 고함 소리, 군화 소리, 욕하는 소리, 침 뱉는 소리 등등만 귀에 울린다. 계전기함에 정강이를 부딪친다. 나는 일어서서, 찬 공기가 들어오는 쪽으로 향한다. 어둠 속에서 눈앞에 색색의 점이 떠다니고 섞이고 통통 튄다. 그 사건 전에 집에서 침대에 누워 잠을 청할 때 감은 눈꺼풀 앞으로 보이던 점들 같다. 그런 점들을 처음 알아챘던 어릴 때에는 내가 점들을 몰아내기 전에 내 머릿속 목소리에 그 점들이 사라지고 암흑만 남았다. 나는 어둠 속에서 그 색색의 점들을 다시 발견하고 있다.

뒤쫓는 소리가 점점 조용해진다. 나는 걸음을 멈추고 귀를 기울여 본다. 말소리가 희미해지다 갑자기 뚝 그친다. 놈들이 방향을 돌린 것 같다.

드디어 혼자가 되었다. 총을 어찌나 꽉 쥐었던지 손이 아프다. 가슴이 터질 듯이 아프다. 동공이 커지고 흐릿하던 시야가 점차 밝아온다. 물이 떨어지는 소리뿐, 다른 소리는 들리지 않는다.

친구들은 어둠 속에 있겠지. 죽었는지 살았는지도 알 수 없다. 3미터나 4미터 위, 아니, 어쩌면 그보다 더 높은 곳에 폐허가 된 뉴욕이 있겠지. 하지만 위로 어떻게 올라가야 할지 나는 모른다. 나는 길을 잃었다.

울음이 터진다. 어둠 속에서 울고 있는 어린아이. 나는 엄마와 아빠를 생각한다. 땅속에 묻힌 엄마, 바다에 뿌려진 아빠. 나는 형을 생각한다.

그러자 눈물이 멎는다. 형이라면 어떻게 했을까? 형이라면 훌쩍이며 앉아 있지 않을 것이다.

숨을 크게 들이쉬고 일어선다. 여기는 터널 속이고, 철로가 양쪽으로 뻗어 있다. 헤드램프는 이마에서 목으로 미끄러져 내려와 있다. 나는 헤드램프를 다시 이마에 쓰고 불을 켠다. 배터리가 아직 남았기를, 업타우너들이 근처에 있지 않기를 기도한다.

벽에 튀어나온 장비들과 철로들 사이에서 중심을 잡으며, 달리던 방향으로 계속 전진한다. 이쪽으로 가는 게 좋겠다고 결정했지만, 오히려 놈들에게 포위되는 게 아닐까 하는 두려움이 견딜 수 없을 만큼 높이 차오른다.

10분쯤 걸었을까. 걸으면서, 철로 기둥에 붙은 암호 같은 숫자들의 뜻을 파악하려 애쓰고, 열차들이 어디 있을지 생각한다. 열차들은 집결지에 모여 있을지도 모른다. 어떤 사람이 언젠가 다시 예전 같은 세상이 돌아오기를 바라며 열차들을 모아 두었을지도 모른다.

사람들이 서로 몸을 부딪고, 숨결을 느끼고, 상대의 판단을 믿는 등 공공 생활을 하며 살아가던 시절이 있었다니, 모두가 도저히 있을 수 없는 일 같기만 하다.

검은 콘크리트 벽이 갑자기 갈라지고 지저분한 흰 타일로 바뀐다. 역에 다가가고 있다. 나는 벽에 바짝 붙어서 몸을 숙인 채 살금살금 걷기 시작한다. 총알도 없는 총으로 공연히 앞을 겨눈다.

블루 모자이크를 보니, 여기는 록펠러센터역이다. 남쪽으로 갔다가 서쪽으로, 다시 북쪽으로, 빙 둘러서 돌아온 것이다. 몸을 낮춘 채 어두운 철로를 따라서 살금살금 걸어가니, 내 눈높이의 승강장 단이 이어진다.

그다음, 계단을 올라가 어두운 승강장으로 나온다. 승강장으로 올라와도 밀도만 다를 뿐, 어둡기는 마찬가지다. 하지만 한참 동안 어둠 속을 돌아다녀서 이제 눈이 어둠에 익숙해졌다.

헤드램프를 끄고 승강장 턱 아래로 다시 뛰어내린다.

발소리가 들렸기 때문이다. 멀리서 천천히 걷는 소리. 한 사람이다. 승강장에서 뭘 찾고 있는 것 같다. 나는 아직 발각되지 않았다.

나는 벽에 몸을 딱 붙인다. 누구라도 승강장 끝까지 와서 몸을 숙이지 않는 한 내 모습을 들킬 리 없다.

낯선 숨소리가 귀에 들린다. 나는 천천히 '와키자시' 칼자루 끝으로 손을 가져가서 칼집에서 칼을 조금 뺀다. 나무 긁히는 소리가 난다. 내 귀에는 그 소리가 천둥 소리처럼 들린다.

숨소리가 그친다.

몇 초가 몇 시간처럼 길게 느껴진다. 내 심장이 쿵쾅거리는 소리와 천장에서 떨어지는 물소리만 들릴 뿐이다.

칼 꺼내는 소리를 들킨 게 분명하다. 아니면 왜 발소리가 멈췄겠나. 이제 달아날 곳도 없다. 달려가려면 승강장 턱 밖으로 나가야 하는데, 그러면 곧장 내 모습을 들키고 만다.

그러다가 다시 발소리가 들린다. 실제로 내 머리 위까지 가까이 왔다가 점점 더 멀어진다. 어디로 갔을까? 이쪽을 보고 있을까, 아니면 다른 데로 눈을 돌렸을까?

나는 해적 영화에서 본 것처럼 입에 칼을 물고 조용히 가만가만 승강장으로 몸을 내민다. 이런 모습으로 죽임을 당하면 부끄럽겠지. 그런 생각이 머리에 스치고, 몸을 바싹 낮춘 채 승강장 위로 나간다.

발소리의 주인은 어둠 속에서 검은 형태만 보인다. 윤곽으로 보아서는 키가 작은 것 같다. 가느다란 다리, 깡마른 몸, 권총의 총열이 눈에 들어온다.

조용히 재빠르게 다가가면 놈을 잡을 수 있을 것 같다. 나는 숨을 누르고 몸을 일으키며 오른손에 칼을 쥔다.

그때 상대가 몸을 돌리고 총구를 내 쪽으로 돌린다.

놀랍게도 여자아이다. 어둠 속에서 상대가 업타우너 병사일 것이라고 계속 상상했는데, 그 생각과 전혀 다른 결과를 보니 몹시 놀랍다.

여자는 금발에 호리호리한 체격이다. 핀트가 어긋난 내 머리는 그 여자가 예쁘다고 성가시게 말하고 있다. 커다랗고 파란 눈. 큐피드의 활 같은 입술. 찢어진 티셔츠 속으로 보이는 봉긋한 가슴과 매끈한 배. 여자는 숨을 헐떡이고 있고, 그때마다 티셔츠가 들썩인다. 여자애도 나만큼 겁먹은 것 같다.

어쨌든 여자애의 사정을 헤아리는 것은 거기까지다. 여자애가 겨눈 총의 빨간 레이저가 내 가슴에 닿아 있고, 여자애는 당장이라도 나를 죽일 기세다.

여자애가 분명하고 당당한 목소리로 말한다.

"칼이랑 총, 내려놔."

나는 우물쭈물 말한다.

"그렇지만……."

여자애가 내 말을 가로챈다.

"그렇지만 뭐?"

"그렇지만 그러면 나는 무방비 상태가 돼."

여자애가 비웃는다. 어딘지 눈에 익은 표정이다.

"똑똑하네. 다 내려놔."

나는 허리를 굽혀 총과 칼을 바닥에 내려놓는다. 물론 내 머릿속에는 칼을 내려놓는 척하면서 여자애한테 던져서 명중시키는 상상이 펼쳐진다. 그러나 내 재주가 그처럼 갑자기 마구 좋아질 리는 없다.

게다가 이 예쁜 여자를 그냥 죽이는 것은 잘못이라는 이상한 생각도 든다.

이런 가책을 느끼면 아주 불리해진다. 이 여자애도 다른 적들과 똑같이 나에게 위협이 되는 존재로 보아야 하는데, 여자애를 좋게 보려는 편견이 쉬 사라지지 않는다.

돈나가 혀를 내두르는 모습이 눈에 선하다.

여자애가 말한다.

"앞으로 두 걸음 나와서 꼼짝하지 마."

나는 시키는 대로 한다.

이제 내 총과 칼은 뒤에 있다. 그리고 여자애는 3미터쯤 앞에 있다. 내가 여자애를 붙잡으려고 달려가는 사이에 여자애는 나에게 총을 몇 번이나 쏠 수 있을까? 나를 죽이기에 충분할 만큼 쏠 수 있겠지.

우리는 가만히 서 있는다. 여자애가 나를 아래위로 훑어본다.

내가 말한다.

"자, 이제 마음대로 해."

여자애가 말한다.

"다른 사람들은 어디 있어?"

"다른 사람들? 누구?"

"수작 부리지 마. 같이 달리던 네 명 있잖아. 상년 둘……."

여자애는 자기 말을 바로잡으며 다시 말을 잇는다.

"여자애 둘이랑 남자애 둘. 두더지족들도 있었고……. 돌아가서 숨은 건가?"

여자애가 어둠 속을 바라보며 소리친다.

"섣부른 짓 하면 다 죽여 버리겠어."

내가 말한다.

"뿔뿔이 흩어졌어."

여자애가 눈을 깜박인다.

"걔들은 안됐네."

"친구들이 나보다 잘하고 있을걸."

"아니, 네가 운이 좋은 거야."

여자애는 그렇게 말한 뒤 가늠자에서 눈을 떼고 말을 잇는다.

"좋아, 거래를 하자."

"뭐?"

"내가 너를 업타우너들한테서 구해 줬으니까, 너는 나를 너희 부족에 끼워 줘."

"우리가 무슨 부족인지 알아?"

"당연히 워싱턴스퀘어지."

"어떻게 알았어?"

여자애가 대답이 없자, 나는 말을 덧붙인다.

"그건 곤란해."

"왜? 네가 대장이잖아? 아니야?"

그러자 이 여자애가 누구인지 떠오른다. 업타우너들이 돼지를 여자와 교환하자고 가져왔을 때 같이 있던 여자애다. 업타우너들 사회로 가도 여자가 잘 살 수 있다고 본보기로 보여 주던 여자애.

여자애의 왼쪽 입술 위에 멍이 보인다. 전에는 화장으로 가렸던 그 멍이다.

여자애가 말한다.

"무슨 짓이야?"

"뭘? 무슨 말이야?"

"지금 나를 훑어보는 거 아냐? 내 몸을 훑어봐?"

"아냐!"

여자애의 질문이 지금 상황에 어울리지 않지만 나는 아니라고 대답한다. 하지만 대답과 달리 방금 여자애를 훑어본 것이 사실이다.

여자애가 말한다.

"세상에, 남자들이란!"

빨간 레이저가 잠깐 내 몸을 벗어난다. 나는 여자애가 총을 쏘기 전에 얼른 여자애 앞까지 달려가 왼손으로 여자애의 손목을 잡는다. 여자애의 총을 뺏을 수 있다면, 여기서 빠져나가 친구들을 찾을 수 있겠지.

여자애는 다리를 내 다리에 걸고, 팔꿈치로 내 목을 가격하고, 이마로 내 코를 세게 들이받는다. 눈에서 불이 번쩍 나고 귀에서 찡찡 소리가 난다. 그래도 나는 손목을 놓지 않을 작정이다. 여자애는 방아쇠를 당겨 허공에 총을 쏜다. 그래도 나는 손목을 놓지 않는다.

여자애는 보기보다 힘이 세다. 잠시 우리는 고착 상태다. 서로 우세한 자세를 잡으려고 싸우며, 거친 숨소리와 목 깊은 곳에서 나오는 그르렁 소리만 들린다.

그러다가 별안간 여자애의 입술이 내 입술에 맞닿는다.

뜻밖의 일이다.

처음에 나는 여자애가 키스를 하려고 하는 것인지 내 입술을 깨무려고 하는 것인지 분간하지 못하지만, 곧 키스임을 깨닫는다.

우리 몸은 여전히 싸우고 있지만, 우리 입술은 키스를 하고 있다. 어떻게 이럴 수 있는지 나도 모르겠다.

여자애의 다리는 여전히 내 다리를 감고 있지만, 처음과 의미가 다르다. 한편, 손은 여전히 싸우고 있지만, 다른 신체 부위에서 신호가 오기 시작하자 손의 힘도 풀어진다. 총이 철커덕 소리를 내며 땅에 떨어지고 우리 손가락은 싸우는 문어들처럼 서로 깍지를 끼고 있다.

여자의 손이 내 등을 훑으며 꼬리뼈까지 내려온다. 내 손도 여자의 등에 있다. 그리고 우리는 뒤엉킨다.

문득 전에 형과 나누었던 대화가 떠오른다. 내가 여자와 아무 관계도 못 맺는다고 실의에 빠져 있을 때, 형이 말했다. 그런 일은 언제 벌어질지 절대 알 수 없다고, 결코 벌어지지 않을 것 같은 순간에 벌어진다는 말이었다. 그래도 이건 좀 어이없다.

그리하여 나는 나를 총으로 쏘려고 하던 여자애와 욕정을 나누고 있다. 비교할 만한 경험은 별로 없지만, 아주 좋다. 엄청나게 배고플 때 음식을 먹거나, 몹시 더운 날에 차가운 청량음료를 마시는 것 같다. 내 배에 맞닿아 꿈틀거리는 여자애의 작은 배가 느껴진다. 여자애의 혀, 활처럼 휜 등, 내 다리를 누르는 여자애의 발도 느껴진다.

작은 속삭임이 들린다.

'돈나는 어떡해?'

하지만 잠시 후, 그 속삭임도 사라진다.

'어차피 돈나는 신경 안 쓸걸.'

돈나

그런 적 있어? 멋진 남자를 코앞에 두고 몇 년 동안 먼 곳만 찾다가 그 남자한테 반했다는 걸 깨닫는 순간 총싸움이 벌어지고 피에 굶주린 적들 때문에 그 남자랑 헤어지게 된 적 있어?

내 말 이해해?

그래.

실제로는 한 시간쯤 될 시간이, 뭐냐, 영원 같았어. 그리고 우리는 잠시 멈춰서 쉬고 있어.

나는 머릿속에 방을 만들고 지금 일어난 일들, 비명과 도망과 울음을 모두 그 방에 집어넣어. 그리고 제퍼슨도…….

쓸모없는 생각들이 고개를 들고 펼쳐져. 간밤에 내가 제퍼슨을 깨워서 내 감정을 말했다면, 공격이 시작됐을 때 제퍼슨이 내 옆에 있었을지도 몰라. 제퍼슨이 내 옆에 바짝 붙어서 우리는 떨어지지 않았을지도 몰라. 그러면 나는 제퍼슨을 놓치지 않았을지도 몰라.

나는 그 생각을 밀어제쳐. 하지만 생각을 완전히 밀어제칠 수는 없잖

아. 안 그래? 그러니까 내 말뜻은, '생각을 밀어제친다'는 그냥 은유야. 그냥 '뭐랄까'지. 생각은 사람이 아니야. 나를 괴롭히러 오는 사람을 대처하듯 할 수 없어. 생각에는 문도 없어. 닫아 버릴 수 없어. 생각은 물이나 바람이나 타는 냄새에 더 가까워. 틈을 찾아서 흘러들지.

제퍼슨, 내 생각이 맞았어. 세상을 바로잡겠다는 생각은 좋지 않았어. 이제 너는 혼자 어둠 속에 멀리 떨어져 있어.

그래도 나는 너를 찾아내서 지킬 거야.

우리는 선로 한가운데에 옹송그리고 모여 있어. 지하철이 다니면 뭐냐, 위험하겠지. 지금은 아주 안전해. 제퍼슨만 빼고 친구들 모두가 내 옆에 있어. 기적 같은 일이야. 두더지족들 중에 죽임을 당하거나 붙잡히지 않은 애들은 어둠 속으로 자취를 감췄어. 그걸로 봐서, 우리도 잘 숨으면 살아남을 수 있어.

아까 각기 다른 방향으로 두 번 가 봤는데, 두 번 다 업타우너들이 뭐냐, 우리를 기다리고 있던 것처럼 앞을 가로막고 있었어. 길들을 막고 우리를 한쪽으로 모는 것 같아. 포위된 것 같아.

나: 여기가 어디인지 아는 사람 있어?

모두가 고개를 가로젓는데, 브레인박스가 말해.

"53번가 아래 E 라인이야. 5번가에서 200미터 서쪽."

나: 대략 그렇다는 말이야?

브레인박스: 아니.

피터: 걱정하자거나 뭐 그런 뜻으로 말하는 건 아닌데, 이제 젠장, 어쩌지?

시스루: 업타우너들이 사방에 있어.

나: 나도 알아.

피터: 맨홀 같은 데로 빠져나갈 수 있지 않을까? 열차 운행을 관리하는 데에 필요한 맨홀 같은 게 있잖아.

브레인박스: 시스템이 달라. 전기와 증기 시스템을 헷갈린 거야.

나: 알았어. 그럼, 어떻게 하면 빠져나갈 수 있어?

브레인박스: 7번 애비뉴 57번가부터 렉싱턴역 63번가까지 안 쓰이는 선로가 있어.

나: 안 쓰이는 선로? 전부 다 안 쓰여. 온 세상이 안 쓰여.

안 쓰이고. 병들고.

브레인박스: 내 말은 그 선로가 승객용 열차에는 쓰이지 않았다는 뜻이야. 아마 업타우너들은 그 선로를 모를 거야. 그 선로는 2번 애비뉴에 짓고 있던 노선에 연결돼.

나: 너는 그런 걸 어떻게 알고 있어?

브레인박스: 너희가 노래하고 있을 때 나는 두더지족들한테서 지하철 터널 정보를 듣고 있었어.

나: 알았어. 그럼, 제퍼슨을 찾아내서 비밀 선로로 나가자. 됐지?

친구들이 내 눈을 피해. 뭐냐, '금붕어가 죽었다고 알리지 말자' 같아. 내가 학교에 간 사이에 새 금붕어를 사다 놓듯이 제퍼슨을 사다 놓을 수 없다는 것만 다르네.

나: 왜?

피터: 나도 그러고 싶어. 너도 알잖아, 내 마음. 그런데 …… 제퍼슨이

살아남았을 줄 어떻게 알아?

브레인박스: 아마 죽었을걸.

나: 세상에, 브레인박스, 너는 왜 애가 그 모양이니? 입장 바꿔 봐. 제퍼슨이 너를 버리고 가겠어?

브레인박스: 제퍼슨이 죽어서 기쁘다는 말이 아니잖아. 아마 죽었을 거라고 말한 것뿐이야.

물론 브레인박스의 말은 틀린 말이 아니야. 원칙적으로는…….

브레인박스: 게다가 제퍼슨이 살아 있다면, 지금 제퍼슨이 처한 상황에서 어떻게 해야 할지 가장 잘 알고 있는 사람은 제퍼슨 자신이 아닐까? 지금쯤 터널 위로 나갔을지도 몰라.

시스루가 다른 애들을 보면서 말해.

시스루: 나는 돈나랑 같이 가겠어.

시스루는 브레인박스를 떠밀어.

시스루: 멍청이! 돈나는 제퍼슨을 좋아해. 너도 혼자 떨어져 있으면 내가 구하러 가기를 바랄 거잖아.

브레인박스: 나도 제퍼슨을 구하고 싶어. 나는 그저 사실을 지적한 거야. 아마 제퍼슨이…….

나: 그래, 그래. 알아들었어.

브레인박스: 그러니까 구하러 가는 게 최선은 아니야.

나: 맞아. 그런데 이제 내가 대장이야. 그러니까 내 말대로 해.

피터: 아, 돈나, 거기에는 반대야. 누구 마음대로 대장이야?

나: 내 마음대로. 책임을 떠맡고 싶은 사람 있으면 말해.

조용하네.

우리는 서둘러서 배를 조금 채워. 참치와 콩 통조림. 다행히 다른 도구 없이 딸 수 있는 원터치 캔이야. 칼로 캔을 따다가 다치는 것보다 낫지만, 그래도 알루미늄 뚜껑을 딸 때 바이올린 음계 같은 팅 소리가 터널에 울려.

우리는 왔던 길을 다시 살금살금 걸어가며, 업타우너들이 포기하고 돌아갔기를, 제퍼슨이 거기 숨어 있기를 꿈꿔.

두더지족 캠프에서 꽁지 빠지게 달아날 때에는 못 봤는데, 터널이 갈라지는 지점이 있어. 이번에는 다른 길로 들어서서, 어두워서 비틀거리며 앞으로 나아가.

이 어둠은 우리가 밤에 방에서 느끼는 거랑 달라. 바깥세상에는 창문도 있고, 가로등도 있고, 밤에 불을 켠 빌딩도 있었지. 시계 LED 불빛, 오디오와 텔레비전의 대기 표시 불빛도 있었어. 눈을 감아도 전자기장의 윙 하는 작은 소리가 눈에 말을 걸었지. 휴가지에서 보는 어둠도 아니야. 휴가지의 어둠에는 반짝이는 별빛과 희미하게 빛나는 달빛이 있지. 이건 진짜 어둠이야. 태양과 나 사이에 수천 톤의 먼지가 있고, 전구는 다 꺼져 있고, 공기는 생명을 몽땅 빨아들여. 친구들이 옆에 없다면 나는 이 빌어먹을 어둠 속에서 영화 〈파라노말 액티비티〉에 들어간 것처럼 완전히 겁먹어서 질렸을 거야.

제퍼슨이 저기 혼자 있겠지. 생각만 해도 마음이 아파.

그래서 내가 총을 쏜 거야.

윤곽으로만 보이는 사람이 한 명이 아니었으니까.

제퍼슨이 혼자 있을 거라고 생각했으니까.

더듬거리면서 앞으로 걸어나간 지 30분쯤 지났을까, 총소리가 딱 한 번, 재채기처럼 울려. 우리는 소리 난 곳을 찾아서 굽은 길을 몇 번 지나고 승강장으로 올라가.

사람 형태를 발견하고 우리는 땅에 엎드려. 아니, 나는 기둥에 부딪쳐서 엉덩이에 멍이 들며 엎드려.

소리가 나는 곳 가까이로 조심스레 가 보니, 승강장에서 두 사람이 엉켜 있는 게 보여.

다른 사람들을 발견하고, 나는 얼른 몸을 숨기려고 바닥에 엎드리다 엉덩이를 바닥에 찧고 말아. 두 사람이 놀라서 마멋처럼 몸을 일으키는 것 같아. 나는 그 둘 중 한 사람을 최대한 정확하게 조준하려 애써.

두더지족이라면 자기 몸을 승강장에 노출하지 않고 벽에 딱 달라붙어 있겠지. 제퍼슨? 그럴 리는 없어. 나는 그렇게 생각했지.

그러니까 내가 못 맞힌 게 다행이야. 서로 빗나가는 총을 몇 발 쏴서 우리 친구들 모두 잔뜩 겁먹었을 때, 귀에 익은 목소리가 들려.

제퍼슨: 돈나?

나: 제퍼슨! 안 다쳤어?

제퍼슨: 네가 나한테 총만 안 쏘면 괜찮겠어.

나: 같이 있는 사람은 누구야?

제퍼슨: 얘기가 길어. 나 이제 일어설게, 알았지? 죽이지 마.

정말 제퍼슨이야. 내 말은, 모습을 바꾸는 괴물이 제퍼슨의 몸을 그대로 베껴서 똑같은 모습으로 서 있거나, 뭐, 그런 이야기도 있잖아. 그런데 이건 확실히 제퍼슨이야. 안도감이 밀려들어.

나는 일어나서 제퍼슨에게 다가가. 제퍼슨을 꽉 껴안아. 그런데 제퍼슨이 아주 조금 꺼리는 느낌이 들어. 내가 제퍼슨을 껴안는 것보다 제퍼슨이 나를 껴안는 압력이 몇 밀리바 적은 것 같아. 아냐, 돈나, 너무 소심하게 굴지 말자.

제퍼슨 어깨 너머로 금발 미녀가 보여.

나는 '도대체 누구야?' 하고 속으로만 생각하는데, 그 생각이 표정으로 다 드러나나 봐.

제퍼슨: 이쪽은 캐스야. 캐스, 얘는 내 친구 돈나야.

금발 미녀: 안녕?

나: 안녕?

나는 그 여자애가 알아채도록 적당히 냉랭하게 '안녕'이라고 말해.

정적.

나: 캐스, 지하철 터널에는 왜 들어왔어?

제퍼슨: 캐스가 그러는데, 업타우너들이 우리를 쫓고 있대.

피터: 그건 다 아는 얘기잖아.

금발 미녀: 진을 치고 기다리고 있어. 이스트강을 지나가는 터널 모두, 다운타운으로 가는 길 모두, 다 막혀 있어.

젠장.

브레인박스: 63번가에 있는 노선은 어때?

나: 브레인박스, 입 닥쳐.

제퍼슨: 캐스는 믿어도 돼.

나: 아, 그래? 왜?

제퍼슨이 의미심장한 표정으로 여자애를 바라보네.

제퍼슨: 내 친구들한테도 말해.

금발 미녀: 내가 여기서 내보내 줄게. 대신 나도 너희랑 같이 가게 해 줘.

피터: 뭐? 우리가 어디로 가는 줄이나 알아?

금발 미녀: 어디든 상관없어. 여기서 벗어나기만 하면 돼.

나: 우리가 거절하면?

여자애는 어깨를 으쓱하며 말해.

금발 미녀: 그럼 우리는 다 죽은 목숨이지.

제퍼슨: 우리는 그렇게 하기로 했어. 아니, 나는 그러기로 했어. 여기서 나가려면 도움을 받아야 해.

나: 네 입장은 뭐야? 뭐냐, 정치적 망명, 뭐, 그런 거야?

나는 캐스를 아래위로 훑어봐. 금빛 머리카락, 도톰한 입술, 아주 멋진 가슴.

빈약한 돈나에게 닥친 큰 골칫거리.

젖가슴: 업타운을 떠날 만한 이유가 있어.

나: 어떤 이유?

여자의 표정이 아주 잠깐 흔들리다가 다시 평정을 되찾아.

젖가슴: 업타운에서 무슨 일이 일어나는지 알기나 해?

알지. 두더지족 쌍둥이한테서 충분히 들었거든.

나: 알았어, 알았어. 총통.

나는 제퍼슨의 눈을 보면서 그 머릿속 생각을 읽으려 애써.

그런데 제퍼슨의 속을 도무지 모르겠어. 현명하게 행동하고 있는 걸까, 아니면 공주님을 구하는 걸까.

나: 어쨌든 총은 내가 압수하겠어.

나는 여자 앞으로 가서 손을 내밀어. 여자는 총을 내놓지 않아. 우리는 잠깐 남자들이 신경전을 벌이는 것 같은 모습을 연출하게 돼.

젖가슴: 시끄러운 깡통이네.

나: 시끄러운 깡통은 너야.

뭐냐, 화려한 말솜씨 같은 건 아니지만, 어쨌든 내 평정이 이 젖가슴 큰 여자애의 말에 금이 가.

시스루: 시끄러운 깡통 타령 그만해!

제퍼슨: 캐스, 총은 돈나한테 줘.

젖가슴이 제퍼슨을 한 번 쏘아보고 어깨를 으쓱한 뒤에 총을 나한테 넘겨.

나는 총을 빈약한 내 엉덩이 쪽 허리춤에 꽂아. 멋있게 보일 동작인데, 차가운 금속이 엉덩이에 닿아서 몸이 오싹해지는 바람에 나도 모르게 엉덩이를 움찔해. 그리고 이제는 실수로 내 엉덩이에 총이 발사되는 게 아닐까 하는 걱정이 드네. 나는 최대한 아무렇지 않은 척하려고 애써.

골칫거리: 좋아. 그럼 이제 여기서 나가자.

브레인박스: 63번가에……

골칫거리가 곧장 브레인박스의 입을 다물게 해.

골칫거리: 그만해. 그 비상용 터널이라면, 우리가, 아니, 저놈들이 벌

써 오래전에 찾아냈어. 길은 하나뿐이야. 5번 애비뉴 59번가.

나: 하나뿐이라고? 5번 애비뉴 59번가가 왜 그렇게 특별한데?

골칫거리: 왜냐고? 내가 보초를 서는 곳이니까.

그래, 참 대단하네. 우리는 쥐새끼들처럼 갇힌 신세고, 유일한 희망은 적의 반란군 한 명이라니.

골칫거리가 내놓은 뛰어난 아이디어라는 게, 5번 애비뉴 59번가로 나가서 센트럴파크로 가는 거래. 센트럴파크. 거기는 업타우너들의 손길이 닿지 않는다나. 당연히 그렇겠지. 야생 동물로 가득하니까.

지하철 터널에서 업타우너들한테 학살당하는 것보다는 낫겠지. 그렇지만 큰 차이는 없지 않아?

완벽한 계획을 짤 시간도 없어. 헬로키티 한정판 밀리터리 크로노미터가 가리키는 시간을 보니, 얼마 안 있으면 바깥에 동이 트겠어. 밖으로 올라갔을 때 몸을 숨길 어둠이 없으면, 나가자마자 적들한테 들켜서 죽을걸. 그렇다고 여기서 다시 밤이 되기를 기다릴 수도 없어. 우리를 쫓는 적의 수가 너무 많아. 위험 부담이 너무 커.

젖가슴이 북쪽으로 앞장서서 가면서 우리한테 설명하는데, 자기가 업타우너 사회 안에서는, 뭐냐, 고위층이라나. 그래서 총도 가지고 있대. 자기가 지키고 있는 지하철 출입구에는 다른 남자 보초도 한 명 있는데, 자기가 그 남자를 꼬드겨서 방심하거나 뭐 그렇게 만들 테니 그때 우리가 그 남자를 기절시키면 된대. 그다음에는 센트럴파크로 빠져나가는 거지.

꽤 멋진걸? 그렇지만 문제가 있어. 사람을 기절시키는 게 말처럼 쉬운 게 아냐. 영화나 드라마에서는 머리를 탁 때리면 푹 고꾸라져서 한참 뒤에 머리만 감싸고 깨어나지?

사실, 사람을 기절시키는 거랑 머리를 멜론처럼 박살내서 뇌를 사방에 튀기는 건 종이 한 장 차이야. 머리를 깨뜨리지 않고 때리기만 하는 데 성공하더라도, 맞은 사람이 내출혈이나 뇌진탕을 일으킬 확률이 높아. 혼수상태에 빠질 수도 있지. 놈들한테 쫓기고 있고 상황이 엉망이지만, 그래도 나는 우리 부족 의료를 담당하는 '의사 돈나'야. 그 사실을 잊을 수는 없어.

나는 보초를 인질로 잡아서 손발을 묶고 입에 재갈을 채워야 한다고, 단, 이번에는 광대뼈 때처럼 쉽게 빠져나올 수 없게 단단히 묶어야 한다고 주장해. 내 주장을 두고 의견이 분분하지만, 나는 인질을 내가 책임지겠다고 말해.

우리는 동쪽으로 몇백 미터 간 뒤에 북쪽으로 꺾어져서 좁은 계단을 두 번 올라가. 브레인박스는 우리가 E 노선에서 F 노선으로 넘어가고 있대. 예전에는 두 노선이 연결되지 않았지만, 어쨌든 그렇대. 가는 도중에 위에서 말소리가 들려. 우리는 걸음을 멈추고 들키지 않게 몸을 웅크려. 조금 지나니까 목소리가 점점 멀어져서 들리지 않아.

나는 젖가슴 뒤에 꼭 붙어 있어. 젖가슴이 우리를 함정에 몰아넣은 거라면 그 머리통에 총알을 박아야 하니까. 뭐, 말이 그렇다는 거지.

얼마 지나지 않아서 승강장이 나오네. 보통 지하철역처럼 지저분하지는 않아. 흰 타일은 아직도 반지르르하고, '59번가'라고 표시된 모자이크 글자도 깨끗해. 젖가슴 말로는 보초가 지상에 있대.

더 위쪽, 60번가에는 출구가 세 곳이야. 그렇지만 그 출구들은 센트럴파크 건너편에 있어. 넓은 계단을 올라가서 두 곳으로 나뉘는 출구가 제일 가까운데, 여기는 센트럴파크 담에 붙어 있어. 위로 올라가서 담만 넘으면 나무들 뒤에 숨을 수 있어.

캐스는 자기가 그 출구 중 하나로 나가서 보초의 시선을 끌 테니까 그 사이에 내가 다른 쪽으로 살금살금 나와서 보초를 뒤에서 붙잡으래. 이게 무슨 1980년대 텔레비전 드라마야?

이런 대화를 승강장 아래에서 몸을 웅크린 채 숨죽여서 나누고 있어. 젖가슴이 나한테 고개를 끄덕여서 신호하고, 나는 피터와 소리 없이 하이파이브를 해. 그리고 시스루하고도 하이파이브를 해. 제퍼슨은 내 눈을 똑바로 바라보고 있어.

제퍼슨: 조금이라도 문제가 생기면 우리가 곧장 달려갈게.

제퍼슨은 그렇게 말한 뒤, 바자에서 산 총알을 AR에 장전하고 있어.

나: 아무 문제 없을 거야. 알았지?

제퍼슨: 알았어. 조심해.

그리고 제퍼슨은 캐스를 보며 말해.

제퍼슨: 너도 조심해.

이런.

우리는 모두 승강장 위로 올라가서 출구로 살금살금 이동해.

바깥은 아직 어둡지만, 어둠의 무게가 달라. 계단 위에서 바람이 가볍게 불어. 신선한 공기가 느껴져. 센트럴파크 수풀의 냄새.

젖가슴이 아무 신호도 없이 계단 위로 올라가기 시작해.

남자의 목소리가 들려.

"어디 있었어?"

젖가슴: 터널로 내려갔다가 길을 잃어버렸어.

남자: 누가 내려가래?

젖가슴: 에반.

남자: 아.

남자는 두말할 필요도 없는 듯이 수긍해.

남자: 그럼…… 이따 해도 돼?

'같이 즐길래?'도 아니고 '이따 해도 돼?'라니, 정말 이상하네.

젖가슴: 지금은 어때?

남자: 이런, 불 당기지 마.

내 눈에는 난간 너머로 위장복을 입은 덩치 큰 남자가 어깨에 AK 총을 메고 한 손을 방아쇠에 두고 있는 게 보여.

남자의 다른 한 손은 젖가슴의 엉덩이에 있겠지. 젖가슴이 자기 몸을 남자의 몸에 비비적거리고 있어. 남자의 어깨 뒤에서 젖가슴의 얼굴이 보여.

젖가슴은 나를 보면서 눈을 위로 굴리고 있어. 정말이야. 이 상황이 무슨 장난이라도 돼?

나는 카빈총을 남자에게 겨누며 말해.

"방아쇠에서 손 떼."

'꼼짝 마!' 하고 소리치는 목소리가 아니라 '이봐!' 하는 보통 목소리야.

남자가 젖가슴에게서 몸을 떼고 돌아서. 남자는 얼굴을 붉혀. 손을 총에서 떼고, 무슨 영문인지 생각하느라 눈썹을 찌푸리고 있어.

남자가 젖가슴한테 말해.

"내 뒤로 숨어."

젖가슴이 낄낄거리는데, 남자는 여전히 상황을 못 알아채고 있어.

나: 자, 너는 우리랑 같이 간다. 계단 아래로 내려가.

남자: 뭐?

남자는 자기가 속았다는 걸 아직도 몰라.

너무 오래 걸리겠어. 안 되겠네. 그냥 세게 밀어붙여야지.

나: 내 말이 어려워? 계단 밑으로 내려가, 이 새끼야!

남자는 아직도 어리둥절하고 있지만, 목소리는 겁먹었어.

남자: 누구 부하냐?

갑자기 젖가슴이 손에 칼을 쥐고 남자를 마구 찌르고 또 찔러. 칼이 어디서 나왔는지 몰라. 남자의 위장복 셔츠가 피로 검게 물들어. 남자가 바닥에 쓰러지고 있어도, 젖가슴은 계속 찌르고 또 찔러. 마침내 젖가슴이 남자에게서 몸을 떼.

젖가슴: 가자! 죽었어! 가자!

그런데 남자는 아직 안 죽었어. 신음하고 있어.

남자: 가지 마, 가지 마.

그렇지만 남자는 이미 가망이 없는 것 같아. 나는 남자 앞으로 달려가. 지금 이 남자의 머릿속에는 죽고 사는 것밖에 없어. 남자는 내가 부축하기 좋게 하려는 듯 어깨에서 총을 내리고……

캐스가 남자의 총을 집고 남자를 발로 걷어차. 남자의 몸이 내 손에서 벗어나 땅바닥으로 떨어져. 내 몸과 길바닥에는 남자의 피가 루비처럼 반짝거려.

역에서 나온 친구들이 어리둥절한 채 눈을 꿈뻑거려.

제퍼슨: 어떻게 된 거야?

골통: 가자!

골통이 센트럴파크의 더러운 회색 담으로 달려가서 한쪽 다리를 담 너머로 올리더니 다른 다리도 올려서 담을 넘어.

길 건너 건물 — 건물 차양에 적힌 글자를 보니 '피에르'라는 호텔이야 — 에 사는 사람들이 무슨 일인지 내다보기 시작해. 창문에 음울한 얼굴들이 보여. 누가 창을 열고 욕을 해.

사람들이 바닥에서 피를 흘리는 남자를 보면 우리가 해쳤다고 생각하겠지.

나: 죄송합니다! 아무 일 아녜요! 집에 데려가는 중이에요!

내 말이 먹힌 것 같아. 피터와 시스루, 브레인박스, 나는 담을 넘어서 센트럴파크로 들어가. 죽어 가는 남자 옆에 서 있던 제퍼슨은 아직도 그 자리에서 움직이지 않고 있어.

나: 제퍼슨! 얼른!

제퍼슨이 남자한테서 몸을 돌리고 담으로 달려와서 나한테 총을 던지고 담을 넘어. 제퍼슨은 나한테 어떻게 된 일인지 설명하라는 표정을 지어.

　나: 나중에.

　나는 총을 제퍼슨한테 돌려주고 친구들을 뒤따라.

제퍼슨

죽은 풀들을 밟으며 나무들 사이로 지나가자 쇠사슬로 친 울타리가 나온다. 쓸 수 없는 밭 같은 곳으로 보인다. 모두가 울타리를 살피며 나갈 곳을 찾고 있다. 마침내 브레인박스가 잠기지 않은 철망 문을 찾아낸다.

주위에는 온통 커다란 나무들이다. 머리 위로 나뭇가지가 얽혀 있고 우리가 등진 건물들은 나뭇가지에 가려 잘 보이지 않는다. 집값이 비쌌던 그 건물들에서 이쪽을 보면 우리를 저격하기에 좋을 것이다.

나는 더 어릴 적에 자연이 인공을 가리는 순간을 즐기곤 했다. 센트럴파크에서 조금만 깊이 들어가면, 주위에 도시가 전혀 없는 기분을 느낄 수 있었다. 그리고 고개를 조금만 기울이고 실눈으로 보면 빌딩들도 산처럼 보였다. 동트기 전, 자동차들도 다니지 않을 때면, 그런 방법이 완벽하게 통했다. 나무 사이로 달릴 때면, 귀에 들리는 것은 새소리와 형과 나의 발소리뿐이었다. 형과 나는 센트럴파크에서 달리곤 했다. 직선으로만 다녀야 하고 길을 건너기도 위험한 도로에서 자유로워지면, 우리는 엄마 아빠의 손을 놓고 신나게 달리며 인공의 야생에 환호했다.

오솔길이 나온다. 오솔길 너머로, 센트럴파크에서 북쪽으로 이어지는 도로가 보인다. 우리는 도로 앞에서 잠시 걸음을 멈추고, 업타우너들의 흔적이 없는지 살핀다. 그러나 캐스가 몸을 숨기지도 않고 도로로 나가서 똑바로 선다.

"여기는 아무도 없어. 내가 장담해."

캐스가 말하고 길을 건너간다. 자기 땅인 양 걸음이 당당하다.

우리도 모두 길을 건너기 시작한다. 길은 완만하게 이리저리 휘어지며 북쪽과 남쪽으로 뻗어 있다. 비둘기 한 마리가 구구거린다. 아무 이상 없는 것 같다.

발에 뭐가 차인다. 내려다보니, 새벽빛에 작은 뼈가 보인다. 너덜너덜한 살점이 아직 붙어 있다.

－ ⚬ ⚬ ⚬ －

단단한 돌다리가 놓인 연못 앞에 왔다. 나는 내 머릿속에 들어 있는 센트럴파크의 지도를 맞춰 보지만, 이곳은 기억에 없다. 근처에 스케이트장이 있었던 건 확실하다. 스케이트장 동쪽, 5번 애비뉴에 이어진 담 가까이에는 동물원과 천체 투영관이 있었다.

맞은편 연못가에서 물이 튄다. 우리는 총을 든다. 뭐가 물속으로 들어가서 물결을 일으키며 우리 쪽으로 다가온다.

또 물이 튀고, 또 튄다. 작고 말쑥한 새들이 줄지어 수군거리며 다이빙한다.

펭귄들은 우리가 있든 말든 상관없이 완전히 안심하고 있는 것 같다.

동물원에는 습도를 인공으로 유지하는 미니 우림이 있었다. 나선형으로 난 길을 따라 돌면, 앵무새, 뱀, 주둥이가 뾰죽하고 이빨은 만화에서 보던 것처럼 생긴 악어를 볼 수 있었다. 그곳을 걷는 동안 피부는 온도 변화에 깜짝 놀라서 눈물을 흘리듯 땀을 흘리고, 그러다가 차가운 진짜 세상으로 다시 나왔다.

근처에는 우리 안을 끝없이 빙빙 돌며 두꺼운 유리를 거대한 앞발로 치는 북극곰이 있었다. 그래서 우리는 더욱 조심하며 연못을 따라 북쪽으로 간다. 북극곰이 과연 어떻게 살아남았는지 모르지만, 대재앙 이후 떠도는 괴담에서는 북극곰들이 가끔 담을 넘어 들어오는 사람을 잡아먹으며 잘 살고 있다고 한다. 마음 여린 사육사가 '그 사건' 때 북극곰들을 풀어주었다는 소문도 있다. 사육사는 북극곰들이 우리 안에서 굶어 죽을까 걱정했는지도 모르고, 아니면 종말에 맞춰 상징적 행동 ―'자연을 있는 그대로 돌려놓자'― 을 했는지도 모른다.

떠도는 얘기로는, 북극곰들이 사육사를 죽이고 그 여린 심장을 먹었다고 한다.

우리 오른쪽으로, 낮은 동물원과 그 뒤로 멀리 육중하고 커다란 아파트 건물들의 윤곽이 보인다. 나는 갑자기 델라코테 시계 아래로 가서 빙빙 돌아가는 동물 동상들을 구경하고 싶은 충동을 느낀다. 콘서티나를 든 코끼리, 바이올린을 든 하마, 뿔피리를 부는 캥거루 어미와 새끼. 골조만 있는 차가운 리듬으로 경쾌한 곡을 쟁강거리는 종.

똑바로 서서 악기를 연주하는 동물들. 동물을 인간처럼 묘사하고 싶은 욕구는 어디서 나왔을까? 동물을 살던 곳에서 밀어내고 마음대로 부리고 몰살하는 것으로도 만족하지 못해서, 제국이 자기네 생활양식을 식민지에 강요하듯 동물에게 인간 흉내를 내게 만들어야 했을까?

동물원을 뒤로하자 긴장이 조금 가신다. 나는 걸음을 재촉해서 돈나를 따라잡는다.

돈나가 나직이 말한다.

"쟤가 그 녀석을 죽였어. 죽을 때까지 막 찔렀어."

내가 묻는다.

"왜?"

"왜? 쟤한테 직접 물어봐. 두 사람, 뭐냐, 가깝잖아. 아냐?"

나도 모르게 얼굴이 붉어진다. 아직 날이 어두우니까 돈나의 눈에는 내 얼굴이 안 보였겠지. 하현달이 궤도를 다 돌고 이제 태양에게 자리를 내주려 한다.

내가 묻는다.

"무슨 뜻이야?"

"무슨 상관."

돈나는 고개를 돌리고 표정을 가다듬으며 말한다.

"'무슨 상관'은 나 자신한테 한 말이야."

질투하나? 질투할 이유가 없지 않나? 어쨌든 돈나는 나를 원하지 않잖아.

돈나가 말한다.

"조심해. 감당하기 힘든 애야."

스케이트장을 지나간다. 스케이트장은 정사각형으로, 한쪽 길이가 미식 축구 경기장만 하다. 형과 나는 여기 오곤 했다. 센트럴파크 스케이트장이 록펠러센터에 있는 것보다 넓었다. 게다가 아버지는 아르데코 건축물과 금색 동상들을 배경으로 한 스케이트장보다 숲을 배경으로 한 곳을 좋아했다. 그런 면에서는 아버지가 일본인다웠다. 형은 스케이트도 다른 것들과 마찬가지로 쉽게 배웠고, 처음에는 우아하게, 돈이 많이 드는 아이스하키를 잠시 했을 때에는 빛처럼 빨리 얼음을 지쳤다. 나는 뻣뻣한 인형처럼 뒤뚱거려서 사람들이 내 앞에서 비키곤 했다.

그 얼음 스케이트장은 이제 악취를 풍기는 검은 웅덩이가 되어 녹조로 뒤덮여 있다.

둑이 무너진 호수는 어딘지 불길하다. 매섭고 날카로운 물. 펭귄들이 더 물에 뛰어드는 소리가 들리지만, 보이지는 않는다.

어느새 내 옆에서 나란히 걷던 시스루가 말한다.

"물고기 양식장이었어?"

농담으로 던진 말은 아니다.

"당연히 아니지. 센트럴파크 처음 와 봐? 부모님이 데려온 적 없어?"

시스루는 내 말이 어이없는 듯 웃는다.

"없어. 우리 부모님은 너무 바빴어."

"너무 바빠? 매일 일만 하셨다고?"

"그래, 매일. 학비, 식비, 온갖 데에 돈이 들어가니까."

"너희 아버님께서 학교에서 쿵후를 가르치셔서 학비는 안 드는 줄 알았어."

시스루가 또 웃은 뒤, 여전히 미소를 지은 채 말한다.

"공짜가 어디 있어! 너희 같은 부잣집 애들은 절대 모르지."

나는 내가 부자라는 생각을 한 번도 해 본 적 없다. 상대적이지 않은 것은 없나 보다. 내 머릿속에 시스루의 모습이 스친다. 낯선 언어 속에서 살아가기 위해 공부하는 시스루, 매일 열심히 애쓰지만 무시당하는 시스루.

내가 말한다.

"미안해."

"뭐가 미안해?"

"너랑 더 친하게 지냈어야 했는데……."

"괜찮아."

시스루가 다치지 않은 팔을 내민다. 우리는 악수를 나눈다.

물가를 지나니, 완만한 언덕이 나온다. 팔각형 건물이 있는 꼭대기까지 올라가는데, 종아리가 아프다.

가까이에서 보니, 건물의 벽은 빨간색과 흰색 줄무늬 벽돌이며, 지붕은 녹색 주철이다. '호밀밭의 파수꾼' 회전목마다. 빗장 걸린 철문은 커다란 자물쇠로 잠겨 있다. 우리는 주위를 빙 돌며 목마를 본다. 목마들은 래커 칠한 짙은 고통 속에 얼어붙어 있다.

건너편, 얽힌 나무 너머, 검게 변색된 은거울들 뒤, 울타리 창살들 사이로 캐스가 나를 뚫어져라 보고 있다. 캐스는 나한테 윙크하고, 입술을 비틀며 묘한 미소를 짓는다.

나는 몸을 돌려서 우리를 뒤쫓는 사람이 없는지 확인한다. 멀리, 덤불이 흐릿하게 형태를 드러내기 시작한다. 어서 가야 한다.

푸른 잔디밭이었지만 이제는 웃자란 잡초만 아우성치는 시프메도를 지나 베데스다 테라스에 다다른다. 거대한 돌계단을 올라가니 한가운데에 천사 석상이 있는 늪 같은 분수가 나온다. 오솔길을 따라 동쪽으로 걸음을 재촉한다. 왼쪽으로는 보트 창고와 호수, 오른쪽으로는 연못이 자리하고 있다.

초등학교에 들어가기 전인 때의 어느 날이 떠오른다. 추억 속의 나는 '이상한 나라의 앨리스' 동상에 올라가고 있다. 거대한 버섯 동상은 여름볕에 달궈져서 뜨겁다. 기적처럼, 누가 시식용 아이스크림 샌드위치를 나눠 주고 있다. 아이스크림 샌드위치 때문에 어머니는 약속했던 시간보다 일찍 간식을 내놓는다. 형과 나는 간식을 두 번이나 먹는다. 검은 초콜릿이 묻은 손가락을 입으로 쪽쪽 빤 뒤, 형과 나는 연못으로 깡총깡총 뛰어간다. 연못에서는 모형 배들이 경주를 벌인다. 투박하게 생겨 굼뜨게 움직이는 배들이 있는가 하면, 날렵하게 자유자재로 달리는 배들도 있다. 수염을 기른 덩치 큰 아저씨가 무선 조종기를 우리에게 잠시 내준다. 우리는 조종기 다이얼과 스위치를 마구 돌리고 까딱거려서 결국 멋진 모형 배가 연못 가장자리에 부딪치고 만다. 아저씨는 웃으며 배는 멀쩡하다고 말한다. 집에 돌아오자, 어머니는 『스튜어트 리틀』이라는 책을 찾아 소리 내서 읽어 준다. 우리가 갔던 바로 그 연못에서 배를 타고, 주머니칼로 종이백을 찢고 탈출하는 똑똑한 작은 쥐 이야기다.

내가 생일 선물로 주머니칼을 받고 싶다고 하자, 어머니는 안 된다고 한다. 내가 칭얼대기 시작하자, 형은 내가 주머니칼을 갖기에는 너무 몸집이 작다고 말한다. 나는 스튜어트 리틀도 작고 더구나 쥐인데, 나라고 왜 못 갖느냐고 한다.

연못을 지나자 다시 오르막이다. 바위 사이로 난 좁은 길로 들어설 때 저쪽 끄트머리에서 잔뜩 긴장해서 웅크리고 있는 동물이 보인다.

나는 숨죽여 말한다.

"멈춰!"

피터가 말한다.

"왜 그래?"

"퓨마 같은 게 있어! 젠장! 저쪽 바위 위에!"

돈나가 실눈을 뜨고 본다.

"젠장."

돈나는 그렇게 말하고, 이게 모두 캐스의 잘못인 양 화난 얼굴로 캐스를 본다.

하늘에는 새벽빛이 스민다.

내가 말한다.

"이동해야 돼."

돈나는 카빈총을 어깨에 걸치고 숨죽인 채 그 커다란 고양잇과 동물을 쏜다.

탕 소리가 요란하게 울린다. 그 짐승은 꼼짝도 하지 않는다.

나는 웃으며 앞으로 다가간다.

돈나가 말한다.

"잠깐만!"

그러나 나는 겁내지 않는다. 바위 사이로 난 길을 걸어서 그 짐승 앞에 선다. 그리고 내 총 개머리판으로 퓨마 동상을 툭 친다. 퉁 소리가 낮은 음계로 울린다.

나는 친구들에게 소리친다.

"가자!"

내가 앞장서서 다리 아래를 지나고 언덕을 돌아서 센트럴파크에 우뚝 선 거대한 사암 건물에 다다른다. 분할된 짙은 청색 유리로 된 경사진 벽이 우리 앞에 있다.

내가 말한다.

"이쪽이야."

돈나

여기는 센트럴파크에서도 제퍼슨이 특히 좋아하는 곳이야. 메트로폴리탄 미술관.

창문을 발로 차서 깨고 안으로 들어가. 총을 쏴서 깨뜨리는 게 더 멋있을 것 같지? 그런데 화려한 창유리는 그렇게 안 돼. 내가 전에 해 봤어. 총알 낭비야. 유리에 작은 구멍만 나.

그래서 제퍼슨이랑 내가 같이 유리창을 발로 차고 막대기로 때려. 유리가 크리스털처럼 잘게 조각나서 색을 내는 필름에 비늘처럼 붙어 있어. 우리는 그 필름을 뜯어내.

경사진 유리창 아래 공간은 동굴 같아. 나무로 된 가는 토템 폴들이 높이 솟아 있어. 여기저기 놓인 유리 케이스에는 투박하고 으스스한 가면과 조각상이 들었고 한가운데에는 나무판이 공중에 떠 있어. 천장에 매달려서 지붕 같은 역할을 하는 나무판이고, 그 아래에는 가늘고 긴 통나무배가 있어. 벽에는 변형된 성난 사람 모습, 뒤틀린 동물 형태 등등 거대한 나무 조각품들이 걸려 있어.

제퍼슨: 좋아. 다시 밤이 될 때까지 여기서 쉬면 돼. 여기는 내가 잘 알아.

제퍼슨은 망설이지 않고 앞장서서 전시실들을 지나가.

그래, 여기는 제퍼슨 구역이네. 제퍼슨은 자기가 어디로 가는지 정확히 아는 것 같아. 쟤가 저렇게 확신에 찬 모습을 보이니까 이상하네. 평소에는 자기 의심으로, 뭐냐, 경련을 일으키면서…… 뭐냐, '내가 왼쪽 문으로 나가면 오른쪽 문한테 실례가 될까?' 하잖아.

로마 조각상들이 가득한 커다란 방을 지나가. 사람 흉상들인데, 남자는 코가 없고, 여자는 머리 모양이 제멋대로야. 다른 방에는 고대 물건 같은 것들이 있어. 우윳빛 대리석, 둥글게 원을 그리면서 달리는 사람들 모습이 장식된 커다란 검은색 점토 수프 접시. 작은 진열장들 중에는 깨져서 약탈당한 것들도 있어. 어두운 전시실을 또 하나 지나니까 박물관 입구 로비가 나와. 여기는 2층 높이쯤 되고 빙 둘러서 발코니들이 있어.

어디서 우렁찬 짐승 소리가 들려. 통나무가 쓰러지기 전에 나는 소리랑 비슷해. 우리는 그 자리에 얼어붙어. 가만히 서 있는 내 몸은 잠시 백만 년 전으로 돌아가. 두려움이 나한테 속삭여. '너는 사냥감이 됐어.'

소리는 더 커져. 전시실 끝에, 거대한 누런색 형태가 보여. 흙과 피로 얼룩지고 몹시 지저분해.

나는 공포에 질려서 뒤로 비틀거리다가 카빈총을 들어. 방아쇠를 당기는 사이, 다른 친구들의 총에서도 탕탕 총소리가 나.

덩어리는 우리 쪽으로 쿵쿵 걸어오면서 커다란 조각상들을 마네킨처럼 옆으로 쓰러뜨려. 조각상들이 바닥에 팽개쳐져서 나뒹굴어. 총알들이 대리석에 튕기고, 파편이 허공으로 튀어. 우리 사격이 엉망이라서인지 곰의 만용 때문인지 모르지만, 곰은 멈추지 않아. 곰이 바싹 다가오고, 우리는 돌아서서 달아나.

이번에도 제퍼슨이 앞장서서 계단 옆으로 달려가. 어느새 들어와 있는 어두운 방에는 중세 물건들이 가득해. 한가운데에는 커다란 석조 정자 같은 게 있고, 보석이 박힌 흉상들, 아기를 안고 있는 여자 조각상(아기는 예수겠지. 아니면 누구겠어?)이 있어. 벽에 스테인드글라스 창이 있는데, 빛이 전혀 들어오지 않으니까 스테인드글라스가 우중충하게 꺼멓기만 해.

다음 전시실은 더 넓어. 창이 높아서 햇빛도 들어와. 사방에 조각상이랑 명판이 있어. 중요한 건, 전시실 뒤쪽에 높은 철제 울타리가 있는 거야. 거기에 빗장을 거는 문도 있어.

우리는 그 안으로 가서 문을 닫아걸어. 그리고 받침대에 서 있는 석상 하나를 쓰러뜨리고 밀어서 문을 막아.

전시실 저쪽 끝에서 북극곰이 나타나. 제퍼슨과 캐스가 총을 쏘기 시작해. 총소리에 귀가 먹먹해. 나도 내 카빈총 방아쇠를 당겨. 그리고 탄창이 비어서 철컥철컥 소리가 날 때까지 계속 쏘아 대.

곰은 전시실 옆쪽 아치 아래로 사라져서 보이지 않아. 머리가 윙윙 울리지만, 거친 숨소리는 들려. 거대한 동물이 죽어 가는 것 같은 숨소리야. 탄피들이 바닥에서 달그락달그락 춤추다가 조용해져.

제퍼슨이 총에서 탄창을 빼며 말해.

"내 총알은 다 떨어졌어."

골통이 말해.

"나도."

그러다가 ― 상상도 못할 만큼 빠르게 ― 북극곰이 휙 나타나서 울타리를 쾅 치고 울타리 살들을 비틀고 찌그러뜨려. 곰은 우리를 비웃듯이 보고 있어. 손가락만 한 누런 이에서 침과 피가 흘러.

피터가 권총을 쏴. 총알들이 울타리 살들에 튕기고, 울타리 살이 부서져. 총알에 북극곰의 귀 한쪽이 날아가자, 곰은 울부짖으며 울타리 살 사이로 앞발을 내밀고 우리를 잡으려 해. 제퍼슨이 칼을 꺼내서 곰의 앞발을 내려치는데, 곰은 칼을 탁 쳐. 칼이 울타리 저쪽 바닥에 내동댕이쳐져.

제퍼슨: 저리 가자!

나는 제퍼슨한테 떠밀려서 문밖으로 나가.

제퍼슨이 앞장서서 들어간 방의 벽은 천으로 마감돼 있고, 드레스나 턱시도를 입은 귀족 초상화들이 걸려 있고, 우아한 나무 가구들이 있어. 뒤에서 울부짖는 소리와 울타리 울리는 소리가 들려.

마침내 길쭉한 홀까지 왔어. 여기는 밝고 널찍해. 화려한 현수막들이 천장에서 내려와 있고, 한가운데에는 말을 탄 기사가 있어. 말은 달리는 중이고, 기사는 손에 창을 들고 있어.

제퍼슨이 총을 들고 주위를 살핀 뒤 진열장으로 가서 유리를 부수더니, 둥근 금속 방패를 꺼내서 팔에 끼워. 방패 옆에 놓인 검도 꺼내. 시스루도 제퍼슨을 따라서, 다치지 않은 손으로 단검을 집어.

그렇게 우리는 곰이랑 싸울 무기를 갖춰. 피터는 가슴뼈 높이까지 오는 긴 검을 찾아냈어. 브레인박스는 무시무시하게 생긴 창을 벽에서 꺼내. 캐스는 더 무시무시한 창을 집어. 끝에 정육점 갈고리 같은 게 달린 창이야.

나? 나는 도끼를 골라.

우리 아버지가 우리 어머니를 '도끼'라고 부르곤 했어. 그러니까 내가 도끼를 고른 건 엄마한테 보내는 인사야.

북극곰은 쿵쿵거리며 구석으로 오더니, 뒷다리로 일어서서 거대한 앞발로 할퀴는 동작을 해. 일어서니까 3미터도 넘는 키로, 눈을 이글거리며 우리를 보고 있어.

브레인박스가 커다란 창을 뒤로 뺐다가 반동을 실어서 곰의 어깨를 찔러. 곰이 몸을 흔들며 창을 쳐. 창 가운데가 뚝 부러져. 브레인박스가 비틀대다가 넘어지니까, 곰이 브레인박스에게 달려들어. 곰의 검은 입술이 위로 올라가고 무시무시한 이빨들이 드러나. 그러나 시스루가 곰보다 한발 빨라. 시스루는 곰한테 달려들어서 곰의 굽은 등에 칼을 꽂아.

곰이 울부짖으며 몸을 홱 비틀더니 시스루의 다친 팔을 물고 시스루를 이리저리 흔들어. 곰한테는 시스루가 인형처럼 가벼운 것 같아. 곰이 시스루를 허공에 던져. 시스루는 무기 진열장 유리에 부딪쳐. 유리는 산산이 부서지고, 시스루는 진열장 뒤쪽 벽에 내동댕이쳐져.

곰의 앞발이 다시 바닥에 내려올 때 피터가 커다란 검을 쳐들어. 피터가 검을 휘두르기도 전에, 곰은 몸을 돌려서 피터를 내리쳐. 피터가 비명을 지르며 바닥에 쓰러져. 곰이 피터를 물기 직전에 골통이 곰을 찌르고, 나도 달려가서 도끼로 곰의 어깨를 내려찍어. 도끼날에 곰의 살과

뼈가 잘리는 게 느껴져.

피가 사방에 튀어. 곰은 괴성을 질러. 곰이 나를 공격하려 하고, 나는 얼른 뒤로 물러서. 미처 도망치기 전에 바닥에 있는 피에 미끄러져. 눈앞에 곰의 앞발이 보이고, 무시무시한 누런 발톱이……

그때 제퍼슨이 방패를 들고 뛰어들어 곰의 공격을 막아. 제퍼슨은 벽쪽으로 튕겨 나가. 유리 진열장이 깨지고, 제퍼슨은 그 뒤 벽에 부딪쳐.

곰이 제퍼슨을 쫓아가서 제퍼슨을 내리쳐. 제퍼슨은 방패로 곰의 공격을 막고 검을 위로 힘껏 밀어. 칼끝이 곰의 목을 깊게 파고들어.

그래도 이 빌어먹을 짐승은 죽지 않아. 곰은 방패 가장자리를 물고 방패를 구부리고 있어. 방패에 팔이 낀 제퍼슨이 비명을 지르면서 방패에서 팔을 빼고 있어.

이번에는 피터가 검으로 곰의 목을 내리쳐.

무기 전시실 담당자가 일을 열심히 했었나 봐. 칼날이 되게 날카로워. 곰 모가지가 싹둑 잘려. 입에는 아직 제퍼슨의 방패를 문 채로 거대한 몸이 쿵 소리를 내며 옆으로 쓰러져.

피터가 검을 바닥에 던지고, 벽에 쓰러진 제퍼슨을 부축해서 일으켜. 피터와 제퍼슨은 서로 기댄 채 너무 지쳐서 말도 못 하며 가만히 서 있고, 나는 헉하고 숨을 내쉬며 털썩 주저앉아.

정적. 잠시 우리는 그대로 꼼짝도 않은 채 곰의 피가 바닥으로 흐르는 소리만 듣고 있어.

그러다가 시스루한테 가.

시스루는 얕은 숨을 몰아쉬고 있어. 눈동자는 위로 돌아가 있어. 시스루의 손목을 쥐고 확인하니, 맥박은 빠르고 불규칙해. 깜깜한 집에서 공포에 질린 채 내달리는 사람의 맥박 같아.

나는 시스루의 셔츠를 흉골까지 올려. 갈비뼈 아래쪽이 심하게 찢겼어. 깨진 유리에 찔린 상처. 시스루가 숨을 쉴 때마다 상처에서 쿨럭쿨럭 소리가 나며 피가 솟구쳐.

브레인박스가 나를 쳐다보며 말해.

"어떻게든 해 봐. 살려 내."

"비닐봉투 없어?"

피터가 얼른 가방을 내려놓고 흰색 비닐 쇼핑백을 꺼내서 안에 있던 에너지 바들을 쏟고 빈 비닐 쇼핑백을 나한테 건네. 나는 비닐을 네모나게 잘라.

가방에서 은색 접착테이프를 꺼내. 사각형 비닐 테두리의 한 면은 그냥 두고 세 면에 테이프를 조심스레 붙여. 브레인박스의 도움을 받아서 시스루를 바닥에 바로 눕히고 상처에 비닐을 딱 붙여.

시스루가 거친 숨을 몰아쉴 때마다 비닐이 들썩거려. 비닐은 처음에 부풀어오르다가 벌어진 상처를 막아. 피가 빠져나오는 쿨럭쿨럭 소리는 그쳐.

하지만 가망이 없어. 가슴에 난 상처는 메워졌고 어쩌면 폐도 다시 숨을 쉬는지 모르지만, 시스루의 몸속은 확실히 다 망가졌어. 시스루가 의식을 잃은 게 천만다행이야. 시스루는 신음하면서 허공을 움켜쥐려 해. 위로 올린 가슴은 이승을 벗어나서 날아가려 하는 것 같아.

나: 브레인박스, 시스루 손 잡아. 안심시켜.

브레인박스의 눈을 들여다보니, 브레인박스도 시스루가 가망 없는 것을 알고 있어.

갑자기 시스루의 호흡이 빨라져. 달리기 경주라도 하는 것 같아. 그러다가 한숨 같은 숨 한 번.

그리고 나뭇가지에서 날아오르는 새처럼 가볍게, 시스루는 호흡을 멈춰.

우리는 시스루의 시신을 들고 색색의 전시실들을 지나고, 높은 발코니를 따라서 반드르르한 대리석으로 된 넓은 계단을 올라가. 제퍼슨이 앞장서서 가고 있어. 그림과 글씨로 가득한 복도를 지나서 둥근 문을 통과하니, 옛날 세상의 중국 저택에 있을 것 같은 정원이 펼쳐져. 위쪽 창유리가 깨져서 작은 새들이 타일 천장에 둥지를 지었어. 둥지에는 색이 밝은 플라스틱 조각들이 섞여 있어. 그래도 지저분해 보이지 않아. 귀엽고 예쁘게 보여.

웅덩이에 고인 물로 시스루의 얼굴과 손을 씻고, 뾰죽한 녹색 지붕 아래 낮은 단에 시스루를 눕혀.

나는 시스루의 이마에 입을 맞추고, 안녕이라고 말해. 피터는 시스루의 양손을 잡아 배 위에 가지런히 놓아. 피터가 눈을 감고 기도해. 브레인박스는 무릎을 꿇고 앉아서 시스루의 이마에 자기 이마를 대.

제퍼슨은 가부좌를 하고 앉아. 나는 절대로 저렇게 못 앉아. 저건 유전인가 봐. 우리 모두 그렇게 앉으려고 해 보지만, 제퍼슨을 뺀 다른 친구들은 결국 한쪽 무릎만 올리고 바닥에 앉아.

제퍼슨이 일본어로 경을 읊어. 목 안쪽에서 높낮이 없이 내는 목소리야. 영화에서 누가 '무슨 말이라도 해야지' 하면 다른 누가 단순하지만 아름다운 말을 하는 장면에 해당하는 것 같아. 그런데 제퍼슨이 읊는 경은 단순하지 않아. 정말 복잡해. 유대인 아이들이 유대교 학교에 다니는 것처럼 제퍼슨은 불교 학교에 다녔던 게 아닐까?

되게 이상해. 제퍼슨은 제퍼슨이기도 하고 아니기도 해. 뭐냐, 다른 사람이 앉아 있는 것 같기도 하고, 제퍼슨의 일부가 다른 곳에 있는 것 같기도 해. 그 다른 곳이 어딘지 모르지만 여기보다 정신없지는 않을 거야. 내가 몰랐던 제퍼슨의 면들을 지금 다 보는 것 같아. 아, 그러고 보니 제퍼슨은 워싱턴이나 다른 사람들이 죽었을 때에는 이런 걸 안 했잖아. 조금 뒤, 추모가 왜 이렇게 길어? 하는 생각이 들기 시작해. 모르겠어. 제퍼슨은 희생된 두더지족들까지 추모하면서 경을 읊고 있는지도 몰라. 머릿속의 공동묘지 같은 거라고 할까.

친구들 모두가 적절한 행동을 찾아내려고 애쓰다가 결국 무릎에 양손을 모으고 주위를 둘러보는 자세를 취해. 나는 골통이 자기 손톱을 보거나 딴전을 부리고 있을 줄 알았는데, 제퍼슨을 뚫어지게 보고 있네. 제퍼슨 얼굴에 있는 모공이 몇 개인지 세는 것 같아. 시스루의 장례식이고 뭐고 간에 지금 골통의 얼굴을 주먹으로 갈기고 싶어.

한참 뒤에 제퍼슨이 경을 끝내고 손뼉을 세 번 치고 일어서서 말해.

"가자."

우리는 시스루를 남겨 두고 일어서. 브레인박스는 일어서지 않아. 브
레인박스는 시스루의 손을 잡고 오랫동안 그곳에 있어.

제퍼슨

결국 내가 시스루를 죽음으로 몰았다.

변명은 수없이 댈 수 있다. 가령, 우리와 함께 온 것은 시스루 자신의 선택이었고, 우리는 말릴 수 없었다. 그러나 내가 애당초 이 일을 시작하지 않았으면, 시스루는 워싱턴스퀘어에서 무사히 살아 있을 것이다.

브레인박스의 잘못은 아니다. 브레인박스는 망가진 것을 보면 고치려한다. 불발탄이 흥미로우면 그 뇌관도 고치려 들 것이다. 자기 애인—이라고 해도 될까?—의 죽음에 저토록 충격을 받은 브레인박스를 보며 나는 비로소 깨닫는다. 브레인박스는 어떤 결과가 벌어질지 전혀 생각하지 않았다.

그래, 어쨌든 우리 모두는 곧 죽을 운명인데 죽음을 무릅쓰지 않을 이유가 어디 있나? 하지만 죽음을 앞당기고 싶은 사람은 아무도 없다. '그 사건' 전에도 그랬다. '그 사건' 전에도 '나는 영원히 산다'고 말할 수 있는 사람은 아무도 없었다. 사람들은 위험을 피하고 보람찬 일을 찾거나 뭐랄까, 즐기면서 지내려 애썼고, 죽음을 생각하지 않으려 했다.

그래서 나는 회의를 소집한다. 앞으로 어떻게 할지 결정하는 회의다.

캐스가 묻는다.

"무슨 얘기를 하는데?"

아직 캐스에게는 일일이 설명할 시간이 없었다.

피터가 말한다.

"세상을 구할 것인지, 말 것인지."

"아, 좋아. 나도 낄게."

돈나가 콧방귀를 뀐다.

"누구 마음대로? 업타우너들 때문에 내 친구가 죽었어. 너는 그 업타우너 개년이야."

"나 아니었으면 너희 전부 벌써 죽었어."

"말이 나왔으니 말인데, 그래서 같이 보초 서던 동료를 포로로 잡고도 칼로 계속 찔러서 죽였어?"

"그놈이 총을 집으려고 했어."

돈나가 코웃음 친다.

"총을 집어? 손도 못 쓰는데 좆으로 집어?"

그러자 브레인박스가 말한다.

"우리랑 똑같은 위험을 기꺼이 감수하겠다면, 캐스도 우리랑 같이 가는 거야."

브레인박스의 말로 논쟁은 끝난다. 어찌어찌하다 보니 브레인박스가 시스루의 생각을 대변하게 됐기 때문이다.

내가 말한다.

"누구라도 도움이 되면 마다할 이유가 없지. 어쨌든 그 얘기를 하자는 게 아냐. 문제는 이거야. 계속 가는 데에 모두 동의해?"

나는 맨 먼저 브레인박스를 본다. 브레인박스가 고개를 끄덕인다. 피터는 돈나를 본다.

돈나가 말한다.

"젠장, 왜 계속 물어봐?"

"각자의 생명이 달렸으니까."

돈나가 또 코웃음 친다.

"감기라도 걸렸어?"

내 의도보다 조금 적대적으로 들렸을 것 같다.

"제퍼슨, 나는 간다고 이미 말했어. 그러니까 그만 의심해. …… 내 결심이든 뭐든."

피터가 나에게 묻는다.

"포커 해 봤어?"

나는 어리둥절해서 대꾸한다.

"아니. 왜?"

"있지, 손에 카드를 쥐고 있는데, 벌써 판돈을 너무 많이 걸었다고 쳐봐. 이럴 때 그냥 기권하면 미친 짓이야. 그 판돈을 다 잃게 되니까. 계속해야지."

"그래서?"

"그래서…… 그게 지금 우리 상황이야. 시스루…… 랏소…… 희생된 사람들……. 이대로 그냥 꽁무니를 뺄 수 없어."

그래, 포커와 비슷하다고 할 수 있다. 내가 말한다.

"앞으로 계속 가는 것밖에 길이 없지."

그러자 브레인박스가 말한다.

"통계적으로 생각하면, 앞에 판돈을 얼마나 많이 걸었는가는 승패랑 상관없어."

브레인박스는 처음으로 고개를 들고 우리를 보며 말을 잇는다.

"운이 나쁜데 계속 판돈을 올리면, 결국 돈만 더 날려."

굳이 말하지 않아도 오늘은 이동하지 않는 것으로 모두 알고 있다. 몸도 마음도 텅 비었다.

우리는 시스루의 음식을 나눠 먹는다.

나는 '시스루도 우리가 이렇게 하기를 바랄 거야.' 같은 말을 꺼낼 수 없다. 그런 말이 무슨 소용인가. 시스루가 천국에 있다면, 다른 일들에 정신이 팔려 있을 것이다. 하지만 죽은 친구의 음식은 이렇게 먹어야만 한다.

마음에 걸리는 것은 시스루의 노트다. 시스루의 가방에서 쓸 만한 것을 찾는데, 눈이 커다란 귀여운 동물 그림이 표지에 있는 노트가 나온다. 노트를 집자, 안이 펼쳐진다. 보지 않으려고 애쓰기도 전에 '친구들'이라는 단어가 보인다. 그리고 별과 하트에 둘러싸인 '애인'이라는 단어도. 귀여운 여자 글씨체로 적힌 글자 위에 온통 하트가 그려져 있다.

나는 노트를 돈나에게 건넨다. 돈나는 노트를 보더니 고개를 돌리고 울기 시작한다.

나는 친구들을 이끌고 가구 전시실로 간다. 거기서 잘 곳을 찾는다. 모두가 지쳐서 쓰러지지만, 나는 쉴 기분이 아니다.

대신 와키자시를 들고 박물관을 돌아다니며 옛 친구들을 찾아본다.

작은 그림은 없어진 게 많다. 금으로 만들어진 것들은 거의 다 없어졌다. 그러나 소크라테스의 죽음은 아직도 진행 중이고, 브뤼헐의 농부들은 밭에 누워 있다. 페르메이르가 그린, 주전자를 든 소녀는 여전히 햇빛에 빛난다.

이 그림들을 훔치기는 정말 쉽겠지. 칼로 가장자리를 긋고 돌돌 말기만 하면 된다. 집에 돌아가면 침대 옆에 포스터처럼 붙일 수 있다. 집에 갈 수 있다면……

그러다가 다시 생각한다. 뭐 하러? 사람들은 내가 '이건 인류의 값진 유산이야.' 같은 생각을 하리라고 기대하겠지. 나는 그런 기대를 받는 사람이다. 그러나 지금 중요한 것은 아무것도 없지 않나. 예술이 무슨 소용인가? 나는 왜 이런 사람일까? 왜 이렇게 됐을까? 왜 나는 제이지나 마약 대신 예술 같은 것에 신경을 썼을까?

우리는 동물일 뿐이다.

하지만 나는 시스루를 염려했다. 앞으로 브레인박스가 극복해야 할 것들도 염려한다. 나는 형을 사랑했다.

나는 돈나를 사랑한다고 생각했다. 어쩌면 지금도 사랑하고 있는지 모른다. 그러나 모르겠다. 내가 정말 돈나를 사랑한다면, 어떻게 캐스와 그런 일을 벌일 수 있었나?

아, 캐스가 달려들었기 때문인지도 모르지.

내가 그토록 오랫동안 바라고 궁금히 여기던 것들 모두가 핼러윈의 사탕 그릇처럼 거기 있었다. 돈나와 하기에는 두렵고 힘들고 어려웠던 모든 것들이 아주 쉽기만 했다.

아니면 캐스가 아주 쉬운 여자였나.

나? 나는 남자니까 애초부터 쉽게 타고났지.

그저 어쩌다 한 번 벌어진 일일까.

캐스가 나한테 정말로 반했는지도 모른다.

인류의 위대함이 오래 기억되도록 이곳을 보존해야 하는 게 아닐까.

아니, 이곳을 다 불태우고 과연 신경을 쓰는 사람이 있는지 봐야 할까.

어두운 전시실에서 해골 정물화를 바라보고 있을 때 발소리가 들린다.

내가 소리친다.

"누구야?"

대답이 없다.

잘못 들었나 생각할 때 캐스가 어둠 속에서 나타난다.

캐스가 말한다.

"아까 편들어 줘서 고마워."

"별일 아니야."

"외로웠어."

캐스는 그렇게 말한 뒤 고개를 숙이고 말을 잇는다.

"거기 아무도 나를 좋아하지 않아."

"그건 그냥…… 우리 친구들은 그냥…… 너랑 아직 가까워지지 않아서 그래."

그러나 캐스가 딱히 아주 외롭거나 슬퍼 보이지는 않는다.

캐스는 자기 머리카락을 만지작거리며 말한다.

"너는? 나 좋아해?"

"그럼, 당연하지."

"증명해 봐."

"뭘로 증명해?"

내 질문에 캐스가 웃는다.

캐스는 가방을 바닥에 내려놓고 셔츠를 벗는다.

나는 헤드램프를 손으로 가린다. 그렇게 밝은 불빛에 캐스의 몸이 드러나게 하면 안 될 것 같다.

"캐스, 지금은 생각할 일이 있어서 거기 집중해야……."

더 멋지게 말하고 싶었지만 달리 마땅한 말이 떠오르지 않았다.

캐스가 말한다.

"그런 생각은 잊어버려."

캐스는 나에게 키스하며 몸을 나한테 바싹 붙인다.

내 심장이 폭발하고 있다.

캐스가 빙긋 웃으며 말한다.

"아, 내 옆에 있어 줘서 고마워."

나는 쥐고 있던 것들을 떨어뜨린다.

바닥은 그리 딱딱하지 않다. 침대 같지는 않지만, 모든 것은 상대적이다. 캐스는 부드럽고 따뜻하다.

내가 말한다.

"〈클로디아의 비밀〉이 떠오르네."

그 말을 하자마자 다시 목 안으로 집어넣고 싶다.

캐스가 묻는다.

"뭐?"

'그냥 아무 말도 하지 마.' 내 머리는 그렇게 명령하지만, 내 입에서는 말이 나온다.

"어떤 여자애랑 남동생이 메트로폴리탄 미술관에 사는 이야기야."

"아."

우리는 한참 가만히 누워 있다. 그사이 나는 내가 얼마나 멍청한지 생각한다.

캐스가 손가락으로 내 머리카락을 돌돌 돌리며 말한다.

"그래서 앞으로 계획은 뭐야, 대장?"

"업타운으로 가다가 트라이보로 다리에서 동쪽으로 꺾어지는 것."

"그럼 업타우너 영역을 지나가야 하네. 센트럴파크 북동쪽 귀퉁이로 나가야 돼. 에반이 이를 갈고 있어. 에반 일당이 우리를 뒤쫓을 거야."

"에반이 누구야?"

"워싱턴스퀘어에서 앞에 나섰던 사람."

"광대뼈 나온 남자? 걔가 남다른 데라도 있어?"

"에반은……."

캐스가 고개를 돌린다.

"애인이야?"

캐스가 웃는다. 즐거워서 웃는 웃음이 아니다.

"에반은 내 오빠야."

한참 지난 뒤 내가 말한다.

"오빠라……."

"더 일찍 말했어야 하는데……."

"뭐, 그래."

이제 이해가 된다.

캐스가 말한다.

"기분 나빠하지 마. 나를 쫓아오지는 않을 거야. 나를 염려하니까. 그런데 한편으로는 나를 쫓아올 거야. 나를 소유물로 생각하니까. 오빠랑 오빠 친구들."

캐스의 몸이 굳는다.

'오빠와 오빠 친구들.'

"진작에 도망쳤어야지. 왜 안 했어?"

나는 그렇게 묻다가 캐스가 지금 도망치고 있다는 사실을 새삼 깨닫고 다시 말한다.

"미안해."

"미안하다는 말 그만해. 사실은 미안하지도 않잖아."

"아니야, 진심이야."

"너도 다른 사람들이랑 똑같아."

"나는 달라."

"아니, 너도 똑같아. 다 쓰레기들이야."

이제는 내 몸이 굳는다. 나는 살짝 몸을 돌린다. 캐스는 나한테서 고개를 돌리며 모로 눕는다.

"모르겠어. 넌 다를지도 모르지. 다른 사람들이랑 다를지도 모르지."

"나는 달라."

설득력 없는 말이다.

"그럴지도 모르지."

캐스는 잠시 말을 멈췄다가 다시 말한다.

"돈나라는 애, 너랑 하고 싶어 해."

"아니야."

캐스가 웃는다.

"아니, 맞아. 너한테 완전히 빠졌어."

나는 그 주장의 타당성을 계산하려 애쓴다.

"나는 눈치 못 챘어."

"너는 남자잖아. 알 리가 없지. 돈나는 나를 없애고 너를 차지하려고 안달이야."

"아니야. 전에 나를 차지할 수 있었는데, 싫다고 했어."

"아, 둘 사이에 역사가 있었어?"

캐스가 윗몸을 일으켜서 앉으며 말을 잇는다.

"괜찮은 사람은 다 임자가 있다니까. 그렇지, 뭐."

아주 작게 덧붙인 '그렇지, 뭐'라는 말 속에 깃든 감정이 날카롭게 나를 찌른다. 내가 '이보다 큰 상실감이 있을까?' 하고 생각했던 상실감의 파편.

캐스는 일어서서 옷을 집고 그냥 가 버리려 한다.

내가 묻는다.

"어디 가?"

캐스는 대답하지 않는다.

나는 잠시 가만히 누워서 바닥에 머리를 찧으며 스스로를 벌한다. 한 번, 두 번, 아니, 세 번 찧는다. 그리고 일어서서 친구들 있는 곳으로 간다.

잠자리로 돌아가면서 나는 캐스가 이미 잠들지 않았을까 생각한다. 정신없는 무늬의 회벽과 분홍색 침대가 있는 이탈리아 침실에 도착해서 보니, 캐스는 침대에 앉아서 물티슈로 발을 닦고 있다. 어디서 약탈해 둔 물티슈일 것이다.

돈나와 피터는 캐스를 못마땅한 눈길로 째려보듯 보고 있다. 나는 '캐스가 침대를 혼자 쓰겠다고 우겼나?' 하고 생각한다. 그래서 나름 괜찮다고 느낀 중재안을 내놓는다.

"여자들이 침대를 같이 써야지."

돈나가 나를 째려보며 말한다.

"꿈 깨."

"그런 뜻이 아니었어."

캐스가 그다지 진심 아닌 듯한 목소리로 말한다.

"나는 침대 필요 없어."

돈나가 말한다.

"쓰시지요, 공주님."

돈나는 가방에 머리를 누이고 태피스트리 작품을 이불처럼 덮는다. 바닥에서 자겠다는 의지를 몸으로 드러낸다.

나는 부드러운 매트리스를 마다하고 싶지 않지만, 그래도 바닥에 눕는다. 침대에 눕는 것은 어쩐지 좋은 생각이 아닌 것 같다.

결국 캐스 옆에서 자는 사람은 브레인박스다. 브레인박스가 무심하게 침대로 가서 눕자, 캐스가 말한다.

"아, 내가 뭐 해 줄까?"

브레인박스가 대꾸한다.

"응. 얼굴 좀 저리 치워."

잠들기까지 참 오래 걸린다.

돈나

이건 정말 〈클로디아의 비밀〉 같아. 죽음이 더 많이 들어 있는 것만 다르지.

질투도 더 들어 있어. 정말이지 다른 데로 가서 자고 싶어. 그렇지만 내가 이 방에서 나가면 피터도 나오고, 브레인박스도 나오고, 그러면 제퍼슨이 저 캐스 년하고 섹스하겠지.

제퍼슨은 벌써 섹스를 한 것 같아. 아까 제퍼슨이 깊게 생각할 일이 있는 것처럼 밖으로 나가고 캐스는 '화장실에 다녀와야지' 하는 모습으로 나가더니 둘 다 한참 동안 안 돌아왔어. 그러다 각자 따로 들어오는 뻔한 수작을 부리더라. 파티에서 그런 속임수를 백만 번은 봤어. 그러니까 뭐냐, 딴에는 자연스럽게 행동한다고 생각하겠지만, 같이 섹스하고 온 상대를 계속 힐끔거리거든. 상대도 닌자처럼 은신술을 잘 쓰는지 신경 쓰게 되지.

제퍼슨이 그렇게 몰래몰래 캐스를 만나다니, 정말 엄청 열받아. 다시 생각하니, 나는 그냥 한심한 패배자야. 뭐냐, 기회가 나한테 먼저 있었잖아. 다시 생각하니까, 캐스라는 애는 반사회적 인격 장애인 게 확실해. 아니, 뭐랄까, '성 노예에서 탈출한 색정광' 정신병 같은 거. 그래, 내가 제퍼슨한테 마음이 생기지 않았어도, 제퍼슨이 그런 여자애랑 엮이는 건 싫을 거야.

마음이 생겨? '암이 생겼다'처럼 들리네.

으으으으. 이게 뭐야.

봐, 사람하고 엮이면 좋은 일이 하나도 없어. 내 말은, 친구는 괜찮아. 친구는 서로 독점하려고 하지 않으니까. 그러니까 친구 사이는, 뭐냐, 제로섬게임이 아니지.

사실 나는 '제로섬게임'이 무슨 뜻인지도 몰라. 사회 시간에 배웠던 걸 대충 기억하는 거야. 빈털털이나 뭐 그렇게 되는 거? 그래도 기억나는 게 있어. '부정적 편견'이야. 요점은, 갖고 싶은 마음보다 잃기 싫은 마음이 큰 거야.

그렇지만 가진 적이 없는 걸 잃을 수 있나?

그럴 수 있어. 나는 '센 언니'니까.

도대체 내가 왜 제퍼슨한테 신경을 써야 해? 내 말은, 제퍼슨이랑 저 '섹스 머신' 사이에 그렇고 그런 일이 있는 게 분명하잖아.

어쩌면 내가 섹시하지 않은가 봐.

어쩌면 제퍼슨이랑 섹스를 했어야 했나 봐.

어쩌면 내가 너무 겁먹고 있나 봐.

남자들은 겁먹을 일이 적지. 뭐냐, 일이 잘못되면 책임은 대부분 여자 몫이야. 책임이든 애기든 뭐든.

남자는 이 여자 저 여자 많이 만나며 자도, 멋지다는 말을 듣는 게 기본이야. 여자가 그러고 다니면 걸레라고 해. 완전 불공평해.

이상하지. 나는 늘 권력을 쥔 기분이랑 무기력한 기분을 한꺼번에 느껴. 그래, 나는 확실히 알 수 있어. 남자애들 앞에서 내가 권력 같은 걸 갖고 있어. 남자애들뿐 아니라 어른, 훨씬 나이 많은 남자들한테도 그래. 그건 남자들이 원하는 걸 내가 갖고 있기 때문이야. 그래서 내가 힘을 가졌다고 느끼는 거지. 그런데 더 큰 게 있어. 무력감. 여자라면 모든 게 불리해지는 데에서 오는 무력감이야. 사람들은 여자를 보면 얼마나 매력적인가로 얼른 평가를 내리고, 사회 전체는 여자한테 더 섹시하기를, 더 날씬하기를 강요하고, 이렇게 말하고 저렇게 행동하라고 강요해. 기본적으로, 더 많은 남자한테서 성욕을 불러일으키는 여자가 되라고 강요하는 거지. 그게, 뭐냐, 여자라는 존재의 효율적 모델 같은 거야. 그런데 여자가 섹스를 많이 할수록 가치는 떨어져. 이런 모순이 어디 있어?

'그 사건' 전에는 다 이랬던 것 같아. '그 사건'에 나는 아주 기뻐해야 했나 봐. 우선, 이제는 임신이 없어. 다음, 남을 평가할 만한 권위를 지닌 인물이 없어. 나 자신이 여자로서 부족하다고 느끼게 만들 만큼 섹시한 여자들이 등장하는 광고나 잡지나 영화도 없어.

그래도 구식 가치관은 그대로 남아 있어. 놀라울 정도야. 나조차도 그래. 가령, 뭐냐, 캐스를 보면서, 내 속의 일부는 캐스를 '완전 걸레'라고 생각하잖아. 그런 생각은 전염성이 강해. 그런 생각 때문에 나 스스로도 나 자신을 싫어하게 돼.

어쨌든 나는 남자 문제에서 완전히 발을 빼고 싶었나 봐. 그것 말고도 힘든 게 너무 많으니까.

그렇다고 해서 제퍼슨이 흔한 남자들이랑 똑같다는 뜻은 아니야. 오히려 너무 진화했지. 제퍼슨이, 뭐냐, 이해심이나 배려심이 엄청 많은 남자가 아니었다면, 도서관에서 나한테 발표하듯이 말하는 대신 나를 붙잡고 키스했겠지.

나도 모르겠다. 내가 미쳤나 봐.

평소라면 이런 일을 피터한테 다 털어놓을 텐데, 여태껏 쫓겨 다니느라 너무 바빴어.

잠을 청하는데, 이런 생각들이 계속 빙글빙글 맴돌아. 제퍼슨은 저기 바닥에 누워 있어. 3미터쯤 떨어져 있다. 그렇지만 제퍼슨은 다른 세상에 가 있기도 해. 얼굴 반반한 여자애는 저기 화려한 침대에서 벌써 잠들었겠지. 나? 케케묵은 카펫에 익숙해지려고 애쓰고 있어.

가방에서 푸 인형을 꺼내서 꼭 껴안아.

동틀 무렵, 우리는 박물관 옆으로 센트럴파크를 빠져나와서 북쪽으로 나아가. 지금쯤이면 북극곰도 죽었겠지. 우리는, 그 뭐냐, 먹이 사슬 꼭대기에 있는 포식자나 뭐 그런 게 된 기분이야. 그래서 조금 덜 긴장돼. 그래도 나는 동물원에 또 다른 육식동물이 없었는지 기억을 살리려고 애쓰고 있어. 치타? 오실롯? 식인 원숭이? 또 뭐가 있지?

울타리가 있고 무진장 커다란 호수 앞이야. 전에 저수지였던 것 같아. 수위는 낮고, 녹조가 덮여 있어. 악취가 나지만, 그래도 수통을 채울까 생각하는데, 주위에 시체가 더미로 쌓여 있는 게 보여. 물에 떠 있거나 불어 터진 시체들에 까마귀들이 날아들어.

저수지를 돌아서 얼른 5번 애비뉴로 향해. 업타우너 영역을 빙 돌아서 다른 쪽으로 가면 어떤 상황에 맞닥뜨리게 될지 모르니까, 그런 위험을 감수하느니 업타우너 영역 경계에 바싹 붙어서 가기로 결정했어. 센트럴파크 북쪽으로 나온 뒤로도 또 뭘 만나게 될지 몰라서 긴장의 끈을 늦출 수 없어.

고백할까? 나는 할렘에 가 본 적이 없어.

그래, 이제 인종을 따지는 건 구시대의 일이 됐지. 오바마가 대통령이 된 것부터 이것저것 다. 그렇지만 내가 살던 곳에서 이른바 '흑인 동네'까지 겨우 15킬로미터 떨어져 있었지만, 그 동네는 섬이라고 부를 만했어. 뭐냐, '이론적으로는' 다 괜찮았지. 그러니까 나는 평등을 믿고, 학교에서도 인종차별적인 말을 하는 애는 전혀 없었어. 그렇다고 우리가 흑인에 대해서 많이 알고 있었던 것은 아니야. 우리 학교에는 흑인 학생이, 뭐냐, 다섯 명쯤 있었고, 걔들은 자기들끼리만 어울렸는데, 내가 우리 학교에서 흑인이었어도 흑인들끼리 뭉쳤을 거야. 다른 애들도 굳이 걔들한테 다가가서 친해지려고 애쓰지 않았어. 일부러 자기 위치를 위태롭게 만들 사람이 어디 있겠어. 안 그래도 학교에서 교우 관계를 유지하기 힘든데…….

그래서 센트럴파크 북쪽 경계에 점점 다가갈수록 은근히 불편한 분위기가 감돌아. 나도 모르게 피터 옆에 바싹 붙어 가고 있어. 그래, 한심한 짓인 건 나도 알아. 그래도 피터는 흑인, 아니, 뭐냐, '포스트 아포칼립스 세상의 흑인'이라고 할까, 그러니까 피터 옆에 있으면 우리가 이 동네 흑인들한테 붙잡혀서 옛날에 흑인을 노예로 만든 죄로 재판을 받거나 뭐 그런 일을 피할 수 있지 않을까.

나: 저기…….

그런데 그다음에 무슨 말을 해야 할지 모르겠어.

피터는 나를 빤히 보면서 눈썹을 치켜세워.

피터: 할렘 얘기를 할 때가 된 거니?

나: 뭐? 아냐. 그래, 사실은 맞아.

피터: 아하. 어디 보자. 돈나 너 지금, 백인이라서 위험할 일은 없다는 말을 나한테서 듣고 싶은 거야?

나: 맞아.

피터한테 정곡을 찔렸어. 아닌 척해도 소용없지.

피터: 있지, 뭐냐, 흑인 텔레파시 같은 건 없어. 누가 우리한테 무슨 짓을 할지 난들 어떻게 알아?

나: (기어드는 목소리로) 그냥 내 생각에…… 혹시…… 너는 예상하는 거나 뭐 그런 게…….

피터: 좋아, 내 예상 말이지? 알려 줄게. 흑인들은 열 받았을걸. 여보세요, 우리 흑인들은 지금 열 받았다고요.

피터가 나한테 화났나 봐.

나: 알았어, 완전 알아들었어.

잠시 그냥 걷다가 내가 피터에게 물어봐.

나: 음, 그런데 왜?

피터: 이런저런 상황으로 예상해 보면, 백인 애들은 세상이 망한 게 흑인 때문이라고 생각했을 테니까.

나: 아. 나는 그런 생각 안 해.

피터: 아이고, 고마워라!

나: 두더지족들이 하던 얘기 들었잖아. 인종 전쟁 같은 게 아직도 있나 봐. 그냥…… 나는 이제 총알을 피하는 데 질렸달까, 그런 거야.

피터가 미소를 지어. 기분이 조금 풀렸나 봐.

피터: 걱정 마. 내가 흑인 대 흑인으로 얘기하면, 다 괜찮을 거야.

나: 있지, 미안해. 그냥 무서워서 그랬어. 그것뿐이야.

피터: 돈나, 흑인들은 너처럼 엉덩이 깡마른 여자 안 좋아해.

나: 세상에. 그런 뜻 아닌 건 너도 알잖아.

피터: (고개를 가로저으며) 몰라. 내가 흑인들 앞에서 누구를 보호할 수 있을 것 같아? 내가, 뭐냐, '주류'였다고 생각해? 호모 학교에 가는 게이 흑인이? 아예 날 화형을 해 버릴걸.

나: 그래, 잘 짚었네.

나는 잠시 생각하다가 다시 말해.

나: 그럼, 조금만 더 남자처럼 행동하는 게 어때?

피터가 웃어. 이제 우리가 다시 친한 친구로 돌아온 것 같아.

나는 제퍼슨이 '젖소 골통'한테 더 관심을 갖는 것 같아서 완전히 실의에 빠졌는데, 그걸 생각하면, 피터는 더 힘들었을 거야. 워싱턴스퀘어에서는 모든 게, 뭐냐, 깔끔했어. 게이도 많았고, 자기 일을 열심히 하기만 하면 그 사람이 어떻게 행동하건 아무도 신경 안 썼어. 그런데 워싱턴스 퀘어 바깥? 이걸 사회라고 부르든 뭐라고 부르든, 여하튼, 앞으로 나아 갈수록 퇴보하는 것 같아.

이번 일이 다 끝나고 세상을 구하고 나면, 피터의 애인으로 어울릴 만한 남자를 찾아줘야지.

저수지 꼭대기에는 센트럴파크를 가로지르는 길이 있어. 자동차들이 동쪽에서 서쪽으로 오가던 길이야. 아래로 내려갈 때에는 들개들이 뿔 뿔이 흩어져. 들개들은 시체들을 뜯고 있는데, 냄새가 비교적 덜 나는 걸 보면, 죽은 지 얼마 안 된 시체들 같아. 시체들 주위에 탄피들이 널렸는데 총은 하나도 없어. 매복 공격을 당한 것 같아. 우리는 얼른 평지에서 벗어나서 맞은편 숲으로 다시 들어가.

밝은 색 목줄을 아직 매고 있는 개들도 있어. 워싱턴스퀘어에서 우리는 개를 다시 길들이려고 정말 애썼어. 그렇지만 어느새 개들은 시체를 먹고 사는 데 익숙했고, 자기들을 고깃감으로 잡으러 오는 사람들을 피하는 데에도 익숙해져 있었어. 나는 주인이 죽었을 때 아직 강아지였던 개들이 제일 걱정됐어. 그런 개들을 찾아서 목줄을 끊어 주고 싶었는데, 개들은 나를 안 믿었어. 그냥 멀리 달아나기만 했어. 개들은 자랄수록 점점 더 숨을 못 쉬다가 결국 질식해서 죽었어.

이 이야기가 환경에 너무 잘 적응한 인간 아이들에 대한, 그 뭐냐, '은 유'가 아닐까. 나도 모르겠어.

센트럴파크 북동쪽 구석까지 왔어. 담 아래에 줄지어 심은 식물들이 버려져 있어. 줄기는 누렇고, 흙은 바싹 말랐어.

우리는 지그재그로 움직이며 출구로 달려가. 석회암 바위가 5번 애비뉴까지 이어져 있어. 담 너머, 버려진 광장, 망가진 자동차들, 잔해들.

제퍼슨이 길을 건너기 시작해. 제퍼슨은 아무렇지 않은 척하고 있지만, 완전히 긴장한 게 눈에 보여. 우리는 제퍼슨을 따라서 최대한 빨리 움직여. 훤히 뚫린 곳에서 얼른 빠져나가서 건물들 사이의 좁은 길로 들어서. 표지판을 보니, 우리는 듀크엘링턴서클을 지나서 티토푸엔테웨이로 향하고 있어.

계획은 동쪽으로 내달려서 강까지 가는 거야. 거리는 1.5킬로미터가 조금 넘는 정도야. 뭐가 있을지 전혀 모르는 곳을 지나서 FDR 고속도로까지 가려면, 그 길이 제일 짧아. 길에 방해물이 없으면, 곧장 트라이보로 다리까지 가서 퀸스와 롱아일랜드로 갈 수 있어.

그다음은? 하늘이나 알겠지.

처음 몇 블록은 못생긴 빨간 벽돌 저층 건물들뿐이야. 남북으로 이어지는 거리 아래쪽으로는 줄지어 서 있는 구식 5층짜리 건물들이 보여. 1층에 상점들이 있고, 엘리베이터도 없는 건물들 말이야. 중남미 출신 사람들 사이에서 '보데가'라고 불리는 작은 식료품점들은 모두 약탈당하고 불탔어.

여기는 쉽게 지나갈 수 있겠다고 생각하는 순간, 처음으로 거리에서 사람들이 보여. 내 또래 여자애들이 계단에 앉아서 노닥거리고 있어.

내 말은 대체로 '흑인 여자애들'이라는 뜻이야. 정확하게 하려면 그렇게 말했어야 했나. 하지만 걔들은 정말로 그냥 여자애들이야. 걔들을 '흑인'이라고 부르는 건, 내가 걔들을 나랑 다르게 본다는 뜻이 되잖아. 백인 여자애만 '정상적인' 여자애들인 양 말하게 되는 셈이야. 내가 나를 생각할 때, 나는 그냥 '여자애'인데, 걔들이 나를 볼 때, 나는 '백인 여자애'가 되겠지. 언어는 사람을 실수하게 만들어. 사람은 결코 자기 생각을 정확히 말할 수 없어. 생각을 정확히 말하려고 애쓸 때마다 결국 자신의 속내를 드러내게 될 뿐이지.

어쨌든, 그 여자애들이 노는 모습은 기묘하게도 평화롭고 자연스러워. '그 사건' 전의 광경 같아. 그러다가 갑자기 이런 생각이 들어. 우리가 무서운 사람으로 보이지 않을까? 온몸에 흙과 피가 튀었고, 총칼로 무장했으니까.

그러다가 한 여자애 무릎에 놓인 AK 소총이 눈에 띄어. 소총 금속 부분이 반드르르한 것을 보니 기분이 이상해. 그렇지만 그 여자애가 나를 째려봐서 나는 얼른 고개를 돌려.

우리는 계속 걸어가. 여자애들은 우리한테 다정하지도 적대적이지도 않고, 우리를 멈춰 세우지도 않아. FDR 고속도로까지 평화롭게 갈 수 있을 것 같아. 그런데 우리가 그 여자애들을 지나간 뒤에, 여자애들은 일어나서 우리를 뒤따라와. 그중 한 명은 워키토키에 대고 뭐라 말하고 있어.

다음 블록을 갈 때에도 여자애들은 계속 우리를 따라와. 다섯 블록을 지나니까, 백 명쯤 되는 애들이 길을 둘러싸고 있어. 적대감보다 호기심에 가까운 표정들이야. '저 바보들이 여기서 뭘 하고 있지?' 같은 호기심.

그러고 보니, 얘들 모두 총을 갖고 있어. AK 소총도 있고, 권총도 있고, 난생처음 보는 기묘한 총도 있어. 평범한 총도 몇 자루 보이지만 대부분은 플라스틱 같은 걸로 만든 것처럼 번들거려.

사람이 너무 많아서, 우리가 달아나려 해도 뛸 수가 없어. 아이들과 우리 사이의 거리는 3미터도 안 될 것 같아. 아직도, 아무도 움직이지 않아. 애들은 그저 우리랑 보조를 맞춰서 걷고 있어.

그러다가 2년 동안 들은 적 없던 소리가 들려. 귀를 자극하는 왱왱 소리야. 순간 완전히 말도 안 되게 '아, 우리는 살았어!' 하는 생각이 들어.

당연히 앞뒤가 안 맞는 생각이지. 경찰차들이 모퉁이를 돌아서 멈추고, 그 안에서 나오는 사람들은 경찰이 아니라 거칠어 보이는 애들이야. 머리는 빡빡 밀었고, 눈빛은 차가워. 모여 있는 애들이 길을 내주고, 경찰차에서 내린 애들은 기관총을 들고 우리한테 다가와.

덩치 큰 남자: 뭐야? 왜 가만 있어? 이 개자식들아, 얼른 엎드려!

우리는 경찰차에 몸을 대고 허리를 숙여. 경찰차에서 나온 애들이 우리 다리를 쳐서 벌리고, 몸수색을 하기 시작해. 우리 가방도 뒤져.

나는 칼을 뺏기고, 카라비너와 총탄이 많이 달린 벨트도 뺏겨. 우리는 모두 손에 수갑이 채워지고, 한 손을 다른 쪽 손목에, 그쪽 손은 머리 위에 얹은 채로 경찰차에 떠밀려 들어가. 텔레비전에서 보면, 경관들이 사람을 체포해서 경찰차에 태울 때 그렇게 하잖아. 한 손을 머리에 얹는 것은 차 천장에 머리를 찧지 않게 하려는 배려인데, 얘들은 우리를 배려해서 그러는 게 아니라, 그저 텔레비전에서 본 대로 흉내를 내는 것뿐이야. 그냥 '우리는 지금 경찰이야, 경찰처럼 행동하겠어.' 같은 거지.

나는 차 뒷자리 안쪽에 골통이랑 같이 처박혀. 골통은 최대한 나랑 붙지 않으려고 애쓰고 있어. 골통은 눈의 초점이 저 우주 너머에 떠 있는 듯, 기묘한 표정을 짓고 있어.

나: 왜 그래?

골통: 아무것도 아냐. 준비하는 거야.

나: 뭘 준비해?

골통의 눈에 초점이 돌아오고, 나를 봐.

골통: 아, 너는 한 번도 안 겪었구나. 그렇지? 운이 좋았네.

나: 뭘 한 번도 안 겪어?

골통: 세상에. 너 처녀구나.

그 말은 정말로 끔찍한 일이 곧 벌어질 거라는 뜻이잖아. 심장이 어찌나 벌렁거리는지 목이 막힐 정도야.

나는 차가운 감방에 갇히거나, 머리에 총을 맞고 총살당하거나, 죽이는 입장에서는 더 경제적으로, 칼에 목을 따이는 상상을 했거든. 그런데 그게 아니야.

경찰차 뒷자리와 앞자리 사이에는 철창이 있고, 철창 너머로 빡빡 민

머리들이 보여. 북쪽으로 가고 있는 것 같은데, 흐릿하기만 해서 정확하지는 않아. 나는 밖을 보는 대신, 운전자 뒤통수에서 톡 튀어나온 부분에 난 분홍색 흉터에 시선을 고정하고 있어. 그 아래, 목과 어깨 사이에는 살이 두 겹 접혀 있어.

나는 두려워.

골통이 내 얼굴을 보고 웃어.

그런데 뒷골목이나 감옥 같은 곳으로 끌려가는 게 아니네. 예쁜 빨간 석조 주택에 왔어. 집 앞에는 꽃밭도 있어.

여자와 몸집이 거대한 남자가 문 앞 계단에서 웃으며 대화하고 있어. 여자는 여기 애들이 많이 갖고 있는 반짝거리는 총을, 남자는 그 몸집에 맞게 거대한 기관총—마레몬테 M60E3이라고 머릿속에 떠올라—을 들고 있어. 두 사람은 경찰차가 앞에 서자 대화를 멈춰.

우리는 차에서 나와서 집 문 앞 계단으로 올라가.

새소리가 들려. 날렵한 회색 고양이가 양지 바른 쪽에 앉아 있다가 일어나. 우리가 계단을 올라갈 때 고양이는 유유히 걸으며 내 발목을 스쳐 지나가.

우리는 현관 왼쪽에 있는 작은 응접실로 끌려가.

흉터 있는 아이: 어지르지 마. 어질렀다가는 큰일 날 줄 알아.

걔들이 나가고 우리만 남자, 우리는 푹신한 구석 소파와 안락의자에 앉아.

흉터 있는 애가 그렇게 말할 만했어. 응접실 안은 티끌 하나 없으니까. 깨끗한 깔개. 벽에 걸린 옛날 그림, 아니, 새로 뽑은 옛날 그림. 프린터랑 전기도 있나 봐. 윤기 나는 나무 탁자. 재깍거리는 큰 시계.

사과가 가득 담긴 그릇.

진짜 사과가 맞을까? 나는 사과에 코를 대고 킁킁 냄새를 맡아.

골통: 뭐 해?

나: 진짜 사과야!

골통: 그게 무슨 상관이야?

그렇지만 제퍼슨의 얼굴에서는 머리가 돌아가는 표정이 보여.

제퍼슨: 나도 맡아 보자.

나: 아, 싫다면 어쩔래?

그 사과들을 냠냠 먹는 상상을 하며 2분쯤 지나자, 위층에서 여자애가 내려와서 마치 우리가 약속이라도 되어 있었던 양 말해.

"이제 만날 준비가 됐습니다."

계단은 좁고 가팔라. 중간에 넘어졌어. 손을 등 뒤로 해서 아직도 수갑이 채워져 있거든. 흉터 있는 남자가 나를 부축해서 일으킨 뒤에 미소를 지으며 미안하다는 듯 어깨를 으쓱해.

복도를 지나서 뒤쪽에 있는 방으로 가. 커다란 창 아래로 정원이 보여. 꽃이 핀 나무도 있어.

창문 앞에 책상이 놓여 있고, 거기에는 잘생긴 흑인 남자애가 앉아 있어. 키는 보통 남자애들보다 조금 작지만, 키가 작다는 느낌보다 다부지다는 느낌이 들어. 깔끔한 스포츠머리에, 옷은 깨끗하고 다림질까지 했어. 빳빳한 흰색 셔츠 위에 부드러운 검정 가죽 재킷, 줄을 세워 다림질한 카키 바지, 반짝이는 갈색 가죽 부츠. 옷을 다려서 입었다고? 면도칼로 면도도 했네?

눈이 참 예뻐. 짙은 갈색이고, 속눈썹은 길어.

남자애가 수첩을 내려놓는데, 수첩에는 숫자들이 적혀 있어.

남자: 수갑은 풀어 줄 수 있어. 그렇지만 도망치려고 하면, 우리는 어쩔 수 없이 너희를 죽여야 돼. 너희는 이성적인 사람들 같군. 아니었다면 벌써 죽었겠지. 그러니까……

남자가 간수들한테 고갯짓하자, 간수들이 우리 수갑을 풀어. 우리가 안내받은 의자에 앉자, 남자가 말해.

남자: 자, 이제 편해? 너희를 위해서 내 이름을 알려 주지. 내 이름은 솔론이야.

제퍼슨: 법을 정하는 사람.

솔론: (미소를 지으며) 맞아.

내가 제퍼슨을 보자, 제퍼슨은 어깨를 으쓱하며 짧게 말해.

제퍼슨: 옛날 얘기야.

나: 서로 아는 사이야?

솔론: (웃으며) 아니, 정말로 옛날 역사 속 이야기라는 말이야. 그 얘기는 신경 쓰지 않아도 돼. (솔론은 고대 아테네의 입법가로, 그리스 7현인 중 한 사람이다: 옮긴이)

골통: 그냥 빨리 끝내.

솔론: 뭘 그냥 빨리 끝내?

솔론은 정말로 어리둥절한 표정이야.

골통: 이봐.

"자기를 강간할 거라고 생각하나 봐."

그렇게 말한 사람은 처음 보는 여자애야. 통통한 여자애인데, 어둑한 구석에 앉아 있어서 미처 보지 못했어. 통통한 여자애 옆에는 깡마른 여자애가 멍한 표정으로 앉아 있어.

솔론: (인상을 쓰며) 남쪽 미개인들과 우리를 헷갈린 모양이군.

미개인들?

골통: 뭐라고?

통통한 여자: 너를 강간하느니 차라리 총을 쏴서 죽이겠다는 뜻이야. '잘난 척'아.

골통: 그게 더 흥분된다면 그러든지.

지금 골통의 태도는 좀 존경스럽네.

솔론: 우리는 너희 업타우너들처럼 야만적이지 않아.

그리고 그 순간, 왜 그런지는 정확히 모르겠지만, 나는 솔론이 마음에 들고 솔론에게 믿음이 가.

나: 우리는 업타우너들이 아니야. 워싱턴스퀘어에서 왔어.

솔론은 통통한 여자를 봐. '그런 일이 어떻게 가능하지?' 하고 묻는 듯한 표정이야.

통통한 여자: 업타운에서 온 게 아니라는 말은 맞는 것 같아. 업타운에는 흑인 남자가 없어.

여태까지는 우리 대화를 듣고 있지 않던 것 같던 멍한 표정의 여자가 덧붙여.

"맞아, 없어."

솔론 (피터에게): 친구, 네가 말해 봐. 이 사람들하고 어떻게 같이 있게 됐어?

피터가 솔론의 눈을 똑바로 보며 말해.

"친구? 우리는 처음 본 사이잖아. 얘들이 내 친구들이야. 아, 저기 저 미친 개년은 빼고."

피터는 마지막에 골통을 턱으로 가리켜.

솔론은 다시 통통한 여자를 본 뒤에 웃어. 통통한 여자는 어깨를 으쓱해.

솔론: 어떻게 여기까지 왔지? 왜 왔어?

제퍼슨: 어떻게 왔는지는 얘기하기 쉬워. 전투를 벌이면서 유니언스 퀘어를 지나왔고, 도서관에서 식인종들한테서 탈출했고, 그랜드 센트럴 역에서 벌어진 격투기 시합에서 이겼어. 지하철로 들어가서 업타우너들한테 대량 학살당할 뻔했다가 간신히 빠져나왔고, 센트럴파크에서 북극곰이랑 싸웠어.

솔론: 아하, 그렇군. 쉬운 일이었던 것처럼 들리네. 자, 이제 '왜'를 말해.

브레인박스: 우리는 인류를 구할 거야.

솔론: 뭐라고?

제퍼슨: 롱아일랜드 동쪽 끝에 연구소가 있어. '그 병'이 거기서 시작된 것 같아. 우리는 거기로 가는 거야.

솔론: 거기 가면, 그다음에는 해결할 방법도 알고 있어?

제퍼슨이 고개를 가로저어.

솔론: 그럼 왜 거기 가려는 거지?

제퍼슨: 가만히 죽음을 기다리는 것보다 나으니까.

솔론은 그 말을 한참 생각해.

솔론: 그렇지만 가는 길에 죽을 수도 있잖아.

제퍼슨: 벌써 여기까지 왔어.

솔론: 이제 시작이지.

그 말에 대화는 한동안 멈춰.

솔론: 내 문제를 들려주지.

솔론은 의자 등받이로 등을 기댄 뒤 말을 이어.

솔론: 너희 말을 곧이곧대로 믿을 수 있을지 모르겠어. 내 말은, 황당하다는 거야.

통통한 여자: 헛소리 같아.

여자는 '허어어엇소리'라고 말해.

솔론: 그렇지만 다시 생각하면, 그런 황당한 이야기를 굳이 지어낼 이유가 있을까? 그리고 멍청이들이 아니고야 감히 내 구역에 그냥 걸어 들어오겠어?

나: 바로 그거야! 우리 이야기가 사실이 아니면 그럴 수 없지.

제퍼슨(나한테 짜증난 표정으로): 우리는 여기 문제를 일으키려고 온 게 아니야. 그냥 우리를 지나가게 해 줘. 그러면 우리를 두 번 다시 생각할 일도 없을 거야.

솔론: 그게 문제야. 너희를 보낼 수 없겠어.

나: 왜? 아니, 이해하겠어. 우리는 포로, 아니, 죄수, 뭐든, 그런 거지.

그렇지만 우리를 그냥 믿으면 안 돼?

솔론: 아, 너희를 믿어. 그런데 보낼 수는 없다는 거야.

나: 왜?

브레인박스가 입을 열어. 그러자 다 이해가 돼. 아, 처음에는 전혀 이해가 안 됐는데, 듣다 보니 이해가 돼.

브레인박스: 3D 프린트.

솔론: (잠깐 놀란 표정을 짓다가 웃으며) 바로 그거야.

나: 3D 뭐? 안경 쓰고 보는 영화?

브레인박스: 3D 프린트.

브레인박스는 우리를 보며 말을 이어.

브레인박스: 여기 사람들 모두 총을 갖고 있는 거 봤어? 어떤 것들은 금속으로 안 보이는 것도 알아챘어?

그래서?

브레인박스: 금속이 아니니까. 플라스틱이야. 플라스틱으로 총 부품을 프린트한 거야. 3D 프린터가 있으면 무기를 만들 수 있어. 레고가 싹 사라진 것도 그것 때문이야. 레고를 쓸어 오는 일만 맡은 사람도 있었을걸.

솔론: (씩 웃으며) 계속해.

브레인박스: 총포상도 있을 거야. 총 전체를 플라스틱으로 만들 수는 없으니까. 플라스틱은 총알이 발사될 때의 압력을 이길 수 없지.

솔론: 음음.

브레인박스: 화약을 공급하는 곳도 있겠지. 아니면 직접 만들거나.

솔론이 손바닥을 넓게 펼치고 통통한 여자를 봐. '봤지? 내가 뭐랬어? 똑똑한 애들이라고 했지?' 하고 말하는 것 같아.

내가 친구들을 자랑스러워하려는데 통통한 여자가 말해.

"그래서 우리가 너희를 죽여야 하는 거야."

솔론: 그렇게 말하면 좀 잔인하지. 어쨌든 간단히 말하면, 그래.

나: 그래서 다 총을 갖고 있다고 치고, 그렇다고 왜 우리가 죽어야 된다는 거야?

솔론: 소문이 나면 안 되니까.

제퍼슨: 업타우너들이 알게 되면, 공격하겠지.

솔론: 맞아. 게다가 우리는 아직 이주할 준비가 안 됐어. 아직은.

나: 어디로 이주해?

통통한 여자: 어디로든.

이 상황을 이해하기까지는 시간이 좀 걸려.

나: 그럼, 그냥 여기를 넘겨주겠다고?

솔론: 나로서도 달가운 결정은 아니야. 그것 때문에 충분히 골치를 썩었어. 그렇지만 상황이 어쩔 수 없어. 남쪽에는 업타우너들이 있고 위에는 푸에르토리코와 도미니카 애들이 있어. 자원은 언제 떨어질지 모르고……. 우리한테 앞선 기술이 있으면, 그걸 이용해야지. 평화롭게 살아가려면 전쟁을 피할 수 없어.

통통한 여자가 말해.

"총, 균, 쇠. 플레이어를 미워하지 말고, 게임을 미워해."

제퍼슨이 말해.

"까놓고 말할게. 총이 충분하면 다 제압할 수 있어. 업타우너, 웨스트 사이드, 피셔맨, 전부 다. 그런데 아직 준비가 안 됐지. 우리가 다른 사람들한테 경고할까 봐 두려운 거지."

"뭐, 두렵지는 않아. 너희를 포로로 잡았으니까. 어쨌든, 그래, 네 입장에서는 그렇게 생각할 수도 있겠네."

제퍼슨은 솔론을 똑바로 보며 말해.

"그렇지만 왜? 그래 봐야 뭐 해? 내 말은, 지금 나이가 열일곱 살쯤 되지 않았어? 뉴욕을 손에 넣었다고 쳐. 그래 봐야 그걸 누릴 수 있는 건 고작 일 년쯤이야."

솔론이 어깨를 으쓱해.

"모르지. 글쎄. 영토확장론이라고 하지, 뭐. 역사의 과정이야."

브레인박스가 말해.

"아까 '총 균 쇠'라고 했는데, 균은 빠뜨렸어."

솔론이 말해.

"균도 안 빠뜨렸어. 누가 균을 빠뜨리겠어. 균이 없었으면 여기까지 못 왔지. 어쨌든, 그래, 균도 준비됐어."

제퍼슨: 더 좋은 위치에 설 수도 있을 텐데?

솔론: 설명해 봐.

제퍼슨: 총은 있고, 거기에 '그 병' 치료법까지 알고 있으면, 뭐……

제퍼슨은 '뻔한 얘기 아니냐'는 몸짓을 지어.

솔론: 그럼, 그 치료법은 누가 찾아?

브레인박스: 나.

솔론: 너. 세상 과학자들이 그 병으로 다 죽었는데, 빌리지에서 온 책벌레가 그 병을 없애겠다?

브레인박스: 그래.

브레인박스는 허풍을 떠는 것도 아니고, 그냥 덤덤하게 말해.

제퍼슨: 우리가 치료책을 못 찾아내면? 그러면 우리는 그냥 애쓰다가 죽는 거야. 어쨌든 우리는 다 곧 죽을 운명이잖아. 안 그래?

솔론: 그럼, 너희가 업타우너들한테 아무 말도 안 할 거라고 어떻게 믿지? 우리가 공격할 거라는 말을 전하지 않는다는 보장이 없잖아?

제퍼슨: 두 가지가 있어. 첫째, 우리도 너희만큼 업타우너들을 싫어해. 그놈들은 처음부터 우리를 죽이려고 했어. 둘째, 너희 중 한 명이 우리랑 같이 가서 우리가 말한 대로 하는지 확인하면 돼.

솔론: 죽임을 당하지 않고 롱아일랜드 동쪽 끝까지 갈 묘책은 있어? 얘기를 쭉 들어 보니 곤경에 잘 빠지네.

제퍼슨: 아, 롱아일랜드에 있는 너희 연줄을 활용하겠어. 농부들.

솔론은 체스를 두다가 교묘한 수를 만난 양 씩 웃어.

솔론: 무슨 농부들?

제퍼슨: 아래층에 있는 사과를 키운 농부들. 여기 있는 모든 사람들이 잘 먹고 건강하게 지내는 모습을 유지할 수 있고 사냥이나 약탈이 아닌 다른 일에 몰두할 수 있게 해 주는 농부들.

솔론: 롱아일랜드 생산자들과 계약을 맺었을 수는 있지.

나: 거기 농부들 전부랑 계약한 건 아니지? 그렇지? 그래서 업타우너들한테 우유와 돼지가 있는 거지.

저렇게 똑똑한 거래에 나도 끼고 싶었어.

솔론: 맞아. 그래도 곧 바뀔 거야.

제퍼슨: 어때? 우리랑 손잡겠어?

제퍼슨

솔론은 손에 턱을 괴고 통통한 여자를 바라본다. 여자는 어깨를 으쓱한다.

솔론이 나에게 손을 내민다.

"살려주겠어."

내가 말한다.

"고마워."

"뭐가 고맙지? 너희는 이제 내 밑에서 일하는 거야. 치료법을 찾을 것 같지는 않지만, 만약 찾으면 그건 우리 소유야. 알아들었어?"

치료법을 독점하게 해도 될까. 누구를 살리고 죽일지를 내가 결정해도 될까. 그러다가 업타우너들이 떠오른다. 마음이 무거워진다.

내가 말한다.

"워싱턴스퀘어의 내 사람들도 치료약을 받아야 돼."

솔론이 말한다.

"당연하지. 큰 걸 얻으려면 작은 투자도 해야지."

나는 솔론의 손을 잡고 악수한다. 지금으로서는 솔론과 손잡을 수밖에 없다.

"아, 반대의 경우도 생각해야지. 너희가 치료법을 못 찾으면…… 그러면……."

치료법을 못 찾으면, 우리는 끝장이다.

솔론이 말한다.

"내 사람들을 너희랑 같이 보내지. 성공해서 여기로 돌아오면, 집으로 보내줄게. 그때까지 너희는 내 소유야."

출발하기 전, 안내를 받아서 이곳을 둘러본다.

이 사람들은 자기들이 이룬 것을 자랑스러워한다. 충분히 그럴 만하다. 발전기, 위생 시설, 의료 설비 등등 워싱턴스퀘어에서는 없던, 또 있을 수도 없었던 온갖 것들이 여기 있다.

경비가 삼엄하고 아무 설명이 없는 건물은 총기류 공장이다.

어느 방에서는 커다란 프로판가스 화로에서 레고 더미를 녹이고 있다. 기포가 생기지 않도록 천천히 계속 저으며 녹인다. 다른 방에서는 줄지어 늘어선 작은 선반들에 총열이 빚어지고 있다. 그 옆방에서는 사용한 탄피를 재활용하게 손보고, 총알을 주조하고, 화약 위에 조심스레 총알을 올리고 있다.

그리고 무엇보다 중요한 3D 프린터들이 있다. SF 영화 소품으로 등장할 법한, 크고 볼품없는 기계다. 디자인 소프트웨어가 돌아가는 노트북 컴퓨터 몇 대에서 나오는 신호대로 3D 프린터들이 천천히 플라스틱 부품을 성형하고 있다.

절대 다른 사람과 눈을 마주치지 않는 이상한 여자애가 새로 만들어진 부품을 브레인박스에게 건네고, 브레인박스는 그 부품을 빙빙 돌려서 바라보며 감탄한다. 노트북 컴퓨터 화면에 뜬 파일을 보니, AR-15의 조작부다.

브레인박스가 말한다.

"이게 모든 걸 바꿀 거야."

그 말은 사실이다. 플라스틱 총이 많아지면, 맨해튼 인구는 전보다 훨씬 빨리 줄어들 것이다.

하지만 나는 이렇게 생각한다. 사람들이 더 오래 살 수 있게 되면, 이렇게 싸움에 열중하는 일은 사라지지 않을까. 어찌해도 곧 죽는다고 생각하면, 자기 목숨을 위험에 빠뜨리기가 더 쉽다.

마지막으로 병원을 구경한다. 긴 창문이 달린 기다란 방에서 '그 병'이 시작된 사람들을 돌보고 있다. 예쁘다고 할 수는 없지만, 깨끗하고 편안하며 잘 정돈되어 있다. 죽음을 맞이하기에는 평화롭고 좋은 곳이다.

벽에는 큰 십자가가 걸려 있다. 고통받는 예수가 고통받는 사람들을 내려다본다. 침대마다 옆에 성경이 있고, 죽어 가는 아이들에게 사람들이 성경 구절을 읽어 준다. 이런, 죽음에 의미를 부여하는 이야기에 모두 공감하는 상황에 어쩐지 환자들의 통증이 조금 줄어드는 것 같다.

나는 솔론에게 이처럼 잘 지내게 된 비결이 무엇이라고 생각하는지 물어본다.

솔론이 말한다.

"예전 세상의 규칙에 얽매이지 않았어. 그래서 미국이 무너질 때 잃을 게 적었지."

병원을 나설 때, 처음 우리를 체포한 애들 중 뒷덜미에 흉터가 있는 아이가 우리 옆에 붙는다. 등에 큰 가방을 짊어지고, 어깨에는 반이 플라스틱인 AR-15를 메고 있다. 자기 이름이 테오라고 들릴락 말락 한 소리로 내 귀에 말한다. 파티가 벌어진 옆집에서 들리는 우퍼 소리처럼 나직하지만 강하다. 테오와 악수를 나누는데, 손아귀가 강철 같다.

테오가 우리 경호원인가 보다. 테오와 또 한 사람, 우리를 안내하는 사람이 우리 경호원이다. 그 다른 한 사람은 왠지 모르지만 모두에게서 '선장'이라 불린다. 우리가 길에서 벗어나면, 그 두 사람이 우리를 길 안으로 안내하는 임무를 맡은 것 같다.

우리는 픽업트럭 짐칸에 올라탄다. 트럭은 강을 향해 동쪽으로 달린다. 10층짜리 사각형 아파트들이 줄지어 선 주택 단지를 지나는 동안 경찰차가 옆에서 함께 달린다. 빨간 벽돌로 된 아파트들 앞에는 풀들이 웃자라 있다. 우리가 지나갈 때 아이들이 우리에게 손을 흔든다. 내 눈에는 작별 인사를 하는 것으로 보인다.

FDR 고속도로 입구에 온다.

솔론이 묻는다.

"너희를 뒤쫓는 놈들이 있어?"

나는 머뭇거리다가 대답한다.

"있어. 업타우너들."

솔론은 고개를 끄덕인다.

"남쪽 경계에서 전투가 있었어. 우리 순찰대가 놈들을 쫓아냈어."

나는 떨어져 있는 캐스를 바라본다. 캐스는 못 들은 것 같다.

FDR 고속도로 앞 경사면에 도착해서 차가 멈춘다.

차에서 내리며 솔론에게 묻는다.

"자동차로 가는 것 아니야?"

"도로가 막혀서 자동차는 못 지나가."

돈나가 말한다.

"그럼…… 걸어가?"

솔론이 씩 웃으며 말한다.

"걷게 하지는 않지. 안 그래, 선장?"

"당연히 아니지."

그러나 선장도 설명은 하지 않는다.

"테오, 준비됐어?"

테오가 고개를 끄덕인다.

솔론이 테오를 껴안으며 말한다.

"하던 대로 잘해야 해."

그리고 우리를 보며 말한다.

"무사히 돌아오기 바라. 진심이야. 그리고 찾는 것도 꼭 발견하기 바라. 우리 모두를 위해서."

나는 무슨 말을 해야 할지 모르겠다. 우리가 솔론의 포로인지, 친구인지, 동맹인지, 파트너인지, 부하인지 모르겠다. 그래서 나는 고개만 끄덕인다.

선장과 테오는 앞장서서 도로로 간다. 솔론의 말이 맞다. 쓰레기, 시체, 기우뚱하게 버려진 자동차들로 엉망이다. 이스트강으로 가는 동안, 나는 여기서 무슨 일이 벌어졌을지 머릿속으로 상상한다. 이 자동차는 운전하던 사람이 발작을 일으켜서 저 차 위를 덮쳤겠지. 이 차는 앞에 길이 막히니까 운전자가 버리고 갔겠지. 저 자동차 앞에서는 누가 싸움을 벌이다가 총에 맞았겠지.

물가에서 커다란 금속 기둥 옆 도로면 위로 높이 솟은 사각형 장비가 보인다. 그 장비는 한때 도로에 그늘을 드리웠을 나무 두 그루의 그루터기에 매여 있다. 점점 가까이 가자, 예인선의 조타실과 굴뚝이 모습을 드러낸다. 예인선 갑판에서 깡마른 아이가 위태위태한 사다리를 타고 올라가고 있다. 그사이에 나는 단단해 보이는 작은 배에 탄다. 이 배의 모양은 욕조에서 가지고 노는 장난감 배를 크게 부풀려 놓은 것 같다.

나는 아늑하고 색이 화려한 배에 어쩐지 마음을 빼앗긴다. 산산이 부서진 세상에 단단하고 낭만적이며 동화 같은 배가 있다니, 전혀 있을 법하지 않기 때문인지도 모른다.

내 표정을 회의적인 것으로 오해한 선장이 말한다.

"왜 그래? 우리 형제들이 배도 못 몰 것 같아?"

우리는 애니호에 탑승한다. 애니호의 갑판 바닥에 발을 딛자, 부츠 밑 창으로 윙 하는 울림이 전해진다. 예인선에는 난생처음 타 본다. 특이한 배 디자인에 호기심이 생긴다.

선체 양쪽 끝은 수면 가까이까지 내려가 있는데, 뱃머리는 아주 높이 솟아서 조타실에 가지 않으면 배 앞에 무엇이 있는지 보이지 않는다.

아래에는 거실 같은 곳이 있다. 옛 바다 그림이 든 나무 액자들이 벽에 걸려 있고, '그 사건' 전에 이 예인선의 임자였던 사람의 가족 사진도 있다. 바다에서 본 독립기념일 불꽃놀이, 갑판에서 본 거대한 컨테이너선의 가파른 옆면. 선장이 '조리실'이라고 부르는 작은 주방을 사이에 두고 앞과 뒤로 침실들이 있다.

"너희는 모두 저 위 조타실에 있어. 말썽 피우지 않으리라고 믿겠어. 알았어? 내 배에서 말썽 피우지 마."

'내 배'라는 말에, 나는 나도 모르게 전 주인의 사진을 본다.

"뭘 봐? 저 사람들? 애니호는 이제 저 사람들한테 전혀 쓸모가 없어."

우리는 각자 자기 짐을 들고 조타실로 간다. 조타실에는 돌돌 말린 깨끗한 침낭이 우리 머릿수대로 있다.

기둥 아래를 보니, 배에서 일하고 있던 아이가 기계 장치를 조작하고, 선장은 커다란 디젤엔진에 시동을 걸고 있다. 아이의 이름은 스파이더다.

배를 조작하는 일이 15분쯤 이어지는 동안, 우리는 아는 것이 없어서 쓸모없이 느껴진다.

우리는 방해되지 않으려고 이리저리 돌아다닌다. 나는 풋내기 선원처

럼 보이기 싫어서, 공연히, 이런 일에 익숙한 양 행동하려 한다. 돈나는
선창 아래에서 몸을 공처럼 말고 선잠을 자고 있다.

로트바일러(독일에서 나온 대형견이며, 검은색에 몸집이 아주 크고, 힘
이 세다. 경찰견으로 많이 이용되는 품종이다: 옮긴이) 숨소리 같은 엔진
소리가 더 높은 음을 내며 항해가 시작되고, 나는 돈나를 깨워서 안으로
들어가려 한다. 그런데 돈나는 벌써 혼자 갑판에 나가 있다.

배가 트라이보로에서 멀어지며 이스트강을 유유히 지나갈 때 우리는
나란히 서 있다.

난간에 놓인 우리 손은 겨우 몇 센티미터 떨어져 있고 나는 돈나의 손
을 잡고 싶다. 그러나 두 손을 맞잡을 구실은 아무것도 없는 것 같다.

돈나가 말한다.

"이상하네."

나는 돈나가 내 생각을 읽었나 하고 놀란다.

그러나 돈나가 덧붙인다.

"빌어먹게 걸어다닌 뒤에 이렇게 배를 타고 가다니."

내가 덧붙인다.

"달리기도 했지."

돈나가 잠시 말을 멈추었다가 입을 연다.

"저기…… 우리가 무사히 도착할 수 있을까?"

"그럼."

돈나의 표정이 밝아진다.

"정말?"

나는 돈나의 얼굴에서 계속 미소를 보고 싶어서 한 번 더 강조한다.

"그럼, 틀림없이."

아마도 틀림없이.

애니호는 놀랍도록 강하고 빠르다. 선장은 랜들스아일랜드 남쪽 끝을 지나가려고 배를 꺾는다.

선장이 말한다.

"북쪽으로 가다가 육지에 좌초할 수도 있어. 그러면 우리 배에 올라타려고 멍청이들이 몰려올지도 몰라."

우리는 트라이보로 다리 서쪽 교각 아래를 지나간다. 우리 머리 위로 금속성 회색 골격으로 이루어진 계곡이 보이고, 그 아래에 갈매기 떼가 모여 있다. (선장이 말한다. "갈매기 알 먹어 봤어? 맛있어.") 그리고 참 이름이 '긍정적인' '헬게이트'라는 옛 철도교 아래를 지나간다. 브롱크스와 퀸스 사이로 물이 회오리치는 여울목에 이른다. 선장은 물살 한가운데 비죽 솟은 녹색 섬 두 개 사이로 배를 몬다. 화이트스톤 다리와, 6학년 때 갖고 있던 〈던전 앤 드래곤〉 게임 캐릭터가 생각나는 트록스넥 아래를 지나간다. 물가 자갈밭에서는 연기와 썩은 냄새가 난다.

그러다가 앞이 트이고, 롱아일랜드 해협에 이른다. 우리 남쪽으로는 죽은 생선처럼 삐죽 솟은 섬이 보인다. 북쪽으로는 코네티컷 해안이 안개 속에 모습을 드러냈다가 감췄다가 한다.

이렇게 멀리서 보니, 세상 모두가 '그 사건' 이전 그대로인 듯하다. 모두가. 다만, 나는 지금 할렘에서 온 아이가 조종하는 예인선에 있으며 플럼아일랜드 동물 질병 센터로 가고 있다는 사실만 빼고.

나는 윙윙거리는 엔진 소리와 배 이물에서 철썩이고 출렁이는 물소리에 나를 맡긴다. 배는 소리와 함께 끝없이 물살을 가르고, 물은 상처를 스스로 치유하고, 섬의 북쪽 해안은 계속 시야를 벗어나지 않는다.

선장은 이런저런 표시가 된 지저분한 지도를 갖고 있다. 뭐든 이름을 바꾸려고 삐딱하게 고집 부리는 선장은 지도를 '해도'라고 부른다. 표시된 것은 해협에 끼어 버려진 배, 정박지, 디젤 펌프, '농장' 들의 위치다.

몇 시간 동안 천천히 또 꾸준히 나아간 뒤, 육지 쪽으로 가서 버려진 옛 선착장에 선다. 선착장에는 돔 모양의 청회색 연료탱크가 비스듬히 세워져 있다. 선장과 스파이더는 엔진실에서 장비를 꺼낸다. 삽자루 같은 플런저와 둘둘 말린 큰 고무 호스가 붙은 거대한 금속 주사기 같은 장비다. 선장과 스파이더는 그 장비를 사용해, 부둣가에 있는 펌프에서 연료를 빼낸다. 마침내 나도 쓸모없는 사람에서 벗어나게 됐다. 내가 다른 친구들과 함께 악취 나는 디젤유 통을 계속 배 뒤쪽으로 옮기는 동안 돈나와 테오는 망을 본다. 한 시간 뒤에, 배는 다시 출발한다.

수풀에 튀어나온 작은 선착장에서 배가 선다. 아이들이 추레한 차림새로 생선과 채소를 들고 서 있다. 그 아이들을 보며, 나는 우리가 원시 부족을 찾아서 아마존을 따라 탐험하는 기분이 든다.

채소는 직접 기른 것으로, 싱싱하고, 흙이 묻어 있고, 모양이 일정하지 않다. 피망, 양파, 당근 모두 휘고 굽었으며 생김새가 제각각이다.

선장은 그 아이들과 편지 꾸러미와 소식을 주고받는다. 나는 총알 몇 개를 당근, 양파 들과 교환한다. 푸른 당근 줄기를 잡고 당근을 들고 있으니, 학교 연극이 떠오른다.

1학년, 에머슨 선생님 수업. 〈돌 수프〉. 나는 의심 많은 마을 사람, 돈나는 굶주린 러시아 군인. 돈나가 물과 돌멩이로 수프를 만들어서 나를 비롯한 다른 농부들에게 같이 먹자고 한다. 돈나는 우리가 수프에 당근을 조금만 넣으면 훨씬 맛있어질 거라고 말한다. 연극이 끝날 때쯤, 우리는 돈나에게 넘어가서 채소와 쇠고기를 넣은 스튜를 만들게 된다.

나는 돈나에게 묻는다.

"〈돌 수프〉 기억나?"

돈나는 나를 미치광이 보듯 보기만 한다.

어깨너머로 선장이 크게 말하는 소리가 들린다.

"올드맨?"

그리고 선장이 웃는다. 고개를 돌리자 선장과 대화하는 아이가 보인다. 가늘게 땋은 머리를 여러 가닥 제멋대로 늘어뜨린 백인 아이다. 그아이는 선장에게 자기 말을 진지하게 들어 달라는 듯한 몸짓을 하고 있다. 선장은 아이에게 저리 가라고 손짓하고, 우리는 다시 애니호에 오른다. 애니호의 엔진은 계속 돌아가고 있었다.

해가 질 때 드디어 도착한다. 선장은 '해 질 무렵'도 틀림없이 다른 용어로 말하지 않을까. 어쨌든 선장의 '해도'에는 안전한 항구로 표시되어있다. 긴 밧줄(물론 선장은 밧줄이라고 부르지 않고 '계류삭'이라고 부른다)에 배를 맨다. 이렇게 하면 해류를 따라 넓은 물로 나갈 수 있으니, 필요할 때 밧줄을 풀기만 하면 된다.

사라져 가는 빛 속에서 우리는 각자 자기 무기를 옆에 놓고 함께 저녁을 먹는다.

일등항해사 스파이더는 갈색 스튜를 내놓는다. 되직하고 매콤하다. 양파를 단맛 돌게 오래 잘 익혔고, 부드러운 당근은 풍미가 풍부하다. 소스는 카레 맛이 난다. 쌀밥 위에 스튜를 한 국자씩 얹는다.

나는 냄비 위로 솟은 커다란 고깃덩어리를 보고 멈칫한다.

스파이더가 말한다.

"왜?"

"아무것도 아니야."

나는 그렇게 대꾸한 뒤 그릇에 스튜를 담는다.

"닭이야. 내가 직접 길렀어."

스파이더는 눈을 감고 살짝 냄새를 맡은 뒤 덧붙인다.

"이 닭 이름은 리안이었어."

내가 말한다.

"미안해, 리안."

돈나가 말한다.

"고마워, 리안."

시원해지도록 구석에 두었던 누런 와인 몇 병도 마신다. 라벨에는 '2000 RAMONET MONTRACHET'라고 적혀 있다. 어떻게 읽는지는 모르겠지만, 어쨌든 와인 맛은 '밝다'. 웃음이나 햇살 같다. 그리고 갑자기 세상이 그리 나쁘지 않게 느껴진다.

어쩌다 보니 우리는 이야기를 나누고 있다. 선장이 우리에게 어떻게 할렘까지 왔는지 묻는다. 그래서 우리는 유니언스퀘어, 도서관, 그랜드센트럴역에서 겪은 일들을 들려준다. 이상하게도 그 모든 일들이 오래

전에 벌어졌던 흥미진진한 일이나 생판 남이 겪은 일인 양 재미있게만 느껴진다. 시스루 이야기는 꺼내지 않는다.

선장은 업타우너와 피셔맨, 강 해적과 부두교 사제, 들개 등과 맞붙은 이야기, 스스로 '정예 원정대'라 부르는 이 안에서 애니호의 지휘를 맡게 된 이야기를 들려준다.

내가 묻는다.

"올드맨에 대해서는 아는 것 없어? 아까 어떤 애가 올드맨 얘기를 하던데⋯⋯."

선장은 밥을 씹으며 말한다.

"아, 걔는 제정신이 아니야. 자기 아는 사람이 올드맨을 봤다나. 올드맨이 '그 병'에 걸린 사람을 치료했대. 올드맨은 착한 사람을 낫게 하려고 하늘에서 보낸 천사라나."

스파이더가 끼어든다.

"말도 안 돼. 올드맨이 무슨 천사야. 그런 거 아냐. '그 병'으로 죽지 않은 것뿐이야. 그거, 뭐냐, 면⋯⋯, 그래, 면역. 그리고 그 애들? 걔들은 올드맨을 떠받들고 올드맨 말이라면 무조건 따라. 올드맨을 기적이라고 생각하거든."

테오가 말한다.

"걔들은 부모가 그리우니까 아무나 따를걸."

캐스가 말한다.

"올드맨은 없어. 사람들이 지어낸 거야. 사람들은 세상 이치를 다 알고 있는 사람이 분명히 존재한다는 믿음을 원해. 그런 사람은 없어. '그 사건'은 설명이 안 되는 일이니까."

선장이 캐스의 말을 평가한다.

"그거 아주 우울한 시각이네."

캐스는 웃기만 한다.

선장이 캐스를 보며 말한다.

"이 친구들은 다운타운에서 왔고, 너는? 어디 출신이야?"

캐스는 잠깐 멈칫하지도 않고 곧바로 대답한다.

"미드타운."

그것으로는 설명이 충분하지 않다는 사실이 분명해지자 덧붙인다.

"혼자 숨어 지냈어. 통조림이 잔뜩 쌓여 있는 식당을 찾아냈어."

나는 캐스의 말이 거짓말임을 잘 알고, 할렘 아이들도 아는 것 같다.

선장이 말한다.

"혼자?"

선장은 잠시 생각한 뒤에 말을 잇는다.

"글쎄, 이 세상에서 혼자 살아남기란 어렵지."

피터가 말한다.

"어디나 다 똑같을까? 그러니까, 유럽, 중국, 세상 어디라도 애들이
이렇게 지내고 있을까?"

선장이 말한다.

"똑같아. 부족들도 있고 외톨이들도 있고 서로 많이 죽이고. 농사에
익숙한 애들이나 어렵게 살아온 애들은 잘 적응하겠지. 그 사건 전에 쓰
레기통을 뒤지며 살던 필리핀 애들이 지금 그때보다 힘들게 살지는 않

을 거야. 하지만 예전에 누리며 살던 애들은? 걔들한테는 힘든 일이야."

피터가 말한다.

"온유한 자는 복이 있나니."

선장이 말한다.

"온유는 모르겠고, 세상은 이제 많이 가져 본 적 없는 사람들이 차지하게 될 거야."

선장은 악의 없이 씩 웃는다.

"그러니까 할렘이 차지하는 거지."

와인은 곧 다 떨어진다. 빈 그릇들은 구석에 있는 작은 어항에 던져진다. 검은색과 은색 고등어가 음식 찌꺼기를 야금야금 먹는다. 피터는 디저트로 뭐가 나오느냐고 묻는다. 피터의 말은 농담이었는데, 테오가 자루를 가져온다. 자루 안에는 사과가 있다.

테오가 수줍어하며 말한다.

"솔론 집에서 가져왔어. 너희가 먹고 싶을 것 같아서."

나는 하나를 집는다. 통통하고 단단하다. 가지가 길게 붙어 있고, 잎도 아직 붙어 있다. 흙이 묻은 껍질을 문질러 닦자 윤이 난다. 와인보다 훨씬 맛있다. 꿀처럼 달콤하다. 햇빛처럼 아삭아삭하다. 우리는 모두 조용히 앉아서 빙긋 웃으며 아작아작 먹는다.

어둠이 배 주위로 모여든다. 선장은 이제 잠을 좀 자 두라고, 아침에 최대한 일찍 일어나야 한다고 말한다.

"앞이랑 뒤를 한 사람씩 맡아서 세 시간마다 교대로 보초를 서야 해."

첫 보초로 배 뒤쪽을 테오가, 앞쪽을 내가 맡는다.

뱃머리는 한 단 높이 올라가 있다. 난간에 기대서 고개를 내밀면 선체에 부딪는 물결이 보인다. 굵은 밧줄이 느슨해지다가 팽팽해지기를 반복하며 삐걱거린다. 황소개구리 울음소리 같다.

아직 밤늦은 때는 아니지만, 아무 일도 일어나지 않는 곳을 30분 동안 지켜보고 있으니 졸음이 온다. 처음 워싱턴스퀘어에서 출발한 뒤로 살아남으려고 안간힘 쓰지 않는 순간을 이제야 처음 맞는 기분이다. 내 머리는 결리는 근육처럼 쉬고 싶다고 아우성친다. 아래에서 코 고는 소리가 들린다. 선장이나 스파이더일 것이다.

뒤에서 무슨 소리가 들린다. 나는 총을 쏠 준비를 갖추며 돌아선다. 그러나 돈나다. 돈나는 양손을 맞잡은 채 어색하게 서 있다.

돈나가 말한다.

"바빠?"

이상한 질문이다. 지금 내 모습이 바쁜 것과는 한참 거리가 멀지 않나.

"아주 바쁘지는 않아."

"내가 도울 수 있지 않을까 해서. 뭐냐, 보초. ……잠이 안 와."

"도와주면 좋지."

돈나가 나처럼 난간에 팔을 대고 몸을 기댄다. 키가 작은 돈나에게는 쉽지 않은 자세다. 겨드랑이를 잡고 들어 올린 깡마른 고양이 같다. 우리는 한참 동안 물을 바라본다.

이윽고 돈나가 말한다.

"미안하다는 말, 하고 싶었어."

"뭐가?"

"저기…… 도서관에서…… 그랬잖아. 나 좋아한다고……."

나는 얼굴을 찌푸린다.

"좋아한다고 말하지 않았어."

"그래…… 알았어. 나를……."

돈나는 어색하게 헛기침하며 목청을 가다듬고 말을 잇는다.

"사랑한다고 했을 때."

돈나는 나를 보며 눈을 깜박이다가 다시 고개를 돌려 물을 보면서 말한다.

"정말 갑작스러웠어. 시간이 좀 필요했어. 어떻게 반응해야 할지 생각할 시간."

"그런 일에는 시간이 필요없어. 간단해. 누가 나를 사랑한다고 하면 나도 사랑하거나 아니거나 둘 중 하나야."

이번에는 내가 돈나를 본다.

"괜찮아, 돈나. 그 일은 신경 쓰지 마."

"아니, 안 괜찮아."

그리고 돈나의 입에서 싱커페이션으로 연주하듯 말이 튀어나온다.

"왜 괜찮겠어? 뭐라고 대답해야 할지 몰랐거든. 놀랐거든. 너를 그렇게 생각해 본 적이 없었으니까. 그래, 너를 가족처럼 사랑하는 거? 내가 그렇게 너를 사랑한다는 건 나도 잘 알고 있었어. 그렇지만 이건 다르잖아. 적응하려면 시간이 걸리잖아. 뭐냐, 어두운 데에 갑자기 들어가면 처음에 아무것도 안 보이고 겁나지 않아? 나는 워싱턴이랑 그렇고 그런 일이 있었고, 그 일은 내 입으로 말하기도 싫은데, 너는 워싱턴보다 훨씬 좋은 남자고, 나는 겁이 나. 우리가 정말 서로를 잘 알게 되면, 네가 나를 좋아하지 않게 되는 게 아닐까 겁이 난다고. 아니, 우리는 지금도 서로 잘 알지만, 그렇게 아는 거 말고. 아, 그리고 내가 처녀라는 거, 말했던가? 그리고 네가 실망하면 어떡해? 그 캐스라는, 젖가슴이든 뭐든 다 갖춘 애랑 네가 그 뭐냐, 그렇고 그런 일이 있었던 게 분명한데, 지금이야 아주 평화로워도 나는 예감이 안 좋고 우리 모두 곧 죽을지도 모르잖아? 이런 말을 내가 도대체 왜 지금 하고 있어야 돼? 나도 네가 무슨 생각을 했을지 곰곰 생각해 봤는데, 나도 너를 사랑한다는 말을 안 해 봐야 무슨 소용일까 싶고, 네가 이제는 나를 사랑하지 않아도 나는 말하는 게 좋겠다고 생각해서, 어쨌든 너는 나를 이제는 사랑하지 않는다고 말할지 모르고, 아니면 캐스랑 그렇게 될 리 없었고 그게 다 나한테 고백했던 네 마음을 내가 몰라준 거 때문인 거 같고 그래서 미안해, 정말 미안하고 너를 사랑해, 그거야, 이제 말했지? 사랑해."

돈나는 말하는 내내 물만 바라보았고, 나는 돈나의 말을 정리하기까지 한참 걸린다. 내가 돈나의 말을 정리하는 동안 돈나는 고개를 돌려서 나를 본다. 겁먹고 슬픈 표정이다.

그러다가 돈나가 말한다.

"그래. 나는 갈게."

나는 돈나의 손을 잡고 돈나에게 몸을 기울이며 입을 맞춘다.

돈나의 입술은 보드랍고 달콤하다. 아직 사과 맛이 난다. 돈나는 눈을 감고, 한쪽 팔을 내 목에 두른다. 부드럽게 시작된 입맞춤은 격렬해지고, 우리는 서로를 꽉 껴안고 있다. 지금 죽어도 그리 나쁘지 않겠다는 생각이 들 만큼 좋다. 그러나 나는 몸을 살짝 뺀다.

내가 말한다.

"기다려."

"뭘 기다려?"

"어…… 이거. 제대로 하고 싶어."

"무슨 뜻?"

"무슨 뜻이냐면……. 캐스한테 말해야 해. 캐스랑 헤어져야지."

내 입에서 나오는 순간부터 이미 멍청한 소리로 들린다.

"진담이야? 세상은 벌써 망했어. 그런데 뭐냐, 체면을 차리겠다고?"

"그게, 캐스랑 내가 애인이나 뭐 그런 사이였던 건 아니지만, 아, 캐스는 벌써 나를 아무것도 아니라고 생각하고 있을지도 모르고…… 그러니까 내 말은……."

"걔 얘기는 그만해."

돈나는 화난 것 같다.

그러다가 꾹 참는 표정으로 다시 그 얘기를 꺼낸다.

"아니야, 네 생각이 맞아. 그러니까 내 관점에서는 네 생각이 틀렸지만, 네 관점에서는 맞다는 말이야. 그게 너니까. 그리고 넌…… 아니, 너를 사랑해. 그게 다야. 그러니까 괜찮아."

"나도 사랑해."

나는 그렇게 말하지만, 어딘지 썩 진심은 아닌 기분이다. 우리는 다시 키스를 한다. 섹스로 이어질 키스가 아니라 '사랑한다는 감정을 잘 지키자'는 키스 같다.

남은 보초 시간을 채우는 동안 돈나는 나에게 기대고 있다. 그리고 난 생처음 나는 행복을 느낀다.

고요 속에서 주위에 점점 어둠이 내려앉는다.

돈나

그래, 그래, 그래.

젠장.

그, 뭐냐…….

나는 사랑에 빠졌어. 아니, 사랑에 빠졌더랬어. 그렇지만 그냥 나 혼자 그런 마음이었던 거였어. 그런데 이제 정말로 '제퍼슨이랑' 사랑을 하게 됐어. 제퍼슨이 나를 사랑해. 우리는 둘이 함께 사랑에 빠졌어.

갑자기 세상 모든 사람이 사랑스러워. 그 멍청한 골통마저 사랑스러워.

골통한테 미안한 감정 같은 것까지 느껴. 내가 너무 우쭐대나? 그렇지만 나는 정말로 골통한테 미안해. 골통한테 상처를 줄 뜻은 전혀 없어. 제퍼슨한테 고백한 것도 골통한테 상처를 주려고 그런 게 아냐.

나도 어쩔 수 없었어. 어쩌면 배를 타고 있기 때문인지도 모르지. 딱히 낭만적인 항해라고 할 수는 없지만, 총에 맞지 않을까, 잡아먹히지 않을까, 그런 온갖 걱정에서 벗어난 게 처음이잖아. 게다가 뭐랄까, 깨끗해 보여. 물 위에 있으니까 시체 썩는 냄새가 하나도 안 나는 거 같아. 모르겠어.

맨해튼에서 출발할 때 잠깐 잠들었는데, 재밌는 꿈을 꿨어. 초등학교 1학년 때로 돌아가서 〈돌 수프〉 연극을 하는 꿈이었어. 그런 꿈은 다음 식사가 확실히 보장된 때에나 재밌는 거 아냐?

그래서 제퍼슨이 난데없이 그 연극 얘기를 꺼냈을 때 나는 좀 무서웠어. 서로 아는 사이인 두 사람의 생각을 차트에, 그러니까 뭐냐, 그래프로 그려도, 수십억이 넘는 차원이 생기지 않겠어? 사람의 생각은 그만큼 복잡해. 두 사람 생각이 각자 구불구불 가다가 똑같은 곳에서 딱 만나는 순간이 얼마나 될까? 그러자 제퍼슨한테 무지하게 친밀감이 드는 거야. 내 머릿속에 있는 여섯 살짜리 제퍼슨의 모습, 저기 내 옆에 있는 잘생긴 젊은이 제퍼슨, 그러자 캐스랑 엮인 일도 정말이지 모두 아무 상관없어지고, 내 기분이 어땠는지 제퍼슨한테 말하는 게 좋은 짓인지 나쁜 짓인지도 상관없어져. 인생은 너무 짧아. '정말로' 너무 짧아. 그래서 저녁을 먹은 뒤에 갑판으로 올라갔어. 제퍼슨을 보면서 말했어.

"제퍼슨, 적당한 때가 아니라는 것도 알고, 적당한 상황이 아니라는 것도 아는데, 그래도 세상 무엇보다 누구보다 너를 사랑해."

그래, 뭐냐, 정확히 그렇게 말한 건 아냐. 제대로 된 문장이 아니었을 거야.

어쨌든 젠장, 가끔 그냥 잘 돌아가는 일도 있나 봐. 그 뭐냐, 죽음의 금발 천사한테 내가 상대나 되겠어? 나는 '기껏해야 내 볼품없는 가슴을 더 이상 원망하지 않을 수 있겠지.' 하고 생각했어. 그런 원망은 감정 소모잖아. 그래, 일이 그렇게 되면, 끔찍하지. 하지만 몇 년 동안 개똥 같은 일들을 겪다 보면, 어떤 일에도 큰 기대를 걸지 않게 돼. 나는 기관총을 장전하고 있다고 생각했어.

행복하려는 게 잘못이야?

집어치워. 나는 나야. 나도 어쩔 수 없어.

그렇지만 제퍼슨은 내가 제퍼슨을 생각하는 만큼 깊게 나한테 빠지지는 않았을지도 몰라. 나는 이런 생각을 계속해. 그러니까, 뭐냐, 내 몸매가 너무 빈약하지 않나. 내가 너무 살찐 게 아닐까. 제퍼슨이 내 벗은 몸을 싫어하면 어쩌지. 제퍼슨이 내 진짜 내면을 싫어하면 어쩌지. 이 정도는 그냥 아주 작은 예에 불과해. 그래도 그런 생각을 하다가도 제퍼슨을 보면, 제퍼슨이 나를 사랑하고 있다는 걸, 그동안 쭉 사랑해 왔다는 걸 느낄 수 있어.

끔찍한 건, 이 빌어먹을 배에 사람이 너무 많다는 사실이야. 이렇게 엄청난 일이 일어났는데, 제퍼슨과 나를 빼고는 아무도 모르고 있고 단둘이 있을 수 없다는 게 정말이지 엄청 불편해. 세상이 끝나 가는데 사람들한테 우리가, 그 뭐냐 데이트한다고 말하는 건 우스워. 그렇지만 이럴 때 어떻게 해야 하는지 나는 정말 모르겠어.

명심할 것: '데이트한다'는 표현은 멸망 후의 생활 양식에 정말로 어울리지 않음.

그러나 다시 생각하면, 제퍼슨이랑 내가 이렇게 엄청난 비밀을 갖고 있는 게 이상하게 재밌어. 다른 사람들은 모두 배 밑바닥에 고이는 물인지 뭔지 펌프질하거나 엔진에 디젤유를 채우는 사이, 제퍼슨이랑 나는 눈이 계속 마주쳐. 그리고 눈이 마주칠 때마다 보이지 않는 '사랑 광선'

이 오가는 것 같아.

피터는 낌새챘을 거야. 가십거리라면 놀랄 만큼 잘 알아채거든. 게다가 피터의 안테나는 완전 정확해. 피터는 어느 순간 내 시선을 잡아채더니 나랑 제퍼슨이랑 캐스를 번갈아 보더라. 그러더니 나한테 와서 이러는 거야.

"무슨 일 있지?"

"아무 일도 없어."

나는 얼굴이 빨개져서 웃음으로 얼버무리면서 말해. 그리고 저쪽으로 가서 밧줄을 감는 척해.

한편 캐스는 아직도 모르고 있어. 놀랍지도 않아. 어쨌든 캐스는 상황을 읽을 수도 없을 테니까. 캐스는 꼭 해야 할 일만 하고 바깥 풍경만 내다보고 있어.

캐스는 아예 신경도 안 쓰는 게 아닐까. 제퍼슨을 그냥, 그 뭐냐, 편하게 쉴 수 있는 쉼터 같은 것이나 업타운에서 벗어날 도구로 생각했을지도 몰라. 이제 맨해튼에서 벗어났으니까 캐스는 제퍼슨한테 더 이상 관심을 안 갖지 않을까.

제 갈 길을 가기로 했으면, 힘내, 캐스! 문 열고 나가다가 그 완벽한 가슴을 문에 부딪치지 않게 조심해!

모르겠어. 이 빌어먹을 배에서 내려서 어디든 제퍼슨과 단둘이 잠시 있고 싶기도 하고, 이 순간에서 떠나기 싫기도 해. 지금 이 순간이, 뭐냐, 신성한 것 같고, 이 배가, 뭐냐, 작게 축소된 우주 같아. 이렇게 물에 떠 있는 한 모든 일이 가능할 것 같아. 배를 벗어나는 순간부터 시간이 다시 흐를 것 같아.

강인지 바다인지 여하튼 뭐든 천천히 지나가고 있어. 정오쯤 바람이 불어오고 동쪽에서 백설 같은 낮은 파도가 우리 쪽으로 밀려와. 아름다워. 그렇지만 내가 사랑에 눈먼 바보라서 뭐든 그저 아름답게 보일 수도 있지. 정말 그런 게 아닐까 하고 배 여기저기를 어슬렁거리면서 모든 걸 하나하나 확인하고 있어.

그래, 맞아. 나는 지금 뭘 봐도 거기서 사랑스러운 면을 찾아내고 있어. 철제 선반에 슨 녹. 내 팔뚝에 말라붙은 피. 테오 뒷덜미에 있는 흉터. 찡그리는 버릇 때문에 일찍 생긴 브레인박스의 눈주름.

난간 근처에서 캐스랑 마주쳐서 내가 캐스한테 말해.

"있지, 너는 눈이 참 예뻐."

캐스가 나를 마약에 취한 애 보듯 봐. 글쎄, 내가 생각해도 나는 취한 것 같아.

우리는 계속 동쪽으로 가고 있어. 해가 낮게 내려갈수록 우리 그림자는 앞으로 점점 길어져. 육지가 튀어나온 곳을 돌 때도 아직 날이 밝아. 땅딸막한 작은 등대가 보여. 선장은 그 등대 이름이 '오리엔트 포인트'래. 이름이 참 예뻐.

그 뒤가 플럼아일랜드야.

수평선에 솟은 녹색 혹일 뿐인데, 겁먹지 않을 수 없어. 선장의 지도에는 플럼아일랜드에 빨간 테두리가 쳐 있고, 주위에 온통 '통제 지역'이라는 말이 적혀 있어. 섬 전체 윤곽은 삼각형에 가깝고 거기에 가늘게 직선이 튀어나온 모습이야. 그렇지만 내 눈에는 잘려서 바닥에 떨어진 토끼

다리처럼 보여.

배 앞쪽으로 가니, 제퍼슨이 섬을 뚫어져라 보고 있어. 나는 난간에 기대. 그리고 금속 가로대를 따라 손을 꼼지락꼼지락 움직여서 제퍼슨의 손을 잡아.

나: 잡았다.

에이, 너무 속 보이나?

제퍼슨: 그래.

나: 있지…… 하루쯤 개인적인 시간을 가지면 어때? 서두를 이유도 없잖아.

제퍼슨은 먼 곳을 보면서 쓸쓸하게 웃어.

나는 청록빛 물만 내려다봐.

나: 그러리라고 생각했어.

제퍼슨: 내가 미친 것 같아?

나: 아니. 아니, 맞아. 미치지 않으면 누가 이런 일을 하겠어? 미치지 않으면 누가 이런 일을 꿈꾸겠어? 그렇지만 좋은 일이야. 그러니까, 해야 할 일이라는 말이야. 내 생각은 그래.

제퍼슨: 그냥 버려진 섬이면 어떡해? 연구실에 먼지가 쌓여 있고, 연구 서류는 모두 폐기되어 있으면? 아무 해답도 못 찾으면?

나: 그래도 노력했다는 결과는 남지. 어쨌든 우리한테는 정말이지 행운이 필요해. 지금까지 우리한테 벌어진 일들을 생각하면, 저 섬에 거대한 식인 바퀴벌레가 살고 있을 거야.

제퍼슨이 웃어.

나: 있지, 그냥 싹 없던 일로 할 수도 있어. 뭐냐, 배를 돌려서 집으로 가는 거야.

제퍼슨: 그건 비겁해.

나: 여기까지 온 게 아까워서 그냥 계속 가는 게 더 비겁해.

제퍼슨: 스파이더랑 테오랑 선장은? 우리가 치료법을 못 찾으면 우리를 죽일 거야.

나: 그 말을 믿어? 이제 좀 친해졌으니까 알잖아. 누구를 죽일 사람들이 아니야.

제퍼슨: (고개를 끄덕이며) 그래. 하지만 치료법이 저기 있으면? 우리가 뭐라도 해 볼 수 있으면? 미래가 눈앞에 있으면, 잡아야 하잖아?

나: 나한테도 미래가 있어. 나는 이제 내 미래가 좋아. 너 없이 백만 일을 살겠느냐, 너랑 천 일만 살겠느냐 하면, 나는 천 일을 택해.

사랑에 빠지면 정말 이상해져. 자기도 모르게 헛소리를 늘어놓게 돼. 적어도 나는 그래.

제퍼슨: 나는 어디 가지 않아. 당분간은.

조타실로 돌아가. 선장은 지도를 보고 있어. 지도 속 섬에는 정보가 별로 없어. 구불구불한 길들이 몇 가닥 있고, 작은 점이 있어. 선장 말로는, 그 점이 헬리콥터 착륙장이래.

섬 왼편, 토끼 발이 몸에서 잘린 경계면에는 기호 표시가 있어. 원에서 빛줄기들이 나오는 모양의 기호인데, 카페인을 너무 많이 섭취해서 충혈된 눈 같아.

선장: 이것도 등대야. 여기서도 보일걸. 보여? 등대 동남쪽에는 방파

제가 있어. 항구로 들어가는 길이 막히지 않았으면 저기 배를 맬 수 있을 거야.

제퍼슨: 선장이랑 스파이더는 배를 지키고, 테오만 우리랑 같이 가는 게 좋겠어.

선장: 테오가 뭘 할지는 내가 결정해.

항해가 얼마나 순조로웠던지, 불과 이틀 전만 해도 우리가 서로 얼마나 불편한 사이였는지 잊어버리고 있었어.

선장: 어쨌든 오늘은 아무것도 안 해. 저기 처박혀서 밤을 보내는 위험은 최대한 피해야지. 상황이 어떤지 파악한 뒤에 움직여야 돼. 내일 아침에 둘러보자고.

그래서 우리는 모두 휴식을 취해. 어떻게든 마침내 플럼아일랜드에 도착하게 됐지만, 기뻐하는 사람은 없어. 브레인박스만 빼고. 브레인박스는 계속 쌍안경으로 섬을 보고 있어. 그리고 혼잣말을 중얼거려. 시스루가 죽은 뒤로 브레인박스는 혼잣말을 점점 더 많이 하고 있어.

오리엔트 포인트와 플럼아일랜드 사이의 물길에 닻을 내려.

아래층에서 곰팡이 슨 쿠션들과 더러운 걸레들 사이를 뒤져서 조약돌만 한 비누를 찾아냈어. 전에 뭘로 쓰였는지 하늘만 알겠지만 그래도 깨끗한 타월도 한 장 발견했어. 목욕할래. 우리가 돌연변이 바퀴벌레들한테 죽임을 당한다고 해도, 최소한 제퍼슨의 기억에 시궁창 냄새 나는 아이로 남지는 말아야지. 보는 사람이 아무도 없을 때, 속옷만 입고 구석으로 가. 자궁이 떨리는 한기에 익숙해진 뒤에 물을 끼얹은 호사를 누려. 먼지와 흙과 눈물도 씻어.

바로 그때, 내 눈에 제퍼슨이 캐스랑 정리하는 모습이 보여. 아니, 적어도 내가 보기에는 제퍼슨이 캐스한테 그런 말을 하는 것 같아. 배 뒤쪽에 단둘이 있고, 제퍼슨이 아주 심각한 표정으로 차분하면서도 필사적으로 뭘 설명하고 있거든.

캐스는 잘 받아들이고 있는 것 같아. 제퍼슨이 유난히 길게 말한 뒤에 캐스가 어깨를 으쓱하기만 하거든. 제퍼슨은 캐스가 그 대가리로 정말 알아들었는지 모르겠다는 듯이 눈썹을 찌푸려.

캐스가 난간으로 가더니 셔츠를 위로 올려. 힘들게 셔츠를 벗더니 조용히 브래지어를 풀어서, 셔츠랑 같이 발치에 쌓아. 옷 더미는 점점 커져. 캐스가 바지도 벗었거든. 마침내 완전히 알몸이 되더니, 올림픽 선수 같은 자세로 물에 다이빙을 하네.

나는 캐스가 다시는 떠오르지 않았으면 싶어. 이건, 뭐냐, 아주 보란 듯이 자살하겠다는 제스처잖아. 그렇지만 그런 행운은 없어. 캐스는 다시 떠올라서 물을 조금 뱉고, 치약 광고 모델 같은 미소를 지어. 그리고 몸을 쭉 뻗더니 물에 누운 채로 떠 있어.

캐스의 행동에 사람들 시선이 몰려. 남자애들은 어쩔 줄 모르고 있어. 잠시 뚫어져라 보다가 사색에 잠긴 듯 구름을 올려다보거나 배의 다른 쪽을 어슬렁거리지만, 캐스의 벗은 몸을 시야에서 놓치기 싫은 기색이 역력해. 나로 말하자면, 좀 바보가 된 기분이야. 도대체 내가 왜 고민했지? 잠시라도 캐스한테 미안하다는 생각을 했다니, 내가 바보야. 캐스는 대놓고 좀 음란하게 허리를 뒤로 꺾으며 물속에 들어가고 다시 떠오르고 있어.

캐스는 마치 내가 옆에 있는 것을 처음 알아챈 듯이 말해. 아니면 아까부터 알고 있었으면서 이제야 알아본 척하는지도 모르지.

캐스: 아, 안녕. 별일 없어?

나: 아, 아무 일 없어. 너는?

캐스: 아, 방금 제퍼슨이 나한테 끝이라고 말했어. 우습지? 나는 우리가 그냥 섹스만 즐기는 사이라고 생각했거든.

이런……

아니, 내가 왜 캐스의 말에 신경이 쓰이는지 모르겠어. 캐스가 상심하거나 뭐 그런다고 해서 상황이 더 나을 리도 없잖아. 어쨌든 캐스의 말은 이렇게 들려. '아, 상관없어. 나는 너희 낙오자들의 유치한 드라마보다 한 수 위에 있어.'

속옷만 입고 수영하고 있을 때에는 언제 물밖으로 나가는 게 좋을지 판단하기가 정말 어려워.

나: 아, 그래. 그럼, 어…… 물을 혼자 쓰게 양보할게.

나는 배 옆쪽으로 가. 옆쪽 가장자리에는 낡은 타이어가 매달려 있어. 최대한 우아하게 몸을 일으키려고 애쓰는데, 타이어는 미끄럽고 결국 나는 아동용 그네에 매달려 있는 새끼 원숭이 꼴이 돼.

갑판 뒤쪽에는 제퍼슨이 아직도 서성거리고 있어. 제퍼슨의 눈길이 나한테 오자, 나는 팔로 몸을 가려. 그냥 본능적이었어. 있지, 추워. 그리고…… 우리는 아직 그 정도로 서로를 잘 알고 있지는 않으니까. 아직은. 모르겠다. 갑자기 모든 게 아주 어색해져.

캐스를 정말 인정하지 않을 수 없네. 일을 엉망으로 만드는 데에는 재주가 있어.

저녁으로는 옥수수 가루를 묻혀서 튀긴 고등어가 나오네. 달콤하게 요리한 양파랑 딸기도 곁들여져 있어. 화이트 와인도 또 있네. 세상에!

오늘은 말이 적어. 알 수 없는 무엇이 우리를 기다린다는 생각, 내일이면 그 무엇과 마주하게 된다는 생각이 모두의 머릿속에 차 있어. 제퍼슨이랑 눈이 마주치자 제퍼슨은 미안하다는 표정을 지어. 나는 빙긋 웃으며 걱정하지 말라고 고개를 가로저어.

당연히 피터가 우리 모습을 다 봐.

배 앞쪽에 내가 즐겨 가는 자리에서 쉬고 있는데, 피터가 어슬렁어슬렁 다가와.

나: 피터, 세상에서 제일 멋진 건…….

피터: 나, 사랑에 빠졌어!

잠깐만, 뭐라고?

피터: 테오 엄청 귀여워. 그렇지? 든든하고 조용하고 다정해.

나: 그래. 그런데 테오는…… 그러니까 내가 보기에는, '스트레이트' 같아.

피터: 그래? 그 정신 나간 애가 거시기를 다 드러내고 물로 뛰어들 때 테오는 '완전' 고개를 돌리고 다른 쪽으로 가던걸. '웩' 하는 것처럼.

나: 테오가 '웩'이라고 했어?

피터: 뭐, 딱 그랬다는 건 아니고, 그런 모습이었어.

나: 그냥 예의 바른 사람이어서 그런 거 아닐까. 품위를 지키려고 고개를 돌린 거지.

피터: 마음대로 생각해. 어쨌든 그놈의 품위 이론으로 나를 좌절시키지 마.

나: 미안해. 너한테 좋아하는 사람이 생겼다니까 기뻐. 정말이야.

피터: 고마워. 말이 나왔으니 말인데, 제퍼슨이랑 너는 진도가 많이 나갔어? 제퍼슨이 달려들고 있어?

나는 제퍼슨이랑 내 이야기를 피터하고 하게 되면 더 예쁜 얘기를 하고 싶었어. 내가 한숨을 쉬고, 피터가 나를 안아 주고, '결혼식은 언제 올릴 거니?' 같은 말을 나누는 대화 말이야.

나: 야! 우리는 뭐냐, 안 했어.

피터: 왜?

나: 왜냐하면…….

나는 크지 않은 배의 가장자리를 손짓으로 가리켜.

나: 게다가 그런 관계가 아니야.

피터가 말도 안 된다는 표정을 과장해서 지어 보여. 나는 피터의 표정을 못 본 체하고 말을 이어.

나: 그러니까 그런 식은 아니라고. 뭐냐, 나도 그러고 싶지만, 너무 뭐냐, 서두르기는 싫어.

피터: 여보세요? 해 보기도 전에 '그 병'으로 죽거나 다른 사람 손에 죽으면 어쩔래? 혹시 모를까 봐 얘기하는데, 시간은 쏜살같아.

나: 그럼, 테오도, 뭐, 자빠뜨려. 그러면…….

피터: 알았어. 게이 비하까지 가지 마. 테오가 게이인지 아닌지는 내가 다 알아낼 수 있어. 좋아하는 클럽 음악이 뭔지 물어보면 돼.

나: 잘되면 좋겠다.

피터: 너도 잘되면 좋겠어.

우리는 포옹을 해.

피터: 돈나, 괜찮을 거야.

나: 그럴까?

피터: 그럼. 섬에 잘 도착해서, 브레인박스가 치료 방법을 찾아낼 거야. 좋은 소식을 들고 며칠 안에 집으로 돌아갈 거야. 너랑 제퍼슨은 유라시아 아기를 열 명 낳고, 나랑 테오가 그중에 반을 입양하지. 나는 〈포스트 아포칼립스 세계 만세!〉라는 TV 프로그램 진행자가 될 거야.

나: 그래. 그럴 수도 있겠지.

우리는 섬을 바라봐. 나는 저기 가기 싫어. 여기 머물고 싶어. 영원히. 지금 이대로. 과거는 지나갔어. 섬은 미래야.

밤은 살며시 내려앉아. 브레인박스랑 피터, 제퍼슨, 나는 조타실에 남고, 캐스와 스파이더가 첫 보초를 서러 나가.

우리는 각자 침낭에 누워. 피터가 일어나서 태연한 척 기지개를 켜.

피터: 어이, 브레인박스, 나는 어느 별자리가 어디에 있는지 맨날 궁금했어. 갑판에 같이 가서 좀 설명해 줘.

브레인박스: 구체적으로 어떤 별자리가 알고 싶은데?

피터: 아, 모르겠어. 뭐냐, 중요한 별자리들?

브레인박스: (어깨를 으쓱하며) 나는 별로 관심 없어.

피터가 다시 시도해.

피터: 그럼, 윈치는 어때? 윈치를 보여 주고 작동 원리를 설명해 주지 않을래?

브레인박스: 갑자기 왜 윈치가 궁금해? 이해가 안 되네.

피터: (한숨을 쉬며) 브레인박스, 제퍼슨이랑 돈나, 둘만 있게 우리가 자리를 좀 비켜 주자는 거야.

브레인박스: 아. (우리를 보며) 알았어.

피터와 브레인박스가 일어서서 나가. 아주 고맙기는 한데, 부담된다고 할까, 뭐, 그래.

누구나 늘 이런 생각을 하지 않아? '첫 경험은 특별하면 좋겠어. 내가 정말 사랑하는 사람이랑 하게 되면 좋겠어.'

그러니까 이건, 뭐냐, 정말 벅차게 멋진 일이야.

내가 긴장한 게 제퍼슨 눈에도 보이나 봐.

제퍼슨이 미소를 지으며 말해.

"이렇게 너랑 같이 있는 것만으로도 기뻐."

나는 침낭 지퍼를 내리고, 제퍼슨이 들어올 수 있게 침낭을 열고 있어. 제퍼슨이 내 침낭 안으로 들어와서 뒤로 지퍼를 채워. 침낭 안은 꽉 차지만, 따뜻하고 기분 좋아. 내 심장은, 뭐냐, 테크노 음악 속도로 뛰고 있어. 분당, 뭐냐, 200비트로 뛰어. 제퍼슨이 나한테 입 맞춰. 내 입술, 눈, 귀, 목. 제퍼슨의 입술이 닿는 곳마다 내 몸은 피어나.

제퍼슨: 괜찮아?

나: 응.

"괜찮아?"

"응."

"괜찮아?"

"입 다물어."

제퍼슨은 내 말대로 더 이상 묻지 않아.

괜찮은가?

그래.

찰리와 엄마와 아빠와 예전 세상 꿈. 모든 게 이야기일 뿐, 생생한 이번 꿈에서는 우리 가족 모두 함께 있고, 찰리는 그네에서 웃고 있어. 나는 제퍼슨을 보며 말해. '봐, 헌드레드 에이커 우드야.' 제퍼슨이 말해. '우리가 살 곳이야. 몰랐어?' 그러나 토끼는 사냥꾼한테 잡혔어. 토끼 다리가, 다리가 뜯기고…….

제퍼슨

눈을 뜨자 가슴에 칼이 있다. 칼끝에서는 피가 흐르고 있다. 아직 정신이 황망한 가운데, 나는 질투에 눈멀어 분노한 캐스의 짓이 아닌가 생각한다. 그러나 아니다. 열네 살쯤 된 아이다. 광기가 서린 눈, 헝클어진 머리, 몸에서는 짠물이 뚝뚝 떨어지고 있다.

돈나는 상체만 일으켜 앉아 있다. 두 아이가 웃으며 돈나의 머리에 총을 겨누고 있다.

내가 말한다.

"걔는 건드리지 마."

한 아이가 개머리판으로 내 얼굴을 친다. 빠각 소리가 나고, 귀에 이명이 울린다. 잠시 앞이 보이지 않는다.

밖에서 떠들썩한 소리가 들리고 총성이 울린다. 세 발. 비명. 캐스의 목소리.

팔을 등 뒤로 꺾어서 손목이 묶인다. 젖은 밧줄에 손목 살갗이 쓸린다. 떠밀려서 조타실 밖, 갑판으로 나간다.

피터와 브레인박스도 잡혔다. 캐스는 배 앞쪽에서 끌려오고 있다. 배 뒤쪽에서 테오가 맞고 있다. 테오는 무기도 없이 갑판 바닥에 쓰러져 있고, 눈에 광기를 띤 깡마른 아이 예닐곱 명이 테오에게 주먹질과 발길질을 해 댄다. 테오는 거의 방어도 못 하고 있다. 난간에 또 다른 아이 한 명이 축 늘어져 있다. 테오가 그 아이를 죽인 것 같다.

보초가 왜 아무런 경고를 안 했을까. 그렇게 생각하는데, 바닥에 발이 미끄러지며 넘어진다. 피 때문이다. 스파이더가 팔을 위로 뻗고 죽은 채로 바닥에 누워 있다.

놈들이 스파이더를 배 옆으로 던진다. 스파이더는 물속에 잠겨 보이지 않게 된다. 놈들은 죽은 동료도 물에 던진다.

동트기 전의 흐릿한 빛에도 놈들이 어리다는 사실을 알 수 있다. 열네 살을 넘는 아이는 없는 것 같다. 옷차림은 추레하다. 동작이 부자연스럽고 몸을 계속 긁는 것으로 보아, 마약에 취한 것 같다. 점점 더 많은 놈들이 배로 올라온다. 놈들이 물에서 곧장 올라오는 것처럼 보인다. 힘들게 고개를 돌리자, 애니호 선체에 매어 놓은 배 두 척이 보인다.

어떤 아이들은 단검을, 어떤 아이들은 방망이를, 큰 낫을 들고 있고 몸집에 비해 너무 커 보이는 암살용 라이플총을 가진 아이들도 있다. 한 놈이 작은 갑을 손에 탁탁 치더니 담배 한 개비를 꺼낸다. 놈은 능숙하게 담뱃불을 붙인다. 담배가 놈의 입술 사이에서 음란하게 튀어나와 있다.

이런 모습을 전에 분명 본 적이 있다. 어디에서 보았는지 계속 생각한다. 그러다가 떠오른다. '그 사건' 전, 콩고와 미얀마 같은 곳의 어린 군인들을 담은 사진과 비슷하다. 놈들은 무기를 장난감처럼 다룬다. 어깨에 멘 총을 손가락으로 달랑달랑 흔들고, 갓난아기 동생을 안듯 무거운 기관총을 받치느라 등이 뒤로 휘어 있다. 눈빛은 얼어붙어 있고, 얼굴은 무시무시하게 무표정하다.

나는 놈들에게 원하는 것이 무엇인지 묻는다. 그러자 머리카락을 구슬과 함께 땋은, 파란 눈의 깡마른 아이가 내 뺨을 갈긴다.

나는 그 아이에게 이름이 무엇인지 묻는다. 또 철썩.

나는 그 아이에게 내 이름을 말한다. 그러자 권총 총구가 내 눈에 닿는다. 이제 틀림없이 총이 발사되겠지.

그러나 놈들이 더 많이 아래에서 올라온다. 선장이 놈들 뒤에서 끌려온다. 오른쪽 눈이 부어 있고, 팔은 부러진 것 같다.

'온갖 고생을 겪고 여기까지 왔는데 섬을 눈앞에 두고 끝나는구나.'

그러나 이렇게 끝나지는 않는다.

놈들은 우리 물건과 무기, 애니호의 연장들을 챙긴 뒤, 우리를 자기네 배로 끌어간다. 배는 여섯 척인가 일곱 척이다. 모두 바깥쪽은 흰색으로 칠해져 있고, 안은 파란색이다. 상자 뚜껑을 거꾸로 뒤집어 놓은 것 같다. 우리는 놈들의 배에서 놈들에게 둘러싸여 있고, 놈들은 노로 밀면서 애니호에서 멀어진다. 틀림없이 애니호 옆으로 올 때에는 엔진을 끄고 노를 저으며 소리 없이 왔을 것이다. 이제 조심할 필요가 없으니 엔진이 살아난다.

작은 배들은 날렵하게 회전해서 플럼아일랜드로 무리 지어 간다.

뒤에서 애니호가 불길에 휩싸인다. 선장의 모습이 내 눈에 잠깐 보인다. 선장의 볼에는 눈물이 흘러내린다. 죽을 것 같은 괴로움도.

동이 빨리 터 온다. 우리가 방파제에 다다를 때 해는 수평선 위로 나온다. 놈들은 우리에게 아직 아무 말도 하지 않았다. 나는 계속 돈나를 찾으려 애쓴다. 돈나는 다른 배에 있다. 어떻게든 돈나를 안심시키고 싶다. 그러나 피를 흘린 내 얼굴을 돈나에게 보이는 것이 좋은 일일지 모르겠다. 마침내 돈나를 찾아내고, 나는 몹시 걱정이 된다. 돈나는 너무나 작고 창백하다. 그래도 살아 있다.

방파제 안쪽으로 작은 부두가 있다. 놈들은 썩어 가는 선창에 배를 대고 우리를 배에서 몰아낸다. 우리 움직임이 조금이라도 느려지면 발로 차고 주먹으로 때리며 내몬다.

나는 상황이 어떻게 돌아가고 있는지 파악하려 애쓴다. 이 아이들은 한 학년 전체가 아닐까. '그 병'이 돌았을 때 아마 열두 살쯤이었겠지. 간신히 살아남을 나이. 이후에는 어떻게 살아왔을까. 이 아이들은 두더지 족처럼 겁이 많거나 수줍어하지 않는다. 거칠다. 아니, 그 이상이다. 겁이 없다.

물가에는 짐칸이 컨테이너처럼 막혀 있는 트럭이 있다. 낡은 트럭은 아마추어 솜씨의 낙서로 뒤덮여 있다. 우리는 짐칸 안으로 떠밀려 들어간다. 놈들 중 몇 명이 우리와 함께 짐칸 안에 탄다. 나머지는 지붕 위로 올라가거나 열린 짐칸 문에 아무렇게나 매달린다.

부르르 시동이 걸린다. 웃자란 풀과 잡초들 사이로 먼지 이는 길을 털 컹거리며 지나간다. 땅딸막한 등대가 보인다. 등대 꼭대기에는 긴 라이플총을 멘 아이 한 명이 앉아 있다.

트럭은 갈림길에서 왼쪽으로 간다. 트럭 뒤 열린 문으로 잘 가꿔진 넓은 밭이 보인다. 갖가지 작물이 자라고 있다.

교차로가 나오고 그 앞에는 건물 네댓 채가 모여 있다. 가장 중심이 되는 건물은 3층 높이로, 한 블록을 차지할 만큼 크다. 건물 전면은 붉은색이고, 유리창은 다 깨져 있다. 트럭이 멈춘다. 우리는 내리라는 손짓을 받는다.

표지판에는 '플럼아일랜드 동물 질병 센터'라고 적혀 있다.

팔이 저리고 머리가 붕 뜬다. 우리는 바로 그 중심에 있다.

정문을 지나자 버려진 평범한 온실이 나온다. 그곳을 지나자 양쪽으로 큰 방이 있는 복도가 나온다.

한쪽 방은 기숙사 같다. 매트리스들이 흩어져 있다. 열세 살쯤 된 여자아이가 거울을 보고 있다. 패션모델이나 시체처럼 마른 그 여자아이는 싸구려 플라스틱 테두리의 거울 앞에서 핏빛 립스틱을 바르고 있다.

저쪽에서 소리를 죽인 총성이 들린다. 커다란 평면텔레비전이 얼핏 보인다. 텔레비전에는 일인칭 슈팅 게임 — 〈콜 옵 듀티〉 같다 — 화면이 흐르고, 우리를 붙잡아 온 아이들 같은 10대 아이들이 그 주위에 모여서 꼼짝도 않고 있다. 담배 냄새가 아닌, 독한 화학품 냄새가 나는 탁한 연기가 떠돈다.

나는 투명한 합성수지 유리, 컴퓨터, 하이테크 신분 인증 시스템 등을 보게 되리라는 기대를 계속 품고 있다. 그러나 앞으로 갈수록 주위는 점점 더 지저분해진다. 심심한 베이지색으로 칠해진 회색 콘크리트에는 신발창에 긁힌 자국들, 카트에 부딪쳐 벗겨진 자국들이 남아 있다.

마침내 은행 금고처럼 생긴 문에 다다른다. 두꺼운 간유리를 끼운 작은 창이 있고, 둥근 금속 손잡이가 달린 문이다. 그 앞에는 시체가 놓여 있다. 코에서는 피가 흐르고 얼굴은 파리하다. 얼굴은 고통으로 일그러져 있다. '그 병'으로 죽은 지 얼마 지나지 않은 시체. 그러나 '그 병'이 찾아오기에는 아직 너무 어려 보인다.

어린 병사들은 시체에 눈길 한 번 주지 않는다. 한 명이 큰 칼의 칼등으로 문을 노크한다. 문 너머 어디에서 쇠 부딪는 소리가 울린다.

둥근 문손잡이가 부드럽게 돌아가고 문이 스르르 열린다.

땋아서 늘어뜨린 금발에 비현실적으로 순수해 보이는 여자아이가 나타난다. 머리에는 데이지 화관을 왕관처럼 쓰고 있다. 예쁜 목걸이를 걸고 수술복 차림이다. 몸에 맞게 걷어서 입은 커다란 수술복에는 피가 빳빳하게 말라붙어 있다.

여자아이는 방긋 웃고 돌아서더니 앞장서서 우리를 이끈다. 빈 울타리와 철장, 철문들이 붙은 벽을 지나간다. 노랫소리가 들린다. 아련한 목소리로 즐거운 가락을 반복하는 노랫소리는 피와 잿빛과 동떨어지게 느껴진다.

앞으로 갈수록 음악은 점점 커져서 결국 귀를 찢을 듯 크게 울린다. 나는 그 음악에 대해 논리적으로 생각할 수 없다. 그러다가 복도 끝에 있는 큰 방에서, 작은 기계들과 시험관들로 어질러진 탁자들이 길게 늘어선 곳을 지나 탁자에 몸을 숙이고 있는 사람이 보인다.

그 사람은 음악에 맞춰 고개를 까딱이고 있다. 등에 네모난 가방 같은 것을 메고 파란색 고무 오버올을 입고 있다.

오버올을 입은 사람은 자신이 사람들의 시선을 받고 있음을 알아챈 듯 고갯짓을 멈추고 고개를 든다. 음악은 전기 음만 남기며 멈춘다.

그 사람이 우리를 향해 천천히 신중하게 고개를 돌리자, 나는 나도 모르게 뒷걸음친다.

고무 오버올에 붙은 사각 유리판이 긁히고 얼룩져서 그 안에 들어 있는 사람의 얼굴은 흐릿하다. 꼬인 선에 달린 전등 불빛이 유리판에 반사되어서 더더욱 안에 누가 있는지 보이지 않는다.

파란 오버올을 입은 사람은 일어서서 고무 끝단 속에 있는 지퍼를 집어서 헬멧을 벗으려 한다.

저 옷 안에 무엇이 있을지 모르지만, 뭐가 쏟아져 나와서 우리에게 병을 전염시키지 않을까 하는 생각에 갑자기 오싹해진다.

휴 하는 소리와 함께 헬멧이 벗겨진다. 남자의 얼굴이 보인다.

가느다란 노란 머리카락, 뾰죽한 코, 색이 없는 눈동자. 얇고 거의 투명한 피부에 갈라파고스제도의 섬들처럼 번진 반점들. 고르게 다듬지 않아서 삐죽삐죽한 수염.

있을 수 없는 얼굴.

마흔 살, 아니, 더 넘어 보이는 남자의 얼굴.

'올드맨'의 얼굴.

돈나가 나직이 탄성을 뱉는다. 나는 돈나의 손을 잡는다. 피터는 웅얼웅얼하며 성호를 긋는다.

올드맨이 미소를 짓는다. 색이 얼룩덜룩한 얇은 입술이 일그러지듯 올라가며 누런 이가 드러난다.

올드맨이 말한다.

"어서 와. 딱 때맞춰 왔군."

기묘한 목소리다. 몸집에 비해서 톤이 너무 높다.

나는 한참 동안 말을 꺼내지 못한다. 그사이에 올드맨은 커다란 플라스틱 병에 담긴 물을 꿀꺽꿀꺽 마신다.

내가 묻는다.

"뭐에 때맞춰 왔다는 말인가요?"

올드맨은 나를 때린 아이에게 말한다.

"우리 쪽 피해는?"

"케빈이 죽었어요."

아이는 아주 무덤덤하게 말한다. 그러나 올드맨은 놀란다. 혼란스러운 듯 고개를 절레절레 흔든다. 손을 떤다.

내가 말한다.

"공격당한 쪽은 우리예요. 우리 배가 습격을 당하고, 우리 친구가 죽었어요."

올드맨이 말한다.

"신경 쓰지 마. 신경 쓰지 마. 헛된 죽음은 아니야."

돈나가 말한다.

"정체가 뭐예요? 어떻게 살아 있어요?"

"화학으로 삶을 발전시켰지. 치료했다고 말할 수 있으면 좋겠지만, 사실, '그 병'을 짊어지고 살 수 있게 만든 것뿐이야."

올드맨이 또 물을 벌컥벌컥 마신다.

"도시에 나타난다는 그분이 맞아요?"

올드맨이 어깨를 으쓱한다.

"가끔 다녀오기는 해. 생필품, 장비. 그렇지만…… 정착해야지."

올드맨은 빙긋 웃고 덧붙인다.

"모든 것에는 기한이 있어."

그리고 우리는 문 앞에 누운 감염자 시체를 지나서 어디로 끌려간다.

철창이 허리 높이까지만 오는 큰 방에 갇힌다. 양이나 돼지를 키우는 가축우리였던 것 같다. 우리는 굵은 사슬로 철창에 묶여 있다. 아무것도 없는 벽은 흠집이 나고 벗겨져 있다. 오래된 똥 냄새가 난다. 엄청난 양의 동물 똥이 염료처럼 바닥에 배고 벽까지 넘쳐 있다. 벽에 긁어서 새긴 글자들이 보인다. 희미한 글자지만, 여러 사람이 쓴 게 분명하다. 모두 이름들이다. 벽은 사람 손이 닿을 수 있는 높이까지 온통 증거다. 우리가 오기 전에 여기 있던 아이들이 남긴 증거.

나는 벽을 보고 느끼는 두려움을 드러내지 않으려 애쓴다. 그러나 돈나는 내 심정을 정확히 알아챈다.

돈나가 말한다.

"이제 우리는 죽었네."

내가 말한다.

"죽지 않아."

브레인박스가 말한다.

"내가 보기에는 일이 아주 잘되고 있는 것 같아."

그 말을 이해하기까지는 한참이 걸린다.

돈나가 말한다.

"왜 그렇게 생각하는데?"

브레인박스가 어깨를 으쓱한다.

"연구소가 잘 돌아가는 것 같으니까."

"그 잘 돌아가는 연구소가 '사람'을 실험 대상으로 삼고 있잖아!"

피터의 말에 브레인박스는 또 어깨를 으쓱한다. 한 손에 수갑이 채워져 어깨보다 높이 묶인 자세에서는 최대한 큰 어깨짓이다.

"인체 실험을 한다는 건 연구가 마지막 단계에 왔다는 뜻이지. 좋은 소식이야."

캐스가 말한다.

"야, 너 꼬였어."

선장이 말한다.

"여기서 빠져나가야 돼. 테오, 몸은 괜찮아?"

테오는 얼굴이 부었고, 입은 피투성이다.

"팔팔해."

캐스가 말한다.

"여기서 어떻게 빠져나가? 애들이 완전 무장하고 있잖아. 어디 그것 뿐이야? 쟤들 이상하게 미쳤어. 걔들 눈 봤어?"

브레인박스가 말한다.

"동공이 팽창됐어. 올드맨이 애들한테 약을 먹였어."

자물쇠가 달그락거리며 열린다. 머리카락에 구슬을 넣어 땋은 파란 눈 아이가 다른 섬 아이들 여섯 명과 함께 나타난다. 이 아이들은 우리 물건을 자랑스레 드러내고 있다. 티셔츠, 총, 돈나가 도서관에서 가져온 곰 인형. 한 아이는 아마 돈나의 것일 아이폰을 들고 동영상을 찍고 있다.

파란 눈이 말한다.

"비디오를 만들고 있어. 제목은 '실험용 쥐들'이야."

섬 아이들은 잠시 후에야 그 말을 이해하고 킥킥거린다.

파란 눈이 말한다.

"첫 후보로 나설 사람?"

아무도 대꾸하지 않는다.

"어서 나와. 내가 고르게 만들지 마."

파란 눈은 아주 즐기는 것 같다.

나는 두 번 생각하지 않고 말한다.

"나. 내가 하겠다."

돈나가 고개를 홱 돌려서 나를 본다. 나는 고개를 숙인다.

"하지 마. 하지 마!"

나는 두렵지만 애써 미소를 짓는다.

"괜찮을 거야."

"안 돼! 가면 안 돼!"

나는 돈나의 손을 잡고 말한다.

"금방 돌아올게."

내 머릿속에는 올드맨과 대화해서 어쩌면 올드맨을 설득할 수 있으리라는 생각이 자리하고 있다.

내가 아니면 누가 하겠나. 애당초 이 일을 시작한 사람이 누군데.

올드맨은 다른 방에서 나를 기다리고 있다. 나는 처음 가 보는 방이고, 방금까지 있던 가축우리에서 나던 것보다는 인간적인 냄새가 난다.

쇠사슬 달린 철제 탁자들이 일정한 간격으로 방 전체에 놓여 있다. 벽에는 대학교 기숙사에 있을 법한 땅딸막한 냉장고 몇 대. 지저분한 작은 철장들.

올드맨은 방호복을 벗고 카키 바지와 셔츠, 낡은 트위드 재킷을 입었다. 목에는 스카프도 둘렀다. 실내가 후텁지근한데도 올드맨은 떨고 있다. 올드맨이 앉은 의자 옆 탁자에는 라벨을 뗀 커다란 물병이 있다.

올드맨이 기침을 한다. 가래가 끓는, 심한 기침이다.

"어떻게 이럴 수 있죠?"

"뭐가?"

올드맨의 목소리는 역시 이상하게 높다. 자동으로 음 조절이 된 소리처럼 들린다.

"어떻게 아직 살아 있죠?"

올드맨은 움찔거리고, 긁고, 기침한다. 물을 길게 한 모금 마신다.

"내가 어떻게 아직 살아 있느냐? 나는 죽지 못하는 것 같아."

올드맨이 눈을 감고 읊조린다.

"스바 사람이 갑자기 이르러 그것들을 빼앗고 칼로 종을 죽였나이다. 나만 홀로 피하였으므로 주인께 아뢰러 왔나이다."

올드맨은 내 반응을 기대하는 눈빛으로 나를 본다. 나는 그 구절이 어디에서 나왔는지 알면서도 아무 말을 꺼내지 않는다.

"몰라?"

올드맨이 낙담한 표정을 지으며 말을 잇는다.

"대화할 사람이 없군. 아무도 없어."

그리고 이번에는 교사처럼 말한다.

"욥기야. 아름다운 시지."

"어떻게 이럴 수 있죠?"

"어떻게 살아남았느냐고? 글쎄, 과학적으로 설명하자면, 호르몬 얘기가 나오겠지. 구체적으로는 스테로이드 호르몬 결합 단백질. 몰라?"

올드맨이 다시 살피듯 나를 본다. 자신의 말에 반응해서 내 머리에 과연 불이 들어오는지 확인하는 것 같다.

나는 고개를 가로젓는다. 브레인박스라면 올드맨의 말을 이해하겠지. 하지만 나는 그런 말을 올드맨에게 꺼내지 않는다. 이 이상한 괴물에게 도움될 만한 이야기는 전혀 하지 않겠다.

올드맨이 되풀이한다.

"대화할 사람이 없어. 이해하는 사람이 없어."

"나한테 설명해 봐요."

올드맨이 흥미를 느끼는 것 같다.

"설명할 수도 있겠지만…… 너도 다른 아이들처럼 죽을 거야. 나는 감정 조절이 내 마음대로 안 돼. 알아들어? 분노 조절에 문제가 있어. 그것도 내 조건들 중 하나야."

"무슨 조건요?"

"인간의 조건."

올드맨은 그렇게 말한 뒤 코웃음을 치고 말을 잇는다.

"아니, 이 병을 안고 사는 조건. 내 피 속에 벌레들을 지니고 사는 조건. 내가 그 벌레들과 친구가 되고 그 벌레들한테 제대로 된 단백질을 계속 주면, 벌레들은 나를 내버려두지. 내가 단백질을 주지 않으면, 벌레들은 나를 집어삼켜. 그래서 나는 내가 벌레들을 죽일 수 있을 때까지 벌레들한테 친구인 척해."

올드맨은 또 얼굴을 찌푸린다. 올드맨에게는 그것이 미소인가 보다.

"걱정 마. 벌레들은 우리 말을 못 들어."

"치료법을 찾고 있군요."

"물론이지."

올드맨은 그렇게 말한 뒤 뺨 상처에 앉은 딱지들 중 하나를 떼고 다시 말한다.

"이런 모습 때문에 내가 아주 악랄한 사람으로 보이겠지? 그렇지만 나는 '좋은 사람'이야."

"그렇다니 조금 안심이군요."

"그런 투로 나한테 말하지 마. 그럴 권리는 없어. 이렇게 된 건 내 잘못이 아니야. 너는 내 잘못이라고 생각하겠지."

"저는 무슨 일이 있었는지 전혀 몰라요. 설명이 필요해요. 아주 많은 사람들이……."

말하면서도 속이 메슥거린다.

올드맨이 버럭 화낸다.

"내가 모를 것 같아? 어느 누구보다 내가 잘 알아!"

갈라진 얇은 입술에서 침이 튄다. 올드맨은 다시 물을 길게 한 모금 마신다.

"얼마나 많은 사람이 죽었는지 아는 게 편한 일일 것 같나? 나를 탓하지 마. 중국인을 탓해."

"중국인이 무슨 상관인데요?"

"누군가 이 벌레를 개발하고 있다고 미 공군과학기술연구소에서 확신하지 않았다면, 애당초 우리가 이 벌레를 만들지도 않았어. 그런 걸 개발할 생각을 누가 했겠어? 중국인들이지. '사회 공학자들'."

"무기군요."

"당연히 무기지. 아니면 뭐겠어? '자연'은 그런 걸 감당하지 못했어."

"그렇지만 왜죠? 왜 어른과 아이들만? 전염병을 만든다면…… 다 죽이는 게 낫잖아요?"

"'젊은이를 장악하는 자만이 미래를 얻는다.' (히틀러의 말: 옮긴이) 어른들이 공장들에서 손떼면 넘겨받을 사람이 있어야지."

내 옆에 있는 섬 아이들이 웃는다.

파란 눈이 말한다.

"동감!"

"그러니까 이게…… 중성자탄이나 뭐 그런 것 같은 거였어요? 어른과 어린애들은 없애고, 나머지는 살려두는?"

이해되기 시작한다.

"정답! 아, 젊은이들은 자기가 반항적인 줄 알지? 실제로는, 감정 자극에 쉽게 유도되지."

올드맨이 이제 섬 아이들을 보며 말한다.

"행복하지? 음악, 비디오게임, 포르노, 옷이 있으니까 행복하지? 내가 확실히 너희를 잘 먹이고 있지? 내가 확실히 너희를 즐겁게 지내도록 해 주고 있지?"

"그럼요. 우리가 바라는 건 다 주시죠. 우리는 좋아요."

올드맨은 다시 말한다.

"어쨌든 문제는 폭풍이었어. 여기는 안전할 거라고 생각했지. 동쪽으로 블록아일랜드(로드아일랜드주 남쪽에 있는 섬: 옮긴이), 남쪽으로 몽톡 등대(롱아일랜드에 있는 등대로, 블록아일랜드 서쪽에 있다: 옮긴이)까지. 그런데 폭풍이……. 뭐, 뉴스는 봐서 알겠지. 수십만 가구에 전기가 끊겼어. 해안에는 홍수가 나고. 우리 방역 시스템은 아주 구식이었어. 자금이 부족했지. 정부 탓이야. 지구 온난화 탓이야."

올드맨은 해묵은 논쟁을 되씹으며 생각에 빠진 것 같다.

"병균이 유출됐나요?"

"아, 그래. 가끔 일어나는 일이지. 1978년에 발병한 구족병처럼. 피할 수 없는 일이야."

"벡셀블라트 효과."

올드맨이 즐거워하며 말한다.

"맞았어! 대단한걸. 참 잘했어요."

내가 소리친다.

"그런데 해독제도 없었어요?"

올드맨은 내 말이 어이없다는 듯 말한다.

"당연히 없었지! 방금 발명한 병에 어떻게 해독제가 있겠어? 아니, 역으로 설계해야지. 당연히 그래야지. 잘 누르기만 하면……."

올드맨이 말끝을 흐린다. 고개를 가로젓는다. 아래만 내려다본다.

"위험하지 않아…… 스테로이드는…… 당연히…… 나트륨 대사를 못해…… 코르티솔이 다 쓰이고 있어…… 내가 얼마나 스트레스를 많이 받는지 전혀 모를 거야……."

올드맨은 기침을 뱉고 중얼거린다.

"차라리 죽었으면 할 때가 있어."

그러다 딴생각을 떨친 것 같다. 옆에 놓인 금속 쟁반에서 뭘 집는다.

주사기다.

올드맨이 말한다.

"시작하자."

나는 올드맨에게 달려들어 목을 조르려 한다.

올드맨은 보기보다 훨씬 힘이 세다. 상상한 것보다 훨씬 세다. 올드맨이 내 얼굴을 손으로 잡은 채 나를 그대로 잡고 있다. 손아귀 힘이 바이스 같다. 올드맨의 목에 튀어나온 근육이 보인다. 올드맨이 맨손으로 내 얼굴을 찢을 것 같다.

올드맨이 말한다.

"예전에는 나도 약했어. 못 믿겠지? 스테로이드에는 좋은 부작용도 있거든."

섬 아이들이 내 팔을 잡자, 그제야 올드맨은 내 얼굴에서 손을 뗀다.

올드맨이 말한다.

"내가 구해 줄게. 내가 너희를 구하겠어. 너희 모두를."

올드맨은 섬 아이들을 본다. 섬 아이들은 존경하는 눈빛으로 올드맨을 본다.

"아빠가 너희에게 생명을 줄게. 하지만 나으려면 우선 아파야 해."

아이들은 나를 붙잡고 때린다. 내가 더 이상 반항하지 못하게 되자, 올드맨은 내 정맥에 주삿바늘을 꽂는다.

돈나

돌연변이 바퀴벌레는 없어. 그건 다행이네.

그것까지 있었으면 계속 아주 더 끔찍할 뻔했어. 제퍼슨이 끌려간 뒤에 우리는 몇 시간째 철창 안에 갇혀 있어. 너무 지루해서 두려운 것도 있었어. 뭐냐, 공포에 질린 상태로는 오래 있을 수가 없어. 그다음에는 우울이나 절망이나 뭐 그런 걸로 변해. 그러니까 조금 지나니까 모두가 최대한 편한 자세를 찾아서 그냥 비참하게 늘어져 있어.

브레인박스는 예외야. 머릿속 하드디스크가 윙 소리를 내면서 돌아가고 있는 게 분명해. 왜, 그, 섬뜩하게 멍한 눈빛 알지? 그런 눈빛으로 계속 벽만 바라보면서 가끔 혼자 이상한 질문을 던져. "올드맨이 물을 얼마나 많이 마시는지 봤어?" 같은 질문.

선장은 브레인박스 때문에 성질이 나서 브레인박스를 욕하기 시작해. 일이 이렇게 잘못된 건 다 브레인박스 탓이래. 나는 내 아이폰 생각을 백 번째 되풀이하고 있어. 아이폰을 돌려받고 찰리의 얼굴을 다시 볼 수 있을까?

복도 저쪽에서는 음악소리랑 비디오게임 속 총소리가 들려. 어린 병사들이 까르르 웃는 소리.

여기 애들은 머리가 어떻게 된 게 틀림없어. 올드맨이 주문을 걸었나 봐. 애들 눈빛에 생기가 없고, 혀도 풀려 있어. 귀에 안 들리는 느린 음악에 맞춰서 움직이는 것처럼 느릿느릿 걸어. 걔들은 우리가 있는 철창 앞으로 와서 퀴퀴한 냄새가 나는 시리얼을 바닥에 던지거나 호스를 철창 사이에 넣어서 물을 줘. 우리가 무슨 말을 해도 우리한테 눈길 한번 안 줘.

운 나쁘게 이런 철창 안에 갇힌 소의 기분이 어떨지 이제 알겠어. 나는 결국 햄버거가 되겠지.

말하자면, 차라리 그냥 잡아먹히는 게 낫지 않을까. 도서관 식인에 대해서, 그 뭐냐, 은유 같은 게 머릿속을 떠나지 않아. 브런치가 되는 걸로 인생을 마감했더라면 더 좋았을 거라고 생각하는 건, 객관적으로 보면 아주 한심하지.

뭐, 적어도 세상을 조금 더 보기는 했지.

우리가 그냥 워싱턴스퀘어에 있었으면 얼마나 좋을까. 주변을 뒤져서 생필품을 조금 구하고, 조금 추위에 떨고, 미지근한 맥주를 마시고 가끔 디브이디를 보고. 그게 그렇게 형편없는 삶인가?

우리가 사는 이곳의 평행 우주가 있고, 그 세계에는 '그 병'이 전혀 생기지 않았다고 치면, 그 세계에서 나는 어떻게 살고 있을까? 파티를 하고, 대학교 입학 자격 시험을 치고, 웨슬리언대학교 같은 곳에 다니고 있을까? 로마로 한 학기 동안 교환 학생으로 가서 클럽에서 만난 귀여운 이탈리아 남자한테 푹 빠지는데, 그 남자는 나한테 다시 연락을 안 하고. 대학교를 졸업한 뒤에는 바쁜 직장인들 틈에 끼겠지. 잡지 일이나 웹디자인 같은 걸 하는 거야. 일에 지쳐서 밤마다 놀러 나가서 진심이 없는 남자들이랑 연애하다가 늘 실연당하겠지. 별로 안 맞는 남자랑 결혼해서 30대 후반에 아이를 낳고, 이혼하고. 필라테스를 배우고, 《뉴욕타임스》일요판을 읽고, 밤이면 텔레비전 앞에서 취하도록 와인을 마시겠지. 어느새 다 자란 아이들한테서는 전화 한 통 없을 거야. 그러다가 남의 도움 없이는 움직일 수 없는 나이가 되겠지. 그사이에 한 번 우연히 제퍼슨과 마주치겠지. 아, 소호에서 크리스마스 쇼핑을 할 때 마주치는 거야. 우리가 진짜 짝이 되었어야 했는데 같은 아쉬움을 느껴도, 이미 때는 너무 늦었겠지.

제퍼슨의 입장에서 미래를 상상해 볼까. 우리는 '그 병'을 치료하고 인류를 구해. 세상은 다시 기회를 얻어. 새로운 시대가 열려. 저탄소 배출, 경제적 평등, 모두가 착한 사회.

이제 진실을 생각하자. 제퍼슨은 죽었을 거야. 다음은 우리 차례야.

창문이 없어서 정확하지는 않지만, 밤이 됐어. 피터가 나를 깨워. 섬 아이들이 와서 우리를 각각 분리된 감방에 넣어. 방이 부족한지, 캐스와 나는 한 방에 갇혀. 두꺼운 철문 안에 가구는 전혀 없는, 더럽고 작고 네모난 방이야. 구석에는 누가 벽을 긁은 자국이 있어. 여기서 지낸 날을 센 것 같아. 자국은 여덟 개에서 끝나 있어.

캐스와 나는 대각선으로 떨어진 구석에 각각 앉아 있어. 링 양쪽에 앉은 권투선수 같아. 가끔 서로 눈이 마주치지만 둘 다 할 말은 못 찾고 있어. 그렇게 한 시간쯤 지났을까, 캐스가 말해.

캐스: 아주 뿌듯하겠어.

나: 무슨 말이야?

캐스: 남자가 옆에 있잖아.

나는 주위를 둘러봐.

나: 내 옆에 누가 있다고 그래?

캐스: 됐고, 네가 이겼어.

나: 그래, 내가 다 이겼어.

나는 내 말에 캐스가 속을 좀 끓이도록 잠시 뜸을 들이다가 다시 말을 이어.

나: 너 같은 여자애들은 그저 이길 생각뿐이지? '걔'한테는 신경도 안 쓰지? 너한테 걔는 그냥 이용 대상이었지? 그냥 마음만 먹으면 얼마든지 가질 수 있다고 과시한 거잖아.

캐스: 나 같은 여자애들?

캐스는 상처받은 것 같아.

캐스: 나에 대해서 알기나 해?

나: 끔찍한 사이코패스인 건 알지. 그 남자를 죽였잖아.

캐스는 어깨를 으쓱하지만, 금방이라도 울음을 터뜨릴 듯 울상이 돼. 그러다가 다시 얼굴을 펴.

캐스: 너도 내 입장이면 똑같이 했을걸. 너는 그냥 운이 좋았던 것뿐이야.

나는 달리 할 말이 떠오르지 않아.

나: 그러셔.

캐스가 얼굴 표정을 자제하려고 애쓰는 사이에 나는 캐스의 말을 생각해 봐.

나: 그 말이 맞아. 나는 너에 대해서 아무것도 몰라. 워싱턴스퀘어에 같이 있었으면 더 좋았을지도 모르지.

이제 캐스가 말이 없네. 그러다가 나직이 말해.

캐스: 워싱턴스퀘어에 있었으면 나도 좋았을 거야.

캐스의 얼굴에 아주 잠깐 후회하는 기색이 돌아. 방금 완전히 재수없지는 않은 말을 꺼낸 게 후회스럽겠지. 내가 그런 말을 듣고 자기 머리 꼭대기에 올라오지 않을까 걱정하는 거지.

나는 별일 아니라는 듯 고개를 갸웃해.

나: 다시 돌아갈 수 있겠지.

캐스: 안 될 거 같아.

나: 그래, 나도 반박은 못하겠어.

캐스: 걔 사랑하지?

내 속을 내보이기는 싫지만, 에이, 뭐 어때. 어차피 이제 곧 죽을 일만 남은걸.

나: 응. 아주 많이.

캐스: 나도 그런 것 같아.

나: 그럼 우리한테 공통점이 하나 있네.

도저히 믿을 수 없지만, 캐스가 나를 보며 미소를 짓고 나도 캐스한테 미소를 지어.

나: 지금보다 나은 상황이었으면, 우리가 라이벌 같은 친구 사이로 지낼 수도 있었을 텐데…….

나는 바닥에 웅크리고 누워서 눈을 감아.

잠에서 깨자, 캐스가 보이지 않아.

탈출했을 리는 없어. 내가 잠든 사이에 끌려간 게 분명해.

다음으로 보게 되는 얼굴은 브레인박스야. 나는 요가를 하고 있었어. 그러니까, 감옥이 배경인 영화에서 남자가 미친 듯이 팔굽혀펴기를 하는 모습 알지? 그런 것의 여자판이라고 할까. 그런 요가를 하면서 고개를 들다가 감방 문에 나 있는 사각형 플라스틱 창 너머로 브레인박스의 얼굴이 보여. 브레인박스는 나를 뚫어져라 보고 있어.

어떻게 감방에서 빠져나왔지?

나는 소리치고 싶지만, 그러면 브레인박스가 들켜서 붙잡힐지도 몰라. 그래서 아주 나직이 힘줘서 말해.

"브레인박스! 문 열어!"

하지만 브레인박스는 눈만 깜박여. 그리고 순식간에 사라져.

내가 헛것을 봤나.

시간이 한없이 늘어져. 사실 늘어지는 것은 나 자신이지, 시간이 아니지만. 시간은 그냥 자기 할 일을 할 뿐이야. 흐릿해지고 늘어지고 구멍이 숭숭 뚫리고 언제라도 사그라질 수 있는 상태가 된 것은 다름 아닌 내 정신이야. 지금 내 정신은 너무 오래 씹은 껌 같아. 어둠이 내 주위의 색마저 잡아먹어. 모래알들을 삼키는 세찬 물결처럼 어둠이 철썩거려. 나는 잠을 떨치고 정신을 차리려 애써.

그러는 사이, 엄마와 아빠가 나를 찾아와. 저세상에서는 엄마와 아빠가 서로 모든 걸 용서하고 함께 있어. 예전에 불화를 빚어서 미안하다고 나한테 사과도 해. 그리고 찰리도 만나. 찰리는 많이 자랐어. 어깨가 떡벌어지고 눈은 초롱초롱해. 찰리가 말해, 이건 모두 잘된 일이라고, 인간이 지상에 살았던 게 실수라고. '하느님이 후회하셨어.' 찰리는 그렇게 말해. 하느님은 인간을 더 이상 믿을 수 없어서 또 한 번 홍수를 만들었대. 피터가 여기 있으면, 피터한테서 설명을 들을 수 있을 텐데…….

눈을 뜨자, 해나 달은 없고, 바깥 복도에서 사각형 창으로 들어오는 구역질 나는 푸른 빛만 보여. 몸을 일으키자, 딱딱하고 습기 찬 바닥에서 자서 그런지 온몸의 관절이 아우성쳐.

아득하게 들리는 섬 아이들의 웃음소리 말고는 아무것도 들리지 않아. 나는 친구들의 이름을 소리쳐 불러. 아무 대답도 돌아오지 않아.

부끄럽지만 결국 섬 아이들을 소리쳐 불러. 말을 나눌 사람, 나를 같은 인간으로 알아줄 사람이면 아무라도 좋아. 그러나 아무도 오지 않아.

제퍼슨

그러니까, 죽음이란 이런 기분이군.

이 여행을 떠나지 않을 수 있는 사람은 없다. 한번 떠나면 돌아올 수 없고, 그 여행이 어떤지 들려줄 사람은 아무도 없다. 그렇지만 사람들은 추측으로 여행기를 계속 써 왔다.

불교 신자는 죽음에 큰 의미를 두지 않는다고 흔히 생각한다. 그러나 그렇지 않다. 물론 석가모니는 후생을 중요하게 여기지 않았다. 석가모니는 죽어서 열반에 들었다. 열반은 천국이 아니라 무(無)의 상태다. 석가모니는 무엇에도 집착하지 않았다. 소유에 집착하지 않고, 친구나 가족에도 집착하지 않았으며, 삶 자체에도 집착하지 않았다. 제자들에게 그 가르침을 전하고 고통으로부터 벗어나는 자유를 선물함으로써 석가모니는 자신의 일을 다 마치고 소명을 완수했다.

물론 석가모니의 제자들은 크게 낙담했고, 석가모니의 죽음에 대해 적으며 표현하기를, 땅이 흔들리고 하늘이 떨렸다고 한다. 성경에 예수가 십자가에 못 박혔을 때 일어났다고 기록된 일과 비슷하다.

바로 그곳이 철학이 종교로 변하는 지점이다. 신화의 유혹. 정신적 고통은 '지옥'으로 변화되었다. 여러 가지 지옥이 있다. 집착의 종류에 따라 각기 다른 지옥에 가게 된다. 탐욕스러운 사람은 굶주린 귀신들이 있는 지옥에 간다. 이 은유는 쉽다. 탐욕스러운 사람은 어떤 면에서 보면 늘 굶주리고 있다는 은유다. 하지만 사람들은 이런 이야기를 말 그대로 받아들이는 경향이 있다. 그래서 모든 불교 종파는 이런 도그마를 발전시켜 왔으며, 이런 불교의 우주관은 권선징악이라는 가톨릭이나 이슬람교 등등 모든 종교의 우주관과 크게 다르지 않다.

아버지가 믿은 선불교 종파에서는 그런 것들을 일체 거부했다. 그런 것들은 어리석은 소리, 정신의 짐, 널찍하고 아름다운 방을 어지럽히는 천박한 싸구려 장식일 뿐이라고 여겼다.

대신, 티베트 불교에는 '중유(中有)'라는 개념이 있다. 죽음과 삶 사이의 중간 상태를 뜻한다. 육신이 죽은 뒤 환생하기 전까지 영혼은 잠시 어디에도 속하지 않는 상태에 머문다는 것이다. 이때 온갖 시련과 끔찍한 환영을 겪게 되고, 그 환영과 시련에 어떻게 대처하느냐에 따라 다음 환생이 결정되며, 아예 환생하지 못할 수도 있다. 잘 대처하지 않으면 형편없는 동물로 환생하게 된다. 그래서 중유를 잘 통과하려면 그 기간 내내 마음의 평정을 지켜야 하는데, 그렇게 하기란 무척 어렵다. 육신이 방금 죽었고, 유령처럼 영혼만 떠 있는 상태이기 때문이다.

나는 중유라는 개념을 좋아한다. 무술과 비슷한 면이 있어서 끌렸는지도 모른다. 얻어맞지 않으려면 수련을 쌓아야 한다는 거다. 어쨌든 '그 병'이 내 뼈를 뚫고 들어오고, 나는 콘크리트 바닥에 누워서 떨고 있다.

이제 영혼의 전투를 치러야 한다.

 가장 먼저 할 일은 '집착하지 않기'이다. 기본적으로 '포기'와 비슷하다.

 완전히 패배한 사람이 하는 일처럼 들릴지도 모른다. 영화나 드라마 속 상황이라면, 나는 아주 형편없는 주인공으로 보일 거다. 영화를 볼 때 사람들은 절대 포기하지 않는 주인공의 모습을 기대한다. 그러나 지금 내 상황에서는 이것이 현명한 선택 같다. 예1: '그 병'에서 살아남은 사람은 아무도 없다. 올드맨은 살아남은 것 같지만, 그쪽은 뭐랄까, 70억 분의 1이라고 할까. 어쨌든 올드맨이 살아남기 위해 무엇을 했건, 애당초 올드맨이 어떤 사람이었건, 지금은 완전히 미친 것 같다. 틀림없이 치료법도 발견하지 못했다. 이것으로 미루어 생각하면, 올드맨이 나를 치료할 가능성은 희박하다. 그러므로 이제 나에게는 죽음만 남았다.

 끔찍하게 들리겠지만, 인간은 누구나 결국 죽는다는 사실을 깨달으면 그리 끔찍하게 느껴지지 않는다. 지금이 아니라도 언젠가 죽음과 마주하게 될 테니까. 물론 지금과 다른 상황이면, 더 여유롭게 죽음을 준비할 수도 있다. 하지만 막상 죽음을 눈앞에 두면 결국에는 시간이 부족하다고 느낄 게 당연하지 않나?

 그럼, 왜 나는 애당초 '그 병'을 치료하려 했을까?

 죽어 가는 마당에 겸손할 이유도 없겠다. 그 병을 치료하겠다고 나선 것은 나 자신만 위한 행동이 아니었다. 나는 모든 사람이 살아남기를 바랐다. 사람들이 더 이상 고통받지 않기를 원했다. 다시 시작할 수 있을지도 모른다고 생각했다.

 이전 세상보다는 좋은 세상이 될 수 있을지도 모른다고……

나에 한해서 말하자면, 나는 살고 싶었을까? 물론이다. 그것은 인간의 본능이다.

그래도 나는 집착하지 않아야 한다. 내가 곧 죽는다는 사실을 깨달아야 한다. 다시는 태양을 못 보고, 음식을 못 먹고, 느끼지도 듣지도 생각하지도 못할 것임을 깨달아야 한다.

우리 아버지는 죽어 가고 있을 때 죽음과 싸웠다. '그 병'이 돌기 전이었다. 아버지가 '그 병' 때문에 죽지 않아서 다행이다. 아버지에게 전쟁이란 영원히 끝나지 않는 것이었다. 독일군과 싸웠으며 마지막에는 죽음과 싸웠고, 굴복하지 않았다. 그 마지막 나날 동안 나는 아버지의 선이 모두 창밖으로 내던져지는 것을 보았다. 아버지가 약했기 때문이 아니다. 강했기 때문이다. 아버지는 삶을 사랑했고, 우리를 사랑했다. 그래서 삶에 대한 집착을 버리지 않았다.

그래서 아버지는 맞서고, 싸우고, 쓰러지고, 결국에는 패배했다. 나는 아버지의 차가운 이마에 입을 맞추고 이제는 싸우지 않아도 된다고 말했다. 그리고 다짐했다. 나는 마지막 순간이 왔을 때 그냥 받아들여야지. 삶에 집착해서 괴로워하지는 말아야지. 깨끗한 마음으로 중유에 들어가야지.

그러나 '그 병'이 내 몸 곳곳을 찾아가고 열이 오르기 시작하자 나도 모르게 집착이 생긴다. 햇살의 입맞춤, 공기의 맛, 음악의 손짓 같은 것에 생기는 집착이 아니다.

돈나, 바로 너다. 너 때문에 나는 아우성치는 이승의 것들에게 자꾸 붙들린다.

삶과 죽음 사이의 공간은 온갖 목소리, 삐삐 울리는 신호음, 지지직거리는 소리로 가득 차 있다. 라디오 주파수 다이얼을 돌릴 때처럼 이 소리에서 저 소리로 넘어간다.

다시 삶으로 돌아온다. 물속에서 자맥질하며 밖으로 나오듯 어떤 표면을 뚫고 삶으로 나온다. 브레인박스가 신기하다는 듯 나를 보고 있다.

내 몸에 주삿바늘이 꽂혀 있고, 주사약은 거의 다 들어갔다. 주사가 끝나자 브레인박스가 바늘을 뺀다. 나는 막 중유에서 이승으로 돌아왔다. 적어도 나는 그렇게 생각하고 있다. 그래서 한참이 지난 뒤에야 비로소 브레인박스에게 묻는다.

"뭐 하고 있어?"

브레인박스가 말한다.

"너한테 아드레날린 주사했어."

내 혈관에 액체로 된 금속이 마구 돌아다니는 느낌이 드는 이유를 알았다.

"어떻게?"

브레인박스가 말한다.

"아, 내가 어떻게 여기 왔느냐고? 흥정을 했지."

나는 윗몸을 일으켜 앉는다. 짜증 나고 화난다. 아드레날린 주사 때문이다. 하지만 내가 원인을 잘 알고 있다고 해서 짜증과 화가 사라지지는 않는다.

"뭐?"

"올드맨이랑 흥정을 했어."

"흥정? 그…… 괴물이랑 흥정을?"

"그래. 내 생명을 건지는 조건으로 조수를 맡기로 했어."

내가 말한다.

"네 생명? 우리는 어떡하고?"

브레인박스가 내 시선을 피해 고개를 돌린다.

"그것까지는 어쩔 수 없었어. 당장 실험 대상이 될 사람은 너밖에 없었어. 실험 대상은 스테로이드 결합 호르몬 단백질이 빠져나갈 만큼 나이가 들어야 해. 그래서……. 무슨 말인지 알겠지?"

"아니, 모르겠는데. 갑자기 네가, 그러니까, 그 괴물을 위해서 일한다고?"

브레인박스가 어깨를 으쓱한다.

"올드맨을 위해서 일하는 건 아니야. 우리를 위해서 일하는 거지. 우리 '이상'을 위해서. 그게 너나 나보다 중요하잖아. 죽음으로 인류를 구할 수 있다면, 기꺼이 죽을 거지?"

"모르겠어, 브레인박스. 선택할 수 있다면, 내가 죽는 건 피하면서 인류를 구하고 싶어."

브레인박스가 고개를 갸웃한다.

"글쎄……. 제거되지 않을 사람은 나 하나뿐인 것 같아. 있지, 나는 살아남는 길을 애써서 찾아냈어."

"잘했어. 그러니까 어서 여기서 빠져나가자."

"아니, 제퍼슨. 실험을 더 해야 돼."

브레인박스의 눈빛이 단호하다.

"너는 지금 친구들을 실험 대상으로 쓰고 있어!"

나는 일어나려 한다. 그러나 내가 벽에 사슬로 묶여 있음을 그제야 깨닫는다.

"잘될 거야. 두고 봐. 내가 해낼 수 있어."

브레인박스는 스스로를 타이르는 것 같다.

"이러지 않아도 돼. 제발, 우리를 도와줘."

"아니, 지금 나는 너를 돕고 있는 거야. 우리 모두를 돕고 있는 거야."

"시스루 때문이야?"

나는 절박한 나머지 누를 수 있는 버튼은 뭐든 눌러 본다.

장비를 만지작거리던 브레인박스가 잠깐 멈칫한다.

"시스루 본명은 추후아야. '국화'라는 뜻이야. 추후아 가족이 미국으로 왔을 때, 추후아의 부모님은 남들이 부르기 좋게 추후아의 이름을 '제니'로 바꿨어. 그렇지만 우리는 제니라는 이름조차 불러 주지 않았지."

이제 브레인박스는 허공을 보고 있다. 이제 보니 브레인박스는 이성을 잃었다.

나는 브레인박스를 본명으로 부르며 말한다.

"브레인박스, 아니, 앤드루, 이러지 마. 우리를 도와줘. 탈출하게 도와줘. 우리가 해결할 수 있어. 우리 모두가. 아무도 죽지 않아도 돼."

나는 정말이지 중유에 다시 들어갈 마음이 없다. 공기를 몇 번 들이쉬고 희망이 조금 보이는 것만으로도, 중유는 가고 싶지 않아졌다. '무'의 상태? 집어치워라.

브레인박스가 말한다.

"틀린 말이야. 사람은 결국 죽어. 다른 사람들이 살아남을 수 있도록 자신을 희생해야 하는 사람도 있어."

브레인박스는 비닐봉투에서 새 주사기를 꺼낸다. 비닐봉투 안, 약병 뭉치 옆에 브레인박스의 쓸모없는 라디오가 아무렇게나 뒹굴고 있다. 아까 내 귀에 들렸던 목소리와 잡음들이 그 라디오 소리인가 하고 생각할 때, 브레인박스가 주삿바늘을 내 몸에 대려 한다.

내가 묻는다.

"그게 뭐야?"

"내가 연구하고 있는 거야. 아, 우리가 연구하고 있는 거. 올드맨의 연구는 거의 완성 단계야. 호르몬들을 조합하는 비율만 알아내면 돼. 이걸 맞으면 몸에 변화가 일어날 거야. 올드맨과 비슷해지는 거지."

브레인박스가 나에게 바싹 다가온다.

"비슷해진다고?"

나는 팔을 뻗고, 브레인박스가 몸을 빼기 전에 멱살을 잡는다. 브레인박스는 나에게 욕을 하고 발을 구르며 섬 아이들을 부른다.

섬 아이들이 와서 나를 붙잡는다.

시간이 나를 훑고 지나간다. 나는 시간의 물결에 오르락내리락 출렁거린다. 복도 저쪽에서부터 소리가 들린다. 재잘대는 소리, 가래 끓는 듯한 쉰 목소리. 어른의 쉰 목소리는 아이들이 끝없이 플레이 하고 있는 비디오게임에서 나오는 것이 분명하다. 기침 소리, 비명, 싸우는 소리도 가끔 들린다.

어둠 속에서 여러 번 깬 뒤, 내 몸이 내 것인 느낌이 돌아오기 시작한다. 처음에는 손가락을, 다음에는 팔을 움직일 수 있다가 마침내 일어설 수 있게 된다. 몸을 휘감던 열은 사라졌다.

문틈으로 나를 엿보는 브레인박스의 눈이 보인다. 내가 바닥에 누워 있지 않고 서 있는 모습을 보고 브레인박스의 눈은 실눈이 된다. 아드레날린이 만든 분노는 전부 불타서 사라지고, 나에게는 슬픔만 남았다.

5분 뒤, 브레인박스가 섬 아이들과 함께 돌아온다.

아이들이 무거운 문을 힘들게 열고, 브레인박스가 나에게 말한다.

"순순히 따라올래?"

"어디를?"

"올드맨이 찾아."

나는 브레인박스와 함께 간다. 눈앞이 뿌옇고 그리 밝지 않은 빛에도 타는 듯 아프다. 이번에도 금발 소녀가 올드맨 연구실의 문을 연다. 올드맨은 탁자 앞에서 자기 몸에 주사를 놓고 있다. 방호복 헬멧이 죽은 동물의 대가리 가죽처럼 등 뒤에 늘어져 있다. 올드맨은 나를 보자, 주사기를 내려놓고 빙긋 웃으며 말한다.

"믿어지지 않네."

올드맨이 브레인박스에게 말한다.

"앤드루, 잘했어. 내 것은 역시 또 부작용을 일으키네."

브레인박스가 말한다.

"지금까지 맞는 방향으로 잘 오셨어요. 신선한 시각이 필요했을 뿐이에요."

올드맨이 일어나서 브레인박스의 손을 잡고 껴안는다. 브레인박스가 행복한 표정을 짓는다. 브레인박스의 얼굴에서 그런 표정을 보니까 낯설다.

그다음 브레인박스가 내 쪽으로 눈길을 보낸다. 섬 아이들이 나를 붙잡는다. 강제로 붙잡힌 내 팔에 주삿바늘이 꽂힌다.

브레인박스와 올드맨이 이어 말한다.

"제퍼슨, 저항하지 마."

"죽는 게 아니야. 삶을 주는 거야."

이번에는 내 몸에 약을 주사해 넣는 게 아니다. 내 팔에서 피를 뽑는다. 플라스틱 시험관이 몇 개나 가득 찰 만큼 계속 피를 뽑히고, 나는 아이들한테 저항할 힘도 없이 축 늘어진다. 마침내 올드맨이 주삿바늘을 내 몸에서 빼자, 아이들은 나를 붙잡던 손을 놓는다. 나는 바닥에 풀썩 쓰러진다.

올드맨은 손에 피를 들고 브레인박스와 함께 기계들이 윙윙거리는 탁자로 가서 브레인박스에게 이것저것 물어보기 시작한다.

바로 그때, 캐스가 보인다. 시트 한 장으로 몸이 간신히 가려진 채 탁자에 뉘여 있다. 피부가 창백하다. 꼼짝도 하지 않는다. 그래서 처음에는 캐스가 죽은 줄 알았다.

섬 아이들은 나에게 신경을 쓰지 않는 것 같다. 벽에 기대서 있거나 바닥에 쪼그려 앉아서 휴대폰을 가지고 놀기 시작한다. 작동되지 않는 휴대폰을 섬 아이들 모두가 가지고 있나 보다. 나는 간신히 몸을 끌어서 캐스 옆으로 간다. 머리가 어지럽다.

캐스의 양쪽 입가에는 말라붙은 핏자국이 있다. 캐스가 눈을 뜬다. 눈은 빨갛게 충혈되었다.

"제퍼슨."

캐스는 내 이름을 부르고 잠시 후에야 말한다.

"좋아 보인다."

"너도."

"아니, 나는 아니야."

캐스의 얼굴에 경련이 일고, 눈에서 분홍색 눈물이 흐른다.

"몰골이 끔찍해. 죽어 가는 사람 같아."

캐스는 손을 얼굴로 가져가려 하지만, 힘이 없어서 얼굴까지 손을 뻗지도 못한다.

나는 캐스의 눈물을 닦아 준다.

"아니야, 안 죽……."

"아니, 그러지 마. 다 알 수 있어. 나는 이제 끝장이야."

캐스의 얼굴이 내 손에 맥없이 떨어진다. 나는 손을 빼지 않는다.

캐스가 말한다.

"돈나……."

"돈나? 왜?"

"돈나는 내가 너를 사랑하지 않는다고 생각해. 돈나 생각으로는 내가 그냥…… 그러니까 그냥……."

"괜찮아. 괜찮아."

캐스의 귀에 내 말이 안 들리는 것 같다.

"그런데 있지, 내가 어떻게 했는지 알아? 놈들이 와서 우리 중에 한 명을 데려가려 했어. 그런데 돈나는 자고 있었어."

"그럼, 일부러 나섰어? 돈나를 위해서?"

"돈나를 위해서 그런 게 아니고, 우리를 위해서……. 이렇게 우리가 함께 있잖아. 그리고 돈나는 네가 사랑하는 사람이잖아. 너희 두 사람은 살아남을 수도 있잖아. 손 좀 잡아 줘."

"캐스……."

"부탁 하나 들어줄래?"

"뭐든 말해."

"사랑한다고 말해 줘. 진심인 것처럼. 한 번도 못 들어 봤어. 아니, 사랑한다는 말은 들어 봤는데, 진심이 담긴 말은 한 번도 못 들었어. 진심 인지 아닌지 들으면 알 수 있어."

캐스는 또 눈물을 흘린다.

"사랑한다고 말해 줘. 진심인 것처럼 말해 줘."

망설일 일도 아니다.

나는 말한다.

"사랑해."

캐스가 내 손을 꽉 쥔다.

"나도 알고 있었어."

그리고 캐스의 모습이 내 시야에서 흐릿해진다.

올드맨이 섬 아이들에게 말한다.

"이리 데려와."

나는 섬 아이들이 내 몸에 손을 대기 전에 일어나서 내 발로 걸어간다.

올드맨은 내 모습에 씩 웃으며 말한다.

"놀라워. 새사람 같군."

브레인박스가 나에게 말한다.

"축하해. 너는 살아남을 거야."

올드맨이 말한다.

"아주 오래 살아남을 거야."

브레인박스가 말한다.

"그래도 몇 주 더 지켜봐야 해. 그사이에 바이러스가 제거되면……."

나는 캐스를 가리키며 말한다.

"백신을 주사해. 어서."

브레인박스가 말한다.

"그건 백신이 아니라……."

"뭐든 상관없어. 주사해."

"너무 늦었어."

올드맨의 말에 브레인박스가 말한다.

"쓰레기장에 던져질 일만 남았죠."

올드맨이 웃는다. 웃음이라고 해도, 억누른 숨을 짧게 터뜨리는 것뿐이다.

브레인박스가 왜 이렇게 됐을까. 나는 전혀 이해할 수 없다. 어떻게 저런 말을 할 수 있을까. 도무지 모르겠다. 하지만 올드맨은 애정과 신뢰가 담긴 눈빛으로 브레인박스를 본다.

"앤드루, 그 말은 조금 심했어."

올드맨은 나를 보며 말한다.

"그렇지만 기본적으로는 맞는 말이지. 저 여자애 치료는 별 효과가 없었어."

브레인박스는 올드맨에게 주사기를 건네며 말한다.

"스테로이드 주사를 준비했습니다."

"고맙네."

브레인박스가 말한다.

"다음 실험 대상을 데려오겠습니다."

"그게 좋겠군. 여기 네 친구는 마음을 좀 진정시켜야 되겠어. 잘 다녀올 수 있지?"

브레인박스는 고개를 끄덕이고 뭉뚝한 검정색 기구를 집는다. 전기 충격기 같다. 브레인박스와 파란 눈 아이가 감방 쪽으로 간다. 그러다가 브레인박스가 고개를 돌리고 나를 본다.

브레인박스가 말한다.

"제퍼슨, 명심해. 죽어야 하는 사람도 있어."

브레인박스의 얼굴에 짧은 미소가 스친다. 그리고 브레인박스는 다시 고개를 돌리고 나간다.

올드맨이 접의자를 가리키며 말한다.

"앉아."

나는 고개를 가로젓는다.

"그러지 말고 앉아. 금방이라도 쓰러질 것 같아."

긴장된 분위기 속을 걸어서 의자에 털썩 앉는다.

올드맨이 묻는다.

"지금이 얼마나 역사적인 순간인지 아나?"

아니.

"예전으로 돌아가는 출발점이야. 이 결과들, 너의 결과들을 우리가 복제하면, 인류는 구원될 수 있어."

나는 할 말이 없다.

"물론 너도 자연스러운 삶을 살 수 있지."

"자연스러운 삶?"

"그래. 우리가 너를 구했어. 적어도 고맙다는 인사는 해야지."

나는 저쪽에 있는 캐스를 본다.

"내가 살겠다고 다른 사람을 죽여?"

"아, 그러지 마. 벌써 수많은 사람이 죽었어. 감상에 빠지면 안 돼. 정말이야. 만약에 내가 감정을 극복하지 못했으면……."

올드맨이 말하다 말고 먼 곳을 응시하며 생각에 잠긴다. 그러다가 다시 말을 잇는다.

"오늘 이 자리에 나는 존재할 수 없었어."

올드맨은 물을 길게 한 모금 마신다. 그리고 브레인박스한테서 받은 주사기를 집는다. 나도 모르게 움찔한다. 그러나 올드맨은 주사기를 자기 팔에 대고 씩 웃는다.

"앤드루는 착한 아이야. 네 친구 덕분에 나는 곧 매일 주사를 맞을 수 있게 됐어."

내가 말한다.

"이해가 안 되는 게 있어요. 애초에 어떻게 살아남았죠?"

"나는 5만 명에 한 명 생기는 희귀한 병을 갖고 있어. 불완전 안드로젠 불감성 증후군. 거의 모든 면에서 엄청 고통스러워. 신체적인 증상뿐 아니라……."

올드맨은 다시 생각의 갈피를 잃은 것 같다. 과거 어느 시점을 떠올리며 괴로워하고 있다.

"그런 식으로 남들과 다른 게 어떤지 알아? 사람들이 어떻게 대하는지 알아? 어쨌든 내가 호르몬 분야를 연구하게 된 건 자연스러운 일이었어. 그리고 나중에 알게 됐지만, 내가 그…… 세균에 저항력이 있는 것도 자연스러운 일이었어. 그렇다고 해도 살아남으려면 스테로이드를 몸에 가득 채워야 해."

올드맨은 브레인박스가 준비한 주사기를 들어 올린다.

"결과는 보다시피 외모가 흉해져."

올드맨이 종잇장처럼 얇고 얼룩덜룩한 자기 얼굴 피부를 가리킨다.

"호르몬 대사 조절도 힘들어. 코르티솔. 스트레스 호르몬들. 정신 상태도 엉망이야."

올드맨은 물을 길게 마신다.

"이렇게 더 살고 싶지 않은 때도 있어. 그래도 계속 살아가지. 인류를 위해서. 그리고 하느님께 감사하고 있어. 내가 살아남지 않으면…… 세상은 끝날 테니까."

올드맨은 내가 수긍하기를 바라며 나를 본다.

내가 말한다.

"나는 집으로 돌아가겠어요."

"아, 그건 일고의 가치도 없는 얘기야. 너는 여기 있어야 해. 너는 너무 중요하니까."

"집으로 돌아가겠어요."

"이제 여기가 네 집이야."

올드맨이 주삿바늘을 혈관에 꽂고 주사기를 누른다.

 돈나

나는 이 빌어먹을 년한테 완전히 빠졌어. 뭐냐, 새로 사귄 절친인데 개미야.

얘랑 만난 게, 어제였나? 바닥 모서리랑 감방 문 맞은편 벽을 따라 기어가고 있었어. 분주해 보이더라. 나는 뭐냐, '와, 친구! 잠깐 놀자! 물 좀 마셔. 단백질 바 좀 먹어. 개미집 생활 얘기도 들려줘.'

걔는 잠시 후에 사라졌어. 이후로 찾아오는 사람은 별로 없었어. 물결 치는 어둠, 끝없이 이어지는 시간뿐.

그러다가 문이 열리고, 금발 아이가 나타나. 그 옆에는 브레인박스가 있어. 이상하네. 브레인박스가 완전히 자유의 몸이야? 묶여서 끌려온 것 같지 않네?

금발 아이: 병에 걸릴 시간이야.

금발 아이는 끝을 자른 야구 방망이로 벽을 탁탁 쳐.

그러다가 브레인박스가 전기 충격기를 금발의 목에 대.

브레인박스는 어디서 전기 충격기를 구했지? 저 아이는 왜 브레인박스를 믿고 있었지? 도대체 일이 어떻게 돌아가는 거야?

금발 아이는 바닥에 쓰러져 바들거리고 구역질하고 오줌을 지려. 브레인박스가 그 애한테 또 전기 충격기를 갖다대.

브레인박스: 서둘러. 얼른 나가야 돼. 이제 엄청난 일이 벌어질 거야.

나: 무슨 일이야?

브레인박스: 보면 알아.

나: 너는 어떻게 아는데?

브레인박스: 라디오를 들었어.

나: 야, 라디오 방송은 없어.

브레인박스: 아니, 있어.

나: 뭐?!

뭐냐, 정말, 뭐?!

브레인박스가 '지금은 설명할 시간이 없어.' 하는 표정을 지어.

브레인박스가 말해.

"가자. 다 끝났어."

제퍼슨

"이제 여기가 네 집이야."

올드맨이 미소를 짓는다.

그러다가 올드맨의 코에서 코피가 한 방울 흘러내린다. 올드맨은 코를 손으로 쓱 훔치고, 손에 스민 붉은 액체를 본 뒤, 브레인박스에게서 받은 주사기를 본다. 혈관에 방금 다 주사한 주사기.

올드맨의 몸이 움찔한다. 마치 뇌가 온몸에 명령을 내린 것 같다. 몸 전체의 근육 전부를 동시에 오그라뜨리라고.

나는 일어선다. 올드맨도 일어서려 애쓴다. 그러나 올드맨은 일어서지 못한다.

 돈나

이제 우리는 완전 닌자처럼 재빨리 금발 아이를 감방 안에 넣고 가둬.
브레인박스는 걔가 갖고 있던 열쇠랑 야구 방망이를 챙겨.

복도 맞은편에는 다른 감방이 있어. 감방 문을 여니, 피터가 끝쪽 벽에
기대서 반쯤 잠들어 있어.

브레인박스: 소리 내지 마.

피터는 복도에서 들어오는 빛에 눈을 찌푸리면서 조용히 일어서. 복도
끝에서는 비디오게임 소리와 음악 소리가 계속 들려.

피터: 테오랑 선장은?

브레인박스: 게임 방 지나서.

바로 그때, 섬 아이 둘이 나타나서 놀란 눈으로 우리를 보더니 몸을 돌
리고 소리치면서 달려가.

피터: 저놈들은 내가 맡을게. 가서 제퍼슨과 캐스를 찾아.

피터는 게임 방으로 내달리는 섬 아이들을 뒤쫓아서 달려가고 있어.

제퍼슨

나는 몸을 앞으로 기울이며 올드맨의 목을 잡는다.

올드맨의 목은 나무 기둥 같다. 손이 미끄러지지 않을까 염려했지만, 비명을 지르고 있는 힘줄의 굴곡과 완전히 메마른 피부 덕분에 내 손은 올드맨의 목을 놓치지 않는다.

올드맨의 힘은 무시무시하다. 손가락으로 내 팔을 뜯으려 한다. 깊게 긁힌 내 팔의 상처에서 피가 흐른다.

그래도 몇 초가 지나자, 올드맨의 몸에서 숨이 사라진다.

그리고 마침내 움직임이 멈춘다.

고개를 들자, 브레인박스가 문가에 있다. 옆에는 돈나가 있다.

무엇보다 먼저, 돈나에게 다가가서 돈나를 껴안고 싶다. 그러나 내 손은 아직도 맹조류의 발톱처럼 닐카롭게 구부러진 채 올드맨의 목에 굳어 있다. 사방이 온통 나의 피와 올드맨의 피다.

피터가 안으로 달려 들어온다. 멍투성이, 피투성이다. 그 뒤로 선장과 테오가 들어온다. 피터와 선장과 테오는 섬 아이들이 들어오기 직전에 간신히 금속 문을 닫는다.

 돈나

제퍼슨이 살아 있어. 내가 저 너머에 존재하는지 아닌지 모를 어떤 존재한테 기도하던 일이야. 제퍼슨만 살아 있게 해 주면, 그 대가로 뭐든 하겠다고 약속했지.

교회에 나갈 수도 있고. 더 착하게 살 수도 있고.

제퍼슨은 올드맨을 누르고 있어. 올드맨은 죽은 게 분명해. 눈이 튀어나와 있어. 제퍼슨의 표정을 보니, 제퍼슨이 죽인 게 분명해.

브레인박스는 캐스가 누워 있는 탁자로 다가가.

브레인박스: 안됐지만, 죽었어.

제퍼슨이 몸을 바로 세우고 눈을 감아. 금방이라도 울 것 같아.

캐스, 이 망할 년. 어떤 순간에도 늘 네가 돋보여야 직성이 풀리지?

피터는 육중한 철제 문의 둥근 손잡이를 꽉 잡고 있어. 밖에서 섬 아이들이 문손잡이를 돌리려고 아우성이었어.

나갈 길은 없어. 무기도 없어.

이제 끝이야.

 제퍼슨

잠시 동안 우리 숨소리밖에 들리지 않는다. 문이 열리지 않게 막느라 애쓰는 숨소리.

그러다가 처음에는 희미하게, 드럼 소리 같은 기계음이 일정하게 들리기 시작한다. 탁탁탁탁.

둥근 손잡이가 우리 쪽으로 돌아간다. 바깥에서 맞서던 힘이 사라졌다. 나는 위험을 무릅쓰고 창밖을 흘깃 본다. 섬 아이들이 문에서 멀어지고 있다.

소리가 점점 커진다. 탁탁탁탁.

공기를 가르는 소리다.

그럴 리 없는데…….

우리는 문손잡이를 놓고, 위를 올려다보며 그 소리의 정체를 찾는다.

탁탁탁탁.

브레인박스가 말한다.

"내 말 들어 봐. 사람들이 오고 있어. 라디오에서 들었어."

내가 말한다.

"라디오 방송은 없어."

"아니야. 단파. 멀리 전리층에 튕겨 오는 신호."

"이제 너는 안 믿어."

브레인박스가 말한다.

"직접 가서 봐."

우리는 문을 연다. 이제 소리는 더 크게 울린다. 귀가 먹먹해진다. 말소리도 묻힌다. 그래서 우리는 대화도 나누지 않는다.

복도는 텅 비어 있다.

건물 앞마당에 섬 아이들이 하늘을 쳐다보며 서 있다. 아이들의 머리카락이 바람에 날린다.

나는 아이들의 시선을 따라 위를 본다. 이게 현실일 리 없다. 우리가 안다고 믿었던 모든 것이 틀렸다면 모를까.

우리가 전혀 몰랐던 것이 있다면 모를까.

그러다가 나는 비로소 깨닫는다. 진실에 숨이 턱 막힌다. 라디오를 만지작거리는 브레인박스. 한밤중, 서재에서 혼자, 단파로 주파수를 바꾸고 하늘 너머에서 튕겨 온 세상의 목소리를 듣는 브레인박스. 브레인박스는 혼자서 듣는다. 그리고 비밀로 간직한다.

나는 브레인박스를 바라본다.

"왜 말 안 했어?"

"들으려고 하지도 않았을 테니까."

브레인박스는 하늘을 쳐다본다.

브레인박스는 하늘을 쳐다보면서, 눈앞에 보이는 광경에 전혀 놀라지 않는 것 같다.

헬리콥터다. 회색 기체 위로 검정 날개가 빙빙 돈다.

기체 측면에는 파란 원 안에 흰 별. '해군'이라는 글자.

밖으로 몸을 내밀고 있는 것은 남자, '어른 남자'다. 서른 살? 마흔 살? 더 이상은 알 수 없다. 얼굴은 두꺼운 헬멧에 가려져 있다. 남자는 우리에게 비키라고 손짓한다.

나는 팔을 뻗어 돈나의 손을 잡는다. 돈나는 불안한 눈빛으로 내 눈을 본다.

저만치 땅 위에, 누가 떨어뜨린 곰 인형 하나.

우리는 모두 일어서서 착륙하는 구세계를 바라보고 있다.

어른들이 돌아온다.

서평

"스릴 넘치는 포스트-아포칼립스 소설. 읽기 시작하면 멈출 수 없다."
_ 스티븐 크보스키, 《월플라워》 작가

"신선하게 현실적이며 빈틈없이 파렴치한 팝 엔터테인먼트."
_ 〈뉴욕타임스〉 리뷰

"이 책이 강렬한 액션 블록버스터로 제작된 모습을 어렵지 않게 상상할 수 있다. 폭력은 과도하지 않고 적절하게 다루어지며, 지속적으로 변화하는 로맨스 관계에는 현실적인 고뇌와 갈등이 곁들여 있다. 액션의 결말은 적절한 '클리프행어'로 마무리된다. 〈헝거 게임〉 시리즈나 〈카오스 워킹〉 3부작의 팬들에게 권하고 싶다."
_ 스티븐 킹, 《리타 헤이워드와 쇼생크 탈출》과 《미저리》 작가

"10대가 다스리는 세상을 그린 작품은 수도 없이 많지만, 이 책은 가장 훌륭한 축에 든다고 할 수 있다. 크리스 웨이츠는 대중문화 요소를 적재적소에 넣을 줄 아는 사람이며, 액션으로 가득한 줄거리 속에서도 독특한 인물들의 매력은 전혀 바래지 않는다. '제퍼슨'과 '돈나'라는 두 주인공의 목소리로 전해지는 롤러코스터 같은 이야기에 사로잡히면 자리에서 일어날 수 없다." _ 〈북 트러스트〉 리뷰